LA GANTIÈRE

Daniel Crozes est né en 1958. Journaliste, historien et romancier, il vit et écrit en Aveyron. Passionné par l'histoire de son département qu'il a sillonné pendant dix ans de journalisme à *La Dépêche du Midi*, il lui a consacré une vingtaine d'ouvrages parmi lesquels *Les Aveyronnais, l'esprit des conquérants* (avec Danielle Magne, 1993). Son intérêt pour les traditions et le patrimoine l'ont conduit à consacrer trois ouvrages aux objets familiers ou emblématiques de ce siècle : *De corne et d'acier, l'épopée du couteau de Laguiole* (1990), *Le Laguiole, une lame de légende* (1996) et *Ces objets qui nous habitent* (1999). Chroniqueur des communautés aveyronnaises, Daniel Crozes a publié plusieurs romans salués par le public : *Le Pain blanc* (1994, Prix Mémoire d'Oc), *Le Café de Camille* (1995) et *La Fille de la Ramière* (1998). *La Gantière* a obtenu le Prix Lucien Gachon et le Prix inter-comités d'entreprise des Pays de Loire en 1998.

DANIEL CROZES

La Gantière

ROMAN

ÉDITIONS DU ROUERGUE

Pour Léonie,
en souvenir d'un soir de Nouvel An.

1

Des nuages noirs s'amoncelaient dans le ciel, poussés par un vent fort. Au loin, l'orage montait. L'air devenait chaud et étouffant; les oiseaux volaient de plus en plus bas, s'agitaient, piaillaient; la poussière tourbillonnait sur la route. Bientôt, n'y tenant plus, Alice s'arrêta au bord du chemin, sous un arbre, le long de la rivière. Elle déposa le balluchon, s'effondra dans l'herbe, enleva ses galoches pour masser ses pieds gonflés; son cœur cognait dans la poitrine. Chassant à grand-peine les mouches qui piquaient ses joues, Alice épongea la sueur de son front au revers de la manche de son sarrau puis se laissa glisser vers les berges de la Sorgues où l'eau fraîche apaisa sa soif et les meurtrissures de ses pieds.

Ce matin-là de juin 1908, le train l'avait abandonnée sur le quai de la gare de Saint-Affrique au milieu d'une dizaine de voyageurs. Une fois partis les services de voiture, Alice s'était retrouvée seule dans la cour, réalisant ce qui l'attendait: rejoindre à pied la ferme du Pas, à une dizaine de kilomètres de la ville, et affronter la colère du père après son renvoi des caves de Roquefort. Rassemblant ses forces et son courage, elle avait pris la route.

La veille, à la fin de sa journée, l'un des chefs d'exploitation des Caves l'avait appelée dans son bureau.

– Est-ce que mademoiselle Pelat finira par avoir le goût du travail? lui avait-il assené d'un ton ironique, les pouces enfoncés dans les poches de son gilet tendu à craquer.

Cette attaque avait blessé son amour-propre. Les poings serrés, elle s'était rebiffée :

– Mais, monsieur, qu'est-ce que j'ai fait ? Je n'ai jamais quitté la cave avant l'heure.

Il avait tardé à répondre, allant et venant dans la pièce, les yeux fixés à ses chaussures, les mains croisées derrière le dos.

Sans se démonter, elle avait poursuivi :

– J'ai mal raclé les pains de fromage ? Je les ai mal salés ? Mal retournés ? Regardez mes mains, Monsieur !

Elle avait avancé vers lui ses paumes ouvertes, crevassées par le sel qui les avait blanchies avant d'attaquer la chair.

– Regardez-les, Monsieur ! avait-elle répété.

Alors, le sourire aux lèvres, sans prêter attention à ses mains, il avait lâché :

– Gréviste l'an dernier ! Gréviste cette année !

Puis il s'était emporté :

– Il faut être tire-au-flanc ou communiste pour voter la grève...

– Vous aviez promis de reprendre tout le monde, avait protesté Alice. Vous avez laissé des *cabanières* sur le carreau...

– Ce n'était pas ton cas, avait-il rétorqué sèchement. Je t'avais gardée parce que ta famille livre le lait chez nous depuis quarante ans... Tu n'avais pas à te mêler de cette affaire...

Décidée à se défendre jusqu'au bout, elle avait répliqué :

– Je fais de mon mieux... Le contremaître vous le dira...

– Peut-être, peut-être, avait-il dit, agacé. Mais j'ai des ordres. Il y a eu trop d'agitation dans cette maison. Elle a besoin de calme...

– Et mon père ? s'était-elle exclamée.

– Il peut s'estimer heureux que ta sœur conserve

sa place. Il est vrai qu'elle ne te ressemble pas et qu'elle tient sa langue !

– Qu'est-ce qu'il fera de moi ?

– Il te casera à l'usine de tissus de Lapeyre ou dans une ferme. Ce n'est pas la besogne qui manque pour les filles de dix-huit ans !

Parce qu'il avait envie d'en finir, il lui avait remis son compte et l'avait accompagnée jusqu'à la porte du bureau, avant de glisser :

– Demain matin, tu trouveras bien un camion de la maison pour t'emmener à la gare de Tournemire...

En apprenant la nouvelle, sa sœur Lucie avait fondu en larmes. Plus jeune de deux ans, elle n'avait pas l'assurance de son aînée et redoutait les « hommes à blouse », ces commis qui vérifiaient le travail des *cabanières* au fond des caves. Aussi Alice la plaignait-elle d'avoir désormais à subir seule les contremaîtres le jour, et les sœurs à cornette le soir, au dortoir que le patron réservait aux filles de la campagne.

– Même si c'est dur, tu as de la chance de rester aux Caves ! lui avait-elle dit. Je ne sais pas ce qui m'attend avec le père...

– Tu t'en tireras toujours alors que moi...

– Si on te cherche, sors les griffes ! avait-elle conseillé.

– C'est facile à dire. Comment veux-tu résister aux patrons ? Tu as vu comment ils se sont débarrassés de toi...

– Même s'ils se sont vengés, je suis contente qu'ils aient plié le genou devant des femmes, l'an dernier !

– Je vais être très seule...

– Si je peux m'échapper un dimanche, je viendrai te voir...

Elle l'avait embrassée comme une mère, avait séché ses larmes.

Les premières gouttes de pluie, accompagnées d'un roulement de tonnerre, incitèrent Alice à écourter le bain de pieds. Elle reprit la route, allongea le pas lorsque l'orage suivit le cours de la rivière et fondit sur elle. Bientôt, l'eau dégoulina sur ses cheveux, glissa sur son sarrau, sa jupe et ses jambes, coula dans ses galoches. Alors, trempée jusqu'aux os, indifférente au danger qui la menaçait et au fracas de l'orage, elle courut malgré les cailloux et les ornières. Au bout de la route, le village apparut enfin, noyé sous l'averse. Elle fonça vers la première maison : l'auberge. Les portes de l'écurie étaient ouvertes : elle s'y engouffra puis s'écroula dans un tas de paille sous le regard ahuri d'un palefrenier qui préparait les litières des chevaux.

Éberlué, le jeune homme appuya ses mains sur le manche de la fourche, siffla d'étonnement et s'exclama :

– On n'a pas idée d'être dehors avec ce temps !

Alice ne répondit pas. Exténuée, elle haletait encore, les yeux mi-clos comme pour mieux reprendre son souffle.

– T'es pas bavarde ! ajouta-t-il. Mais rien qu'à voir comment tu es attifée, tu dois venir des Caves !

Ce matin-là, imitant ses compagnes de dortoir, Alice avait enfilé machinalement sa tenue de *cabanière* et passé sa jupe courte qui ne descendait guère au-dessous du genou. D'ordinaire, un tablier long à bavette couvrait les jambes jusqu'à mi-mollet. Pour marcher plus librement, Alice l'avait plié et glissé dans le balluchon. Comme le palefrenier la reluquait, elle s'aperçut soudain que sa jupe était remontée jusqu'à mi-cuisse. L'idée qu'il se rinçait l'œil depuis un moment la rendit folle de rage. Elle se leva d'un bond, rajusta à la hâte ses vêtements que la pluie avait plaqués contre son corps, et sortit de l'écurie.

Au-dehors, l'orage avait cessé ; l'arc-en-ciel se détachait sur les nuages gris-blanc. Elle traversa le village tandis que s'égrenaient les notes de l'angélus. Deux kilomètres la séparaient encore de la ferme, bâtie à mi-pente au-dessus de Lapeyre en filant vers le col qui permet de rejoindre la vallée du Dourdou. La pluie avait raviné le chemin, charrié des cailloux, creusé des trous. La fatigue pesait sur ses jambes ; le soleil rendit pénible la montée.

Le chien la renifla de loin et vint l'accueillir à l'entrée de la cour. Il frotta ses poils mouillés et sales contre ses jambes maculées de boue. Alice n'eut pas la force de le caresser. Déjà, la mère écartait le rideau de la fenêtre de la souillarde pour savoir qui s'aventurait à cette heure. Tandis qu'elle montait l'escalier de pierre, la voix du père tonna dans la cuisine :

– La garce ! Qu'est-ce qu'elle a encore fait ?

Son petit frère Léon lui sauta au cou, sa mère l'embrassa mais continua de débarrasser la table, son père ne bougea pas de place, replia son laguiole et se renfrogna.

Il fallut s'expliquer. La mère s'éclipsa à la souillarde pour laver la vaisselle. Le père tapa du poing sur la table et cria à se déchirer la gorge. Léon se réfugia dans les jupes de sa mère, qui craignait sa main large et lourde de paysan ; Grégoire Pelat menait bêtes et gens avec la même poigne.

Il déversa sur sa fille un déluge de reproches :

– T'avais pas compris l'an dernier ? Ça t'a pas suffi ? Je t'avais pourtant fait la leçon ! Si ça continue, tu nous mettras sur la paille. À qui j'irai vendre mes bidons si la laiterie ne les prend plus ? Je te le demande ? À qui ? Après tes couillonnades, je vais passer pour un communiste au village ! Tu n'es qu'une garce ! Une fainéante !

Alice voulut répondre mais il l'arrêta d'un geste.

– Pas la peine ! dit-il après avoir lissé ses moustaches et passé la main dans ses cheveux. Tu me raconteras la même chose que l'an dernier : les bonnes sœurs qui t'obligent à réciter la prière le soir, les marchands de soupe qui te plaignent un croûton dans le bouillon, le chemin de croix entre les travées des caves pour retourner chaque roquefort, les bras qui te tombent à force de manipuler des tonnes de fromage… Tout ça, je le sais déjà ! Quand elle avait ton âge, ta mère travaillait aussi aux Caves et elle ne se plaignait pas. Elle revenait à pied de Roquefort alors que mademoiselle a pris le train pour Saint-Affrique !

Sur ces entrefaites, la mère revint à la cuisine avec une assiette de soupe fumante. Elle la déposa sur la table.

– C'est pour qui ? jeta le père.

– Pour Alice, bien sûr.

– Si elle veut manger, elle peut toujours revenir à la soupe des communistes !

À ces mots, Alice lança son balluchon dans un coin de la pièce et claqua la porte.

Alice dévala le chemin à toutes jambes. Parvenue à mi-pente, elle s'écroula près d'un chêne. Qu'allait-elle devenir ? Entrer à l'usine de tissus ? Elle n'en éprouvait aucune envie tant le patron exploitait les ouvrières et les payait mal. Aux ganteries de Millau ? Le travail lui plairait ; elle en avait toujours rêvé. Même si elle écrivait sur-le-champ à la grand-tante Noémie qui habitait Millau et cousait des gants pour Guibert, elle n'aurait sûrement pas de place avant des mois. En attendant, le père ne la supporterait pas à la maison. Et si elle se présentait à l'auberge pour aider à la cuisine, faire la vaisselle et la lessive ? L'idée sembla lui convenir. Dans l'immédiat, pouvait-elle espérer mieux pour échapper à la poigne paternelle ?

Les flaques d'eau lui renvoyèrent l'image d'une sauvageonne. Elle eut un mouvement de recul, mouilla son mouchoir puis effaça la poussière, la sueur et les larmes qui barbouillaient son visage. Elle lava ses jambes, frotta ses galoches avec de l'herbe arrachée au bord du fossé. Ses doigts fins enlevèrent la paille piquée dans le tissu de sa jupe humide, et libérèrent de longs cheveux noirs qui tombèrent sur ses épaules.

Un peigne entre les dents, l'autre dans sa main droite, elle les démêla avant de les relever à nouveau comme le lui avaient enseigné les *cabanières* coquettes.

Enfin, Alice se sentit présentable.

À cette heure, les clients s'étaient dispersés comme une volée de moineaux. Leurs chevaux reposés, ils avaient repris la route de Saint-Affrique ou du Larzac. Aussi ne trouva-t-elle à la cuisine que la patronne affairée devant la cheminée autour du chaudron d'eau bouillante. L'odeur de graisse réveilla son estomac qui gargouilla. Elle n'avait rien mangé depuis l'aube.

Au bruit des galoches sur les dalles de pierre, la patronne, que le village appelait la mère Graillon tant elle cuisinait gras, tourna la tête vers Alice et s'écria d'une grosse voix tout en manœuvrant la crémaillère :

– Tu es déjà revenue ? Tu n'es plus aux Caves ?

Elle dut raconter son infortune.

– Le père va me mener la vie dure...

– C'est vrai qu'il s'emballe vite ! tonna-t-elle, vidant une partie de l'eau chaude dans une bassine qu'elle déposa sur la table. Ça lui passera !

Elle partit d'un grand éclat de rire.

– Si je lui ramène quelques sous, il se calmera peut-être, reprit Alice. Je ferai n'importe quoi : la lessive, la vaisselle, les pluches, la bouillie des cochons...

La mère Graillon essuya les mains à son tablier bleu.

– Tu tombes bien ! Je n'ai personne depuis que la petite Flottes est partie à l'usine, après Pâques... Je ne m'en vois pas...

Le visage d'Alice s'éclaira.

– Vous me prendriez ?

– Il me faut quelqu'un à la cuisine le matin, répondit-elle. Mais je te préviens : ne t'attends pas à gagner des cents et des mille ! Tu mangeras avec nous à midi, tu t'en iras après la vaisselle. Pour la paie, on verra ça à la fin de l'été si les affaires ont marché.

Ces derniers mots freinèrent l'enthousiasme d'Alice qui pensait revenir au Pas en annonçant une somme à son père.

– C'est oui ? fit la mère Graillon.

Alice hocha la tête.

– Viens demain matin à huit heures, ajouta-t-elle.

Elle commença à laver des piles d'assiettes grasses et gluantes puis la regarda à nouveau :

– T'as des grenouilles dans le ventre ! T'as pas dîné ?

Alice baissa les yeux.

– Mange un morceau avant de remonter ! Il y a du pain dans le tiroir, du fromage de *toupine* dans le buffet... Sers-toi !

Sur un chanteau, elle étala de la *rébarbe*, raclures de roquefort macérées dans l'eau-de-vie, qu'elle engloutit de bon appétit.

– Ça te redonnera des couleurs ! Tu es un peu pâlotte. Ça doit être la route...

Alice remercia et promit qu'elle serait à l'heure, le lendemain.

– J'espère bien ! insista la patronne.

Alors qu'elle s'apprêtait à quitter la cuisine, elle la rappela :

– Tu mettras autre chose que cette jupe de *cabanière* sinon les garçons de la maison vont te courir après ! Moi, à mon âge, je ne risque rien mais toi...

La mère Graillon éclata de rire : ses allures hommasses et ses poils au menton n'attiraient pas les jeunes.

– Mais toi, tu leur plairais sûrement...

Avant de reprendre le chemin du Pas, elle éprouva le besoin de flâner le long de la Sorgues, de s'asseoir au pied d'un saule et de respirer les odeurs fortes de la rivière aux eaux troublées par l'averse, mêlant les senteurs du sureau et du bois. Peu à peu, l'étreinte qui comprimait sa poitrine se desserra. Le calme revint sur son visage. Lorsqu'une brise légère caressa ses joues, elle s'étira, ramena ses genoux sous le menton, se laissa envahir par le bien-être et s'endormit.

Quand Alice rentra à la ferme, vers six heures, le père parquait les bêtes en vue de séparer les brebis des agnelles et des chèvres pour la traite. La mère, femme douce et fluette, qui paraissait flotter au vent dans sa jupe noire et sa chemise de toile ample, avait suivi le troupeau une partie de l'après-midi à travers les pâturages qui s'étendaient jusqu'au sommet du Col. Justine venait de s'asseoir sur la première marche de l'escalier menant au *balet*[1] et de lâcher son bâton ; elle sortit un mouchoir, épongea la sueur de son front et de son cou. Alice se précipita vers sa mère :

– Tu veux boire ?

– Descends assez d'eau pour tous, soupira-t-elle en enlevant le chapeau de paille qui cachait des cheveux grisonnants. C'était du feu cet après-midi... Ça pourrait claquer cette nuit...

Son frère se trouvait déjà à la souillarde en train d'étancher sa soif à l'aide de la casserole de cuivre qui servait à puiser dans la réserve. Ce diablotin de cinq ans avait grimpé sur une chaise pour atteindre la fontaine.

– Tu vas dégringoler, malheureux ! dit-elle en le voyant.

Pour toute réponse, il tomba dans ses bras et mouilla ses joues de larmes :

– Tu voulais pas revenir ?

Elle haussa les épaules, remplit la cruche, chercha la bouteille d'eau-de-vie de menthe qu'elle dénicha tout en haut du buffet hors de portée du gamin, en

1. *Balet* : balcon de la maison, protégé par un auvent.

mélangea quelques gouttes à l'eau fraîche et se dépêcha de rejoindre la cour.

Chacun but à la régalade.

– Père, il fallait que je vous dise...

– Tout à l'heure, rétorqua-t-il en rajustant ses bretelles. C'est le moment de traire maintenant. Tu aideras ta mère ; elle ira plus vite.

Les femmes montèrent se changer. Alice enfila une chemise de toile grise, passa un vieux pantalon de son père au velours fané et rapiécé, chaussa des galoches montantes. Quant à Justine, elle reprit ses habits du matin imprégnés de suint puis décrocha à la voûte en pierre de la cave les tabliers de toile qui protégeaient les vêtements d'une « pissade » subite des brebis.

Devant la bergerie, tournant le dos aux portes grandes ouvertes qui laissaient le passage aux brebis, Alice s'installa sur son siège de bois à trois pieds, au cul des bêtes, et commença à tirer sur les mamelles. Gauche car elle n'avait pas trait depuis son départ pour les Caves, voici quatre ans, elle s'attira les coups de pied de quelques mères récalcitrantes. Lorsqu'elle eut retrouvé les bons gestes, des crampes aux bras et aux mollets l'incommodèrent : elle grimaça de douleur. Aussi accueillit-elle avec soulagement la sortie de la dernière brebis.

Justine l'entraîna dans la cave fraîche pour filtrer le lait.

– Allons nous occuper du souper, dit-elle ensuite à mi-voix.

À la ferme du Pas, l'été n'accordait pas un seul instant de répit. Alice se demandait comment sa mère, si frêle, pouvait résister au labeur de ces journées harassantes.

Pendant le repas, après les blettes à la tomate, elle osa briser le silence dans lequel chacun s'était enfermé dès que la soupe au lard avait fumé dans l'assiette.

S'armant de courage, profitant de la pénombre qui envahissait la cuisine, elle avoua à son père :

– La mère Graillon a besoin de quelqu'un à l'auberge... J'irai lui donner la main tous les jours...

– Tu aurais pu m'en parler, grogna Grégoire.

– Je commence à huit heures, poursuivit-elle.

– Huit heures ? reprit-il en mâchonnant un bout de fromage sec. Tu descendras après la traite... Comme ça, tu nous avanceras.

Puis, pointant la lame de son laguiole vers elle :

– Tu ramèneras combien ?

Elle ne savait que répondre, pour ne pas s'attirer ses foudres.

– Combien ? répéta-t-il en refermant sèchement son couteau.

– Elle me dira à la fin de l'été...

– Si tu m'avais laissé faire, on se serait entendu sur un bon prix. Maintenant c'est fichu... Faudra se débrouiller pour qu'elle crache ses sous. Si elle te roule, elle s'en mordra les doigts !

Elle dormait d'un profond sommeil lorsqu'il frappa à la porte de sa chambre, au chant du coq.

– Debout là-dedans ! cria-t-il. C'est l'heure.

Les yeux lourds de fatigue, le visage chiffonné par une nuit trop courte, elle enfila sa tenue d'écurie, embrassa sa mère à la cuisine qui lui tendit une tartine de *rébarbe.*

– Dépêchons-nous...

À pas mesurés pour avoir le temps de manger pain et fromage sans s'étouffer, Alice rejoignit la cour. La bergerie retentissait déjà des jurons du père.

À peine finie la traite, elle courut se laver les bras, les mains et le visage à la cave des bêtes. À la cuisine, la soupe mijotait dans la marmite au-dessus du feu. Elle en remplit une assiette garnie de croûtons qui s'imbibèrent de bouillon tandis qu'elle se changeait.

Ce premier repas avalé debout, près de la table, Alice quitta la maison.

Sa mère, qui sortait de la cave, la croisa au bas de l'escalier.

– Tu ne te coiffes pas ?

Justine prit deux peignes dans ses cheveux.

– Penses-y en chemin ! glissa-t-elle. Mais ne traîne pas trop : le *campanier* vient de sonner pour la messe de huit heures.

Sur le seuil de l'écurie, tandis qu'il attelait le mulet à la charrette afin de livrer les bidons de lait au village, son père ajouta :

– Tu remplaceras ta mère aux brebis quand tu rentreras...

Enfin seule sur le chemin poussiéreux, Alice poussa un soupir. Quand cessera-t-on de régenter sa vie sans qu'elle puisse répondre ?

Avec sa jupe longue et claire, son caraco bleu marine serré à la taille, qui soulignait le mouvement gracieux des hanches, la jeune *cabanière* paraissait plus que son âge. Ses yeux vairons – noir et bleu –, ses rires, son entrain avaient conquis ses compagnes de travail aux Caves mais plus encore les garçons qui courtisaient les *cabanières* lorsqu'elles s'égaillaient en groupes dans les rues de Roquefort. L'un d'eux lui avait donné rendez-vous un dimanche de printemps dans le bois qui accueillait de galantes rencontres face au cimetière du bourg ; elle ne s'y était pas rendue, refusant de se rouler dans l'herbe avec le premier venu, fût-il séduisant.

Lorsqu'elle entra à l'auberge, l'horloge du clocher égrenait huit coups. Du fond de la cuisine, le père Graillon s'écria :

– Voilà notre Alice ! Les *cabanières* sont toujours à l'heure !

Attablé en compagnie du garçon d'écurie – le grand échalas de la veille –, il engloutissait une assiettée de soupe pendant que la mère Graillon déversait sur la table une montagne de légumes.

– Tu t'es rudement bien harnachée ! siffla le palefrenier. T'étais pas si fière, hier !

– Tu trouveras un couteau dans le tiroir, coupa la patronne. Et le tablier accroché à la porte...

Alice commença à peler les pommes de terre.

Les hommes mêlèrent au bouillon une copieuse rasade de vin et firent chabrot. Comme ils profitaient de la présence d'Alice pour plaisanter grassement et s'incruster, la mère Graillon les chassa :

– Assez de bêtises ! Il y a du travail aux écuries !

Alice besogna sans relâche jusqu'à midi, éplucha les légumes de la soupe et du ragoût, charria des seaux d'eau entre la pompe de la cour et les fontaines de la souillarde, remplit les cruchons de grès à la cave, balaya les dalles, mit le couvert. L'auberge s'anima peu après l'angélus. Le père Graillon fit alors irruption en cuisine pour claironner d'une voix joyeuse :

– Vous aurez du monde : les charretiers de Saint-Maurice et de La Tour viennent d'arriver. Ils sont au moins une dizaine !

À la tête d'une théorie de mules et de mulets, les voituriers de ces deux villages de la vallée livraient aux caves de Roquefort les paniers d'osier qui servaient à expédier les fromages.

– Méfie-toi d'eux quand tu passeras entre les tables, souffla la patronne à Alice. Les rougeauds aiment bien pincer les fesses des filles après avoir vidé quelques cruches de vin...

– Il faut que je serve les gens ? s'étonna Alice qui plissa le front avant de s'arrêter de manger. Vous ne m'aviez pas dit !

– Hier, tu aurais fait n'importe quoi ! jubila-t-elle.

Alice enrageait, furieuse contre elle-même et la mère Graillon.

– S'ils me touchent, ils prendront une gifle ! prévint-elle.

– Ne t'y amuse pas ! Ils ne mettraient plus les pieds chez nous... Et toi non plus !

Elle refoula sa colère.

L'un des rougeauds la reconnut : il l'avait croisée sur les quais de chargement juste après son renvoi. Lorsque son voisin de table débita des propos salaces et voulut la peloter, il stoppa le manège. Refroidis, les charretiers ne cherchèrent pas à l'importuner.

Elle quitta l'auberge un peu avant trois heures et se reposa au bord de la Sorgues avant de monter au Pas. Pieds nus, assise sur l'herbe, Alice rêvassa, se laissa éblouir par le soleil qui scintillait à la surface de l'eau, guetta le passage d'une truite dans le courant, la regarda glisser entre les pierres noires et disparaître, se mouilla les chevilles pour déposer une feuille de peuplier que la rivière entraînerait jusqu'à l'océan.

Puis, bravant la chaleur, elle grimpa au Col rejoindre sa mère. Installée sous un arbre, Justine ravaudait des bas de laine tandis que le chien sommeillait près d'elle.

– Tu es venue sans chapeau ? s'écria-t-elle. On ne sort jamais « en cheveux » avec ce temps ! Regarde les brebis : elles *tchourent*[1] tellement il fait chaud.

Les bêtes se tenaient agglutinées à une ombre et ne broutaient plus. Paralysées par la fournaise.

À peine avaient-elles échangé quelques mots qu'Alice essaya son chapeau de paille.

– Il me va bien ! dit-elle d'humeur joyeuse. Je le garde !

– Reste tranquille ! gronda sa mère qui posa l'aiguille. Méfie-toi du soleil : ça te jouera un tour... Tu as passé trop de temps dans les caves...

La jeune *cabanière* haussa les épaules.

– Je ne risque rien !

1. *Tchourer* : se reposer à l'ombre aux heures chaudes de la journée.

Justine secoua la tête et reprit son ravaudage. L'instant d'après, levant les yeux vers le Col, elle ne distingua qu'une silhouette sur la crête. De colère, elle plissa le front.

– Mais qu'est-ce qu'elle y trouve là-haut ?

Grégoire interdisait aux enfants de grimper au sommet du Col. Le grand-père n'y avait-il pas été foudroyé, un soir d'orage, alors qu'il cherchait une bête égarée ? Ce lieu hérissé de trois arbres au tronc rongé par le feu du ciel, battu par le vent et les tempêtes en hiver, ravagé par la grêle en été, n'attirait que le malheur.

– Si le père l'apprend...

Alice aimait le Col parce qu'il offrait une large vue sur le rougier et la vallée du Dourdou. Un pays différent se déroulait devant elle, plus sauvage, à la végétation rase, qui mêlait à l'azur le cuivre de la terre, le vert pâle des pâturages et le vert cru des bosquets. Le regard noyé dans la brume du lointain, elle poursuivait ses rêves, caressant l'espoir de distinguer le moutonnement de la mer sur la ligne d'horizon. Lorsqu'elle révisait ses leçons de géographie pour le certificat d'études, le maître répétait que la Méditerranée venait s'échouer à quatre-vingts kilomètres seulement de la place du village. « Est-ce que tu te rends compte ? disait-il, un doigt sur la carte de France. Nous sommes plus proches de la mer que de la préfecture de Rodez ! » Depuis ce jour, elle ne pensait qu'à voir la mer.

Le dimanche suivant, à la sortie de l'auberge, Alice rendit visite à son ancienne maîtresse. À cette heure-là, les femmes assistaient aux vêpres et les hommes succombaient aux délices de la sieste. Aussi évita-t-elle les questions indiscrètes des commères.

Installée à l'ombre d'un marronnier de la cour des filles, près de l'entrée de la salle de classe, Hortense Ravaille lisait un roman de George Sand. Dans les branches hautes de l'arbre, les oiseaux piaillaient tandis que les abeilles butinaient les grappes de fleurs de la glycine accrochée à la façade.

Le cliquetis du fer de ses galoches sur les cailloux de la route fit sursauter la maîtresse. Absorbée par sa lecture, le dos tourné au village, elle ne l'avait pas vue arriver. Aussitôt elle ferma le livre et s'exclama :

– Je pensais que tu m'avais oubliée !

Alice bredouilla des excuses :

– Depuis que je suis revenue, je n'ai pas eu le temps...

La maîtresse se leva pour l'embrasser, l'invita à s'asseoir.

– C'est que... Ma mère est à l'église et les brebis m'attendent là-haut...

– Si ton père se fâche, je lui dirai deux mots !

Hortense Ravaille enleva sa blouse noire, maculée de craie, qui dévoila une robe lilas aux manches bouffantes.

– Je viens de préparer le tableau pour demain.

C'était une belle femme qui coiffait ses cheveux en chignon les jours de classe et les nattait le dimanche. Rien n'altérait sa bonne humeur, pas même les étourderies de ses élèves.

Alice ne put lui cacher sa mésaventure aux Caves.

– Je sais, je sais ! soupira-t-elle. Si ton père m'avait écoutée le soir où tu t'es classée cinquième du canton au certificat d'études, tu aurais suivi Léa à l'école supérieure et tu serais maintenant à l'École normale. Mais il n'avait qu'une idée en tête : t'envoyer aux Caves pour que tu ramènes de l'argent ! Si les patrons avaient embauché les *cabanières* à douze ans et sans le certificat, tu n'aurais pas passé l'examen... Ton père répétait que tu en saurais toujours assez pour traire les brebis. Quel gâchis ! Ce n'est pas une vie de croupir aux Caves ou dans la souillarde de la mère Graillon quand on peut mieux faire. Tu te souviens que tu avais surclassé Léa au certificat ! Tu te serais débrouillée aussi bien...

Sa fille se maintenait parmi les cinq premières de sa promotion à l'École normale de Rodez.

– Léa revient à la fin du mois de juillet. Elle sera contente de te revoir...

Comme Alice ne répondait pas, la maîtresse s'écria :

– Tu me caches quelque chose !

Alice se décida à parler :

– Vous pourriez me prêter du papier et de l'encre ?

– Tu veux envoyer une lettre ?

Elle hocha la tête.

– Tu n'oses pas m'avouer que tu as un amoureux ! triompha-t-elle, les yeux brillant de curiosité.

Alice sourit, amusée.

– C'est pour écrire à la tante Noémie, de Millau. Elle coud des gants. Peut-être qu'elle me trouvera une place à l'usine pour la fin de l'été ou le début de l'automne. Je n'ai pas envie de moisir plus longtemps chez la mère Graillon...

Madame Ravaille l'approuva.

– Profites-en tant que nous sommes seules : monsieur Ravaille ne tardera pas à rentrer de la pêche.

– Si vous pouviez m'avancer l'enveloppe et le timbre... Je vous rembourserai dimanche prochain...

– Me rembourser un timbre à cinq centimes ? fit-elle en éclatant de rire. En voilà une idée !

Elle la suivit dans la classe des filles qui sentait bon la craie, les livres, le papier et l'encre. La maîtresse l'installa au bureau, vérifia le contenu de l'encrier, lui donna deux grandes feuilles.

– Pendant ce temps, je vais chercher de la fouace et du café...

Les prunelles d'Alice pétillèrent de plaisir.

– Du bon café ! précisa-t-elle.

Si Alice avait osé, elle lui aurait sauté au cou : la mère Graillon ne servait que de la lavasse, sa mère du café d'orge mélangé à de la chicorée.

Dans sa tête, depuis trois jours, tout en gardant le troupeau ou en lavant la vaisselle de l'auberge, la lettre s'écrivait phrase après phrase. Il ne restait plus qu'à tremper la plume dans l'encre.

Sur le seuil, madame Ravaille se retourna :

– Prends ton temps ! Il n'est que trois heures et demie.

La pointe d'acier crissait déjà sur le papier.

2

L'été s'écoula dans l'attente d'une réponse. Dès la Saint-Jean, une semaine après l'envoi de la lettre, Alice compta les jours. À la Saint-Jacques, elle commença à perdre patience, à soupçonner le père d'avoir ouvert l'enveloppe et de l'empêcher de partir à Millau. Aussi interrogea-t-elle le facteur qui buvait chaque matin un verre à l'auberge, en déposant le journal.

– La lettre s'est peut-être égarée…

– Chez nous, rien ne se perd, mademoiselle ! rétorqua-t-il, piqué dans sa fierté de fonctionnaire. S'il y avait eu du courrier pour toi, je le saurais… Je ne suis pas revenu au Pas depuis que j'ai remis à ton père l'avis des Contributions. C'était… Voyons, voyons…

Il se gratta les cheveux avant de lancer :

– À Pentecôte…

Convaincue par ses explications, Alice imagina des raisons à ce retard : une maladie de la tante Noémie, un surcroît de travail à la ganterie, l'absence du patron.

Au 15 août, quand les Pelat cessèrent de traire le troupeau, elle attendait encore. Ce silence l'exaspéra. Au fur et à mesure que les jours défilèrent, l'espoir s'amenuisa. À l'image du temps capricieux des lendemains de l'Assomption, Alice devint d'humeur maussade et se plaignit de la grossièreté des clients de l'auberge, des accès de colère du patron, de la chaleur orageuse, du comportement des bêtes. Les brebis échappaient à la vigilance du chien pour brouter l'herbe des prés voisins tandis que les deux béliers se battaient et se disputaient les femelles. Le soir, lorsque les mâles rentraient en piteux état, la tête en sang, le père s'emportait. Elle en pleurait de rage avant de s'endormir.

Puis, un matin de la fin du mois d'août, le facteur glissa lors de son passage à l'auberge :

– Je monte au Pas : j'ai une lettre pour ton père.

Son visage s'éclaira, son cœur se mit à battre fort.

– Elle vient de Millau ?

Il fouillait dans sa sacoche quand le père Graillon entra :

– Encore dans les jupes de la bonne ?

Le facteur avala son verre d'un trait et sortit sans un mot.

De retour à la ferme, le père lui annonça :

– Tu pars aux vendanges avec la tante de Saint-Affrique.

Cette nouvelle l'abasourdit :

– Je ne peux pas laisser tomber la mère Graillon...

– Elle ne t'a pas donné un sou en deux mois et demi de travail ! Tu perds ton temps à rester chez elle ; tu gagneras plus à couper du raisin... Ta tante a pris les billets pour le train de dimanche...

Ce soir-là, après avoir parqué les brebis dans le pré attenant à la bergerie, Alice courut à l'école, enleva ses galoches au bas de l'escalier, grimpa les marches quatre à quatre et entra comme une trombe dans la cuisine.

– Elle ne m'a pas répondu, débita-t-elle essoufflée. Il faut que je lui écrive une autre lettre avant d'aller aux vendanges.

Les maîtres terminaient leur repas. Monsieur

Ravaille dégustait une pêche de vigne ; il s'arrêta de manger, regarda sa femme puis se tourna vers Alice.

– Que se passe-t-il ?

– Rien de grave, dit la maîtresse en entraînant Alice vers le palier.

Parvenue à la dernière marche, une main sur la poignée de la porte qui donnait accès à sa classe, elle ajouta :

– Tu descendras une pêche pour la petite...

Alice traversa la salle à grands pas, prit place au bureau, se mit en quête d'une feuille.

– Un peu de patience, gronda madame Ravaille.

– Depuis que j'attends...

– Dans le pays, tu n'es pas la seule à vouloir coudre des gants. Les patrons reçoivent beaucoup de demandes. Ta tante n'a pas eu de réponse de l'usine, sinon elle t'aurait écrit... Fais-lui confiance ! Elle finira bien par t'envoyer un mot.

Ces mots la rassurèrent. En chemin, elle chantonna.

La veille du départ, tandis qu'Alice préparait le balluchon, sa mère entassa dans un sac de toile des *pérails* de chèvre secs, des fèves, des pommes de terre, de la saucisse.

– Tout ça pour le voyage ? s'exclama-t-elle.

– Chacun amène des provisions, expliqua Justine. Dans une équipe, tout est mis au pot commun. On tire de là matin, midi et soir jusqu'à la fin des vendanges... Ta tante nous a envoyé une liste de ce qu'il te faut porter. C'est elle qui fera la cuisine...

– Le patron ne nourrit pas les ouvriers ?

– Il paie davantage s'il ne fournit que le pain, le vin et un peu de paille à la grange pour dormir.

Comme Alice paraissait étonnée, Justine raconta ses débuts de coupeuse :

– J'avais huit ans la première fois que ma mère m'a emmenée à Servian ramasser les raisins chez le vicomte de Saint-Pierre aux Pins. J'ai bien failli me couper les doigts avec le sécateur ! J'y suis revenue chaque année jusqu'à ta naissance... C'est dur mais tu t'y feras assez vite quand tu auras pris le rythme de la meneuse. Ne laisse aucune grappe derrière toi sinon tu seras mise à l'amende. Et n'en mange pas trop si tu ne veux pas rester dans la paille à te tenir le ventre !

À l'aube, Grégoire hissa les sacs sur la charrette et la conduisit à Saint-Affrique. Il ne se dérida qu'à l'approche de la gare :

– Qui sait si l'oncle sera là ? J'irais bien boire une chopine !

Les quais grouillaient de voyageurs encombrés de paquets et de bonbonnes. Les hommes devisaient par petits groupes sans se soucier des enfants, impatients de monter sur le marchepied de la voiture, qui trompaient le temps en organisant des jeux de barre à l'intérieur de la gare. Les femmes, coiffées de grands chapeaux de paille, s'égosillaient et tentaient de rassembler leur progéniture.

Grégoire retrouva sans peine l'oncle Victor qui surveillait le tas de victuailles collectées par sa femme. Dès qu'ils repérèrent Alice, les cousins Jeanne et Firmin accoururent pour lui sauter au cou.

– On est contents que tu viennes avec nous ! s'écrièrent-ils. On ne te voit jamais !

– Que tu as changé ! avoua Alice à sa cousine.

Elle conservait le souvenir d'une fillette inconsolable à l'enterrement de leur grand-mère, quatre ans plus tôt.

– J'ai quatorze ans ! claironna-t-elle, gonflant la poitrine. Ma mère me prend aux vendanges depuis l'an dernier... Je sais me débrouiller, je te montrerai comment on coupe le raisin...

Alice la remercia.

Plus jeune de deux ans et plus espiègle, le béret enfoncé jusqu'aux oreilles, Firmin ajouta :

– Et moi je te choisirai les raisins pour que tu n'attrapes pas la colique !

Elle éclata de rire, heureuse de les savoir tous deux à ses côtés car elle n'aimait guère leur mère, femme boulotte qui parlait sec.

Grégoire chercha sa belle-sœur, l'aperçut enfin qui se démenait comme un beau diable au milieu des hommes.

– Il manque toujours quelque chose, ronchonna l'oncle Victor, le mégot au coin des lèvres. Un porteur a oublié les oignons ; un autre n'a pas amené assez de roquefort.

– Ta patronne part pour six mois ! plaisanta-t-il.

– Cette année, elle a embauché six coupeuses et trois porteurs en plus des enfants. Ça mange plus que des nèfles !

Berthe revint vers eux, les joues en feu d'avoir haussé le ton.

– Ils ont toujours raison ! marmonna-t-elle. Mais il faudra qu'ils filent doux dans les vignes.

La machine manœuvra pour accrocher le chapelet de wagons rangés à quai. Tenant d'une main le bas de ses jupes, la tante se précipita vers les voitures.

– Dépêchons-nous ! tonna-t-elle. Il y a tellement de monde !

Puis, s'adressant aux hommes :

– Occupez-vous des sacs au lieu de rester plantés comme des statues !

Alice embrassa son père qui la menaça :

– La tante t'aura à l'œil. Pas la peine de faire la forte tête !

Elle haussa les épaules et monta dans une voiture de 3e classe où Jeanne lui avait réservé une place à ses côtés près de la vitre. Tassée dans l'angle de la banquette de bois verni, Alice laissa ses cousins se pencher à la fenêtre, agiter leur mouchoir blanc, crier à tue-tête « au revoir » à la famille.

Le voyage dura cinq heures, entrecoupé d'interminables arrêts à Tournemire où les vendangeurs attendirent l'arrivée de l'express Paris-Béziers, et à Bédarieux où les rejoignit le train de Mazamet. Après Faugères, le paysage changea et la plaine s'élargit. Peu à peu, la voie ferrée sembla surnager au milieu d'une vaste étendue de vignes tandis que l'air charriait des odeurs mêlées de soufre et de bouillie bordelaise. À chaque gare, Alice collait son nez à la vitre sale pour s'entendre répéter :

– On ne descend pas encore.

À Magalas, reconnaissant la gare envahie de wagons chargés de foudres, la tante se leva d'un bond :

– C'est la prochaine. Prépare-toi !

L'express les déposa à Espondeilhan, en rase campagne mais au plus proche des Pins. Un homme d'une cinquantaine d'années se tenait sur le quai, portant la barbichette, coiffé d'un feutre noir et vêtu d'une chemise blanche, les mains aux poches, une pipe à la bouche. C'était le régisseur. Il salua Berthe, pressa le mouvement :

– Vite ! Vite ! Les chevaux crèvent de chaud. Ils ont soif !

Les vendangeurs avaient aussi les lèvres et le gosier secs. L'air était si lourd qu'ils transpirèrent à grosses gouttes pour transporter les paquets jusqu'aux charrettes.

Une heure plus tard, par une longue allée de pins parasols, les attelages franchissaient l'entrée de la cour. Alice pensait découvrir, dominant les communs par sa taille et son élégance, un château à tours rondes coiffées d'ardoises bleues qui fût digne d'un vicomte, à l'instar de ce castel aperçu avant Magalas ; la maison au toit de tuiles rouges où la famille des Pins résidait durant les vendanges, quittant son hôtel particulier de Narbonne, la déçut malgré sa belle façade blanche et son perron fleuri de roses. Derrière une fenêtre, une fillette les regarda passer.

Les chevaux s'arrêtèrent à l'ombre d'un arbre, entre la maison du *ramonet*[1] et les écuries. Avant que les vendangeurs n'aient eu le temps de réunir leurs affaires, le régisseur lança d'une voix forte :

– Les hommes à la grange, les femmes à la remise !

Puis il sortit la montre du gousset et jeta d'un ton sec :

– Tout le monde dans les vignes à six heures ; on vous placera pour demain matin.

Les valets menèrent les bêtes à l'abreuvoir. Alice leur emboîta le pas, se faufila entre les juments dont la robe acajou ruisselait de sueur, s'aspergea le visage et but au creux des mains.

L'un des palefreniers railla ses manières :

– Il n'y a que les *gavatchs*[2] pour se rincer la dalle à la cuve des chevaux ! Pire que des sauvages !... La prochaine fois, tu iras à la pompe comme les mangeurs de fayots de ton foutu pays... Je ne te veux pas dans mes pattes !

Sa soif apaisée, Alice leva la tête et se redressa fièrement. Elle se sentit blessée dans son amour-propre. Pourtant, sa mère l'avait prévenue : « Dans le Midi, nous sommes des *gavatchs*, des crève-la-faim... Bien contents d'y trouver un peu de travail et de ramener quelques sous. Tant pis si on en souffre... » Ce blanc-bec venait de la traiter avec un tel mépris qu'Alice refusa de courber l'échine et l'obligea à baisser les yeux. Les mains agrippées à l'abreuvoir de pierre, l'homme rougit puis tourna les talons lorsque la jument recula pour rentrer à l'écurie.

Satisfaite, Alice s'essuya le menton avec un mouchoir, traversa la cour et se dirigea vers la remise où

1. *Ramonet* : contremaître du domaine.

2. *Gavatch* : nom injurieux donné aux journaliers de l'Aveyron et de la Lozère qui allaient travailler dans le bas Languedoc.

Jeanne l'attendait, occupée à bourrer de paille une enveloppe de coussin.

– Tu dormiras entre maman et moi, décida-t-elle. Voilà ton lit...

Les reins endoloris par les cahots du chemin, elle s'écroula sur le tas de paille, bientôt rappelée à l'ordre par Berthe :

– Dis donc, ma belle ! Faudrait nous aider à tout installer avant six heures si tu veux manger ce soir...

Un cocorico salua la fin de la phrase.

– Ils nous ont mis au poulailler ? s'offusqua Alice.

– Que tu es bête ! L'un des porteurs a amené un coq dans une corbeille d'osier. Je le tuerai demain... Déballe-moi ce fourbi pour que je puisse le ranger...

Tandis qu'elle ouvrait les portes d'un buffet long et massif, Alice et Jeanne tirèrent les provisions des sacs difformes.

– Pourvu qu'il y en ait assez pour tenir trois semaines ! soupira-t-elle après avoir refermé les portes et enlevé la clé. Nous serons douze à table chaque jour !

Berthe les entraîna toutes deux à la cuisine ou ce qui en tenait lieu : un appentis de planches appuyé à un pignon des chais. Sur le sol de terre battue, encombré de fagots de bois et de seaux en cuivre, d'un chaudron et de vieilles casseroles, trônait un fourneau près duquel sommeillait un chien.

– C'est ta cuisine ? fit Alice, pouffant de rire. Le vicomte aurait pu te trouver mieux que le hangar de la bouillie des cochons !

Le sang de Berthe ne fit qu'un tour :

– Imbécile ! Tu te crois à l'hôtel ? Ici on vit pas dans le luxe : une pompe et un baquet dans la cour, un cabinet à l'écurie... Ça suffit pour ne pas se laisser manger par la crasse !

Alice ne put s'empêcher de sourire. Il lui semblait entendre les cabanières qui refusaient la grève.

Le domaine s'agita à la pointe du jour : hennissements et coups de sabot des bêtes à l'écurie, jurons des domestiques, fous rires des filles devant la pompe. Dans la cour illuminée de lueurs roses, les hommes chargèrent les *comportes*[1] sur les fardiers, longs plateaux à deux roues que les palefreniers venaient d'atteler aux chevaux placés en flèche deux par deux. La *colle*[2] de Berthe se rassembla à la remise pour le casse-croûte : jambon, fromage et pain, deux ou trois verres de rouge pour les hommes, du vin coupé d'eau pour les femmes et les enfants.

Puis Berthe distribua les seaux et les sécateurs :

– Méfiez-vous des ciseaux : ils coupent autant que des rasoirs !

Le régisseur arriva à sept heures, peu après un groupe de filles et de garçons du village voisin, répéta les recommandations, prit à part le *ramonet*, lui transmit les ordres pour la journée, ouvrit la marche vers les vignes et s'arrêta à quelques centaines de mètres du château. Au hasard des rangées, il grappilla des grains de raisin qu'il croqua lentement, avant de hocher la tête. La meneuse veilla à ce que chacun retrouvât sa place, puis guetta le signal.

Les premières grappes tombèrent dans les seaux alors que les porteurs déchargeaient les *comportes* entre les ceps. La peau des raisins, mouillée de rosée, était tendue à craquer. Alice ne résista pas à l'envie de les goûter.

Ils étaient frais, juteux, tendres.

– Ne traîne pas ! chuchota Jeanne qui l'observait depuis le rang voisin. Sinon tu auras le *ramonet* sur les talons...

– Encore un ! Ils sont tellement bons.

Alice porta à la bouche un grain aussi gros qu'une cerise, puis ses ciseaux cliquetèrent.

1. *Comporte* : récipient en bois, muni de poignées, qui a la forme d'une demi-barrique et dans lequel les porteurs vident les hottes.
2. *Colle* : équipe de journaliers ou de saisonniers.

Bientôt des rires et des chants troublèrent la quiétude du matin. La vigne se mit à bruire des allées et venues entre les ceps et les *comportes* où les vendangeurs vidaient les seaux, à retentir de cris joyeux et de plaisanteries lancées par les hommes à l'adresse des filles lorsqu'ils écrasaient le raisin, de semonces jetées aux retardataires.

Alice éprouva des difficultés à suivre le train d'enfer imposé par la meneuse, une jeune femme de Saint-Affrique, grande et maigre, qui cherchait à s'attirer les compliments du régisseur. De temps à autre, elle se redressait et massait ses reins. À la fin de la matinée, les mains gonflées et douloureuses, se tenant le dos, elle marchait à demi courbée comme une paysanne usée par le travail. En nage sous un soleil qui transperçait les chapeaux.

– Ça se voit que t'as pas l'habitude ! se moqua Jeanne lorsque cessa le travail.

– C'était aussi pénible au fond des caves, répliqua-t-elle. Tu n'y tiendrais pas à genoux dans le froid...

– Tout à l'heure, après le repas, je te frictionnerai avec de l'eau-de-vie, reprit Jeanne. Tu te sentiras mieux pour l'après-midi.

– Je croyais qu'à midi on mangeait dans la vigne...

– Pas le premier jour. À midi, on doit retourner au château pour l'offrande des raisins à monsieur le vicomte... Ça revient à la plus jeune coupeuse. Cette année, c'est moi...

La fierté brillait dans ses yeux.

Le régisseur l'aida à choisir les plus beaux raisins, à les disposer sur des feuilles de vigne dans un joli panier en osier doré.

– C'est ta mère qui avait eu cet honneur la première fois qu'elle a vendangé aux Pins, raconta-t-il à Alice. Il y a presque trente-cinq ans ! C'était au temps de monsieur Albert et de madame Elisabeth. Ils lui avaient donné un sou...

– Elle ne m'en a jamais parlé, s'étonna-t-elle.

– Tu lui demanderas...

Au loin, sonna l'angélus.

– En route! répéta le régisseur. Monsieur n'aime pas attendre...

Jeanne plaça le panier en équilibre sur la tête qu'elle protégea d'un coussin, et s'engagea sur le chemin, suivie des vendangeurs.

Le vicomte, la vicomtesse et leur fille guettaient leur arrivée sur la plus haute marche du perron. Monsieur consultait sa montre en or, madame ouvrait son ombrelle pour s'abriter du soleil, la fillette bâillait. Alice remarqua leur élégance: costume de marin en coutil blanc pour la jeune héritière, robe blanche au col orné de dentelle et canotier à voilette pour sa mère.

Lorsque Jeanne s'agenouilla sur la seconde marche, une main accrochée au panier, le régisseur enleva son chapeau et annonça d'un ton solennel:

– Monsieur le vicomte, madame la vicomtesse, mademoiselle, voici les premiers raisins cueillis ce matin dans vos vignes! Que la récolte soit bonne et vos affaires prospères!

Monsieur des Pins tendit la main et prit une belle grappe:

– Merci, merci, mes enfants!

Il mordit à pleines dents dans les grains noirs et luisants puis en détacha deux ou trois pour sa femme et sa fille.

– Vous avez bien travaillé, continua-t-il. Il ne manque plus que monsieur le curé pour bénir le moût et les chais...

– Il viendra ce soir, précisa le régisseur.

De la poche du gilet où pendait une chaîne en or, le vicomte tira une pièce qu'il donna à Jeanne.

– Relève-toi, ma fille. Tu as gagné l'étrenne!

Les joues empourprées par l'émotion, elle se releva, déposa le panier sur la dernière marche et empocha les cinq centimes sous les vivats des vendangeurs.

Alice imagina sa mère accomplissant le même geste déférent à l'égard du vieux vicomte, recevant la pièce grise et plate, remerciant et retournant dans le rang sous les applaudissements. Au domaine des Pins, aux caves de Roquefort, le temps semblait à jamais figé. Malgré les révoltes et les grèves, les patrons s'obstinaient à vivre comme avant. Changeraient-ils un jour ?

Peu à peu, Alice s'habitua aux longues journées passées dans les vignes sous le soleil, le vent, la pluie qui détrempait le sol, alourdissait le bas de sa jupe, collait des bourrelets de terre rouge à ses galoches. Une joyeuse ambiance lui permit de supporter les coups de soleil, les douleurs, les démangeaisons, les entailles aux doigts, les piqûres des moustiques, le bourdonnement des guêpes qui sortaient d'un trou de souche pour s'attaquer aux raisins. Un matin où elle avait oublié une grappe, les garçons l'écrasèrent sur ses joues et en barbouillèrent ses lèvres.

Le régisseur n'accordait aucun répit. De l'aube au crépuscule, les vendangeurs alimentaient le pressoir. À la tombée de la nuit, le visage cramoisi et brûlant, ivre de soufre et de vendange, chacun rentrait en traînant les pieds. Les plus jeunes titubaient de fatigue, somnolaient en marchant. Firmin se hissait sur le dos d'un cheval, Jeanne montait sur la charrette.

Alice aimait les derniers moments de la journée, l'air frais venu de la mer, les couleurs du ciel, les feuilles de la vigne au vert flétri qui se teintait de rouille, l'eau de la pompe qui enlevait la crasse et la poussière, la soupe chaude de la tante Berthe. Elle aurait eu tort de se plaindre de sa cuisine. Grâce aux provisions de chacun et à la débrouillardise de Berthe, les gens du haut pays ne manquaient de rien à l'inverse des domestiques employés à l'année et nourris par la *ramonete*, qui ne mangeaient pas toujours à leur faim. Le soir, ils rôdaient près de la remise, échangeaient du vin contre un peu de fromage ou de saucisse, jouaient de l'harmonica, sifflaient des airs à la mode, bâtissaient avec les hommes du haut pays un monde sans *ramonet* ni vicomte. Berthe les tolérait mais, telle une matrone, ne quittait pas les filles de l'œil : elle leur interdisait de les suivre aux bals des fêtes alentour, de s'aventurer seules au-delà de la cour. Elle les protégeait du désir qui brillait dans les yeux, attisé par l'odeur des moûts fermentant dans les caves, le vin et la chaleur.

Leur visite rompait la monotonie des fins de repas. Pendant une heure, tous oubliaient leurs soucis pour chanter avec eux. À la nuit noire, Berthe tapait dans ses mains et décrétait le couvre-feu. Sur son lit de paille sèche, une fois le silence retombé, Alice fredonnait *La Paimpolaise* ou des couplets de Bruant.

Les vendanges s'achevèrent un samedi, entre chien et loup ; les équipes travaillèrent d'arrache-pied pour ne pas revenir dans les vignes le lendemain. Malgré une lassitude qui transformait en automates les plus jeunes comme les plus aguerris, la satisfaction éclatait sur les visages.

Des hurlements de joie et des chansons à boire saluèrent le chargement de la dernière *comporte*.

Au retour, l'un des porteurs glissa à Alice :

– Tu nous accompagnes demain à la mer ?

– À la mer ? répéta-t-elle, incrédule.

Ses yeux s'illuminèrent.

– Mais oui ! insista-t-il. Elle n'est qu'à vingt-cinq kilomètres, à deux pas d'ici : le train jusqu'à Béziers, l'autobus jusqu'à Valras et hop ! on trempe les pieds dans l'eau ! Je parie que t'as jamais vu la mer... Tu vas pas manquer une occasion pareille. Après ce que tu t'es appuyé, tu peux te payer du bon temps. Personne ne te le reprochera...

Elle sourit puis se rembrunit.

– Ma tante ne voudra jamais.

– Penses-tu ! Elle ne refusera pas de te laisser partir la journée puisque Marguerite, Paulette et Louise viennent avec nous…

– Elles ont vingt-cinq ans !

– L'an dernier, ma sœur Lucette y est allée ; elle avait le même âge que toi. La Berthe n'a rien trouvé à redire.

– C'était ta sœur, observa Alice. Je suis sa nièce. Mon père l'a chargée de me surveiller…

– Elle sait que tu ne risques rien avec nous.

Comme Alice le pressentait, la tante chercha mille raisons pour la priver de sortie.

– S'il t'arrive quelque chose, ton père sera furieux, ronchonna-t-elle. Avec ces garçons, je ne suis pas rassurée. Il ne faudrait pas que tu fêtes Quasimodo avant Pâques !

Tandis qu'Alice devenait écarlate, Victorin s'esclaffa.

– Marguerite ne la lâchera pas d'une semelle, promit-il.

– J'aimerais tant y aller, répéta Alice. On est si près… Mon père n'en saura rien si tu gardes le secret…

Elle finit par céder.

Heureuse de cette issue inespérée, Alice l'embrassa.

– Oh ! merci. J'en rêve depuis si longtemps.

– Tu dois une fière chandelle à Victorin, convint Berthe. Mais je reconnais que tu mérites la permission : t'as pas bronché une fois depuis le premier jour… Ton père se fait des idées…

Alice acquiesça d'un signe de tête puis ajouta à mi-voix :

– Tu voudrais bien m'avancer des sous pour demain ?

– Tu es partie les poches vides ? s'offusqua Berthe.

– Mon père ne m'a rien donné…

– Quel serre-ficelle !

Le soir, en cachette des enfants, Berthe lui prêta de l'argent.

– On fera nos comptes quand le régisseur nous aura payées…

Après la vaisselle, Alice papota avec les filles qui avaient vu la mer, les accabla de questions sur la couleur, le goût et les dangers de l'eau. Cette nuit-là, elle veilla longtemps par peur de manquer le train. À l'aube, elle courut la première à la pompe et se savonna énergiquement, la chemise dégrafée. Puis se parfuma. Au saut du lit, Marguerite lui avait prêté un flacon, Fleur de Mai, ramené d'une maison de Paris par sa tante coiffeuse.

– Ne gaspille pas, avait-elle recommandé. Je n'ai que celui-là, je le fais durer depuis trois ans… Une goutte seulement…

Le flacon dégageait un parfum si enivrant qu'Alice désobéit, en prit deux : l'une qu'elle déposa à la naissance du cou, l'autre dans les plis de son mouchoir.

Elle passa ses habits du dimanche, rangés au fond d'une malle avec les vêtements des autres filles, puis aida Berthe à préparer les provisions de la journée avec ce qui restait dans le buffet.

À l'heure où le soleil pointait dans l'azur, ils se retrouvèrent sept à chanter sur le chemin de la gare : les trois porteurs et quatre des six coupeuses. À l'arrivée du train, Victorin les guida :

– Suivez-moi ; j'ai fait mon régiment à Béziers. Je sais où sont les autobus. Ils partent derrière les allées Paul-Riquet…

Bras dessus bras dessous, riant aux éclats comme si la rue leur appartenait, ils s'y précipitèrent. Le premier service était déjà parti depuis un bon moment. Il fallait attendre le départ du second prévu à onze heures.

– Ne revenez pas à moins cinq si vous voulez avoir une place ! prévint le guichetier. Avec ce soleil, il y aura du monde…

– On pourrait peut-être y aller à pied, suggéra l'un des porteurs.

– T'as pas assez marché dans les vignes ? rétorqua Victorin.

Les garçons s'attablèrent à la terrasse du café le plus proche ; les filles flânèrent devant les boutiques de chapeaux, gants, robes, jupes et lingerie fine. Comparant cet étalage de beaux tissus à sa tenue, Alice regretta le peu d'élégance de sa jupe de cotonnade, à fronces et rayée, de son corsage à carreaux et de son fichu d'indienne. Puis, à la réflexion, elle s'en moqua. Jamais elle ne s'était sentie aussi gaie, légère et libre qu'en ce matin. Elle ne voulait penser à rien d'autre qu'à la mer.

L'autobus pétaradait lorsque les filles revinrent en courant vers l'arrêt de la Compagnie des lignes automobiles du Midi.

– Heureusement qu'on a gardé des places ! s'écria Victorin.

D'autorité, les garçons s'étaient attribué les sept strapontins de la plate-forme arrière où l'absence de vitres aux fenêtres rendait le voyage pittoresque.

Pendant une heure, l'engin poussif se traîna le long de l'Orb sur la route de Valras. De temps à autre, il croisait des hommes à vélo qui pédalaient sans relâche, ruisselant sous leur canotier.

– Vas-y Garrigou ! hurlait Victorin. Allez Garrigou !

– Tu le connais ? coupa Alice.

– Pas du tout !

– Pourquoi tu l'appelles Garrigou ?

– Il a gagné le championnat de France l'an dernier.

L'autobus les déposa à cinq cents mètres du rivage.

– Le premier arrivé aux chalets de la plage fera un *poutou* aux filles ! lança l'un des porteurs.

Ils filèrent comme des flèches.

Le soleil tapait aussi fort qu'en été. La peau moite de sueur, le chapeau collé aux cheveux, les jambes lasses, les filles prirent le temps de bavarder en marchant sous les pins.

Au fur et à mesure qu'elles avançaient vers la mer, une grande étendue d'eau se dessinait qui se fondait au loin avec le ciel, d'un bleu plus pâle. Bientôt Alice entendit le clapotis des vagues mêlé aux cris des baigneurs, aux piaillements plaintifs des oiseaux et au bruissement des aiguilles de pins. Elle respira l'air venu du large au goût de sel, de mystère, de voyage.

Derrière les chalets s'ouvraient la plage et la mer. Quand elles franchirent cette barrière, Alice s'arrêta net. Rivée au sable fin, face à l'immensité de l'eau que les rayons du soleil éclaboussaient de scintillements, sa tête tourna et s'alourdit. Elle passa une main sur son front, cligna des yeux pour mieux s'habituer à la lumière, réussit à décoller ses pieds et à enlever ses chaussures.

Galoches à la main, Alice se dirigea vers les vagues, fit couler du sable entre ses doigts, ramassa un coquillage, releva le bas de sa jupe, pataugea dans l'eau blanche d'écume avant de rejoindre les filles près des barques de pêcheur.

– T'es bien pâlotte ! s'exclama Marguerite.

Elle pleurait de joie.

3

À son retour à la ferme, le père compta et recompta l'argent des vendanges.

– On t'a pas donné grand-chose, reprocha-t-il à sa fille. T'aurais dû ramener davantage...

Pour ne pas éveiller ses soupçons, Alice répéta ce

qu'elle avait entendu pendant les conversations des hommes à la vigne :

– Là-bas, tout le monde se plaint des cours du vin, du prix des terres, de la fraude, des taxes. Les barriques sont pleines, ils n'arrivent pas à vendre... Les domestiques sont mal payés...

– Les gros s'engraissent sur la couenne des pauvres bougres ! continua le père. Le vicomte n'est pas plus honnête que les autres.

– Pas si fort ! chuchota Justine. Tu vas réveiller le petit...

Léon dormait, affalé sur la table de la cuisine.

La discussion en resta là au grand soulagement d'Alice qui finit de ranger la vaisselle du souper.

Pendant que sa mère servait une infusion de tilleul, Grégoire mit l'argent à la poche du pantalon et se leva pour prendre, sur le manteau de la cheminée, une boîte de fer-blanc où il entassait les papiers du percepteur et des caves de Roquefort. Il fouilla un moment dans les liasses, en sortit une lettre. Revenu s'asseoir en bout de table, il rapprocha la lampe à huile et déplia une feuille qu'il garda à la main.

– La tante de Millau m'a écrit, dit-il d'une voix calme qui surprit Alice. Elle a la bonne idée de s'occuper de toi. Elle ne pouvait pas mieux tomber ! La mère Graillon a craché quelques sous mais elle ne te veut plus parce que tu lui coûterais trop cher... J'avais pensé à l'usine de tissus mais elle n'embauchera que ta sœur pendant la morte-saison des Caves... À la Saint-Michel, toutes les places sont prises dans les fermes du pays. Tu n'auras pas le choix : ce sera la ganterie. C'est heureux que la tante Noémie ait trouvé à te caser. La maison Guibert te prend à partir de la Toussaint...

Cette nouvelle la combla.

– Je suis sûre que ça me plaira ! s'enflamma-t-elle.

– Vaudrait mieux sinon je t'envoie au couvent ! Il y a huit jours, j'ai fait répondre par monsieur Ravaille que tu acceptais... Pour la pension, tu t'entendras avec la tante.

À la lueur de la lampe, Alice relut la lettre jusqu'à en retenir chaque mot. Elle se mordit les doigts d'avoir pesté contre sa tante alors qu'elle avait déployé tant d'habileté pour lui être agréable et lui éviter les colères du père.

Le lendemain, Lucie rentra au Pas sous une pluie d'équinoxe, froide et fouettée par le marin[1], les vêtements mouillés et crottés en dépit de sa cape de toile.

Elle tomba dans les bras d'Alice.

– Qu'est-ce que tu m'as manqué ! avoua-t-elle. J'en ai bavé, je ne pouvais pas me défendre... J'espère que tu vas rester cet hiver au pays...

– Viens te sécher ! Sinon tu attraperas la mort...

À son air embarrassé, Lucie comprit que sa sœur lui faussait à nouveau compagnie. Son visage s'assombrit.

Alice prépara un bol de vin chaud, raconta les vendanges et la vie qui l'attendait à Millau.

– Je suis contente pour toi, articula Lucie.

Ce soir-là et les suivants, dans le lit étroit qu'elles partageaient, les deux sœurs se confièrent leurs soucis, leurs secrets. Alice parla de sa journée à la mer ; Lucie jura de ne rien dire.

Jusqu'à la Toussaint, Alice suivit les brebis dans leurs errances quotidiennes vers le Col. Les après-midi de beau temps, s'arrêtant sous un arbre ou cheminant au rythme du troupeau, elle lisait des romans empruntés à la bibliothèque de l'école, livres d'aventures et de voyages choisis par madame Ravaille. Ainsi les heures passées derrière les bêtes paraissaient-elles moins longues.

Quelques jours avant son départ, Justine lessiva le

1. Marin : vent du sud venu de la mer, chargé d'humidité.

trousseau qu'elle confectionnait depuis l'automne des treize ans de sa fille.

– Tu penses bien qu'il n'y a pas tout ! dit-elle à Alice. Mais tu ne te maries pas demain ! La tante te prêtera des affaires...

Rien n'échappa au « lessif » de cendres de bois : une paire de draps achetée à un marchand ambulant et brodée à son nom, une taie d'oreiller, des chemises longues, le linge de toilette.

Le matin de la Toussaint, Grégoire Pelat descendit tôt au village assister à la première messe et déposer la malle à l'école où Alice rejoindrait son amie Léa après l'office solennel de onze heures. Le maître avait proposé de les emmener à Saint-Affrique au début de l'après-midi ; elles voyageraient ensemble jusqu'à Millau.

Justine en profita pour remettre un peu d'argent à sa fille. Les yeux rougis d'avoir pleuré pendant la nuit, elle confessa :

– Ton père est trop dur. Il ne veut te donner que le billet de train. Il répète assez qu'à Millau, tu gagneras ta vie et que tu palperas beaucoup d'argent... Je n'en ai pas dormi. Ça me fait mal au cœur. Je ne peux pas te laisser partir sans un sou.

Devant Alice, elle ouvrit l'armoire de leur chambre, souleva une pile de draps, en tira une bourse de cuir.

– C'est l'argent des œufs et des poulets, dit-elle fièrement. Avec ça, je me débrouille pour la maison... Voilà dix francs...

Une fortune pour qui n'avait jamais eu cinq centimes en poche. C'était la valeur de neuf douzaines d'œufs.

Comme Alice les refusait, gênée de puiser dans les économies de sa mère, elle insista.

– C'est pas grand-chose pour débuter mais prends-les... Tu en auras besoin à la ville...

Sur les quais de Millau noyés dans la brume et le crachin, Alice rencontra un employé de la Compagnie qui l'aida à transporter sa malle jusqu'à la salle des guichets. La nuit enveloppait peu à peu la pièce faiblement éclairée par deux lampes à gaz.

Elle frissonna.

– Quelqu'un vient vous chercher ? s'inquiéta-t-il.

– On m'attend, confirma-t-elle.

Assise sur une banquette de bois, face à la porte d'entrée, elle guetta l'arrivée de la tante Noémie. Bientôt, elle se retrouva seule. L'aurait-elle oubliée ?

Soudain, le battant s'ouvrit. Les vitres tremblèrent. Une voix criarde résonna :

– Y a quelqu'un dans cette boutique ?

Alice se leva d'un bond. L'instant d'après, elle recevait en plein visage l'haleine avinée d'une matrone aux vêtements puants.

– C'est toi la petite Pelat ?

Impressionnée par sa poigne d'homme, elle hocha la tête.

– Je suis une voisine de La Noémie. On m'appelle La Pissaïra parce que je ramasse la pisse des gens de Millau tous les matins... Ta tante brode la *presse*[1]. La *presse*, ça presse toujours ! Il faut laisser tout en plan pour s'en occuper. Elle doit livrer demain matin, avant neuf heures. C'est un travail plus propre que le mien...

Au pas de charge, sans se soucier des ornières remplies d'eau boueuse dans lesquelles Alice patouilla et manqua se tordre une cheville, La Pissaïra continua ses bavardages :

– Heureusement que j'ai un mulet : il me traîne la charrette et la barrique où je vide les *jules*...

Alice n'osa pas l'interrompre.

– Tu te demandes pourquoi je me coltine, chaque

1. La *presse* est la commande urgente que les couturières à domicile doivent exécuter dans les plus brefs délais.

jour, la pisse de toute la ville ? Imagine-toi que je la vends ! Ils s'en servent dans les mégisseries pour préparer les peaux...

Cette révélation la sidéra. Étrange ville, curieux métier.

Malgré la malle qui les gênait pour arpenter les rues à la lueur de rares becs de gaz, le trajet lui parut court tant son récit l'amusa. Noémie habitait rue des Fasquets, au cœur de la vieille ville, près du Mandarous. Elle vivait seule depuis une dizaine d'années et depuis la mort de son mari, un ouvrier mégissier qui s'était détruit la santé à patauger dans l'eau, à respirer les bains de chaux et les vapeurs grasses. À soixante ans passés, Noémie restait fidèle à la maison Guibert pour qui elle brodait. « Profitez-en tant que j'ai de bons yeux ! » répétait-elle à la contremaîtresse.

À travers un escalier étroit et obscur, les deux femmes hissèrent la malle jusqu'au troisième. La Pissaïra jura en cognant le mur.

– Te voilà remise ! lança-t-elle sur le palier.

Noémie la pria de rester souper :

– À la fortune du pot ! Du lapin en sauce, du ragoût de pommes de terre et un peu de fromage...

– J'ai apporté des *pérails* de brebis et de la confiture de poires, ajouta Alice, en ouvrant son coffre. Un morceau de roquefort, une poignée de châtaignes, un petit sac de noix...

– Ta mère nous a gâtées ! s'exclama la tante.

Noémie n'avait pas bougé de sa place même lorsque sa petite-nièce l'avait embrassée. Installée près du poêle, quelques pelotes de coton à portée de main, lovées dans le creux d'une chaise, elle brodait tout en parlant.

Alice l'observa pendant que la voisine allait chercher du pain, et revit sa grand-mère au coin de l'âtre : même chignon, même sourire flottant sur les lèvres, même regard tendre, mêmes manies dans les gestes quand elle piquait le crochet dans ses cheveux, arrêtait le fil ou changeait de pelote. Noémie respirait la bonne humeur et la bonté.

Alice voulut débarrasser la table pour mettre le couvert.

– Ne touche pas aux gants ! lança sa tante.

Sur un linge immaculé s'alignaient les pièces de six paires en peau d'agneau ; leur teinture noire les rendait éclatantes. Alice se contenta d'admirer :

– C'est beau !

En prenant soin du moindre bout de peau, Noémie rangea avec minutie la *passe*[1] remise la veille par une coursière.

– Quand tu connaîtras un peu le métier, tu feras attention de ne rien salir. Les gants tachés sont refusés par la contremaîtresse qui les retient sur la quinzaine. Nous les payons au prix de fabrique : au moins trois ou quatre fois la façon d'une paire. À ce train-là, les poches se trouent vite !

Alice s'en étonna.

– Tu comprends maintenant pourquoi je suis si soigneuse...

– Tu dois coudre tous ces gants d'ici demain ?

– Oh que non ! Sinon je ne me coucherais pas... L'usine ne m'a commandé que les fantaisies : je brode les trois nervures du dos de la main.

– Tu m'apprendras ?

– Commence à savoir piquer...

Au petit matin, les cris de La Pissaïra réveillèrent Alice.

– Envoyez vos *jules* ! Envoyez vos *jules* !

Il était sept heures. Elle bâilla.

À la cuisine, Noémie achevait de broder. Le visage lisse malgré les heures de veille. Le fourneau ronronnait déjà.

1. La *passe* regroupe les différentes pièces des gants confiés à une piqueuse ou à une couturière.

– Ne traîne pas pour te préparer. En livrant les fantaisies, je te présenterai à la contremaîtresse. À l'usine, les filles embauchent à huit heures...

La manufacture Guibert-Frères, fière d'appartenir au cercle des grandes maisons millavoises, s'élevait hors des quartiers anciens, près du confluent du Tarn et de la Dourbie, à un quart d'heure de marche de la rue des Fasquets. Alice et Noémie arrivèrent sur le Mandarous au moment où la foule des coupeurs, des manœuvres et des piqueuses envahissait la place. Vêtus de longues blouses, coiffés d'une casquette, chaussés de sabots pointus, les ouvriers prenaient la direction des quais du Tarn où les mégisseries et les tanneries transformaient des montagnes de peaux, tandis que les coupeurs gantiers en chapeaux et costumes élégants emboîtaient le pas des filles coquettes pour rejoindre les soixante-dix fabriques disséminées à travers la ville. Ce flot de gens pressés et bavards rappela à Alice la sortie des caves de Roquefort.

Depuis le Moyen Âge, Millau vivait avec la peau et le gant qui nourrissaient les deux tiers de ses dix-huit mille habitants. Auréolés du prestige d'habiller les belles mains de Paris, Genève et New York, les Millavois s'accrochaient à une libre organisation du travail qui respectait leurs envies d'indépendance. Quel bonheur de couper les peaux chez soi, broder ou coudre les gants dans sa cuisine ! Chacun y trouvait son compte : les patrons payaient aux pièces et limitaient ainsi la main-d'œuvre salariée, les gantières avaient tout loisir de s'occuper de leurs enfants, les coupeurs pouvaient partir à la pêche et aux champignons dès les beaux jours. Une fois qu'ils avaient goûté à la liberté, peu d'entre eux voulaient retourner dans les ateliers.

– Ça me porterait peine de pointer à l'usine comme eux chaque matin à huit heures, souffla Noémie à sa nièce en se faufilant dans la foule pour quitter la place du Mandarous. Quand tu te marieras, tu t'installeras chez toi pour piquer des gants avec une machine du patron ou faire les fantaisies si tu es habile. Tu n'épouseras pas un ouvrier mégissier mais un coupeur! Ça gagne mieux sa vie...

Noémie traçait sa route.

Derrière l'église du Sacré-Cœur, à l'angle de l'avenue menant à l'usine, qui n'avait toujours pas reçu de nom officiel mais que les gens de Millau appelaient la Route-Neuve, elles rejoignirent les ouvriers et les ouvrières de chez Guibert. Le jour se levait sur une matinée d'hiver, grise, lugubre. Des lambeaux de brume flottaient au-dessus de la rivière, masquaient les corniches du causse Noir. Un vent froid fouettait les visages: Alice se serra dans la pèlerine de laine prêtée par Noémie, rentra ses mains dans les manches. L'odeur des feuilles mortes pourrissant dans les flaques d'eau réveilla en elle des souvenirs de rentrée à l'école du village.

Au bout de l'allée de platanes, les coupeurs et les piqueuses se pressaient devant un long bâtiment de quatre étages aux façades constellées de larges fenêtres. Ils n'attendirent pas longtemps car la sirène sonna et les portes s'ouvrirent. Alice suivit sa tante dans un dédale de couloirs jusqu'à l'atelier de vérification, au troisième. Sur une table de bois verni, patiné par le temps, Noémie posa son cabas de paille tressée et déballa la *passe*. Au même moment, la contremaîtresse pénétra dans la pièce. C'était une femme d'âge mûr, aux mains fines et douces, qui avait enfilé sur ses vêtements noirs une blouse de coton clair aux manches trois-quarts.

– Vous êtes en avance! se réjouit-elle.

– J'en ai profité pour accompagner la petite...

La contremaîtresse fronça les sourcils, baissa ses lunettes sur le nez, toisa Alice. Un ordre sec fusa:

– Descends au second chez les maîtresses-ouvrières, à l'atelier de couture. Aurélie s'occupera de toi.

Un tel vacarme y régnait qu'Alice entra sans frapper. Installées aux machines à coudre, les apprenties s'initiaient au surjet sous la férule d'Aurélie dont elles craignaient les colères. À chacun de ses passages dans leur dos, une baguette d'osier entre ses mains, les adolescentes tremblaient et commettaient une faute. Alors sa voix tonnait pour rectifier les gestes. Le cliquetis cessait un instant mais reprenait dès que la badine claquait sur le rebord d'une table.

Malgré le bruit, la présence d'Alice ne passa pas inaperçue.

– Qui t'envoie ? jeta Aurélie.

– La contremaîtresse.

– Je ne peux pas te prendre : je n'ai aucune surjeteuse de libre. Va voir au piqué anglais...

Au bout du couloir, il n'y avait pas davantage de place.

Elle retourna chez la contremaîtresse qui préparait des bons de commande pour les couturières à domicile.

– D'ici quelque temps, on te trouvera une machine ! expliqua-t-elle. En attendant, tu feras les livraisons...

Sa journée s'écoula en allées et venues entre les ateliers et les quartiers de la ville, déposant une *passe*, reprenant des gants cousus, ramenant de chez l'épicier des haricots secs, de la farine, du pain et de l'huile pour la contremaîtresse.

Elle se perdit, essuya des réprimandes. Après avoir balayé l'étage, elle rentra furieuse et fatiguée d'avoir tant marché. Tel le tonnerre dans un ciel d'orage, sa mauvaise humeur éclata, fondit sur sa tante :

– Coursière ! Comme les gamines de quatorze ans ! Tu entends ? On m'engage comme coursière... Pourtant, je suis venue à Millau pour coudre des gants ! Si ça ne change pas, je n'y resterai pas huit jours...

Noémie la raisonna.

– Quand mes parents m'ont placée, j'ai été coursière un an. Tu n'as pas à en avoir honte : les garçons sont traités comme les filles. C'est la règle pour tout le monde !

– À mon âge, c'est du temps perdu.

– Tu ne t'en souviendras plus dans quelques semaines quand tu seras à la machine...

Alice retrouva son calme et glissa à sa tante :

– J'aimerais avoir les mains douces comme les tiennes...

Elle ouvrit ses paumes qui portaient les stigmates de son travail aux Caves, dans les vignes, à l'auberge, à la ferme. Les crevasses ne se refermaient pas et lui arrachaient, certains soirs, des plaintes douloureuses lorsque perlaient des gouttelettes de sang. La peau de ses doigts était rêche, dure, tendue.

– Mes mains tacheront les gants, gémit-elle. Je ne pourrai pas coudre à l'aiguille...

Noémie s'arrêta de broder, les examina, la rassura.

– Les miennes n'étaient guère plus belles quand je suis arrivée à Millau... La Pissaïra te les arrangera. Elle sait guérir les gerçures et les engelures avec de la graisse de coq ramollie au feu, du suif de mouton, du saindoux fondu...

Alice manqua s'étouffer.

– Du suif, du saindoux ? Comme pour les bêtes ?

– Elle s'y connaît, insista Noémie.

Chaque soir, avant de se coucher, Alice s'enduisit les paumes de graisse de coq. Au bout de huit jours, ses mains s'adoucirent. Le sourire revint sur ses lèvres.

À la fin du mois de novembre, après avoir éprouvé sa patience, la contremaîtresse la confia à Aurélie. À sa grande joie, elle apprit enfin le métier. Aux filles réunies par tables de six, la maîtresse-ouvrière expliqua l'art et la manière de coudre. Après vingt-cinq ans passés dans la maison, elle n'ignorait rien des exigences d'Aimé et Victorin Guibert.

– Ils veulent des gants qui n'aient pas un seul défaut !

À ce mot, un frémissement parcourut l'atelier.

– Vous entendez ? répéta-t-elle en maniant la baguette d'osier. Pas un seul ! Partout dans le monde, les gants Guibert doivent être les plus beaux.

Elle distribua à chaque table des modèles prêts à être expédiés ainsi que les pièces complètes d'une *passe* à partir desquelles elle demanda d'assembler une paire.

Alice s'appliqua à transformer le corps du gant en main parfaite et superposa au plus juste les huit demi-doigts avant de constater la présence, sous l'index, d'une large boutonnière échancrée qui recevrait la base du pouce. Ce premier exercice lui parut enfantin mais le deuxième se corsa avec la mise en place entre les demi-doigts des *fourchettes*, lanières de peau se terminant en pointe.

– Ce sont les fourchettes du père Adam ? lança une délurée qui se cachait au fond de la salle.

À l'aide de sa badine, la maîtresse-ouvrière réclama le silence ; son regard foudroya l'impertinente puis sa voix ordonna :

– Puisque tu es si calée, indique-moi où tu vas les coudre.

Après plusieurs tentatives infructueuses, l'apprentie renonça.

– Je ne sais pas : il n'y en a que six, avoua-t-elle, penaude. Il en manque deux pour que chacun ait les siennes.

– Tu es sûre que tu ne les as pas toutes ?

Elle partit d'un grand éclat de rire :

– Cherche bien… Tu les trouveras…

Intriguée à son tour, Alice compara le modèle cousu et le gant en cours d'assemblage. Aussitôt elle s'exclama :

– Deux doigts n'ont besoin que d'une *seule fourchette* ! L'index et l'auriculaire.

– Très juste, approuva Aurélie.

Puis s'adressant à l'écervelée :

– Un peu de bon sens ! Regarde ton gant : les deux parties de l'index sont siamoises comme les jumeaux du Siam de ton livre du certificat d'études...

– Je ne suis pas allée au certificat, coupa l'intéressée.

– Les *fourchettes* servent à quoi ? reprit la voisine d'Alice.

– Si elles n'existaient pas, les doigts du gant seraient trop plats et les coutures casseraient.

La maîtresse-ouvrière sortit un gant de la poche de sa blouse et ganta sa main droite pour montrer la métamorphose des doigts de peau. Les filles écarquillèrent les yeux. Un murmure d'étonnement troubla le silence :

– On n'avait jamais remarqué...

Alice voulut passer l'un des gants déposés sur la table, qu'elle jugeait à sa pointure. D'un geste, Aurélie l'arrêta :

– Ne les abîme pas ! Sinon ils seront tout avachis...

À regret, elle renonça.

Un jour, avec ses économies...

Aurélie en vint alors au *carabin*, minuscule triangle de peau fixé à chaque entre-doigt pour procurer de l'aisance aux mouvements, qui différenciait les modèles de Millau des gants de Grenoble.

– Ce perfectionnement a été mis au point à Millau ! claironna-t-elle, sûre de son effet. Personne dans le monde n'a osé copier nos *fourchettes à carabin*...

À cet instant, les filles éprouvèrent de la fierté à être Millavoises.

Elle leur expliqua encore l'importance du soufflet – la *piécette* – dans la mobilité du pouce, et l'utilité du *cœur*, renfort de peau qui évite à la fente d'ouverture du gant de se déchirer.

La démonstration terminée, Alice entendit sa voisine murmurer :

– C'est compliqué, je n'y arriverai jamais du premier coup...

Les impressions échangées à mi-voix devinrent bavardages.

Aurélie frappa dans ses mains pour ramener le calme.

– Il vous reste maintenant à apprendre le plus important : savoir tenir la peau, utiliser la machine, jouer du pied sur la pédale pour qu'elle ne s'emballe pas, piquer droit...

Alice ne s'effraya pas : sa tante poursuivrait la leçon ce soir, au coin du feu. Elle était si patiente...

Noël approcha à grands pas. Les boutiques se donnèrent des airs de fête, ornant leurs vitrines de rubans, de fleurs et de nœuds, prêtes à séduire les gantières qui rivalisaient de coquetterie dans les ateliers. À la sortie de l'usine, les filles musardaient devant les magasins. Provoquant un joyeux désordre dans les rues, elles se livraient à de savantes comparaisons de prix et de couleurs. Alice les imitait par curiosité et envie, mais elle refusait de dévoiler ses intentions d'achat.

– Je n'ai pas encore choisi, répondait-elle à ses compagnes qui brûlaient d'impatience de savoir ce qu'elle s'offrirait.

– Des gants ? Un chapeau ? Une robe ?

– Peut-être des chaussures, consentait-elle à dire.

– Tu en as rudement besoin ! lança un soir sa voisine de table. À Millau on ne porte pas des galoches comme les tiennes... C'est bon pour les cours de ferme...

Alice haussa les épaules :

– Si tu étais sans le sou, tu serais bien contente d'avoir quelque chose à te mettre au pied...

La boîte à boutons dans laquelle elle rangeait son argent ne se remplissait pas vite. Les deux premières quinzaines, le comptable de la manufacture lui avait versé un salaire de coursière : sept francs pour deux semaines ! Que faire avec cinquante centimes par jour alors que le boucher du quartier vendait le kilo de veau trois fois plus ? Elle espérait mieux depuis son entrée à l'atelier d'Aurélie.

Sa tante l'encourageait :

– Dépêche-toi de savoir coudre, on te payera mieux !

Alice apprenait vite, piquait de la *retaille* – chutes de peaux – à la vieille machine de Noémie, demandait conseil.

Il lui tardait de devenir ouvrière pour ne plus vivre aux crochets de sa tante.

– Quand on me payera plus, je me rattraperai pour la pension...

Noémie souriait.

– On verra plus tard... Je suis tellement heureuse de t'avoir que ça vaut tout ce que tu crois me devoir... Avec toi, je me sens moins seule... Antoine me manque beaucoup : il est si loin...

Lorsqu'elle prononçait le prénom de son fils, une larme perlait à ses yeux.

– L'Amérique, c'est au diable ! pestait-elle.

Antoine était son unique fils. Le modeste atelier qui l'employait comme coupeur n'avait pas survécu aux difficultés que la ganterie millavoise avait affrontées en 1904. Aussi, après plusieurs mois de chômage, Antoine avait-il rejoint avec quelques amis les gantiers millavois installés à Gloversville, emmenant sa femme et sa fille.

– Il est parti trop vite, regrettait-elle. Tôt ou tard, il aurait fini par entrer chez Guibert... Monsieur Aimé me l'a souvent dit...

Certaines veillées, avant de reprendre son ouvrage près de la lampe, Noémie montrait à Alice les lettres qu'elle recevait tous les mois. Antoine écrivait au dos de cartes postales représentant les gratte-ciel de New York, le Madison Square, la plage d'Atlantic City, les fontaines de Central Park ou les chutes du Niagara.

– Tout est si grand en Amérique et si différent de chez nous que je ne pourrais pas m'y faire, soupirait-elle. Même s'il y est heureux, je suis sûre qu'Antoine reviendra quand il aura mis assez d'argent de côté... Il aime trop Millau...

Pour ne pas la décevoir, Alice hochait la tête.

– J'ai tellement envie de revoir Marion, poursuivait-elle. Elle aura bientôt six ans ! Elle a les yeux de son père, des yeux vairons comme les tiens, et les cheveux de sa mère, si noirs qu'on les croirait teints comme des gants... Clarisse est une championne du piqué anglais : elle coud quatre paires de gants à l'heure ! Chez Buscarlet, elle piquait trente-deux paires par jour. Pas une seule couture ne craquait quand la contremaîtresse les vérifiait ! Les bonnes ouvrières ne passent pas plus de dix-huit à vingt paires ; tu commenceras à dix d'ici quelques mois... Si tu avais appris le point avec elle, tu serais imbattable...

Tirant l'aiguille, Noémie continuait à parler de ses enfants et de Gloversville telle qu'elle se l'imaginait grâce aux lettres de son fils. Ces soirs-là, Alice délaissait la vieille machine pour ne pas perdre un mot des récits de sa tante, relisait les cartes d'Antoine, bâtissait son Amérique.

Un nouveau monde peupla bientôt ses rêves.

Au matin de Noël, Alice découvrit au pied de son lit des bottines pliées dans du papier de soie. Elle poussa un cri de surprise :

– Ce sont celles du magasin de la rue du Mandarous !

Depuis un mois, ces chaussures noires et élégantes suscitaient sa convoitise. Après les avoir tant admirées en vitrine, elle les avait essayées un soir en rentrant de l'usine ; le prix l'avait rebutée.

– Plus tard, avait-elle promis à la vendeuse. Je commence mon apprentissage...

Pieds nus, les bottines à la main, sans prendre le temps de jeter un châle sur ses épaules, Alice courut embrasser sa tante affairée à la cuisine. Elle la serra fort.

– Tu vas m'étouffer ! protesta Noémie.

– Comment as-tu su que j'en avais envie ? s'étonna Alice.

– À mon âge, on devine beaucoup de choses...

– C'est trop. Je ne peux rien t'offrir...

Un voile humide troubla le regard de Noémie.

– Ton cadeau n'a pas de prix, insista-t-elle. C'est la première fois depuis le départ d'Antoine que je ne passerai pas Noël seule...

Elle se moucha pour cacher ses larmes.

Alice retint ses pleurs en songeant aux siens. Sa place resterait vide entre Lucie et Léon quand, à la fin du repas de midi, sa mère ouvrirait le paquet de dattes fourrées acheté au Planteur de Caïffa. Elle leur écrirait une belle carte de Noël...

Autour d'un bol de café au lait et d'une rissole aux prunes, elles s'épanchèrent longtemps.

Les cloches du beffroi les firent sursauter.

– Déjà onze heures ! s'écria Noémie. Il faut s'occuper du repas. J'ai invité La Pissaïra. Elle est toujours seule...

À midi, elle frappait à la porte.

Habillée en dimanche, parfumée à l'eau de Cologne, La Pissaïra ne ressemblait plus à la souillon qui avait accueilli Alice à la gare. Elle portait une bouteille de vin et un pot de grès dans lequel avaient cuit des *trénels*, plat millavois par excellence préparé avec des tripes de mouton.

– On ne se lèvera pas de table le ventre creux ! s'exclama Alice.

– Même sans ortolans, on mangera aussi chaud que les riches ! ajouta La Pissaïra d'un air goguenard.

Noémie servit les *trénels* puis le *coufidou*, daube à la millavoise qui mijotait sur le fourneau depuis l'avant-veille et qu'elles avaient goûtée au retour de la messe de minuit, accompagnée de pommes de terre en robe de chambre. Alice s'en lécha les doigts.

Malgré sa simplicité, ce fut un repas de fête. Le vin

bouché et la chaleur de la cuisine délièrent les langues, empourprèrent les joues, déclenchèrent des rires.

Après la vaisselle, Alice entraîna sa tante dans les rues que les promeneurs avaient envahies pour profiter du soleil. Elles flânèrent jusqu'aux quais du Tarn.

En cet après-midi de Noël, doux comme un jour de printemps, la ville succombait aux habitudes de la belle saison : les vieux musardaient sur les bancs ; les hommes bavardaient devant les cafés ; les femmes papotaient en surveillant les enfants qui jouaient entre les platanes.

Lorsque le soleil disparut, l'hiver reprit ses droits et la fraîcheur les surprit. Déjà la brume rampait au-dessus des eaux vertes du Tarn. Elles se hâtèrent de remonter. Sur le boulevard de l'Ayrolle, désert, Alice glissa à sa tante :

– Tu peux demander à Antoine de me trouver une place ?

Comme si un éclair venait de zébrer le ciel, Noémie s'arrêta en plein boulevard. Ahurie.

– Tu n'y penses pas ! Tu es encore trop jeune pour l'Amérique. Ton père ne signera jamais. Et puis tu n'es qu'apprentie ! Là-bas, ils veulent de bonnes ouvrières...

– D'ici quelque temps, je me débrouillerai comme les autres !

– Peut-être mais ça ne suffit pas pour convaincre les patrons. Il faut avoir du métier comme Clarisse...

– Toutes les gantières qui partent en Amérique ne piquent pas aussi vite ! Là-bas les usines prennent aussi les débutantes : une fille de l'atelier s'en va en février pour rejoindre sa sœur installée depuis deux ans. Elle n'est pas plus habile que moi ! Elle coud en zigzag, les coutures de ses gants *crachent*[1] souvent...

1. *Cracher* : se dit de coutures malhabiles, présentant des boursouflures et menaçant de craquer.

Noémie sourit : elle manifestait la même obstination qu'Antoine.

– Pourquoi veux-tu partir ? Tu n'es pas bien à Millau ?

– Oh, si !

– Alors, pourquoi ?

– J'ai envie de voir le monde…

Noémie comprit que rien ne la retiendrait.

4

L'Amérique ! Dans Millau, ce mot courait sur toutes les lèvres. À l'usine, le départ d'une piqueuse suscitait de l'émoi.

– Tu en as de la chance ! s'extasiaient ses compagnes d'atelier. N'oublie pas de nous envoyer une carte…

Les soirs où la contremaîtresse préparait les cartons de gants à expédier au comptoir de New York, Alice traînait à la manufacture. Ses yeux ne parvenaient pas à se détacher de l'adresse magique qui s'étalait en lettres capitales sur le couvercle de bois blond de la caisse, peintes au pochoir : « Guibert-Frères, 33 Greene Street à New York. United States of America. By boat. » Ces derniers mots l'intriguaient, qu'elle écorchait à voix basse sans en comprendre le sens ni la manière dont ils se prononçaient. Sa curiosité la poussa à quémander la clé de l'énigme que la contremaîtresse fournit sur-le-champ, ravie de montrer sa supériorité :

– Ah ! la Greene Street ! C'est le quartier du gant à New York. La maison s'y défend bien ; elle y a ouvert une jolie boutique…

– Vous l'avez vue ?

– Monsieur Guibert m'en a souvent parlé...
– C'est loin de Gloversville ?
La contremaîtresse ne sut que répondre, s'étonna de rencontrer un esprit aussi éveillé chez une apprentie.
– Pourquoi tu poses tant de questions ? Pour raconter n'importe quoi ?
– Oh ! non, madame ! J'aime savoir...
En ville, chez le boulanger, Alice écoutait les clientes échanger des nouvelles de leurs enfants ou voisins établis en Amérique. Les uns annonçaient leur retour, les autres se plaignaient des rigueurs de l'hiver et de la cherté du charbon. Au fil des mois, les noms de Johnstown et de Gloversville sonnèrent clair à ses oreilles. Aussi chercha-t-elle une revue sur les États-Unis au kiosque à journaux du Mandarous. La dame fureta dans son fouillis et ne trouva qu'un vieux numéro de *L'Illustration*. Alice le feuilleta :
– Il y a quelque chose sur Gloversville ?
– Ma pauvre fille ! Je n'ai pas le temps de lire... Sûrement...
Elle hésita :
– Je voudrais bien mais...
– C'est trop cher pour toi ?
Alice hocha la tête.
– Il est abîmé. Je peux te le céder pour un sou[1].
C'était le prix de l'édition quotidienne de *L'Éclair* de Montpellier.
– Je repasserai...
– Tu me le paieras demain.
Elle l'emporta et nota la dépense le soir même sur un cahier de classe à la couverture bleue, cadeau de sa maîtresse d'école.
Alice tenait ses comptes depuis qu'elle avait rejoint l'atelier des ouvrières après deux mois d'apprentissage, au grand dam de ses compagnes. Son habileté et sa rapidité n'avaient point échappé à Aurélie.

1. *Un sou* : cinq centimes.

Le salaire de surjeteuse, deux francs et vingt centimes par jour, lui permettait de ne plus se sentir gênée vis-à-vis de sa tante. Elle prélevait l'argent des courses sur sa quinzaine, s'occupait du ménage et de la lessive, achetait une fois par mois *Fémina* ou *La Mode illustrée* que toutes deux dévoraient de la première à la dernière page, échangeant leurs points de vue sur les modèles de robes ou de chapeaux proposés par les couturiers parisiens.

Imitant les filles de l'atelier, Alice devint coquette. Elle remplaça sa défroque de paysanne par des vêtements simples mais seyants que Noémie confectionna avec des coupons bon marché choisis à la foire du mercredi des Cendres sur l'étal d'un camelot. Pendant qu'elle repassait, sa tante reproduisait sur du papier d'emballage les patrons des revues et les adaptait à sa taille. Alice l'observait tailler le tissu, assembler un jupon à volants, un corsage ourlé de dentelle, une jupe, une veste courte. Elle l'aidait à surfiler.

– Tu as des doigts de fée ! s'exclamait-elle, sautant de joie.

– Maintenant, tu seras comme les autres. Plus personne ne se moquera de toi !

– Ah ! si Lucie me voyait... Elle serait jalouse...

Sa sœur ne l'aurait pas reconnue parmi le flot des gantières qui flânaient dans les rues, tant elle était devenue femme.

La semaine de Pâques, grâce aux talents de sa tante, Alice put enfin participer à la parade quotidienne que les jeunes filles de la ville offraient aux passants à six heures du soir après leur journée. Cette marche au pas allègre qui animait le Mandarous et l'avenue de la République en toute saison, avait un nom : « faire la Monte ». Les coursiers et les coursières de quatorze ans célébraient ainsi l'entrée dans le monde du travail en se joignant à leurs aînés. Garçons et filles s'appropriaient l'avenue, riaient, chantaient.

Au lendemain de son arrivée à Millau, Alice avait jugé cette coutume grotesque.

– Quelle pagaille ! avait-elle dit à sa tante. C'est tous les jours la foire ?

– Les jeunes tiennent à cette tradition, avait répondu Noémie. C'est là que j'ai connu ton grand-oncle. Tu y trouveras peut-être un mari. Qui sait ?

Puis elle s'était habituée à cette jeunesse qui aimait s'amuser, à cet étalage de toilettes.

Aux beaux jours, Alice n'avait accepté de « faire la Monte » que sur l'insistance de trois de ses compagnes d'usine.

– Viens avec nous ! Tu passeras un bon moment... Tu as de si jolies robes que les garçons te remarqueront...

Elle avait cédé et ne le regrettait pas car, pendant cette parade, les soucis s'envolaient. Jamais fatiguée, de bonne humeur, elle se révéla boute-en-train à tel point que les filles lui reprochèrent de forcer l'allure.

– Tu n'as pas mal aux pieds ? s'inquiétait Marie qui s'essoufflait après trois allers et retours entre la place du Mandarous et l'angle de l'avenue de la Gare.

– J'ai l'habitude de marcher derrière le troupeau, répondait-elle en sautillant.

Les garçons ne tardèrent pas à repérer la nouvelle et essayèrent d'attirer son attention : la Monte n'était-elle pas pour eux un jeu de séduction ? Les plus hardis la frôlaient au passage, jetaient à voix basse une heure de rendez-vous à l'un des bancs de l'avenue de la Gare, allée des Soupirs riche d'arbres et plongée dans le noir à la nuit tombée, où se retrouvaient les amoureux de la ville. Loin de s'offusquer de ces manières qu'elle aurait jugées peu galantes quelques mois plus tôt, Alice fut flattée de plaire. Pour autant, elle ne céda pas aux invites. « Faire la Monte » restait un jeu.

Sidérées par ce succès, ses compagnes se mordirent les doigts de ne pas l'avoir entraînée plus tôt sur l'avenue :

– Si tu nous avais suivies en ville au moment du carnaval, tu serais aussi connue que certaines gantières de chez Buscarlet ou Bouisset, et tu aurais eu des chances pour l'élection de la reine de la Ganterie... Tu aurais pu représenter l'atelier ou même la maison Guibert. C'est dommage...

Les yeux d'Alice s'arrondirent.

– Quelle élection ?

Marie, Victoire et Lætitia se regardèrent, éclatèrent de rire.

– Personne ne t'a dit ? s'étonna Marie, une piqueuse boulotte aux nattes châtain.

– Tu ne peux pas savoir puisque tu n'es pas de Millau, reconnut Victoire dont le sourire creusa une fossette dans des joues rondes.

– Le premier dimanche de mai, c'est la fête ! enchaîna Lætitia, une grande perche qui s'habillait de bleu. Le matin, on élit la reine de la Ganterie. Elle monte sur le char d'honneur pour la cavalcade de l'après-midi...

En les écoutant, l'imagination d'Alice s'enflamma : des gerbes de fleurs, un arc de triomphe pour l'élue du jour et ses demoiselles d'honneur, des chevaux harnachés de noir aux pompons bigarrés, les vivats de la foule, le bal du soir...

– Tu devrais y penser, glissa Victoire.

– Tu as trois semaines pour te préparer, ajouta Marie. Une robe de printemps, des gants et tu seras la plus belle !

– Décide-toi vite, la pria Lætitia. Tu ne risques pas grand-chose à te présenter... Tu ne seras pas ridicule alors que nous... Ce serait bien pour l'atelier. Depuis cinq ans, aucune ouvrière de chez nous n'a été reine...

Alice promit une réponse pour le lendemain. Le soir même, elle s'en ouvrit à sa tante qui abonda dans le sens de ses compagnes.

– Elles ont eu une bonne idée ! se réjouit-elle. Même si tu n'es pas élue, tu t'amuseras ce jour-là ; tu t'en souviendras longtemps. À ton âge, je ne rêvais que d'être reine...

– Tu as défilé sur le grand char ?

– J'ai été choisie comme demoiselle d'honneur l'année de mes fiançailles. Il n'y avait pas eu d'élection pendant deux ans à cause des morts de la guerre de 70. C'est une fille de patron qui a passé l'écharpe de reine...

– Les ouvrières n'ont aucune chance face aux filles de patron, coupa Alice. Elles ne peuvent pas porter autant de toilettes...

– Ne te fais aucun souci : nous t'habillerons aussi chic que les plus riches héritières de Millau ! décréta Noémie. Si tu as envie de devenir reine, ne laisse pas passer l'occasion... Tu seras peut-être en Amérique au printemps prochain...

À ces mots, Alice se leva d'un bond et la pressa de questions :

– Tu as reçu des nouvelles d'Antoine ? Il est d'accord ? Il y a du travail pour les piqueuses ?

Noémie tira une lettre de la poche de sa robe.

– Elle est arrivée à quatre heures, chuchota-t-elle.

Alice la lui enleva des mains, l'ouvrit fébrilement, la parcourut.

– Il veut bien s'occuper de moi ! claironna-t-elle, dansant autour de la table de la cuisine.

– Tu étais si pressée que tu ne m'as pas donné le temps de te l'annoncer, gronda gentiment Noémie.

– Quand tu lui répondras, n'oublie pas de dire que le 15 avril, je commencerai à apprendre le piqué anglais.

– Tu es contente ?

– Maintenant, je vais mettre de l'argent de côté pour le voyage...

Accaparée par son rêve américain et l'élection de la reine, Alice vécut sur un nuage ; elle en oubliait souvent d'écouter les conseils de la maîtresse-ouvrière et essuyait ses reproches au moment du contrôle des pièces.

– Ta double couture ! s'égosillait-elle afin de couvrir le bruit des machines, les *tapageuses* dont le cliquetis agaçant ressemblait au bruit d'une rafale de fusil mitrailleur. Ta double couture n'a aucune élégance. Le piqué anglais est plus difficile que le surjet ! Tu vois bien que les deux bouts de peau se chevauchent : on ne les coud pas bord à bord comme sur une surjeteuse... Applique-toi à guider la peau sinon ton gant n'aura pas de tenue...

Prévenue par la maîtresse-ouvrière, Noémie la sermonna :

– Ne bâille pas aux corneilles à l'atelier sinon je me fâche ! Tant que tu cafouilleras à la machine, tu ne partiras pas en Amérique...

Chaque soir, elle lui imposait de s'asseoir devant la *tapageuse* logée entre l'armoire et le mur de sa chambre, vieux modèle cédé par la contremaîtresse lors du renouvellement des plus anciennes machines, et l'obligeait à piquer jusqu'à la nuit. De temps à autre, elle délaissait l'ouvrage pour vérifier son travail. Après seulement, Alice la rejoignait à la cuisine autour de sa robe de fête à laquelle Noémie consacrait la plupart de ses soirées, aidée par sa cousine Agathe qui avait habillé les dames de Millau dans un atelier de la place du Voultre. Agathe confectionnait une jupe en batiste crème, ornée de volants, ainsi qu'un boléro noir à grands revers ; Noémie faufilait un corsage à manches courtes, taillé dans du foulard blanc plissé. À la lueur de la lampe, les deux cousines procédaient alors à un bref essayage. Pour Alice, c'était le moment le plus attendu.

L'avant-veille et la veille de l'élection, dès son retour de l'usine, Alice les retrouva chez Agathe qui possédait une grande armoire à glace afin de procéder aux ultimes retouches. Le miroir lui renvoya l'image d'une jeune femme gracieuse et distinguée, fort différente de la paysanne arrivée à Millau un soir de Toussaint. Elle se frotta les yeux pour se persuader qu'elle ne rêvait pas, se jeta au cou de Noémie et d'Agathe.

– Que c'est beau !

Noémie félicita sa cousine, une femme menue au trottinement de souris :

– Tu n'as pas perdu la main.

Agathe sourit de ses dents gâtées puis s'exclama :

– La ceinture ! On a oublié la ceinture.

Elle fouilla dans les tiroirs, trouva un ruban de satin noir, l'ajusta à la taille d'Alice, recula au fond de la pièce, lui demanda de virevolter.

– C'est parfait.

Alice réalisa soudain qu'il manquait les gants.

– Je ne peux pas y aller les bras nus ! gémit-elle.

– Heureusement que j'ai l'œil ! glissa Noémie. Tu m'as montré tes mains assez souvent, cet hiver... Depuis que je couds des gants, j'ai l'habitude des pointures... Tu peux porter du 5 3/4 comme moi.

De son cabas, elle sortit une boîte plate et en tira une paire de gants saxe, noirs, modèle de vingt-quatre boutons[1] qui montait presque à l'épaule.

– C'est du suède[2] ! fit-elle remarquer.

Alice laissa échapper un cri d'admiration :

– Ça coûte très cher !

– Je ne les ai mis que le jour de mon mariage, soupira Noémie. Mon patron me les avait offerts : il ne pouvait pas les vendre car la peau a un défaut au bout de la manchette. Il faut être connaisseur pour le remarquer.

La tache était à peine visible.

– On déclasse un gant pour ça ? s'indigna Alice.

1. Le bouton est une unité de longueur employée en ganterie et équivalente au pouce (2,7 cm).

2. À l'inverse du glacé, réalisé avec la fleur de la peau, le suède s'obtient en travaillant l'autre face où s'accroche la chair de l'animal, ce qui accentue son velouté.

– Un vingt-quatre boutons exige une peau sans défaut, expliqua-t-elle. Le contremaître aurait dû s'en apercevoir. Ce jour-là, il n'a pas pris des galons : le patron a piqué une colère !

Alice les essaya. Au contact du gant frais sur sa peau tiède, un frisson de plaisir parcourut ses bras puis gagna tout son corps. Les yeux mi-clos pour oublier la présence de Noémie et d'Agathe, elle y succomba pendant un court instant. Au plus secret de son être, il éveilla d'étranges sensations, si neuves et troublantes qu'elle faillit ronronner de bonheur.

Plantée devant la glace, Noémie rompit le charme :

– On dirait les gants d'Yvette Guilbert !

Elle lui apprit comment passer correctement des gants longs, se déganter momentanément sans dénuder le bras en sortant la main par une fente pratiquée à l'intérieur du poignet, que masquaient de minuscules boutons de nacre.

– Tu ne pouvais pas mieux tomber ! dit-elle. Heureusement que je les avais gardés. Ils sont faits pour toi...

Époustouflée, Alice resta sans voix tant l'art de sa tante frisait la perfection, et se sentit ridicule dans son rôle de débutante. Elle se jura qu'à force de travail, elle coudrait et broderait des vingt-quatre boutons pour les dames de Paris et de New York...

En cette matinée printanière aux senteurs de lilas et de muguet, tout Millau attendait l'élection de la reine. Bâillant de fatigue après une nuit de fête passée à guincher sur la place et à chanter dans les cafés, la foule occupait déjà le Mandarous lorsqu'Alice arriva devant le *Grand Hôtel du Commerce* où se réunissaient les dames du jury. Des garçons sifflèrent sur son passage ; Marie, Lætitia et Victoire l'embrassèrent.

– Tu seras la plus belle ! l'encouragea Marie.

Lætitia piqua des fleurs blanches dans ses cheveux.

– Dépêche-toi ! souffla Victoire. Les filles de chez

Buscarlet et de chez Alric sont là depuis une bonne demi-heure...

Une fois refermée la porte du salon où le jury s'apprêtait à clore la liste des candidates, le temps lui parut interminable. Elle s'isola dans un coin de la pièce, refusa de s'asseoir pour ne point froisser sa jupe, évita le voisinage des six concurrentes qui l'avaient toisée des pieds à la tête au moment où elle signait le registre, et dont le babillage agaça bientôt certaines dames. Parmi ces femmes d'âge mûr, au visage sévère et au sourire pincé, siégeaient tous les ans l'épouse du maire et celle du sous-préfet. Alice reconnut l'une des contremaîtresses de chez Guibert, qui régnait sur l'atelier du point *sellier*; chaque grande maison disposait d'une représentante. Une femme l'intrigua, qui s'imposait par sa prestance. Comment ne pas remarquer son visage de madone, son teint pâle, ses yeux noirs à l'éclat de métal, ses cheveux aux reflets bleutés, son châle de soie rouge? Pas de doute: c'était la reine de Millau.

Appelée vers midi devant la longue table des douze dames du jury, Alice se présenta la dernière. Les jambes en coton, les mains moites, des gargouillements dans l'estomac, il lui tardait d'en finir tant l'interrogatoire des candidates avait soumis ses nerfs à rude épreuve. À son tour, elle répondit à des dizaines de questions, les unes techniques comme le nom et l'emplacement des pièces d'un gant, les autres plus intimes comme ses fréquentations, ses goûts, ses origines. Dès les premiers mots de la présidente, elle retrouva l'aplomb qui avait épaté les examinateurs du certificat d'études et le chef de fabrication des Caves. Elle prit son temps malgré l'heure tardive et la lassitude du jury, ne se troubla point lorsque l'épouse du sous-préfet insista pour savoir si elle fréquentait souvent l'allée des Soupirs et si elle avait déjà un fiancé. À aucun moment Alice n'entendit ricaner dans son dos alors que certaines réponses de la matinée avaient suscité des gloussements parmi les candidates.

Au fur et à mesure que les aiguilles de l'horloge tournaient, les badauds manifestaient de l'impatience. Après les douze coups de midi, ils envahirent les cafés du quartier tandis que les familles des candidates et les apprenties continuaient à bavarder sur les bancs ou sous les arbres.

À une heure et demie, lorsque la présidente annonça le vote du jury sur le seuil du grand hôtel, le Mandarous s'était assoupi. Seul résonnait le bruit des assiettes et des couverts qui s'échappait des fenêtres ouvertes, ruisselant en cascade d'étage en étage.

En dépit d'un maigre public, la proclamation de l'élection garda sa solennité.

– Au quatrième tour, nous avons désigné mademoiselle Alice Pelat comme reine de la Ganterie de Millau pour 1909.

– Vive la reine ! hurlèrent de concert Marie, Lætitia et Victoire en battant des mains.

Elles se précipitèrent vers Alice, arrêtées par la présidente :

– Un peu de patience, mesdemoiselles ! Laissez-moi le temps de lui remettre l'écharpe... Avancez-vous mademoiselle Pelat...

Alice crut que le sol allait se dérober sous ses pieds. Elle porta les mains à ses joues, ferma les yeux, écouta battre son cœur.

– Eh bien ! mademoiselle Pelat ! dit-elle d'un ton raide. Je vous ai dit d'avancer...

Elle reçut une accolade de cette femme rêche, au visage ridé et froid, qui félicita aussi les demoiselles d'honneur : Violaine Marre, fille d'un patron gantier du quartier de l'Ayrolle, et Arlette Dutourd, ouvrière chez Alric. Richement vêtue d'une robe en taffetas jaune, d'une blouse en linon et de gants suède blanc, Violaine ne cacha pas sa déception : elle se réfugia contre le tronc d'un platane et ne voulut pas s'afficher aux côtés de la reine.

Noémie prit Alice dans ses bras, le visage mouillé de larmes, et fila aussitôt rejoindre sa cousine.

– Agathe doit se demander pourquoi j'ai tant de retard...

Alice reçut les compliments de la dame au châle de soie rouge. C'était Emma Calvé, venue en voisine du château de Cabrières où elle avait accueilli pendant plusieurs étés des petites filles pauvres de Millau. La ville, fière de ses triomphes sur les scènes d'Europe et d'Amérique, considérait la diva comme sa bienfaitrice. N'avait-elle pas chanté gracieusement pour hâter la fin de la construction de l'église du Sacré-Cœur ?

– Pire qu'une bagarre ! avoua-t-elle, épuisée. Je me suis battue jusqu'au quatrième tour pour leur faire admettre que vous méritiez d'être reine. La femme du maire et celle du sous-préfet poussaient la petite Violaine. Vous avez tout de même une autre personnalité que cette enfant ! Elle est jolie dans sa robe canari mais elle ne vous vaut pas. L'argent et la prétention ne font pas tout... Cette fille ne connaît rien de la vie, elle répond bêtement. Seulement c'est une fille de patron... Elle se rattrapera l'année prochaine ! Mais ça va jaser en ville : les mauvaises langues diront que les calotins ont joué un tour aux parpaillots...

– Je ne comprends pas, balbutia Alice, soudain inquiète.

– Oh ! c'est une vieille histoire, soupira la cantatrice, un sourire moqueur sur les lèvres. Les patrons sont protestants ; les ouvriers sont catholiques. De temps en temps, ils se chamaillent !... Assez bavardé ! On nous attend...

Emma Calvé l'entraîna vers la salle à manger de l'hôtel où les invités commentaient l'élection. Dans cette grande pièce garnie de plantes grasses, surchargée de bibelots, ornée de trois lustres aux breloques de cristal, Alice se serait sentie bien seule sans la diva. La contremaîtresse de chez Guibert la congratula :

– Ces messieurs seront contents : tu fais honneur à la maison... On parlera de toi dans les journaux... Ce sera une bonne réclame pour les gants Guibert...

Puis à mi-voix :

– Ne mange pas trop et ne bois pas de vin sinon tu seras mal à l'aise tout à l'heure sur le char...

Le maire, vieil homme à moustache et barbichette blanches, la pria de s'installer à sa droite près du sous-préfet tandis qu'Emma Calvé prenait place en face d'elle. Peu habituée aux mondanités, Alice mima ses gestes et observa la manière dont elle se servait des couverts à poisson avant de déguster sa truite meunière.

À la fin de ce repas somptueux, la cantatrice lui glissa :

– Je serai heureuse de vous revoir. Passez à Cabrières !

Alice promit.

Alors commença pour la nouvelle reine la parade dans les rues, sur le char d'honneur tiré par quatre chevaux noirs. Pendant deux heures, grisée par le parfum des fleurs qui décoraient son trône, Alice parcourut la ville sous la chaleur et les acclamations. Le soir encore, elle ouvrit le bal au bras d'un charmant jeune homme et ne cessa de valser jusqu'à la nuit, invitée de toutes parts.

Elle nagea dans le bonheur pendant plusieurs jours. À l'atelier, ses compagnes la fêtèrent tandis que le patron lui offrit des gants. Son choix se porta sur un gantelet suède en peau d'agneau, court et blanc, doublé de soie.

– Tu as bon goût ! s'exclama la contremaîtresse. Ce modèle est le préféré des dames de New York qui fréquentent les bals...

Marie, Lætitia et Victoire la taquinèrent :

– Ce sont des gants de mariée. Tu as peut-être trouvé un mari et tu ne veux pas nous le dire...

Le jour de la foire du 6 mai, chômé pour les ouvriers des cuirs et peaux, toutes quatre flânèrent en ville et partirent pique-niquer au bord de la Dourbie.

Après le repas partagé sur un tapis d'herbe tendre, elles se dorèrent au soleil comme des lézards. Alice voulut tremper les pieds dans la rivière mais y renonça car l'eau blanche d'écume, descendue des Cévennes, était trop fraîche. Elle regretta le murmure de la Sorgues et la musique des feuilles de peuplier, les escapades au Col, le charme mystérieux des lointains. Tandis que le printemps glissait vers l'été, elle se sentait prise au piège par les corniches du causse Noir, les hauts plateaux du Larzac et du Lévezou qui cernaient la ville, fermaient l'horizon, l'étouffaient. Son monde devenait trop petit.

À la belle saison, après le souper, Noémie désertait sa cuisine et s'installait à même la rue derrière son chevalet à broder, près de l'entrée de la maison où quelques voisines la retrouvaient pour la soirée. Elles amenaient leur chaise, crochetaient, tiraient l'aiguille en échangeant les nouvelles du quartier.

Le ménage terminé, Alice dévalait l'escalier, claquait la porte et s'asseyait à côté de sa tante pour apprendre à coudre.

– Ça me servira toujours, répétait-elle.

– Tu peineras plus qu'à la machine, la prévint Noémie. La peau des gants « cousu main » est épaisse, l'aiguille casse souvent, tu t'abîmeras les doigts...

– Je veux savoir tout faire, persistait-elle à dire en balayant ses réticences. Je t'aiderai et tu gagneras plus...

Aucun de ses gestes n'échappait à l'œil expert des voisines qui débitaient chaque jour la même rengaine :

– Ne force pas l'aiguille !

– Qui casse l'aiguille la paie !
– Ne te pique pas les doigts !
– Tu devrais coudre plus serré !
– Attention aux fronces !

Alice finissait par ne plus les entendre.

Un soir de juillet, les commères remarquèrent son absence.

– C'est bizarre que la petite ne soit pas là, marmonnèrent-elles. Elle est malade ?

Sans lever les yeux de son ouvrage, Noémie consentit à dire :

– Elle est dans les écritures.

Aussitôt, les suppositions s'enchaînèrent :

– Il y a un galopin là-dessous !

– À son âge, c'est normal qu'elle pense à la galipette !

– Fallait que ça lui arrive maintenant qu'elle est reine !

Noémie prit plaisir à les égarer :

– Je ne la surveillerai pas toujours comme le lait sur le feu...

À travers la fenêtre de la cuisine, restée ouverte, Alice ne perdit pas un mot de leur conversation. Elle posa sa plume et pouffa de rire. Depuis le début de la soirée, elle avait entrepris d'écrire à ses parents et à madame Ravaille pour les préparer à son départ pour l'Amérique.

La dernière lettre d'Antoine ne laissait plus planer de doute : « Mon patron veut bien engager Alice à partir de l'automne. Il ne trouve pas assez de jeunes filles pour piquer des gants : elles préfèrent travailler dans les bureaux. Si elle est sérieuse et connaît son métier, Alice gagnera mieux sa vie à Gloversville qu'à Millau car le patron paie les piqueuses 6,50 francs la douzaine... »

– 6,50 francs la douzaine ! s'était-elle extasiée. Deux fois plus que chez nous !

– Je comprends pourquoi Antoine n'a pas très

envie de revenir, avait ajouté Noémie, d'une voix triste. À ce prix-là, si elle coud aussi vite qu'avant, Clarisse touche une bonne quinzaine...

« Mon patron est d'accord pour avancer la moitié du voyage ; il retiendra la somme sur les premiers mois de travail. Je peux prêter à Alice ce qui manquera pour compléter ses économies ; elle me remboursera quand elle pourra. Il vaudra mieux qu'elle embarque à Boulogne sur un bateau hollandais ; les compagnies françaises qui partent du Havre sont trop chères. Je m'occuperai de son billet. La gare de Millau lui donnera toutes les indications pour se rendre à Boulogne ; elle changera de train à Paris... »

Quel merveilleux cousin ! En un court feuillet, Antoine réglait les moindres détails de sa venue. Un obstacle de taille subsistait : son père. Accepterait-il qu'elle parte ? Comment le lui annoncer sans le brusquer ?

Lorsque Noémie remonta, à dix heures, Alice raturait encore les premières phrases de la lettre à ses parents.

– Aide-moi ! la supplia Alice. Tu sais dire les choses mieux que moi... Il t'écoutera...

Sa tante se fit prier.

– J'aurais tant voulu te garder...

Mais, pensant à son bonheur, elle céda pour ne pas la décevoir et compromettre ses chances.

– Ton père ne m'a jamais rien refusé...

La réponse du maître d'école ne la surprit qu'à moitié : Grégoire souhaitait parler à sa fille.

– C'est sûrement pour une question de sous, grommela Alice. Il n'est intéressé que par l'argent...

– Calme-toi ! Il n'a pas dit non. Je t'accompagnerai... Pour éviter les bêtises...

Grégoire les attendit à la gare avec la charrette et le mulet.

– Il ne s'est déplacé que pour toi ! susurra Alice à Noémie dès qu'elle l'aperçut sur le quai.

– Heureusement qu'il a encore pitié de sa tante, répondit-elle. Mes jambes ne m'auraient pas portée jusqu'au Pas.

De mauvaise humeur, Grégoire grommelait. Il les embrassa du bout des lèvres. En ce premier dimanche de septembre, tout allait mal à la ferme : l'autan excitait hommes et bêtes depuis huit jours, un chien errant avait égorgé une brebis, ce diablotin de Léon avait cassé les reins d'une paire de poulets en jouant dans la cour, les pommes de terre nouvelles ressemblaient à des noix et les raisins à des grains de groseille.

– Et ta fille part en Amérique ! ajouta Noémie d'un air joyeux qui déplut à son neveu. C'est le bouquet !

Un éclair de colère brilla dans ses yeux :

– Vous êtes de mèche toutes les deux !

Le fouet claqua sur le dos du mulet qui hennit de douleur.

À l'arrière, assise sur des sacs de toile, Alice se tassa contre le montant de la charrette. Elle admirait sa tante d'affronter ainsi son père que tout le monde redoutait dans la famille.

– Elle ira si je le veux ! cria-t-il. C'est un caprice de fille des villes. L'Amérique ! Comme s'il n'y avait pas assez de travail à Millau...

Noémie ne craignait pas ses incartades.

– Sois raisonnable ! Elle ne sera pas seule là-bas. Il y a Antoine et Clarisse...

– On en causera tout à l'heure, coupa-t-il.

Rallumant un mégot tiré de sa blague à tabac, il continua ses jérémiades sur le temps, les gens et les récoltes. Alice ne l'écouta que d'une oreille, heureuse de retrouver sa vallée, sa rivière, son pays. Elle éprouva beaucoup de plaisir à suivre la Sorgues entre les arbres, le vol des oiseaux et la course des nuages dans le ciel, puis à deviner au loin le sommet du Col. Elle réalisa à quel point ce coin de vallée lui était cher.

Ils traversèrent Lapeyre vers midi, au moment de la sortie de la messe. Dès qu'elle aperçut sa sœur, bavardant avec les filles de la paroisse devant l'église, Alice demanda à son père de la déposer sur la place. Elle sauta de la charrette, courut vers Lucie.

À son arrivée, les lèvres se figèrent tandis que les regards se posaient sur elle, mêlant envie et jalousie.

– Ça se voit que tu viens de Millau ! siffla l'une des filles. Tu es nippée comme une princesse !

– Il est plus de midi, dit aussitôt Lucie. Ne traînons pas !

Elle rompit le cercle et prit le bras de sa sœur.

Passé la dernière maison du village, la conversation s'anima.

– Le père n'est pas commode depuis quelque temps, maugréa Lucie. À cause de toi, il nous mène une vie impossible. Notre mère pleure souvent le soir... Pourquoi tu ne restes pas à Millau ?

– Si tu t'y mets aussi...

– Tu ne te plais plus aux ganteries ?

– C'est difficile à t'expliquer...

– Oh ! je comprends trop bien : tu as des fourmis dans les pieds comme le cousin Antoine.

– Tu as deviné ! triompha Alice.

– Tu as toujours eu la bougeotte...

Soudain, une idée traversa l'esprit d'Alice :

– Tu pourrais me suivre en Amérique ! Ce serait le diable si on ne te trouvait pas du travail...

Lucie la jugea saugrenue :

– Tu es folle ! Je suis si bien ici...

Elles marchèrent d'un bon pas tantôt à l'ombre tantôt au soleil. Le chemin leur parut court : elles avaient tant à se dire.

Lorsqu'Alice et Lucie entrèrent dans la cuisine où le feu brûlait comme en hiver, leur mère distribuait le bouillon aux vermicelles. Léon sortit du banc et fit fête à sa sœur, gourmandé par son père.

– À table ! grogna-t-il. Et tiens-toi tranquille…

Le garçonnet s'exécuta.

Déjà, Grégoire Pelat versait du vin dans son assiette, avalait le chabrot et réclamait la poule farcie. Après la tarte aux prunes, il se débarrassa des enfants :

– Léon au lit, les filles aux brebis… Nous avons à parler avec la tante…

À l'aide de quelques épingles empruntées au panier à ouvrage de sa mère, Alice releva le bas de sa jupe et chemina aux côtés de Lucie derrière le troupeau qui soulevait des nuages de poussière. En cette fin d'été, le pays souffrait de la sécheresse et appelait la pluie de ses ferventes prières.

Alice voulut emmener sa sœur au sommet du Col.

– Les brebis n'ont plus beaucoup d'herbe, objecta-t-elle. Elles risquent de nous échapper…

– Tant pis, j'y vais seule…

– Si le père s'en aperçoit ?

– Il est trop occupé cet après-midi…

Indifférente à la chaleur, à la sueur qui mouillait ses vêtements, à la terre qui salissait ses souliers, Alice grimpa en haut du Col. Adossée à l'un des troncs calcinés, elle grava dans sa mémoire la place des pierres et des arbres. Puis sa main plongea dans une crevasse qui entaillait le plus gros chêne pour en retirer une tête de chien sculptée dans du noyer. Elle l'avait recueillie à l'écurie un de ces soirs de fureur où son père avait cassé le bâton de foire du grand-père sur le dos du mulet pour le punir de ses ruades ; elle ornait le pommeau. Dans sa chute, une oreille du chien s'était cassée. Alice avait enfoui ce trésor en un lieu où personne ne le trouverait. Après avoir hésité, elle l'emporta.

La vallée lui renvoya en écho les appels de Lucie.

– A-li-ce ! A-li-ce !

Il n'était pas quatre heures mais elles se hâtèrent de rentrer.

Dans la cour, le père attelait le mulet.

– On a failli partir sans toi ! plaisanta Noémie.

Tandis que Grégoire s'emmêlait les pieds dans les courroies de cuir, sa tante lui indiqua d'un hochement de tête que la partie était gagnée. Alice sentit une bouffée de bonheur l'envahir.

– Va boire si tu as soif, lança le père. Mais ne lambine pas !

Elle monta à la cuisine où sa mère sanglotait.

– Ne pleure pas, dit-elle. Je reviendrai !

Justine poussa une longue plainte :

– Pourquoi si loin ? S'il t'arrive quelque chose, on pourra pas te porter secours...

– Ne te ronge pas les sangs, répondit Alice d'une voix douce. Il ne m'arrivera rien et je reviendrai !

– Tu nous écriras ?

– Promis. Chaque mois...

– Tâche de nous faire honneur. Sois honnête, conduis-toi bien, ne te laisse pas rouler par les hommes... Sinon tu me mèneras au cimetière...

Alice redescendit dans la cour à pas lents, la bouche sèche.

5

Le long voyage commença un matin blafard d'octobre, en gare de Millau. Au moment des adieux, sur les quais, près de sa malle, un doute l'assaillit. L'hésitation ne dura qu'un instant. Ramenée à la réalité par l'accrochage brutal de la machine et de la première voiture, Alice se ressaisit vite, mesura sa chance.

Quelle aventure ! Traverser la France en train,

patienter devant le guichet de la Compagnie Parker pendant des heures et sous le crachin, défendre bec et ongles une place dûment payée, affronter la promiscuité et surtout le mal de mer. Alice en souffrit dès que le paquebot gagna le large.

Installée dans la cabine des femmes où braillait une ribambelle de marmots, elle ne le ressentit qu'à la nuit noire. Après avoir avalé le bouillon de légumes, la tranche de lard salé et la modeste part de fromage de Hollande qui composaient le menu des passagers de l'entrepont, elle grimpa sur la couchette supérieure, s'étendit sur la couverture usée recouvrant le matelas. Alors la mer se déchaîna : de grosses vagues s'écrasèrent contre la coque puis déferlèrent sur le pont, le bateau se mit à rouler et à tanguer, les enfants crièrent, voulurent se lever et cognèrent contre le montant des lits, les estomacs se soulevèrent. Alice plaqua une main sur sa bouche mais ne put se retenir. Bientôt une odeur aigre rendit l'air irrespirable. Des femmes hurlèrent leur peur du choléra...

Pendant trois jours et trois nuits, l'état de la mer empêcha Alice de descendre de la couchette et de manger. Une jeune Polonaise aux tresses blondes et aux yeux bleus s'occupa d'elle comme d'un enfant, lui apporta de l'eau fraîche dans laquelle elle pressa du citron, lava son visage, nettoya sa couche, veilla sur sa malle. Le quatrième jour, la tête lourde et la bouche pâteuse, elle se leva enfin. Dinka l'aida à gagner le pont qui grouillait de monde car le soleil brillait à nouveau sur des eaux calmes, lui présenta son mari et son bébé, une petite fille de trois mois aux bouclettes blondes.

Revigorée par l'air marin, Alice éprouva la sensation de renaître. Elle prit les mains de Dinka, les serra :

– Merci, merci !

En guise de réponse, la jeune Polonaise lui désigna au loin les rivages du Nouveau Monde.

– Amérika ! Amérika !

Elles ne se quittèrent pas jusqu'à l'arrivée.

Au matin du douzième jour, Dinka la tira de bonne heure de sa couchette et l'emmena sur le pont au-dessus duquel tournoyaient des oiseaux. Elle riait et dansait. La terre était proche.

Vers midi, lorsque se dessina la côte, l'impatience grandit parmi les centaines de passagers collés au bastingage. Se haussant sur la pointe des pieds, une main en visière face au soleil, tous essayaient d'apercevoir l'Amérique. Les enfants se hissèrent sur les épaules de leur père, tendirent la main vers la statue de la Liberté.

À l'approche d'Ellis Island où débarquaient les immigrants, des hommes et des femmes s'agenouillèrent pour prier. Pendant près d'une heure, on n'entendit que des marmonnements, on ne vit que des mains jointes et des larmes sur les joues. Oubliant le mal de mer, les vomissures, la peur du naufrage, l'eau sale, la nourriture avariée, ils remerciaient Dieu.

Assise sur sa malle, Alice admira la ferveur de Dinka et de son mari, à genoux près d'elle. Rien ne paraissait les atteindre, ni les hurlements de joie des enfants, ni les exubérances des passagers. À cet instant, Alice se souvint des prières que sa mère marmottait sur le chemin de la chapelle du Cayla, chaque lundi de Pentecôte, quand elles partaient implorer Notre-Dame pour les récoltes. Les yeux clos, elle les récita, revit en songe sa vallée.

Enfin, le paquebot stoppa devant Ellis Island, l'île qui ouvrait les portes de l'Amérique. La foule se rua vers la passerelle par crainte d'être refoulée tant la rumeur avait couru que tous ne seraient pas acceptés. Alice ne s'alarma pas : elle avait emporté son passeport, l'autorisation de son père et la lettre d'Antoine qui annonçait son embauche à Gloversville.

Au bas de l'escalier, malgré la bousculade, l'équipage distribua à chacun une étiquette au nom du bateau. Alice la fixa à l'une des boutonnières de son manteau avant de suivre les jeunes Polonais sous l'auvent de métal et de verre qui menait au hall principal. Des familles y guettaient l'arrivée d'un proche, agitant un chapeau, un mouchoir, une main. Au milieu de milliers de personnes, comment reconnaître son cousin ? Elle le chercha des yeux, perdit Dinka et se raccrocha au panneau « France » cloué au-dessus de l'un des guichets de renseignements. Un interprète la rassura :

– N'ayez crainte, mademoiselle ! Votre cousin vous retrouvera...

Il griffonna son nom sur une feuille.

– Comptez sur moi pour le prévenir quand il sera là.

Elle voulut guetter son arrivée près du guichet mais l'homme en complet-veston s'y opposa :

– Vous ne quitterez pas Ellis Island sans passer au Bureau de l'immigration...

Alice s'était imaginé une entrée en Amérique plus simple. À la salle des bagages, traquant le moindre objet suspect une femme fouilla sa malle sans ménagements, déplia son linge et gloussa à la vue de ses chemises de nuit. Au dispensaire, un médecin à l'allure martiale et vêtu de bottes l'ausculta, examina ses yeux, lui parla de maladies inconnues : le choléra, le trachome, l'épilepsie. Dans la grande salle où siégeaient les agents du Bureau d'enregistrement, un escogriffe sec et jaune inspecta ses papiers, insista pour savoir si elle était polygame et si elle se prostituait.

Elle fut soulagée lorsqu'il signa l'autorisation d'entrée et lui rendit son passeport.

La nuit venait de tomber sur Ellis Island mais la foule demeurait aussi dense. Alice se dépêcha de retourner au guichet « France », interpellée en route par des loueurs de garnis et des vendeurs de billets de train, bousculée par des enfants.

– Antoine, Antoine ! criait-elle sans espoir d'être entendue.

Soudain, elle le vit, appuyé contre un mur, fumant une cigarette.

– Antoine ! s'époumona-t-elle.

Les yeux, la moustache frisottante, le chapeau melon, le veston à l'encolure en V boutonné haut, la cravate noire correspondaient à la photographie qu'il avait envoyée. Elle le trouva chic.

Il écrasa son mégot, se précipita vers Alice qui s'abandonna :

– J'ai eu si peur...

– Vite ! dit-il. Sinon nous n'aurons plus de bateau ni de train...

Peu avant minuit, Clarisse l'accueillit dans le confort douillet de leur cottage de brique. À peine débarrassée de son manteau et de ses gants, Alice dévora trois tranches de porc rôti accompagnées de pommes de terre cuites dans le jus de la viande. Puis, entre les draps frais d'un vrai lit, elle sombra dans un profond sommeil. Elle se sentit alors en Amérique.

Quelle délicieuse nuit ! Alice aurait dormi longtemps si Clarisse ne l'avait pas réveillée à la pointe du jour :

– On embauche à sept heures...

– Si tôt, bâilla-t-elle à s'en décrocher les mâchoires.

Pour la première fois, elle utilisa une salle de bains et vit de l'eau chaude couler au robinet. Elle gardait de si mauvais souvenirs de sa toilette à la pierre de l'évier de la ferme qu'elle savoura l'instant. La voix d'Antoine rompit le charme :

– Tes œufs vont refroidir...

Alice prit son petit déjeuner en chemise ; elle avala tout ce que Clarisse avait préparé : deux œufs au plat, trois tartines beurrées, trois crêpes au sirop d'érable, un bol de café. Elle aurait mangé du bœuf à la confiture si sa cousine lui en avait servi !

– J'avais encore faim, dit-elle comme pour s'excuser.

L'horloge tournait.

– Nous allons être en retard ! gronda Antoine.

Quand ils quittèrent la maison, des étoiles brillaient dans le ciel tandis que des dizaines de lanternes scintillaient sur la route. Une nouvelle journée commençait pour les employés des ganteries.

À l'atelier, le patron traînait dans les couloirs et jetait de temps à autre un œil sur sa montre. Tout le monde le salua.

– Bonjour monsieur William !

Il se frotta les mains en apercevant Alice.

– La nouvelle ne s'est pas oubliée !

Il lui tendit une grosse poigne. C'était un homme corpulent au fort accent écossais.

– Ah ! Milliau ! soupira-t-il en lissant ses favoris gris. Il vient de si beaux gants de Milliau ! Aussi beaux que ceux de Grenoble. Votre cousin m'a assuré que vous saviez travailler...

– Je couds dix paires par jour. En piqué anglais...

D'une main nerveuse, il joua avec la chaîne de sa montre :

– C'est bien, c'est bien. Mais il faudra monter la cadence.

La jeune gantière ne cilla pas.

– Je saurai, monsieur ! répondit-elle, persuasive. J'ai appris aussi le « cousu main » et les fantaisies...

D'un geste, monsieur William l'arrêta :

– Les bûcherons et les fermiers n'achètent que du bon marché, du solide... Il n'y a que les bourgeoises pour vouloir des broderies.

Alice pâlit. Venir en Amérique pour piquer des gants de travail ? Se moquait-on d'elle ? Une colère froide la dévora.

Déjà, le patron l'entraînait vers l'atelier des couturières.

– Vous aurez des machines électriques ! claironna-t-il avant de la précéder dans une vaste salle, haute de plafond, où s'affairaient les couturières.

– Électriques !

– Nous ne brodons pas de gants mais nous sommes modernes, fit-il remarquer.

Alice reconnut sur le bras métallique les six lettres dorées de la maison Singer :

– Ce sont les mêmes que les nôtres !

– Mais les vôtres sont encore mécaniques et moins rapides...

Une contremaîtresse la plaça à la longue table du dernier rang, entre deux jeunes Allemandes aux joues rouges et rondes qui ne parlaient pas un mot de français, et lui confia des pièces de peau dont la piètre qualité la heurta. Elles portaient des traces de gale, manquaient de velouté et de souplesse. « Du vieux mouton ! »

– Il faut coudre ces horreurs ? s'offusqua Alice en agitant la plus laide à bout de bras.

Ce geste lui valut un avertissement. Dans un mauvais français, la contremaîtresse lui imposa de se taire puis la menaça de renvoi. Alice la détesta d'autant plus qu'avec ses airs revêches et son nez crochu, elle ressemblait à l'une des sœurs à cornette des Caves.

Les yeux rivés au pied-de-biche de la machine, elle ne broncha pas de la matinée. La contremaîtresse resta constamment sur ses talons ; elle se plaisait à mêler le français et l'américain pour mieux l'égarer. Ses remontrances finirent par glisser comme la pluie sur les plumes d'un canard.

À midi, Clarisse remarqua sa mine boudeuse qu'elle mit sur le compte de la fatigue et du dépaysement. Mais le soir, lorsqu'elles se retrouvèrent toutes deux dans la cuisine pour préparer le repas, sa mauvaise humeur lui inspira quelque inquiétude.

– Ça ne va pas à l'atelier ?

Alice qui pelait des pommes de terre, posa son couteau et prit le temps de s'asseoir.

– Les ouvrières me laissent de côté, soupira-t-elle. Il n'y aucune Française... Je ne comprends rien à leur charabia... Et en plus...

Elle n'osa poursuivre mais Clarisse la poussa à vider son sac.

– On nous donne à piquer le rebut des mégisseries, eut-elle le courage de dire. Chez Guibert, les peaux sont d'une autre qualité. Antoine le sait bien, toi aussi... Jamais la contremaîtresse de Millau n'aurait accepté ces pièces... C'est de la pacotille !

– L'usine ne produit que des gants de travail, crut bon d'ajouter sa cousine. Elle ne peut pas utiliser de l'agneau...

Alice éclata :

– Je n'ai pas traversé la mer pour coudre de la peau de bouc !

Elle cracha ces mots avec tant de violence que Marion se mit à pleurer et se réfugia contre sa mère. À son tour, Alice s'effondra et retomba sur sa chaise. Des larmes perlaient au coin de ses yeux. Cramoisie de honte, elle dissimula son visage dans ses mains.

– Oh ! pardonne-moi, dit-elle d'une voix lasse. Je suis tellement déçue...

Clarisse parut gênée :

– Je pensais qu'Antoine t'avait avertie dans la lettre...

– Ne lui en parle pas. Il s'est donné tant de mal pour me trouver une place que ça le fâcherait...

– On avait bien demandé à mon patron mais il n'avait rien pour toi. Il n'y avait que chez William où on pouvait te prendre... Comme c'est bien payé, on avait pensé...

Alice se confondit en excuses, reprit son couteau et continua à éplucher les pommes de terre. Clarisse installa Marion devant son assiette en attendant le retour d'Antoine, parti chez un voisin.

Une question brûlait les lèvres d'Alice :

– Tu fabriques aussi des gants de travail ?

Comme elle goûtait le bouillon, Clarisse tarda à répondre.

– Mon patron, Julius Kayser, est spécialisé depuis plus de vingt ans dans les gants de ville, expliqua-t-elle en couvrant la soupière. Ils ne sont pas aussi beaux que ceux de Millau mais ils se vendent bien, et les ouvrières ne se plaignent pas de ce qu'elles touchent à la fin du mois... Kayser a un comptoir à New York, Greene Street où sont installées les maisons de Millau...

– Tu m'y emmèneras ?

– Pas avant les beaux jours, coupa Clarisse. D'une semaine à l'autre, la mauvaise saison va arriver et nous empêcher de sortir. À Gloversville, l'hiver est long ; la neige bloque tout...

Le regard d'Alice devint suppliant :

– Mais au printemps ?

– Nous pourrions y aller à Pâques, suggéra-t-elle.

– Oh ! oui. J'ai hâte de voir les magasins... Ton patron achète de belles peaux ?

– Elles ont quelques défauts, reconnut Clarisse. Des cicatrices, un coup de tondeuse, des rides... Comme certaines pièces que tu as cousues à Millau... Antoine t'en parlerait mieux que moi... Mais ce n'est ni du bouc ni du vieux bélier ni du mouton mérinos ! Nos modèles sont en agneau, en renne et en chevreau.

Un large sourire chassa l'amertume d'Alice :

– Dès qu'il y aura une place de libre, pense à moi...

– Promis.

– Ce ne sera pas avant un an, dit-elle à regret. Je dois rembourser monsieur William.

Cette année-là, l'hiver ne se manifesta qu'après la Noël. Aussi, chaque dimanche, Antoine, Clarisse, Marion et Alice profitèrent-ils de la douceur automnale pour flâner à travers le quartier, immense damier de maisons et de jardinets rigoureusement identiques. Les patrons des ganteries s'étaient unis afin d'acheter au meilleur prix de grands terrains qu'ils avaient lotis pour leurs ouvriers. Les rues et les clôtures de séparation avaient été tracées au cordeau tandis que l'architecte avait reproduit par centaines la même habitation de brique reconnaissable à son toit pentu, à son porche d'entrée, à ses panneaux de bois vernissé décorant les murs des différentes pièces. Grâce à des commandes en série, les patrons avaient pu bâtir à moindre coût et louer ces cottages à leurs ouvriers. Antoine ne s'en plaignait pas.

– Chez nous, on ne pourrait jamais habiter une telle maison : le loyer serait trop élevé, répétait-il. Si ma mère avait le courage de venir quelques jours, je suis sûr qu'elle ne voudrait pas repartir...

– Elle est trop attachée à sa ville, glissa Alice.

– Pourtant, elle vit dans un taudis comme beaucoup de gens de Millau, soupira-t-il. Quand on a goûté au confort...

Ce bien-être permettait à Alice de mieux supporter les longues journées passées à la machine, la sale besogne que lui confiait la contremaîtresse, les barrières que les langues dressaient entre les ouvrières. Les filles ne chantaient pas comme dans les ateliers de Millau ; elles ne se pavanaient pas sur la place : il n'y avait pas de Mandarous à Gloversville. À six heures du soir, toutes pressaient le pas pour retrouver au plus vite la douceur des cottages.

Un dimanche, Antoine lui montra l'école où Marion apprenait à lire. Le suivant, il lui fit visiter l'église du quartier, construite par les patrons dans le style des maisons de brique ; Alice préféra l'entrée monumentale du Sacré-Cœur de Millau et ses belles colonnes de pierre. L'après-midi de l'Avent, ils poussèrent jusqu'aux dernières maisons car Alice souhaitait découvrir le paysage que masquait la cité. Elle n'en crut pas ses yeux.

Après la clôture des jardinets, une plaine sans arbres ni haies s'étendait à perte de vue.

– La campagne est si grande ? s'étonna-t-elle.

– On n'en voit jamais la fin, confirma Antoine.

– Les champs sont trop plats. Ma vallée est plus jolie…

Les promenades s'achevaient entre chien et loup, puis Clarisse régalait son petit monde avec du chocolat chaud.

Un peu avant Noël, Alice écrivit à ses parents, à sa tante, à son ancienne maîtresse d'école à laquelle elle demanda des livres de français pour Marion. Madame Ravaille y joignit deux romans de Balzac et d'Edmond de Goncourt dont Alice se délecta le soir avant de se coucher. Surtout, elle lui annonça les fiançailles de Léa pour les fêtes de Noël et son mariage à Lapeyre pour le premier samedi du mois d'août prochain. Léa épousait un normalien ; tous deux prendraient leur premier poste en octobre 1910 dans une école de village. Leur voie était tracée : ils n'en dévieraient pas d'un pouce. Bien que son chemin fût plus tortueux et ses horizons plus flous, Alice n'aurait pas échangé son sort contre celui de son amie ; elle aimait trop la liberté pour devenir fonctionnaire. Malgré tout, elle l'envia d'avoir trouvé aussi facilement l'homme de sa vie.

Une seule fois, l'amour avait hanté les rêves d'Alice. Au soir de son élection, la jeune reine avait tant virevolté entre les bras des garçons qu'elle avait admis l'idée de tomber amoureuse. Mais elle voulait connaître la passion, pas seulement ces baisers maladroits des bergers de son âge qui abandonnaient le troupeau sur l'autre versant pour courir l'embrasser en haut du Col quand elle gardait les brebis. Depuis elle guettait un signe du destin.

Les fêtes de fin d'année s'accompagnèrent de menus cadeaux, de friandises, de repas copieux le jour de Noël puis le lendemain, qui était un dimanche, chez deux familles millavoises du quartier. Pour ne point faillir à la tradition, Clarisse prépara un *coufidou* qui combla de plaisir la maisonnée.

– Pas de Noël sans *coufidou* ! proclama Antoine. Tant pis s'il est meilleur à Millau ou à Lapeyre…

À Gloversville, rien ne pouvait avoir le même goût qu'au pays : ni la viande ni les aromates ni le vin, un rouge de Californie qui ne valait pas le gamay de la vallée du Tarn. Alice complimenta sa cousine :

– Il est très bon et les pommes de terre sont à point. On se sent presque chez nous…

Ils célébrèrent l'année nouvelle en compagnie des Millavois de la ville voisine de Johnstown, qui travaillaient aussi dans les usines de gants. Un tramway électrique reliait les deux cités en une demi-heure, ce qui permettait aux familles de se retrouver le dimanche. Ainsi, Antoine et Clarisse recevaient-ils Eugène Aigouy, sa femme Léonie et leurs trois enfants avec qui ils voisinaient à Millau avant leur départ pour l'Amérique. Ils jouaient aux cartes, mangeaient un gâteau, buvaient de la bière, échangeaient des nouvelles du pays, se prêtaient *Le Messager*, journal hebdomadaire de Millau dont ils partageaient l'abonnement. À l'occasion de leur dernière venue à Gloversville, Eugène les avait conviés à la fête du 31 décembre :

– Tout Millau sera là ! Mon voisin Gabriel, qui est coupeur chez Powell, s'est débrouillé pour louer une salle du club de la ganterie. On enlèvera les billards et on s'amusera jusqu'au matin... Avec les amis, on s'arrangera pour vous loger... Vous pourrez même rester jusqu'au dimanche. Il y aura assez de garçons pour faire danser la demoiselle!

À ces mots, Alice avait rougi.

– Il faut que ça guinche à cet âge-là! avait-il dit d'un ton joyeux. En sortant de l'atelier à six heures et en prenant le temps de vous pomponner, vous attraperez le dernier tram...

Eugène les attendit à l'arrêt des tramways sous une pluie fine et froide qui glaçait les os, puis chacun mit la main à la pâte pour que tout soit prêt à minuit: les hommes déménagèrent les billards et placèrent les tables, les filles décorèrent la salle de guirlandes en papier crépon confectionnées le dimanche après-midi, les femmes se chargèrent du réveillon. Clarisse et Alice nouèrent à la taille un tablier blanc pour aider Léonie à cuire des gâteaux roulés, fourrés à la confiture de groseille. La pauvre femme, petite, rondouillarde, semblait épuisée, à bout de nerfs.

– Je m'y suis mise à deux heures de l'après-midi! se lamenta-t-elle. Il y a encore cinq pâtes à enfourner...

À onze heures et demie, douze gâteaux roulés s'alignaient sur la table de la cuisine à sa grande satisfaction:

– Sans vous, je n'y serais pas arrivée...

Dans la salle des billards, Eugène plaça Alice parmi les jeunes, à côté d'un garçon élégant.

– Ce sera ton cavalier! la prévint-il. Il est de Compeyre.

Il tendit une main fine et douce de coupeur gantier:

– Octave Forestier.

Elle préféra l'embrasser:

– Il va être bientôt minuit...

Sur ses joues brûlantes, elle sentit la fraîcheur de son visage. À peine l'avait-il saluée qu'il disparut happé par ses amis.

Elle ne le revit qu'après les douze coups de l'année nouvelle, au moment de passer à table. Au début du repas, Alice trouva le temps long car Octave la délaissa pour bavarder et rire avec ses voisins, mais elle mêla ses applaudissements à ceux de la tablée lorsque les cuisinières servirent la soupe aux coquillages, garnie de pommes de terre, de carottes, de fromage, de pain rassis. Avant l'arrivée de la salade aux noix et aux lardons, Alice eut tout loisir d'observer la charpente de bois qui ornait la salle. Un instant, elle s'imagina à la ferme du Pas un soir du mois d'août sur le plancher de la grange, en plein repas des moissons. Les verres se vidaient, les clameurs montaient...

Octave la tira de sa rêverie :

– Vous devez penser que je ne suis pas galant !... Je travaille à New York depuis trois mois, mes amis me voient moins qu'avant : il faut les excuser de m'avoir accaparé...

Sa franchise plut à Alice.

Jusqu'à la fin de la soirée, indifférent aux appels des invités qui souhaitaient l'associer à leurs plaisanteries ou à leurs chansons, il ne l'abandonna pas une seconde. Il commença par lui raconter sa vie de coupeur chez Perrin, ses jeux d'enfance, ses frasques dans les vignes et sur les remparts de Compeyre le soir des vendanges. Il l'amusa, lui fit oublier qu'elle réveillonnait à des milliers de kilomètres de sa chère vallée.

Octave était bel homme : grand, des yeux clairs en amande, les épaules carrées des vignerons des coteaux du Tarn mais des traits fins et une coiffure soignée, la moustache en brosse. À l'instar des gantiers millavois, il se souciait de sortir en costume et en cravate. Dès le premier regard, Alice aima son allure distinguée...

Lorsqu'il la pressa de questions, Léonie découpait les gâteaux roulés ; le repas se terminait. Mise en confiance, elle répondit sans détour. Il ne l'interrompit que pour l'inviter à danser.

– Il y a assez de monde pour ramasser les assiettes et les plats, insista-t-il. Vous me devez une danse...

Un air de polka couvrit ses derniers mots. Juchés sur une table, deux hommes lançaient le bal : l'un d'eux jouait de l'accordéon, un demi-ton acheté à un Italien du quartier, l'autre du violon. Les deux boute-en-train avaient appris la musique à l'Harmonie millavoise.

Étourdie par le vin de Californie, elle se laissa porter par Octave qui ne la lâcha pas de la nuit, l'entraînant dans une mazurka, une valse, un *branlou*, la danse du balai. À cinq heures du matin, elle tournait encore entre ses bras. À six heures, vint le moment de se séparer. Alors, une grosse voix entonna le couplet de la danse des *soufflaculs* qui clôt le bal du lundi de la fête dans les villages de la vallée de la Sorgues et du Larzac. Malgré leurs voix éraillées, les invités reprirent en chœur la rengaine égrillarde, mimant le geste :

– *E bufa-li al trauc, e bufa-li al trauc*[1] *!*

Alice ne pensa plus à la fatigue ; elle chanta à tue-tête dans sa langue, les larmes aux yeux…

Octave entra peu à peu dans sa vie. Chaque soir, dans son lit, au moment où le sommeil alourdissait ses paupières, elle songeait à nouveau au réveillon du Nouvel An et rêvait de retrouver son cavalier quelque part dans New York. Où et comment le rencontrer dans cette grande ville aux avenues hérissées de gratte-ciel ? Elle demanderait son adresse à Eugène lors de la prochaine venue de la famille Aigouy, lui écrirait, l'inviterait un dimanche à Gloversville.

L'hiver contraria ses plans ; il paralysa le pays pendant un mois et demi. Le lendemain de l'Épiphanie, la neige tombait dru. Lorsqu'Alice partit pour l'atelier, elle tourbillonnait et recouvrait le chemin d'une bonne couche. Antoine dégagea à la pelle le sentier menant de la maison à la route. Il revint exténué

1. *Et souffle-lui au trou, et souffle-lui au trou !*

– Ça nous permettra de sortir avant que la tempête se lève.

Alice chaussa une vieille paire de bottes fourrées appartenant à sa cousine qui lui conseilla d'emporter ses bottines dans un sac.

– Au moins tu travailleras les pieds secs, dit-elle.

Clarisse prépara un casse-croûte pour tout le monde :

– Nous aurons une sale journée ; les routes seront glissantes à midi ; il vaudra mieux manger à l'usine...

Le ciel confirma ses prévisions. Au fil des heures, le tapis blanc s'épaissit et des rideaux de flocons noyèrent le paysage. En fin de journée, les averses se firent plus rares mais la neige commença à crisser sous les souliers quand les employés voulurent rejoindre les cottages. Le vent qui avait fraîchi, transformait la chaussée en patinoire. Après trois chutes et des bleus aux fesses, Alice accepta l'aide de son cousin et s'agrippa à ses épaules jusqu'à la maison où ils arrivèrent les premiers, le nez et les joues glacés. Antoine se dépêcha de ranimer le feu en guettant le retour de Clarisse et de Marion. Cette nuit-là et les suivantes, le thermomètre descendit à moins vingt-cinq degrés. Durant des semaines, Alice ne pensa qu'à lutter contre le froid, relayant Antoine pour entretenir le feu, tricotant écharpes et chaussettes. Puis, un matin, l'eau chanta dans les gouttières. Le redoux raviva son impatience et ramena les Aigouy à Gloversville, le premier dimanche de mars. Après le repas, sous prétexte de lui montrer la tête de chien sculptée de son grand-père, Alice entraîna Léonie dans sa chambre et lui arracha une promesse.

– J'aimerais que vous me trouviez l'adresse d'Octave... Je veux lui demander s'il n'y a pas une place chez Perrin...

– Pourquoi tu n'écris pas au patron ? s'étonna Léonie.

– Je ne connais personne dans cette maison, balbutia Alice. Je ne sais pas où et à qui je dois envoyer la lettre...

– Tu crois que je n'ai pas deviné ? Octave t'a tapé dans l'œil ! Pas vrai ? Hein ? Petite cachottière !

Alice comprit qu'elle pouvait compter sur sa discrétion.

– Ce sera long ? s'inquiéta-t-elle.

– Il n'a pas de famille à Johnstown, répondit-elle. J'essaierai de te donner des nouvelles la prochaine fois que vous viendrez...

– Pas avant ?

– Le temps de me renseigner...

Alice n'insista pas.

Trois semaines plus tard, Clarisse proposa de passer le dimanche à New York.

– Tu en as toujours envie ? glissa-t-elle à sa cousine.

– Oh ! oui !

Elle devina ses pensées :

– Et tu n'osais pas m'en reparler !

Le soleil printanier qui persistait depuis plusieurs jours, brilla au matin de Pâques quand ils partirent à la gare. Le vent d'ouest, frais mais léger, inondait la ville des premiers parfums de fleurs. Coiffée d'un chapeau cloche, Alice serrait contre son manteau trois-quarts un sac de cuir beige, cadeau de sa cousine, étrenné au soir de la Saint-Sylvestre, et tenait la main de Marion. Elle marchait d'un pas alerte, libérée de tout souci, heureuse d'approcher New York.

Le train les déposa à Midtown, sur les quais de la nouvelle gare de Grand Central, envahis d'une foule de passagers qui couraient dans tous les sens chargés de bagages, jacassaient, gesticulaient. Ce va-et-vient assourdissant donnait le tournis.

– Attention à ton sac, recommanda Antoine à Alice.

La même affluence régnait dans le tramway et l'omnibus qui les emmenèrent à SoHo, le quartier des boutiques de gants et de *dry goods*[1]. Les voitures étaient bondées de promeneurs pressés de profiter de la douceur du premier dimanche de printemps après avoir supporté un si long hiver. Ils descendirent à l'angle de Prince Street et de Broadway. La hauteur des immeubles, la longueur et la largeur des avenues – « au moins deux fois le lit de la Sorgues après les pluies de l'automne ! » – qui renvoyaient au royaume de Lilliput les chemins de sa vallée, impressionnèrent Alice.

– Ici je connais ! s'exclama Antoine qui aimait musarder à SoHo au moment de Pâques pour découvrir les nouveautés.

À l'arrêt de l'omnibus, une femme vendait des bretzels. Alice en acheta deux pour chacun, qu'ils grignotèrent en marchant dans les rues où les gens déambulaient en famille, avec poussettes et sacs à provisions.

Pressée de coller son nez aux devantures des magasins, Alice n'aurait pas remarqué les belles façades métalliques de certaines maisons si son cousin ne l'avait pas forcée à lever les yeux pour admirer les balcons, les échelles, les colonnes de fonte. Mais vite, son attention se reporta sur les gants. Elle chercha le numéro 33 de Greene Street et s'y précipita, hélant ses cousins, fière de leur montrer des modèles de soirée.

– Du travail d'artiste ! reconnut Antoine.

– Peut-être cousus ou brodés par ta mère, suggéra Clarisse.

– Sûrement, appuya Alice. Elle est tellement habile...

– Peut-être, répéta-t-il, d'une voix triste.

Clarisse les entraîna à quelques pas de là vers le magasin qui présentait les gants de son patron.

1. *Dry goods* : nouveautés.

– Monsieur Kayser a des efforts à faire pour se mettre au niveau des fabriques de Millau, dit-elle.

– Ne parlons pas de monsieur William ! lança Alice. Ses peaux sont aussi raides que de la toile de sac...

Antoine s'esclaffa :

– De vraies commères ! S'ils vous entendaient...

Bientôt, lasse de les suivre et d'être bousculée, Marion réclama un banc et le pique-nique.

Son père la hissa sur ses épaules :

– Encore une boutique et on déballera le casse-croûte !

Puis à l'adresse de sa femme et de sa cousine :

– Nous n'allons pas partir sans jeter un coup d'œil chez Perrin...

Le cœur d'Alice cogna très fort. Elle songea soudain à Octave, caressa le fol espoir de le rencontrer au coin d'une rue du quartier, dévisagea chaque garçon qu'elle croisa, crut l'apercevoir à l'angle de Spring Street, en oublia de s'arrêter devant chez Perrin. Antoine la rattrapa, elle bafouilla des excuses :

– Il m'avait semblé reconnaître quelqu'un...

– Ne t'éloigne pas sinon tu te perdras, la prévint-il.

Il la ramena devant la maison Perrin qui se trouvait à cinquante mètres seulement du comptoir Guibert.

Clarisse la taquina :

– Comment as-tu pu passer sans remarquer ces jolis modèles ?

Présentés à plat sur un carré de soie ou dressés sur des mains de buis, les gants en peaux de chevreau et d'agneau tentaient de séduire les passants, surtout les femmes.

– Regarde ce gantelet en chevreau bordé de vison ! s'extasia-t-elle. Et ce demi-long avec sa manchette brodée... Et ce glacé aux nervures brodées... Et ce vingt-quatre boutons...

Les trésors de la vitrine l'époustouflèrent.

– Perrin est une grande maison, expliqua Antoine. Elle travaille le chevreau à Grenoble et l'agneau à Millau…

Elle avoua son ignorance ; Octave ne lui en avait soufflé mot.

L'évidence sautait aux yeux : Perrin surpassait Kayser. Comme le manufacturier allemand repoussait son embauche au printemps prochain, elle décida dans l'instant de brûler les étapes et d'écrire au patron de Perrin.

Tout au long de la journée, elle ne cessa d'y penser et se sentit aimantée par le décor de fonte gris-bleu de cette façade derrière laquelle l'attendait Octave.

6

L'été plongea Gloversville dans une chaleur orageuse et moite. Chaque soir, le tonnerre grondait tandis que le ciel déversait des torrents de pluie. Le dimanche, après le repas de midi, Alice et ses cousins se claquemuraient, cherchant à échapper aux moustiques et à la fournaise. Alice disputait une partie de dames avec Marion avant de s'allonger. L'esprit vagabond, préoccupée par le silence d'Octave, elle somnolait.

Ce dimanche d'août, tout aussi torride que les précédents, elle sommeillait depuis une heure lorsqu'une voix d'homme, qui venait de la rue, la força à se lever. Elle crut entendre son nom.

Elle se précipita à la fenêtre qui donnait sur le portillon d'entrée, souleva le rideau, mais ne distingua qu'une silhouette à travers les mailles du moustiquaire. Les battements de son cœur s'accélérèrent à l'appel répété de son nom :

– Alice ! Alice !

Le temps d'ouvrir la porte et l'homme s'éloignait d'un bon pas.

Retroussant la robe, elle courut après lui, tête nue sous le soleil. À cinq cents mètres de la maison, au bout de la rue, il se retourna enfin. Alice le reconnut malgré le panama qui cachait son visage : c'était Octave.

Elle voulut le rattraper. Alors ses jambes vacillèrent.

Elle reprit connaissance dans sa chambre, Clarisse tamponnait son visage avec une serviette mouillée.

– Pourquoi es-tu sortie sans chapeau ? gronda-t-elle.

À la cuisine, les hommes discutaient autour d'un verre de bière. Alice les rejoignit quand la tête lui pesa moins.

Octave s'était débarrassé des bretelles de son pantalon de toile qui sciaient ses épaules, et jouait avec son chapeau de paille.

– Vous auriez pu vous faire mal, dit-il. Il y a tellement de cailloux sur cette route...

– J'avais peur de vous laisser partir.

Antoine et Clarisse se retirèrent sur la pointe des pieds.

Octave vida son verre.

– Je voulais vous écrire le lendemain mais... J'avais commencé une lettre que j'ai déchirée dix fois... En fait, je pensais venir le dimanche suivant... Moi aussi, j'avais envie de vous revoir...

En bout de table, profitant du clair-obscur qui baignait la pièce, Alice le regardait.

– Je me suis demandé pendant longtemps si j'arriverais à vous retrouver. Léonie a remué ciel et terre pour mettre la main sur votre adresse. Elle a interrogé tous les Millavois de Johnstown. Là-bas, tout le monde sait que je vous cherche...

– Ça doit jaser mais je m'en moque ! ajouta-t-il.

Octave cessa de triturer son panama.

– Je pourrais vous présenter à monsieur Vincent.

– Il m'engage au 1er octobre, dit-elle, sûre de son effet.

La nouvelle le stupéfia.

– Comment vous êtes-vous débrouillée ? Vous n'aviez aucune recommandation...

Alice sourit, elle-même étonnée d'avoir obtenu aussi facilement une place. Peu après Pâques, elle avait écrit au directeur.

– Monsieur Vincent m'a répondu qu'il n'avait rien pour moi d'ici le mois de février prochain et les commandes de printemps. Vous pensez si j'étais déçue... Il vient de changer d'avis et il voudrait même que je commence le 1er septembre...

– C'est parce qu'Amélie s'en va.

– Je ne peux pas partir comme une voleuse, poursuivit Alice. Je n'aurai fini de rembourser le billet de bateau à mon patron qu'à la fin du mois de septembre...

– Amélie travaille avec nous dans l'arrière-boutique de Greene Street, reprit-il. Elle coud à l'aiguille, pique à la machine, pose des boutons et des boucles, brode. Vous aussi ?

– Oui. Enfin... Quand j'étais à Millau... J'ai perdu la main depuis que je suis chez L'Écossais...

Octave la rassura :

– N'ayez aucune crainte. Avec monsieur Vincent, vous serez à bonne école ! C'est un as.

Vers sept heures, Clarisse revint discrètement et convia Octave à partager leur repas. Il se fit prier.

– Si je reste, je manquerai le dernier train, dit-il.

Le regard d'Alice eut raison de ses réticences.

– Nous ne traînerons pas à table, promit Clarisse.

Alice prépara une omelette à la ciboulette, aux croûtons poêlés et au jambon pendant que sa cousine finissait de découper le rôti de porc de midi.

Les hommes en profitèrent pour boire une bière et bavarder devant la maison.

Après le souper, Alice raccompagna Octave jusqu'au bout de la rue. Comme l'air devenait moins chaud et moins sec, les habitants du quartier s'offraient une promenade.

Elle s'enhardit soudain à le tutoyer :

– Ne me laisse pas toute seule à New York...

– Chez Perrin, on se verra chaque jour ! rétorqua-t-il. Tu te feras des amies avec les ouvrières.

– La ville est si grande, dit-elle, animée d'un sentiment de peur que perçut Octave. Mes cousins seront loin...

– Ne t'inquiète pas : je serai là.

Elle l'embrassa sur les joues, comme au soir du réveillon.

Au milieu des paperasses et des cartons qui encombraient son bureau, monsieur Vincent l'accueillit avec chaleur dans la douceur automnale de ce premier matin d'octobre.

– On m'a dit le plus grand bien de vous, souffla-t-il à Alice d'une voix nasillarde en lui désignant une caisse vide en guise de siège. On vous regrette chez Guibert à Millau...

Il entrebâilla la fenêtre qui se trouvait derrière lui, et poursuivit :

– Maintenant, vous êtes chez nous. C'est l'essentiel.

Âgé d'une soixantaine d'années, maigrichon, à demi voûté, les cheveux rares et les tempes blanches, un petit cigare sur l'oreille, une panoplie de crayons affûtés dans la poche de sa blouse grise, monsieur Vincent passait pour un homme d'affaires redoutable et cultivait la réputation de savoir tout faire. Au pied levé, il s'installait à la table de coupe et maniait le ciseau, remplaçait une piqueuse, tirait l'aiguille, repassait les gants au rouleau de buis, secondait la vendeuse de la boutique.

Les employés l'admiraient.

– Chez nous, ce n'est pas l'usine ! dit-il d'un air satisfait.

Dès son arrivée, pour accéder au bureau du patron, Alice avait traversé une modeste pièce sans fenêtre qui tenait lieu d'atelier et de réserve. Des meubles à tiroirs, constellés d'étiquettes blanches et garnis de gants, ainsi que des casiers de peaux en tapissaient les murs jusqu'au plafond. Trois machines à piquer, une table pour deux coupeurs et une table de couturière, composée d'une longue planche vernie qui avait été posée sur des tréteaux afin d'être plus facilement déplacée, en occupaient le centre. Autour, il restait peu d'espace pour se mouvoir ou ouvrir l'échelle double qui permettait d'atteindre les tiroirs les plus hauts. Alice avait dû se faufiler entre les machines et les meubles, comme une anguille entre les pierres du lit de la rivière, avant de frapper à la porte de monsieur Vincent. L'organisation de la maison l'intriguait : comment trois couturières et deux coupeurs fournissaient-ils une boutique aussi achalandée que ses voisines ?

Monsieur Vincent se leva, appuya son coude à l'embrasure de la fenêtre, alluma son cigare.

– Ça vous surprend, n'est-ce pas ?

Son visage disparut derrière les volutes de fumée.

– Nous ne fabriquons à New York que la *presse*, des gants brodés sur commande. Certaines dames des quartiers riches nous demandent d'orner leurs modèles de motifs qu'elles ont dessinés ou choisis. Elles veulent être servies sur le pouce ! Ce serait trop long d'envoyer les commandes en France : elles ne reviendraient pas avant des semaines ; les clientes s'adresseraient aux Italiens, aux Allemands ou aux Suisses...

– Et les modèles courants vous arrivent par bateau

de Grenoble et de Millau, compléta Alice. Quand il n'y a pas de *presse*, vous faites du stock pour le magasin...

– Vous comprenez vite, mademoiselle ! se réjouit-il, écrasant le bout de son cigare. Ça confirme ce que je pensais de vous...

Certaines allusions, à son élection de reine de la ganterie ou à sa tante Noémie, la confortèrent dans sa conviction qu'il avait pris des renseignements à Millau avant de l'engager.

L'inconfort de la caisse la poussa bientôt à se balancer sur son siège. Il lui rendit sa liberté.

Elle défroissa sa robe puis se dirigea vers la porte. D'un geste, il la retint encore :

– Vous logerez au dernier étage, comme les sœurs Bioulac. J'y ai fait aménager des chambres ; le loyer est de vingt francs par mois, payable le premier... C'est plus cher que dans le quartier du textile, à Lower East Side, mais vous y serez mieux que dans ces cages à lapin. Quand vous coudrez la *presse*, les soirées d'hiver, je ne serai pas inquiet de vous savoir dans les rues en pleine nuit...

Alice le remercia et rejoignit l'atelier où elle piqua jusqu'à midi des gants de peau d'agneau, finement brodés. De temps à autre, le patron quittait le bureau et vérifiait chaque couture, ne mâchant pas les mots si le résultat lui semblait imparfait :

– Pas si vite mademoiselle ! Nos gants de ville ne sont pas des moufles de bûcheron... Le temps passé à guider la peau n'est pas du temps perdu : la couture est plus belle !

Ou, au contraire, la félicitait :

– Bien ! Je retrouve enfin le piqué de chez Guibert !

À midi pile, coupeurs et couturières s'échappèrent.

Dans la rue, Alice se laissa éblouir un court instant par le soleil, étourdir par le bruit des tramways, les pétarades et les klaxons des voitures, les cris des cochers, le cliquetis des sabots ferrés sur les pavés, les boniments des cireurs de chaussures et des vendeurs de journaux. Quel contraste avec Gloversville !

– Allons manger quelques frites puis nous monterons ta malle, proposa Octave.

À un marchand ambulant de Crosby Street, une rue voisine, ils achetèrent deux cornets de frites puis deux sandwichs à la viande de mouton grillée, fourrés d'oignons et de poivrons. Ils grimpèrent huit étages, marquant un arrêt à chaque palier, avant d'atteindre la chambrée où les sœurs Bioulac finissaient leur repas, debout, une assiette à la main.

– Vivement qu'il y ait l'ascenseur comme dans les magasins de Broadway ! s'exclama l'une d'elles, la bouche pleine.

Le fumet d'un plat de haricots mijotés avec un peu de mouton et de saucisse, flottait dans cette pièce éclairée par deux fenêtres où s'alignaient trois lits. Alice s'écroula sur le matelas, épuisée d'avoir gravi cent vingt marches, incommodée par la chaleur.

Madeleine, une brunette au visage poupon et à l'appétit féroce, répondit du tac au tac :

– Si on veut boulotter chez soi et s'enfiler autre chose que de la charcuterie, faut bien allumer le feu ! C'est mieux que de *croustiner*[1] n'importe quoi en traînant dans les rues !

Élodie qui lui ressemblait comme une jumelle car elle portait les mêmes vêtements mais tressait ses cheveux en une seule natte et parlait plus posément, suggéra de partager les frais de nourriture :

– On s'arrangera comme avec Amélie. Une semaine chacune, on fera les courses, la tambouille, la vaisselle. Amélie s'en trouvait bien... On dépense moins et on ne gaspille pas !

Alice crut entendre la tante Berthe rangeant les

1. *Croustiner* : grignoter.

provisions dans le buffet de la remise, après leur arrivée dans les vignes du Midi.

Élodie ne lui accorda guère le temps de réfléchir.

– Tu es d'accord ? lança-t-elle depuis le réduit où elle lavait les assiettes du déjeuner.

Alice poussa un soupir d'agacement avant de lâcher :

– Pourquoi pas ! On en discutera ce soir.

Octave se tourna vers la fenêtre pour étouffer ses rires.

D'un rapide coup d'œil, Alice évalua le confort de la chambrée : une armoire pour ranger son linge et ses habits, un paravent entre les lits, une baignoire à sabot en fonte qui trônait dans un coin de la pièce et dont la forme curieuse lui rappela le fauteuil du curé de Lapeyre, trois chaises et une table. Une porte percée d'un losange semblait indiquer les toilettes près de l'évier, à moins que ce ne fût le débarras ou la réserve de charbon pour le fourneau. La maison de ses cousins offrait plus d'espace, de bien-être et d'intimité ; elle la regretterait.

Octave l'aida à déplacer la malle près de l'armoire.

– Je déballerai mes affaires ce soir, dit-elle.

Allongée sur son lit où elle sommeillait, Madeleine grommela :

– Pourquoi pas maintenant ? T'as le temps !

Il restait encore une demi-heure avant de retourner au travail.

– Le soleil me manque, répondit Alice. L'atelier est si sombre…

Une main sur la rampe de fer, ils dévalèrent les escaliers.

– Toi aussi, le patron te case dans un pigeonnier ? demanda-t-elle à Octave.

Il confirma.

– Monsieur Vincent a ses combines. J'habite près de l'Hudson, dans le quartier des docks, au-dessus d'un hôtel pour immigrants. C'est miteux mais de ma fenêtre, je regarde les bateaux remonter la rivière au soleil couchant... Ça me rapproche de la France...

Les sœurs Bioulac se méfièrent d'Alice pendant quelques jours, l'observèrent à l'atelier et à la chambrée, finirent par apprécier sa franchise et sa propreté, l'adoptèrent, se confondirent en excuses :

– On craignait que le patron nous colle une souillon...

– Tu es plus coquette qu'Amélie et tu te débrouilles aussi bien à la cuisine ! la flatta Élodie.

Elles tolérèrent qu'Octave puisse manger avec elles, à midi :

– On a bien compris que c'était pas ton cousin !

Le dimanche, Octave emmenait Alice visiter New York. Il venait la chercher de bonne heure sous le regard envieux d'Élodie. Tous deux partaient découvrir la ville, empruntant omnibus et tramways pour flâner dans les allées de Central Park ou du Madison Square, dans la 5e Avenue ou au pied du gigantesque gratte-ciel du Flatiron. Ils déjeunaient sur un banc avec ce qu'ils avaient emporté, riaient de voir s'envoler un chapeau, parlaient de l'Amérique, de leur famille, de leur pays, de leur métier.

À force de se côtoyer, de partager les plaisirs simples de la vie, naquit entre eux un sentiment plus fort que l'amitié. Les gestes, les mots et les regards tendres n'échappèrent pas aux sœurs Bioulac qui les chinaient à la moindre occasion :

– On les mariera bientôt !

Tous deux rougissaient mais ne se pressaient pas pour autant à avouer qu'ils s'aimaient. En doutaient-ils encore malgré tout ce qui les unissait ? Qui oserait le premier ?

Octave s'y risqua un dimanche de la fin du mois d'octobre alors qu'il l'avait entraînée à Central Park, une nouvelle fois. Il souhaitait lui offrir une ultime promenade dans les bosquets et près des lacs avant que les pluies de l'automne ne gâchent leurs sorties. Après le pique-nique sous des pommiers sauvages de Sibérie, installés sur un banc, ils écoutèrent le chant des oiseaux. Tout semblait si calme et reposant qu'ils s'imaginèrent près de chez eux.

– C'est la troisième année que je n'ai pas aidé aux vendanges, constata Octave. Mon père m'a écrit que les raisins étaient gros et que le vin serait bon...

– Il est sûrement meilleur que notre piquette !

– C'était autrefois le vin des papes ; il se laisse boire. Mon père m'a promis d'en mettre de côté quelques bouteilles bouchées pour mon mariage...

À ces mots, il se tourna vers elle, un large sourire aux lèvres.

– Pour notre mariage, se hâta-t-il de préciser.

Alice attendait ce moment depuis si longtemps qu'elle se trouva sans voix.

– Parce que je compte bien t'épouser un jour... Si tu m'aimes...

Trop émue pour répondre, elle s'abandonna contre sa poitrine.

– C'est bien vrai que tu m'aimes ?

Elle releva la tête, l'embrassa.

Les bras d'Octave l'emprisonnèrent.

Le lendemain, Octave arriva à l'atelier en sifflotant et déposa un baiser sur le front d'Alice. Les sœurs Bioulac qui bavardaient avec elle, s'écrièrent en chœur :

– On vous l'avait bien dit qu'on les marierait !

Le second coupeur resta de marbre tandis que la vendeuse de la boutique, une Américaine d'une quarantaine d'années, toujours célibataire, essuyait une larme.

Monsieur Vincent frappa dans ses mains :

– Assez rigolé ! Il y a de la *presse* !

Au fur et à mesure que les fêtes approchaient, les

commandes s'accumulaient. Le patron s'en réjouissait.

Bientôt, les journées se prolongèrent jusqu'à dix heures du soir pour les trois couturières, entrecoupées d'une courte pause vers huit heures lorsque Octave ramenait un en-cas d'une épicerie italienne, des parts de pâte à pain garnies d'oignons cuits, de tomates, d'anchois, d'olives.

– Qu'est-ce qu'il est dévoué ton fiancé ! minaudait Élodie.

Pendant qu'ils mangeaient sur le pouce, le patron continuait à dessiner des broderies dans son bureau mais veillait à ce que les filles se lavent soigneusement les mains avant de reprendre l'aiguille.

– Savonnez-les bien ! recommandait-il d'une voix ferme. Vous me gâcheriez les *passes*...

Il tendait l'oreille pour écouter les borborygmes des tuyaux qui traversaient le plafond de son bureau et conduisaient l'eau au lavabo où les coupeurs mouillaient la « nappe[1] » dans laquelle ils roulaient les peaux avant de les travailler.

– Savonnez-les bien ! répétait-il lorsque le bruit faiblissait.

À dix heures, il congédiait les ouvrières aux yeux rougis par la fatigue, qui luttaient contre le sommeil :

– Ça suffit pour aujourd'hui !

Aussitôt les trois filles abandonnaient l'ouvrage et partaient se coucher, titubant dans l'escalier.

Malgré les picotements et les douleurs, Alice endurait sans une plainte ces journées qui gonflaient le salaire du mois car le patron, comme L'Écossais, payait ses couturières à la douzaine. Ce gain inespéré la mettait en joie le dimanche matin, lorsqu'elle notait sur son cahier d'écolière les recettes et les dépenses de la semaine.

1. La *nappe* est un tissu de coton épais qui absorbe l'humidité et la conserve longtemps.

– La cagnotte grossit ! disait-elle à haute voix, la mine radieuse même si elle se sentait lasse.

Ce jour-là, Alice dormait tard. Tandis que l'eau du bain chauffait sur le fourneau, elle avalait un bol de café et répondait aux lettres de Noémie, Lucie ou Léa. Elle chantonnait dans la baignoire sans se soucier de l'heure puis coiffait ses cheveux et se parfumait pour accueillir Octave qui frappait à la porte vers midi. Ils se réfugiaient dans sa chambre du quartier des docks aux rues sales, jonchées de détritus, royaume des chiens, des chats et des rats, parcourues par des hordes d'immigrants qui débarquaient des bateaux, mais où les regards indiscrets ne pouvaient plus les atteindre. Enlacés, devant la fenêtre pour ne pas manquer le passage des paquebots, ils oubliaient la pluie qui cinglait les vitres, la détresse humaine qui les entourait, et ne pensaient qu'à eux.

Alice voulait brûler les étapes :

– Bientôt, nous nous passerons de patron !

Dès le premier dimanche, Octave modéra son enthousiasme :

– Pas si vite ! Il faut beaucoup d'argent pour s'établir.

– Entre tes économies et les miennes, on y arrivera avant la fin de l'année prochaine, prétendit-elle. Tu as bien quelques sous de côté ? Antoine gagne trois mille francs par an chez L'Écossais, tu n'as sûrement pas moins chez monsieur Vincent...

– J'ai même cinq cents francs de plus...

– Cachottier ! triompha-t-elle en refermant ses bras sur son cou. J'avais raison ! Même si je touche mille francs de moins que toi, on peut s'installer dans un an.

Décidée à le convaincre, elle multiplia et additionna des chiffres sur la buée des vitres. Comme il demeurait sceptique, elle martela sa poitrine de ses poings serrés.

– Pourquoi refuses-tu ?

– Il faut beaucoup plus d'argent, répéta-t-il. Louer un logement et un atelier, s'équiper, se procurer des peaux, trouver des clients... À New York, tout est vraiment trop cher: les loyers, le chauffage, la main-d'œuvre... Sauf à piquer du bouc galeux et à se terrer dans les quartiers de misère comme des rats...

– Tu exagères!

Se détachant de lui, elle s'assit au bord du lit dont les ressorts grincèrent. Elle refusait d'admettre son point de vue.

– Tu es sûr de ce que tu avances? insista-t-elle.

À son tour, il se livra à quelques calculs:

– Pour le loyer de trois pièces, on ne s'en tirera pas à moins de cent francs par mois mais dans un autre quartier que celui du gant; c'est le double à Greene Street... Prévois autant pour le charbon et l'éclairage pendant les six mois d'hiver...

Les yeux d'Alice s'arrondirent.

Il poursuivit son énumération:

– J'aurai besoin d'une table de coupeur et d'un tabouret, d'une paire de ciseaux et d'un couteau à piquer pour refaire le tranchant, d'une presse à bras et d'une série d'emporte-pièce en acier pour la fente du gant, de calibres en carton pour tailler les pointures... Sans compter le petit outillage!... Il te faudra un casier de tampons pour marquer les paires, des mains en buis pour le doublage des gants, une machine à coudre, un chevalet à broder, des rouleaux de buis pour le repassage...

– On aura de quoi payer, coupa Alice.

– Tu crois? Tu oublies l'essentiel: les peaux. Les belles pièces viennent de France et sont taxées par la douane américaine. Elles se négocient à un prix trop élevé pour nous... Il faut avoir les reins solides comme Perrin pour fabriquer sur place quelques gants de luxe qui se vendent très cher... Les grandes maisons de Millau, les Balsan, Guibert, Prévot, Buscarlet expédient à leurs comptoirs ou à leurs agents. À New York, tout est vraiment trop cher...

– On ne pourra jamais se mettre chez nous...

Il la rejoignit sur le bord du lit, la cajola. La tête d'Alice chercha appui sur son épaule.

– Je n'ai pas envie de passer ma vie chez un patron...

Les doigts d'Octave caressèrent sa joue, se perdirent dans ses cheveux. Ses gestes se firent plus tendres encore.

– Il me tarde aussi d'être chez nous, dit-il d'une voix douce. De ne plus te voir à la sauvette, de ne plus être séparé de toi le soir... Quand nous aurons assez d'argent, nous partirons à Millau ouvrir notre maison...

– Vrai ? souffla-t-elle, relevant la tête.

– Promis. À Millau, je pourrai choisir les peaux et mieux discuter les prix...

– Je trouverai facilement de bonnes ouvrières, poursuivit Alice d'un air enjoué. Noémie m'aidera pour les fantaisies !

Après un moment de silence :

– D'ici là, je continuerai à apprendre avec monsieur Vincent...

Elle devait de rapides progrès à son patron dont les exigences lui avaient permis de se perfectionner. Jamais à court d'idées pour éliminer les défauts et peu avare de conseils, il lui enseignait l'art et la manière de parvenir à la perfection. Désormais, Alice piquait et cousait aussi bien que les contremaîtresses réputées. Monsieur Vincent lui confiait la couture des gants d'agneau et de chevreau, envisageait de l'initier à la broderie des arabesques qu'il dessinait sur papier puis reproduisait sur les modèles de luxe à l'aide d'un maillet et d'un emporte-pièce.

– C'est un artiste, dit-elle. Ses gants sont splendides. Quand on les a vus, on ne peut plus se contenter de broder trois nervures au crochet comme ma tante Noémie...

– D'ici quelque temps, tu sauras toi aussi...

Alice se prit à rêver :

– À Millau, je crayonnerai les motifs comme monsieur Vincent et nous vendrons de jolis gants aux Américaines !

Séduit, Octave s'enflamma :

– Après les fêtes, nous chercherons un agent...

La Saint-Sylvestre les ramena chez les Millavois de Johnstown qui les accueillirent à bras ouverts, tout comme les cousins d'Alice. Eugène Aigouy gronda gentiment Octave :

– Maintenant que tu fréquentes, on ne te voit plus !

Alice reçut des compliments de Clarisse et de Léonie :

– Tu dois être heureuse... Tu as une si belle mine !

Après les embrassades de minuit, tandis que chacun regagnait sa place pour la suite du repas, Eugène leur réserva une surprise. Il monta sur une chaise et annonça aux convives :

– Alice et Octave se sont connus chez nous, le 31 décembre de l'an dernier. Ce réveillon sera leur repas de fiançailles !

Un tonnerre d'applaudissements les salua. Marion abandonna ses amies, offrit à sa cousine un bouquet de perce-neige.

– Au bonheur des fiancés ! s'écria Eugène en levant son verre.

Lorsque les musiciens jouèrent la première valse, ils ouvrirent le bal. Alors, Octave murmura à l'oreille d'Alice :

– Tu écriras aux parents...

– Tu me choisiras une bague !

Ils profitèrent des temps morts du mois de janvier pour se mettre en quête d'un agent. Les jours où monsieur Vincent les libérait à trois heures, ils filaient aussitôt vers la station de métro et partaient rencontrer des importateurs de *dry goods* dont ils avaient noté le nom et l'adresse dans la dernière édition de l'*Annuaire de New York* que le patron oubliait parfois sur une table de l'atelier. Après avoir été éconduits par une secrétaire, après avoir essayé de palabrer à l'aide de quelques mots américains qu'ils connaissaient, Octave et Alice comprirent qu'ils avaient visé trop haut : ces agents ne travaillaient qu'avec les grands magasins de Broadway dont le rayon ganterie occupait la moitié d'un étage.

– Trop pétit, trop pétit ! s'exclamaient-ils lorsqu'ils consentaient à les écouter. Vous n'avez aucune chance !

Alice proposa d'en parler à monsieur Vincent :

– Je suis sûre que le patron nous trouverait quelqu'un...

– C'est trop tôt, pensa Octave. Si nous lui expliquons que nous voulons monter une maison à Millau et vendre à New York, il va se fâcher. Nous avons encore besoin de lui...

Il savait déjà. Un soir, à six heures, il les retint dans son bureau après le départ des sœurs Bioulac et du coupeur.

– Vous avez l'intention de me quitter et de devenir patrons ? dit-il d'un ton moqueur, tapotant son cigare sur le dos de la main.

Décontenancés, Octave et Alice se regardèrent.

– On ne peut rien me cacher ! triompha-t-il. Je finis toujours par l'apprendre même si je sors rarement de mon fourbi... Vous êtes à la recherche d'un agent, n'est-ce pas ?

Ils confirmèrent.

– Vous n'auriez jamais dû aller chez Isaac Stein ! Il m'a aussitôt téléphoné pour tout me raconter. Nous avons travaillé ensemble il y a une dizaine d'années, puis nous nous sommes séparés quand j'ai découvert qu'il me roulait.

Tapant du poing sur sa table encombrée de papiers :

– C'est un filou ! Si vous m'en aviez touché deux mots avant de foncer tête baissée chez lui...

– Il ne nous a rien promis, protesta Alice. Il aimerait nous revoir d'ici quelque temps.

– C'est bien ce qui m'inquiète, coupa le patron. Il se moque de vos gants ; il s'intéresse aux miens et il s'acharnera à vous tirer les vers du nez... C'est un escroc !

Sa colère retombée, ils exposèrent leurs projets.

De temps à autre, tout en savourant son cigare, il hochait la tête pour approuver ou contester leur point de vue. Puis, pendant une heure, il démonta les arcanes du commerce :

– Je veux vous éviter des bêtises !

S'adressant à Octave :

– Est-ce qu'un mégissier de Millau pourrait t'avancer des peaux pour débuter ?

– Peut-être le patron de mon frère, répondit-il. Mais tout dépend des affaires...

– Au pire, tu auras un refus. Au mieux, il vous mettra en selle !

Se tournant vers Alice qui toussotait, incommodée par la fumée de son deuxième cigare :

– Vous êtes assez habile pour réaliser des prototypes que vous irez présenter dans les boutiques du Midi et que vous enverrez à votre agent américain... Je vous apprendrai à dessiner des motifs...

– Pourquoi faites-vous ça pour nous ? s'étonna-t-elle.

Il alluma un troisième cigare alors qu'il n'en fumait pas plus de deux dans la journée.

– Je suis vieux et vous avez vingt ans ! dit-il. Ce serait dommage de gâcher vos chances...

Troublés, Alice et Octave en oublièrent de le remercier.

Sur le seuil du magasin, en les raccompagnant, le patron fouilla dans ses poches.

– Voici la carte de Harold Smith. C'est un bon agent ; il est bien introduit dans les boutiques de luxe. Allez le voir de ma part...

Pour un peu, Alice l'aurait embrassé.

Quand Octave la serra dans ses bras, au pied de l'escalier de l'immeuble, elle murmura :

– C'est trop beau... Crois-tu qu'il nous aidera vraiment ?

– Ne crains rien, répondit-il. C'est un homme de parole.

Après trois rendez-vous manqués, Harold Smith les reçut enfin. Près de Herald Square, son bureau occupait une grande pièce au-dessus d'un entrepôt de vêtements. Il empestait le tabac froid.

– Dépêchez-vous ! dit-il en bourrant sa pipe et en remontant les manches de sa chemise. Je suis pressé...

Harold Smith était petit et maigre. Il parlait un excellent français, ce qui les mit en confiance.

Octave se lança dans un long récit que l'agent interrompit aussitôt :

– Épargnez-moi les détails que je connais déjà...

Pour lâcher un quart d'heure plus tard :

– Il me faut des prototypes pour convaincre quelques boutiques de les montrer aux clients sinon vous n'aurez pas de commandes ! Il n'y a aucune raison qu'elles refusent vos gants si vous travaillez aussi bien que chez Perrin, si vous les fournissez vite et à des prix raisonnables...

Leur visage s'illumina.

Les mois passèrent, les rapprochant peu à peu de leur retour à Millau et de leur mariage. Même si elle s'endormait entre les bras de son fiancé deux ou trois soirs par semaine, l'impatience gagnait Alice.

– Si on rentrait plus tôt ? proposa-t-elle à Octave

un dimanche de juin. Monsieur Vincent n'a plus grand-chose à m'apprendre...

Ils se promenaient le long du débarcadère des paquebots de la Cunard, où descendaient les riches Européens.

– Ce n'est pas très prudent tant que le mégissier ne nous a pas répondu, lui fit observer Octave.

– Il lui en faut du temps, soupira-t-elle. Depuis le 23 mars...

– Déjà trois mois ! tonna-t-il. Il me semblait que c'était en mai... Tu as raison, c'est inquiétant...

Un matin, arrivant à l'atelier, Octave s'écria :

– Les gantiers de Millau sont en grève !

Monsieur Vincent dressa l'oreille et fronça les sourcils avant de disparaître au milieu de ses cartons.

– Depuis quand ? demanda Alice, inquiète.

– Ils ont arrêté le travail le 11 mai. Ils défilent dans les rues et ils préparent la soupe populaire à la Maison du peuple... Les patrons ne doivent pas être à la fête !

Aussitôt il se mordit les lèvres car monsieur Vincent se tenait à quelques pas d'eux, dans l'embrasure de la porte de son bureau. Les conversations cessèrent, chacun rejoignit sa table.

La grève s'acheva le 31 juillet sur un échec des ouvriers. Alors, le mégissier rompit le silence. La lettre de Pierre Paulhe les déçut. « Les affaires de la ganterie ne sont pas bonnes en ce moment ; les maisons ont perdu des commandes au profit de Grenoble. La situation finira par s'arranger dans quelque temps. Je verrai à ce moment-là si je peux vous aider... »

– C'est un filou ! s'exclama Octave, furieux. Il n'a pas l'intention de se mouiller pour des jeunes...

Monsieur Vincent confirma les difficultés.

– La grève a secoué les ateliers de Millau, dit-il. Heureusement que le marché américain tient le coup sinon vous iriez, comme les communistes, à la soupe populaire !

Au printemps suivant, ils écrivirent à nouveau au mégissier. Les lenteurs du courrier les irritèrent ; leur caractère bouillant s'accommoda mal de ses réponses, trop évasives et prudentes à leur goût. Aveuglés par le désir de s'installer au plus vite, ignorant la situation précaire des ganteries et peausseries millavoises, ils le jugèrent méfiant et timoré. Malgré la recommandation de monsieur Vincent, le mégissier campa sur ses positions : pas d'engagement sans reprise durable de l'activité gantière. À l'automne, la situation se renversa peu à peu, et l'espoir revint dans les manufactures.

Au matin du 30 décembre 1912, monsieur Vincent remit à Octave une lettre de Pierre Paulhe.

– Il accepte ! triompha Octave après l'avoir parcourue.

Se précipitant vers Alice dont les yeux pétillaient de bonheur, il la souleva dans ses bras.

L'atelier s'accorda une pause pour partager leur joie.

– Il est bigrement retors ! glissa-t-il à monsieur Vincent.

– Tu te trompes ! répondit celui-ci avec un sourire provocateur. Au contraire, c'est un bon patron... Un homme réfléchi...

– Certainement, approuva Alice.

– Tu es de son avis ? s'indigna Octave. Pourtant, certains jours, tu étais fâchée contre lui... Plus que moi, peut-être...

– Parce que j'étais déçue, avoua-t-elle. Ça traînait trop...

Surpris, monsieur Vincent la regarda.

– J'aime que les choses aillent vite, ajouta-t-elle. Maintenant, je reconnais que le mégissier avait raison, qu'il fallait attendre...

– Vous avez douté, insista-t-il.

Elle rougit.
– Certains soirs, j'ai pleuré…
Monsieur Vincent les persuada de rester jusqu'à Pâques.
– J'ai besoin de vous pour la *presse*, expliqua-t-il. Il y a des commandes pour avril. Vous ne perdrez pas votre temps…
– Sûrement, mais ce serait dommage de reporter notre voyage, estima Octave.
– Même si vous partez dans une semaine, vous n'arriverez pas assez tôt pour assurer les ventes de Pâques, fit-il remarquer.
Alice hocha la tête.
– On en profitera pour préparer les modèles de Noël prochain, suggéra-t-elle à Octave.
Rayonnant, monsieur Vincent murmura :
– Déjà patronne !

Les adieux commencèrent au début mars : un dimanche chez les cousins d'Alice, le suivant en compagnie des Aigouy, un autre encore avec des amis d'Octave à Johnstown. Ils se terminèrent à l'atelier, la veille de leur départ. Octave et Alice devaient en garder un souvenir inoubliable. Le patron déboucha du champagne.
– De ma réserve personnelle ! précisa-t-il.
Quand il se retrouva seul avec eux, monsieur Vincent s'éclipsa dans son bureau d'où il revint avec deux paquets enrubannés.
– Mon cadeau de mariage, dit-il simplement.
Octave reçut une paire de ciseaux, Alice un ouvre-gant en buis[1] pour vérifier la couture des doigts, et des plaques de zinc pour reproduire les dessins des broderies sur la peau des gants suède.
Émue, Alice embrassa monsieur Vincent :
– Si tous les patrons étaient comme vous…

1. L'ouvre-gant est également désigné sous le nom de *fuseau*.

7

Après une nuit au sommeil agité par les cahots du train, Alice et Octave descendirent en gare de Millau à l'aube d'une journée de printemps. À peine avaient-ils déposé leurs malles sur le quai que des éclats de voix leur parvinrent du guichet, déchirant la quiétude matinale :

– Laissez-moi passer par le portillon avec mon mulet, ils sont chargés ! Ils viennent d'Amérique !

Alice reconnut le timbre de voix de La Pissaïra qui parlementait avec les employés de la Compagnie. Malgré la fatigue du voyage, elle courut à sa rencontre.

La Pissaïra tomba dans ses bras. L'odeur d'urine qui empestait sa robe et son tricot, lui souleva le cœur.

Octave hissa les malles sur la charrette et tous trois prirent le chemin de la rue des Fasquets. Noémie les guettait à la fenêtre.

– Ne *traînouillez* pas sinon le café va refroidir ! cria-t-elle.

Sur le pas de la porte, Alice la félicita :

– Toujours la même ! Fraîche comme une rose !

Intimidée, Noémie tendit sa main à Octave et l'appela monsieur Forestier.

– Octave, insista Alice. Pas monsieur Forestier...

– J'ai toujours donné du monsieur aux coupeurs gantiers ! reprit Noémie sur un ton gentiment moqueur. Je suis tellement contente que tu aies suivi mes conseils... Ce sera un beau mariage !

Elle avait acheté une brioche qu'ils dévorèrent.

– Je croyais qu'Antoine se déciderait après toutes ces années, confia-t-elle à regret en picorant les miettes du gâteau. Finalement, tu es revenue la première...

Cette belle et douce journée du retour, ils la passèrent dans les rues tant ils ressentaient le besoin d'être seuls et de retrouver leur ville. Octave l'entraîna à pas lents vers les berges de la Dourbie où ils bavardèrent longtemps en écoutant le tumulte de l'eau avant de partager les provisions préparées à la hâte par Noémie. Puis, sans se lâcher la main, ils longèrent les quais du Tarn, s'attardèrent au pont Lerouge pour observer les tireurs de sable sur leur barque, et s'engouffrèrent dans le dédale de rues du vieux Millau. Boulevard de L'Ayrolle, Octave s'arrêta un moment devant le garage Gombert qui présentait d'élégantes limousines et des torpédos. Du bout des doigts, il effleura les chromes :

– Dans quelques années, peut-être, si les affaires vont bien... Il y avait si peu de voitures quand je suis parti...

En leur absence, Millau avait changé, succombé aux délices du progrès : l'électricité, le cinéma, les bains-douches. Malgré tout, le contraste avec New York demeurait saisissant.

– Nous avons cinquante ans de retard ! constata Octave.

Sans se soucier d'un vieux qui les reluquait, ils s'enlacèrent.

Plus loin, Alice s'extasia devant une robe de mariée en satin de soie crème pâle.

– La robe dont je rêvais !

Les godets de la jupe s'ornaient de boutons recouverts de tissu et de brandebourgs en soie.

– Trop cher, soupira-t-elle. C'est pour une fille de riche. Noémie et sa cousine m'en coudront une qui sera aussi belle !

Le soir même, tandis qu'Octave s'installait chez son frère, place du Voultre, elle en parla à sa tante.

– Tu te doutes bien qu'on y a déjà réfléchi, dit Noémie avec une pointe de mystère.

– Je peux voir ? trépigna Alice.

– Pas avant les essayages...

Au cours des jours qui suivirent, Alice n'y songea pas un instant car ils cherchèrent un logement et un atelier : ils voulaient que tout soit prêt avant leur mariage fixé au dernier samedi du mois d'avril. Ils en profitèrent pour commander les fournitures chez le papetier, le menuisier et les magasins spécialisés en outillage de ganterie. Partout, ils entendirent les mêmes ricanements :

– Vous établir si jeunes ? C'est de la folie ! Vous n'avez pas vingt-cinq ans... À croire que vous avez rempli les poches en Amérique...

Tous exigèrent d'être payés comptant.

– Nous avons tellement souffert de la grève ! prétextèrent-ils.

Seul le mégissier leur témoigna sa confiance.

– Foncez ! leur dit-il. C'est le moment. Les affaires reprennent.

Octave le rejoignait à son entrepôt en fin de journée. Ensemble, dans l'odeur douce et pénétrante du cuir, ils classaient les peaux pour réaliser les premiers prototypes.

– Rien ne vaut les *regords*[1] du Causse ! affirmait-il avec fierté, relevant d'un doigt la visière de la casquette. Touche-moi ça... Tu en as taillé d'aussi souples et résistantes en Amérique ?

Octave en travaillait de très belles chez Perrin. Il l'aurait froissé s'il l'avait contredit.

– Si ta femme connaît bien le métier, poursuivait Pierre Paulhe, tu me les prendras par centaines d'ici quelques mois...

1. Le *regord* est un agneau de lait, de race Lacaune, abattu à l'âge de un mois, recherché pour la qualité de sa peau qui a assuré longtemps la notoriété mondiale de la mégisserie de Millau.

Il paraissait si convaincant qu'Octave s'imaginait un avenir sans nuages. Pendant ce temps, Alice soumettait des crayonnages à sa tante, écoutait ses conseils, l'aidait à broder une *passe*. Le jour où ils dénichèrent un vaste logement au dernier étage d'un immeuble de la place du Mandarous, elle s'échina à le rendre propre, habitable. Les locataires précédents l'avaient laissé en piteux état.

Malgré la crasse et la vétusté, elle prit à cœur de le remettre à neuf car le lieu lui plaisait.

– C'est ce qui nous fallait ! répétait-elle à sa tante chaque fois qu'elle montait le panier de midi. Une cuisine, une chambre, deux pièces pour l'atelier... Les fenêtres sont hautes : nous aurons plus de lumière que chez toi ! Et on s'éclaire à l'électricité !

– Vous avez des goûts de bourgeois ! les grondait Noémie.

– Comme des Américains ! plaisantait Alice. S'ils nous voyaient dans cette tenue, plus noirs et déguenillés que des bohémiens...

Le rire finissait toujours par l'emporter sur le découragement.

Dès qu'Octave eut lessivé puis badigeonné au lait de chaux les murs et le plafond, Alice lava les parquets à la brosse, les frotta à la paille de fer et les cira avec énergie. Elle se sentait si sale après ce travail qu'elle abandonnait son chantier plus tôt trois soirs par semaine et filait aux bains-douches mutualistes, près des Halles.

– Au diable l'avarice ! lançait-elle à Noémie qui lui reprochait la dépense. Je dormirai mieux...

Il ne resta plus qu'à meubler les pièces. Noémie offrit ses deux machines à coudre :

– À mon âge, je n'y vois pas assez pour m'en servir...

Et des rideaux presque neufs :

– J'en ai hérité d'une cousine qui habitait dans les

vieilles rues. Le soleil ne les a pas abîmés : on croirait qu'ils sortent de l'arrière-boutique d'Arlabosse...

Agathe y ajouta deux paires de ciseaux fins et un nécessaire à couture tandis que la mère d'Alice profita de la venue à Millau d'un voisin pour apporter le coffre à linge contenant le trousseau mais surtout pour embrasser sa fille et son futur gendre, et préparer le mariage. L'achat d'une armoire fut remis à des jours meilleurs car ils avaient déjà beaucoup déboursé pour l'atelier. Quant aux parents d'Octave, ils se montrèrent généreux lorsqu'ils les reçurent.

C'était un dimanche agréable et chaud, qui invitait à la paresse. Ils prirent le train de 8 h 20 en compagnie d'Ernest, le frère cadet d'Octave que Pierre Paulhe employait à la mégisserie ; Alice le jugea taciturne, bourru. Entre Millau et Aguessac, il ne répondit à ses questions que par oui ou non. À la sortie de la gare, Octave le laissa s'éloigner sur le sentier caillouteux qui serpentait le long de la voie ferrée.

– C'est un brave garçon, confia-t-il à Alice. Il est toujours prêt à rendre service. Mais il n'est pas bavard. Surtout le matin...

Alors que le vieux château de Compeyre veillait sur la vallée en haut de la colline, la maison des Forestier s'élevait à mi-pente, au bas du village et à une portée de fusil de la ligne de chemin de fer, entourée de vignes aux bourgeons prometteurs. Du plus loin qu'il flaira leur présence, un chien roux aboya joyeusement. En quelques bonds, il fut près d'eux et se frotta contre les jambes d'Octave. Il les suivit dans leur promenade entre les rangées de ceps. Les rayons du soleil scintillaient sur les gouttes de rosée qui dégoulinaient le long des feuilles, mouillant leurs habits au passage. Le bâtard leva un lièvre, deux perdreaux. Trébuchant sur les cailloux et les mottes de terre, Alice retint la main d'Octave.

– Pas si vite ! dit-elle, essoufflée.

Ils traversèrent trois parcelles abandonnées, envahies d'herbes folles, où le phylloxéra avait semé la désolation. Quelques piquets s'accrochaient à la pente, couverts de liserons. Le visage d'Octave se crispa :

– Beaucoup sont partis quand le puceron a tué. Mon père a pu sauver une vingtaine de rangs de gamay... Il en est fier car c'est le meilleur vin de la vallée. Il y a cinquante ans, mon grand-père en envoyait quelques fûts à New York... Mon père a replanté avec des cépages du Midi qui donnent deux fois plus... Il faut bien vivre...

Au sommet de la colline, près du cabanon de pierre où il jouait pendant que son père piochait, Octave s'arrêta enfin :

– Voilà mon pays ! Des vignes, des cerisiers, des pêchers, des amandiers... Ça vaut l'Amérique !

En silence, Alice partagea l'émotion de ses retrouvailles avec la terre de son enfance.

Ils rentrèrent sans se presser.

Quand ils pénétrèrent dans la cour, le père se tenait assis sur un banc de pierre à l'ombre d'un tilleul. C'était un homme grand et solide, d'une cinquantaine d'années mais qui en paraissait moins car il n'avait pas un seul cheveu blanc. Alice le remarqua lorsqu'il enleva son chapeau pour l'embrasser. Rasées de frais, ses joues lisses sentaient le savon de Marseille.

– Vous en avez mis du temps ! s'étonna Julien Forestier.

– Je voulais lui montrer les vignes, expliqua Octave.

– Ce n'est plus ce que c'était, soupira-t-il. On se débrouille avec ce qui nous reste... Cette demoiselle devrait goûter mon gamay... Ça ouvre l'appétit !

Elle ne put se dérober.

Il les précéda sous la voûte fraîche de la cave, alluma la lampe et sortit de la poche un *tassou* en argent qu'il remplit à un *barricou*.

Les langues des hommes claquèrent ; Alice n'y

trempa que les lèvres, craignant qu'il ne lui tournât la tête.

– Il vous plaît ? demanda Julien Forestier à Alice.

– Il est bon, répondit-elle en prenant le bras de son fiancé.

Le père Forestier sourit de toutes ses dents grises.

– Puisque vous l'aimez, on en servira le jour de votre mariage, ajouta-t-il, ravi de la satisfaire. Du gamay jeune au début du repas, du vieux avec les rôtis et le fromage. Votre père ne se fâchera pas si j'amène le vin ?

– Il sera content. Celui de la maison n'est guère fameux...

– C'est du vin de quatre ! s'esclaffa Octave. Comme à Millau où la bibine est tellement raide que les gantiers et les vignerons se retrouvent à quatre pour le boire : un qui vide la chopine, trois qui le tiennent pour lui éviter de tomber à la renverse !

Leurs éclats de rire résonnèrent sous la voûte.

Au bout d'un moment, Alice sentit la fraîcheur sur ses épaules et ses bras ; elle revint dans la cour, au soleil, où elle tomba sur la mère d'Octave, une femme grande et douce, qui secouait le panier à salade près du puits. Simone Forestier pesta après les hommes :

– Il serait temps de passer à table...

– Je vous les ramène, promit Alice.

Simone avait mitonné un repas somptueux auquel ses gaillards firent honneur tout comme Alice. Elle les régala avec de la tête de veau aux oignons, une truite au bleu, un coq au vin, du fromage de toupine et une fouace. Après le café, Julien prit dans le buffet une bouteille de vieux marc... L'horloge de la cuisine indiqua bientôt six heures.

– Votre cadeau de mariage ! s'écria soudain le père Forestier.

Dans la remise où il rangeait sa jardinière, Julien enleva la toile qui recouvrait une belle table de noyer, massive, presque carrée.

– Le menuisier a bien travaillé !

Alice chercha la main d'Octave.

Une bouffée de joie les envahit.

– Ce n'est pas tout ! dit-il. Il doit terminer les bancs d'ici la fin de la semaine prochaine.

Puis, tapant sur l'épaule de son fils :

– Tu te souviens du lit de tes grands-parents ?

– Celui qui était dans la cuisine quand la pauvre grand-mère a eu son attaque ?

Julien baissa la tête.

– Avant de mourir, elle m'a demandé de te le donner lorsque tu te mettrais en ménage... Ta mère l'a ciré. Le sommier est bon mais il vous faudra acheter un matelas...

– Vous nous gâtez trop, protesta Alice.

D'une main, il s'appuya à la table de noyer. Une larme perla au coin de ses yeux.

– Ce n'est pas tous les jours qu'on marie son fils...

Les meubles arrivèrent en gare de Millau une semaine avant la noce. Octave emprunta la charrette de La Pissaïra et les transporta jusqu'au Mandarous avec l'aide de son frère. Ils purent les hisser au dernier étage grâce aux voisins qui leur prêtèrent mainforte. Le lundi, les fournisseurs commencèrent à livrer les commandes. En quelques heures, les pièces se garnirent. Aussi Octave s'acharna-t-il à ranger pendant qu'Alice essayait sa robe.

La veille du départ au Pas, il l'autorisa à découvrir leur maison. Une odeur mêlée de cire, de bois et de cuir y flottait. D'un rapide coup d'œil, Alice constata que rien ne manquait à l'atelier : la boîte de talc pour travailler le glacé, les bobines de fil aux machines à coudre, le maillet avec sa tête en peau de porc roulée et collée qui servait à frapper sur les emporte-pièce, le molleton de laine pour doubler les modèles d'hiver, les boutons et le fer qui imprimerait à chaud sur la peau « Gants Forestier (Millau, France) ».

– Tu as vraiment pensé à tout ! dit-elle, émerveillée.

Heureux du résultat, il l'entraîna dans une valse qu'il fredonna.

– Et ta robe ? susurra-t-il à son oreille. J'aimerais tant la voir...

– Au moment de partir à l'église ! Pas avant !

Elle l'emporta dans un carton soigneusement ficelé.

De Saint-Affrique au Pas, Grégoire ne cessa de parler à Octave qui se tenait à l'arrière, cramponné aux ridelles de la charrette. Il le félicita d'avoir choisi le métier de coupeur :

– D'après ce qu'on dit, ça « palpe » ! Je suis sûr que ma fille ne pâtira pas avec toi...

Juché sur la croix de la place, tel un marin à son poste de vigie, Léon agita un mouchoir dès qu'il repéra sa sœur et marcha aux côtés de l'attelage tout au long de la montée vers Le Pas, babillant comme une pie. À dix ans, il gardait seul le troupeau.

– Tu viendras aux brebis avec moi cet après-midi ?

– Si je peux, répondit Alice. Il y a tant de choses à faire...

– T'as bien assez le temps ! rétorqua-t-il, vexé. Le père raconte que les gens des villes n'ont pas de brebis à traire.

– Avec Octave, nous t'accompagnerons un bout de chemin, dit-elle afin de ne pas le décevoir.

– Je cueillerai des fleurs pour l'église et votre voiture...

Sur le *balet*, Justine essuya ses joues ruisselantes de larmes :

– Enfin tu es là ! Combien de fois j'ai cru que je ne te reverrais jamais...

Après le repas de midi, Alice emmena son fiancé au Col où, à sa vive surprise, les troncs calcinés avaient disparu. De retour à la ferme, avant de descendre au village rendre visite au curé et aux maîtres, elle apostropha son père qui triait les bêtes à la bergerie.

– Qui les a coupés ?

– On a eu besoin de bois, expliqua-t-il d'un ton sec. On n'allait pas en acheter alors qu'il y avait ces arbres morts.

– On ne devait pas y toucher !

– Mêle-toi de ce qui te regarde, répliqua-t-il.

Ce soir-là, dans son lit, Alice pleura ses arbres, ses jeux et ses années d'enfance...

Un peu avant l'aube, des bruits de casseroles et de chaudrons la réveillèrent. Déjà, les deux cuisinières du village préparaient le court-bouillon pour cuire les tanches pêchées dans les eaux de la Sorgues, découpaient les saucissons conservés dans la cendre et les poules farcies, bardaient de lard les canards à rôtir.

À neuf heures, l'oncle Victor emmena les mariés sur sa jardinière repeinte de frais et décorée de fleurs des champs. Le ciel était gris, l'air frais, ce qui attrista Alice.

Octave chercha à la consoler :

– Je ne t'ai jamais vue aussi belle !

Sa robe au corsage plissé et à la jupe évasée l'éblouit, taillée dans un lainage bleu, loger, rayé de rose. Elle portait un chapeau de paille à larges bords et les gantelets suède en peau d'agneau, blancs, offerts par monsieur Guibert au lendemain de son élection de reine. À l'église, lorsqu'elle remonta l'allée au bras de son père, les filles et les femmes du village se pâmèrent d'admiration.

À l'auberge où les invités se dégourdirent les jambes au son de l'accordéon en sirotant un clacquesin, un muscat ou une verte, la mère Graillon la trouva superbe.

– Tu es plus reluisante que le jour où tu as débarqué dans ma cuisine !

Tard dans la nuit, lorsqu'ils quittèrent la grange et le bal pour se réfugier dans la plus haute chambre de l'école, enlevés par Léa et son mari, Octave l'attira contre lui et murmura :

– Je suis le plus heureux des hommes. J'ai épousé la plus belle des gantières de Millau !

Sous les toits de l'école, dans une pièce qui exhalait un parfum de jasmin, ils s'aimèrent passionnément.

Dès le mardi, ils travaillèrent d'arrache-pied à la confection des modèles qu'ils souhaitaient présenter dans les boutiques du Midi. Pierre Paulhe leur avait recommandé quelques maisons à Béziers et Montpellier.

– Ne tardez pas à y aller ! dit-il. Les représentants des grandes fabriques ont déjà pris des commandes !

Alice s'épuisa à coudre les plus beaux à l'aiguille, à soigner les motifs des broderies, la couture des *carabins*. Un soir, à la mi-mai, elle put enfin ranger sa collection dans une petite valise.

– Les premiers gants Forestier ! s'exclama-t-elle, exténuée mais ravie du résultat.

– Tu as de l'or au bout des doigts, glissa Octave.

Toute la journée, la foire de la loue avait envahi la ville ; elle s'achevait maintenant par un bal sur la place.

– J'aurais tant aimé danser avec toi, regretta-t-elle. Nous avons eu si peu de bon temps depuis notre mariage...

Il la souleva dans ses bras ; ils roulèrent sur le lit.

Elle était tellement lasse que le lendemain, elle s'endormit dans le compartiment contre l'épaule de son mari, peu après leur départ de Millau au train de 6 h 10. Le temps de sortir de la gare, de louer une chambre à l'*Hôtel des Postes*, d'avaler un repas froid dans un café de la place de la République et, à deux heures sonnantes, ils poussaient la porte d'un magasin de nouveautés des allées Paul-Riquet. Près de la caisse, assise sur un tabouret, jambes croisées, une lime à la main, la vendeuse attendait les clients. Elle appela la patronne, Colette Galibert, jeune femme élégante qui mordillait un fume-cigarette.

– C'est Pierre qui vous envoie ?

Ils confirmèrent. Dans l'arrière-boutique, près de la fenêtre, elle examina en détail chaque modèle.

– Les peaux sont splendides, minauda-t-elle après avoir allumé sa cigarette. Mon petit-cousin sait bien les travailler... Vous en avez tiré le meilleur parti...

Elle essaya les modèles qui correspondaient à sa pointure, les montra à sa vendeuse.

– Les gants de ville m'intéressent...

– Pas les gants de soirée ? fit Alice, étonnée qu'elle n'en souffle mot. Regardez les fantaisies ! Ça change des nervures brodées et des boutons-pression !

Comme Colette Galibert y prêtait peu d'attention, elle s'obstina :

– Regardez donc !

Elle brandit sous ses yeux un gant suède à l'ouverture ornée d'entrelacs, des manchettes décorées de fleurs, un gantelet paré d'un serpentin s'enroulant autour de la main ou d'un motif différent sur chaque doigt.

– Les Américains en raffolent !

– Je vends peu de gants de soirée... À Montpellier, vous aurez plus de chances. Il y a la préfecture et l'opéra !

– Vous prendriez combien de modèles de ville ?

Colette Galibert renversa la tête en arrière, toussota, passa la main dans ses cheveux roux.

– Doucement, dit-elle en souriant. Je réfléchis...

– Combien ? répéta Alice.

– Vos gants sont aussi jolis que ceux de Guibert, de Buscarlet, de Perrin, d'Alric, mais personne ne connaît votre marque. J'aurai à convaincre mes clients de les préférer aux autres. Il faudra me les céder moins cher que ces fabriques...

Alice serra les dents, Octave fronça les sourcils.

Elle griffonna des chiffres sur un papier à en-tête de la boutique qu'elle leur tendit.

– C'est votre dernier prix ? insista Alice, déterminée à arracher quelques centimes de plus à la paire.

– Quand on se disputera les gants Forestier sur les allées Paul-Riquet, c'est vous qui aurez le beau rôle, ironisa-t-elle. D'ici là...

Ils cédèrent.

– Ne prenez pas de retard sur les modèles d'hiver, conseilla-t-elle. À la première pluie, ils s'envolent comme les feuilles mortes...

Dans cinq autres magasins de Béziers, se reproduisit la même scène. À chaque fois, ils se plièrent à leurs conditions.

– Ils exagèrent, maugréa Alice. Il ne nous restera que trois sous quand nous aurons tout payé...

Ils venaient de s'affaler sur un banc des allées Paul-Riquet, à la recherche d'une ombre épaisse et fraîche, vaincus par la chaleur moite qui enveloppait la ville. À la terrasse d'un café, ils burent une limonade. Écartant les verres, Octave étala les bons de commande sur la table, se livra à des calculs au dos d'une enveloppe usagée avec un minuscule crayon à papier.

– La journée n'a pas été si mauvaise, constata-t-il. Nous avons du travail pour un mois et demi.

– Mais sans les recommandations du mégissier, on nous aurait claqué la porte au nez...

Alice aurait voulu prendre un bain, se débarrasser de la sueur et de la poussière qui maculaient sa peau et ses vêtements clairs. À l'hôtel, elle dut se contenter d'une toilette rapide au lavabo de la salle de bains commune aux chambres de l'étage. Ils dînèrent bon marché dans un restaurant familial qui accueillait les employés de la poste à midi. Quand la brise du soir amena un peu de fraîcheur, ils s'égarèrent dans les allées du jardin des Poètes, longèrent les berges du lac, jetèrent de la mie de pain aux canards, s'abritèrent sous un immense saule pleureur lorsque tomba la rosée. Alors, ils guettèrent l'arrivée une à une des étoiles dans le ciel comme de jeunes mariés en voyage de noces.

Les commandes du Midi leur assurèrent du travail jusqu'en septembre. Le dernier carton de gants livré en gare de Millau pour un magasin de Montpellier, Octave rejoignit quatre coupeurs en chambre qu'il avait connus lors de son apprentissage et qui taillaient des liasses de peaux pour plusieurs manufactures.

– On ne sait plus où donner de la tête alors qu'on a chômé trois mois au début de l'année, avoua l'un d'eux. J'ai bien peur que les grives du Causse nous filent sous le nez. Ce sera la première fois...

Octave promit de penser à eux au moment des coups de feu.

Alice ne s'accorda pas de répit, décidée à répondre au plus vite à un télégramme de Harold Smith, enthousiasmé par leurs gants de luxe. Pendant ces journées, elle conçut des modèles de printemps après avoir relu les derniers numéros de *L'Art et la mode*, *Fémina*, *La Gazette du bon ton* qui levaient le voile sur la coupe des robes, jupes et manteaux de la prochaine saison.

– Si on n'en veut pas à Béziers et Montpellier, dit-elle à Octave, j'irai à Sète, Carcassonne, Narbonne, Toulouse et jusqu'à Paris.

Elle retourna seule dans le Midi, s'y attira des compliments.

– C'est un très bon début, la félicita Colette Galibert. Vos gants sont remarqués. Il serait étonnant que les clientes ne vous soient pas fidèles à Pâques...

Ces nouveaux ordres d'achat l'occupèrent jusqu'à la mi-janvier, ce qui lui permit ensuite de passer plus de temps près de sa tante qui éprouvait des difficultés à se déplacer, à broder, à coudre. Elle s'y rendait chaque après-midi, remplissait les seaux de charbon à la cave et le panier à provisions à l'épicerie, crochetait à sa place les jours où ses doigts refusaient d'obéir. Touchée, Noémie glissait de temps à autre une pièce de vingt sous[1] dans la poche de son manteau, obtenait pour elle des gants à piquer.

– On a souvent le porte-monnaie percé quand on débute dans ce métier! se plaisait-elle à dire.

Tant de générosité la gênait. Alice craignait qu'elle ne se prive.

– Avec ma quinzaine et le mandat d'Antoine, ça me suffit pour vivre, répondait-elle. Tu es un peu ma fille...

En l'écoutant, elle songeait à sa mère qui souffrait en silence de se retrouver seule à la ferme face au père, sans ses filles...

Au soir du Carnaval, alors que la place résonnait encore de cris et de chants paillards, Alice annonça à Octave qu'elle attendait un enfant.

Ils venaient de se coucher.

– Tu en es sûre? répéta-t-il.

– Il naîtra au mois de juin, chuchota-t-elle.

Il posa délicatement la paume de sa main sur son ventre.

– Tu le sens bouger? fit-il, intrigué.

– C'est trop tôt, sourit-elle.

– Il aura des mains de gantier, reprit-il.

– Et si c'est une fille? répliqua gentiment Alice.

– Elle aura des doigts d'or comme les tiens...

Le lendemain, elle révéla sa grossesse à sa tante qui lui interdit aussitôt de charrier le charbon:

– Tu dois te ménager.

– Je ne suis pas malade! répondit-elle.

– Tu te fatigueras bien assez avec la *presse* de Pâques. Je me débrouillerai avec La Pissaïra les jours où mes jambes ne me porteront pas...

Rien n'y fit. Alice s'inclina. Sa sœur Lucie qui mon-

1. *Vingt sous*: un franc.

tait les voir une fois par mois depuis son installation à Tournemire, l'envia.

– Tu en as de la chance…

– Tu accepterais d'être sa marraine ? lui demanda Alice.

Elle éclata en sanglots.

Alice pressentit un différend avec son père qui la traitait assez durement depuis son départ des Caves, à l'automne. Lucie avait osé quitter Roquefort pour Tournemire et une place de serveuse à l'auberge de La Gare, prendre ses affaires et s'enfuir de la maison. Il ne pardonnait pas, blessé dans son orgueil de maître.

– Il veut me déshériter si j'épouse Georges, finit-elle par avouer. Je leur avais écrit pour les avertir de notre mariage…

Depuis un an, Lucie fréquentait un ouvrier d'entretien de la voie ferrée, mais son père entendait la marier à un paysan de Versols.

– Tu aimes Georges ? demanda Alice.

– Oui…

– Alors dépêche-toi de l'épouser !

– Ce sera une drôle de noce, se lamenta Lucie. Tu t'imagines la fête sans personne de notre famille ?

– Nous serons là ! protesta Alice. Noémie aussi.

– Maman me manquera beaucoup ce jour-là, dit-elle d'une voix triste. Elle doit être malheureuse, elle était si bonne avec nous…

Alice qui partageait son sentiment, lui ôta tout scrupule :

– Tu as vingt-deux ans ! Pense à ta vie, à ton bonheur. Tu verras qu'à la longue, les choses s'arrangeront…

Après un long soupir, Lucie sécha ses larmes.

– Installez-vous à Millau ! suggéra-t-elle. Ton fiancé travaillera à la gare, je t'apprendrai à coudre les gants, tu pourras emporter *les passes* chez toi… Ce sera mieux qu'à l'auberge…

Elle tortilla son mouchoir, prit le temps de réfléchir.

– Pas tout de suite, dit-elle. Il faut que j'en parle à Georges : tout va si vite...

Elle promit de revenir souvent avant la naissance.

– Ça te coûtera trop cher ! protesta Alice. Et puis tu ne vas pas abandonner ton fiancé pendant tes jours de repos !

À ces mots, son visage se détendit ; elle sourit.

– Georges reçoit chaque mois des billets de la Compagnie. Je serai heureuse de te rendre service, on bavardera... Je me suis sentie tellement seule quand tu étais en Amérique...

Il y avait un tel désarroi dans son aveu qu'Alice accepta.

– La prochaine fois, tu choisiras tes gants de mariée...

Un mois avant Pâques, les commandes affluèrent à l'atelier qui reçut une douzaine de télégrammes en trois jours.

– Ça marche fort pour vous ! lança le jeune commissionnaire de la Poste en amenant le cinquième papier bleu.

Au dixième, il pesta contre le nombre de marches d'escalier.

– Vous pourriez pas habiter moins haut ?

Au douzième, il claqua la porte et maugréa contre les patrons.

– Petits ou gros, tous les mêmes : un pourboire de misère !

Ce succès les décontenança.

– Trois mois de travail ! s'écria Octave après un rapide calcul. Nous n'y arriverons jamais seuls.

C'était la fin de l'après-midi. La nuit tombait, l'obscurité gagnait peu à peu l'atelier. Octave descendit de son tabouret, marcha vers la fenêtre puis se retourna.

– Les coupeurs de la rue du Sacré-Cœur me

dépanneront une ou deux journées s'ils ne sont pas trop chargés...

– Et s'ils n'ont pas prévu d'aller à la pêche ! ajouta Alice, restée à sa table de couturière.

– Marc m'avait assuré qu'on pouvait compter sur eux, dit-il.

À ces mots, il appuya sur l'interrupteur. La lumière jaillit dans la pièce, éblouit Alice qui cligna des yeux.

– Tu ne peux pas coudre ces centaines de gants, reprit-il.

– Ce sont tous des modèles de printemps sans doublure, avec les nervures à broder ou un bouton-pression à poser. Il me faudra deux piqueuses pour livrer dans les délais... Je les veux à l'atelier chaque jour : ce n'est pas le moment d'envoyer de la pacotille...

– Tu es trop exigeante, tu ne trouveras personne !

– Qui sait ? fit-elle, d'un air amusé. Comme toi, j'ai été apprentie et j'avais mes amies !

Elle se leva, passa son manteau et disparut dans la nuit.

Le surlendemain, à 8 heures, deux jeunes femmes frappaient à la porte. Alice les embrassa et les présenta à Octave :

– Marie, Lætitia...

Cinq ans après leurs pique-niques sur les bords de la Dourbie, elle les aurait reconnues au milieu d'une foule dense : Lætitia à ses robes bleues et à la finesse de sa taille, Marie à ses cheveux châtains coiffés en nattes et à ses hanches rondes. Lætitia s'était mariée à l'automne, Marie à Noël. Toutes deux cherchaient à quitter leur patron qui les poussait à s'installer chez elles afin de leur louer des machines inutilisées de sa fabrique ; elles refusaient de se soumettre à son bon vouloir, préféraient s'équiper sur leurs économies et piquer des gants pour plusieurs manufactures. Alice n'avait eu aucune difficulté à les convaincre de changer de maison car le jeune commissionnaire de la poste racontait dans les cafés de la place que les Forestier croulaient sous les commandes.

– Elles avaient envie de travailler avec moi mais elles n'osaient pas m'en toucher un mot, glissa Alice. Elles étaient moins timides quand nous faisions « la Monte » !

Elles rougirent jusqu'aux oreilles.

Quand Octave s'éclipsa à la cuisine pour mouiller la nappe, le visage d'Alice devint grave. Elle tapota la paume de sa main avec le fuseau.

– Ça ne m'empêchera pas d'être aussi sévère qu'Aurélie et les contremaîtresses de chez Guibert, prévint-elle. Mes gants doivent être les plus beaux, les plus fins.

Marie prit place devant la vieille machine à coudre ; Lætitia se chargea avec Alice de numéroter à l'encre grasse le corps du gant et son pouce, d'égaliser au ciseau les fils de la peau après son passage à l'emporte-pièce qui dessinait les doigts, de ligaturer le fil noir des nervures brodées, de répartir les *fourchettes* selon leur taille, de repasser les gants, de les classer en sizain pour l'envoi et de les entourer d'une bande de papier mentionnant les pointures.

Les premiers jours, l'œil avisé d'Alice s'ingénia à tout vérifier et à relever les imperfections. Peu à peu, elle amena les ouvrières à accepter ses exigences, à abandonner leurs principes de couture pour adopter les siens, plus pointilleux. Reconnaissant ses qualités de patronne, Lætitia et Marie les admirent assez vite. Chaque soir, après leur départ, Alice piquait des gants pour avancer l'ouvrage. À l'heure du repas qu'elle n'avait pas préparé, Octave la grondait :

– Tu en as assez fait pour aujourd'hui.

– Nous sommes en retard ! répliquait-elle d'un ton sec.

Elle s'arrêtait à contrecœur, les paupières lourdes. Malgré l'interdiction d'Octave, elle traînait encore à l'atelier après le souper.

Quand elle la découvrit dans cet état, les yeux cernés et le teint pâle, Lucie la gourmanda :

– Prends une ouvrière de plus !

– Pour la congédier dans trois semaines quand l'atelier n'aura plus une paire de gants à coudre ? riposta Alice, agacée.

– Après, tu auras sûrement d'autres commandes...

– Tu ne connais rien au métier ! ricana-t-elle. Dans la ganterie, il y a deux mois de *presse* et trois mois de chômage.

Obnubilée par les livraisons, elle négligeait sa maison, dormait peu. Le linge sale s'entassait dans les corbeilles. Aussi, d'autorité, Lucie s'occupa-t-elle de la lessive et du ménage les jours où elle leur rendait visite.

Bientôt, Octave ne supporta plus de voir sa femme s'abîmer les yeux des soirées entières. En catimini, il choisit une machine pour Lætitia au magasin Singer du boulevard de Bonald, demanda aux ouvrières de rester une heure de plus le soir, décida de seconder Alice dans la préparation des pièces pour les piqueuses. Elle se récria au moment où Octave déballa la machine de son coffret de bois roux car la dépense représentait quatre mois de salaire d'une ouvrière, puis se ravisa.

– Enfin tu deviens raisonnable ! triompha Octave.

D'un doigt, il caressa ses joues. Le visage serein, elle porta les mains à son ventre :

– Ce sera mieux pour tous...

Elle sentit bouger son enfant.

8

À l'atelier, Pâques marqua à peine une trêve. Ce jour-là, Octave se leva tôt pour assister au Sacré-Cœur à la messe de sept heures que les usages millavois réservaient strictement aux hommes. La veille, Alice avait chiné son mari :

– C'est sûrement une messe noire ! Si je n'étais pas fatiguée, je t'accompagnerais.

– Le suisse ne te laisserait pas entrer, avait-il prévenu.

– Un office rien que pour les hommes ? Vous vous croyez bien supérieurs ! Pourtant sans les femmes…

Sa cravate nouée, il la regarda dormir, les cheveux étalés sur l'oreiller, un bras replié sur le drap, la poitrine soulevée à intervalles réguliers par un léger souffle.

À la sortie de la messe, il se hâta de rejoindre son frère au café des Bateliers près des quais du Tarn et des fours à chaux, lieu de rendez-vous des ouvriers mégissiers. Il y mangea sur le pouce un plat de *trénels*, des pieds de porc et une tranche de roquefort.

À son retour, Alice somnolait encore ; il ne la réveilla pas, posa veste et cravate sur le montant du lit, retroussa les manches de sa chemise blanche et prépara le repas. Le *coufidou* mijotait depuis deux jours ; il plaça près du fourneau les *trénels* achetés au café, tailla des tranches de jambon, pela les pommes de terre. À onze heures, l'arrivée de Lucie et de Georges tira Alice de son sommeil.

– J'étais si bien, reconnut-elle en s'étirant.

– Tu as manqué la grand-messe ! s'exclama Lucie.

– Tant pis. Dieu me le pardonnera… C'est le premier matin où je me lève sans souci : tout a été livré à temps, nous avons du travail pour les prochaines semaines…

Lucie leur présenta son fiancé, un costaud aux mains calleuses et au teint basané par le soleil, guère plus bavard qu'Ernest.

L'après-midi, flânant sur les avenues, les deux sœurs parlèrent du mariage, de l'atelier, du baptême de l'enfant à naître.

– Plus d'imprudence maintenant ! recommanda Lucie.

– Je n'ai pas l'habitude de rester dans un fauteuil, prévint Alice.

Deux télégrammes l'obligèrent à travailler jusqu'à la délivrance car une boutique de Montpellier et Harold Smith commandèrent le même jour des gants de luxe. Alice mouilla les bleus de larmes de joie. Elle exultait :

– Enfin, on les trouve beaux mes modèles de soirée ! Ils veulent du cousu main et des broderies, un vingt-quatre boutons, trois douzaines de dix-huit boutons, cinq douzaines de gantelets suède...

Au fur et à mesure qu'elle énumérait, Marie et Lætitia ouvraient grand leurs yeux.

– Pour l'Amérique comme chez Guibert ? dirent-elles en chœur.

Alice s'appuya contre la table de couturière et confirma avec un sourire éclatant :

– Comme dans les grandes maisons.

Alphonse naquit au cours d'une nuit de juin moite et parfumée, zébrée d'éclairs de chaleur. Alice ressentit les premières douleurs vers sept heures. Octave partit aussitôt chercher la sage-femme de l'hôpital qui promit de passer dans la soirée.

– Pourquoi si tard ? demanda Octave.

– C'est une nuit de pleine lune, dit-elle d'un air mystérieux.

Désemparé, il courut chez Noémie qui lui envoya La Pissaïra.

– Elle a l'habitude, le rassura-t-elle. Elle était là quand Antoine est né. Beaucoup d'enfants de Millau lui doivent la vie...

Pendant plusieurs heures, Octave fit les cent pas dans l'atelier, chassé de la chambre d'où lui parvenaient les plaintes et les cris de douleur d'Alice. Vers minuit, l'enfant poussa un vagissement et La Pissaïra ouvrit la porte.

– Tu as un beau garçon !

Il se précipita vers Alice qui gisait dans le lit taché de sueur et de sang, sans forces, en nage, les cheveux en désordre, les traits tirés de fatigue. Il se pencha au-dessus du berceau et déposa un baiser sur le visage fripé de l'enfant. Alors, il serra fort la main d'Alice, et à son grand étonnement sautilla autour du lit sur un air de bourrée.

Absorbée par l'atelier et surtout par son fils, Alice ne vit pas monter le danger. Elle semblait flotter sur un nuage de bonheur, sourde au bruit de bottes qui résonnait en Europe et aux rumeurs de guerre qui s'étalaient en titres gras sur la première page des journaux. Le jour du mariage de Lucie, les hommes évitèrent ce sujet pour ne penser qu'aux moissons, aux cailles, aux perdrix et aux lièvres de la prochaine saison de chasse, aux écrevisses de la Sorgues. La Serbie et même Paris paraissaient si loin...

Le samedi suivant, quand le garde champêtre proclama au son du clairon la mobilisation générale, Alice réalisa que la guerre lui enlevait Octave.

Le crieur parcourut les places en plein après-midi, provoquant un attroupement sur le Mandarous écrasé de chaleur.

– Tous à Berlin ! Guillaume à la potence !

Octave sommeillait dans la pénombre de la chambre. Il se leva d'un bond, ajusta ses bretelles, dévala les escaliers.

– C'est la guerre, dit-il d'un ton las quand il remonta une heure plus tard. Je viens de la mairie : le régiment quitte Rodez lundi.

Alice s'effondra dans ses bras.

– Ne t'inquiète pas : c'est une affaire de quelques semaines. Je serai de retour pour la *presse* de Noël.

Il regarda sa montre.

– Déjà cinq heures ! Je file chez le mégissier. Je veux te trouver un coupeur sérieux pour me remplacer...

– Si tu avais eu le temps de m'apprendre à travailler la peau, je me serais débrouillée seule.

– Ce n'est pas un métier de femme.

– Si les hommes vont à la guerre, qui coupera les gants ?

L'effervescence régnait à l'entrepôt du mégissier, sur les quais. Octave y rencontra son frère Ernest ; les mains protégées par des gants grossiers, il teignait des peaux à la brosse. Trop émus pour échanger un mot, ils se parlèrent avec les yeux.

D'un doigt nerveux, Pierre Paulhe se gratta les cheveux.

– Le père Firmin pourrait peut-être te dépanner. Même s'il a la soixantaine passée, il a la main. Chez Guibert, il a même remplacé un *metteur en passe*[1] pendant tout un hiver. S'il te demande de tailler douze paires dans une *passe*, c'est qu'elles y sont. Il a l'œil et il sait *tirer* la peau. Je te défie de trouver du cuir « endormi » dans *ses passes*. C'est un champion... À une époque, les grandes maisons se le disputaient. S'il accepte, tu seras tranquille : il ne te carottera pas des paires de gants pour les revendre dans ton dos au Glacier... À tous les deux, on tiendra de la bonne marchandise à ta femme.

Octave partit aussitôt chez Firmin, derrière la place de la Tine. Sa femme l'expédia sur les flancs de la côte de La Cavalerie.

– À cette heure, il est à son *oustalou*[2]...

Au frais dans sa maison de vigne dont il avait clos

1. *Metteur en passe* : contremaître chargé de classer les peaux pour les coupeurs puis d'en évaluer le rendement en gants selon la pointure et la qualité.

2. *Oustalou* : petite maison qui s'élève au milieu des vignes dans le Millavois et la vallée du Tarn.

les volets, le père Firmin lisait le dernier numéro du *Messager*. Il ignorait encore que la mobilisation avait été décrétée.

– Ils sont fous ces Prussiens! grommela-t-il. Comme en 70.

Il sortit deux verres, les remplit de vin.

– Je veux bien te rendre service mais seulement pour quelques semaines, dit-il en essuyant les lèvres au revers de la main. J'ai soixante-quatre ans depuis avant-hier. Ça fait cinquante ans que j'use le couteau à doler[1] et que je «joue» de la mandoline! Ça suffit!

Après avoir accompli les mêmes gestes pendant tant d'années, comme les joueurs de mandoline, son épaule gauche avait fini par s'affaisser. Dans les rues, on reconnaissait un vieux coupeur à ce mouvement des épaules. Firmin en souffrait:

– Quand les rhumatismes me prennent, c'est terrible...

Octave insista.

– On débute. Sans coupeur, on va perdre nos clients...

– C'est d'accord, lâcha-t-il après un moment de silence. Mais je te préviens: rien que pour quelques semaines. Il y aura bientôt les champignons, les lièvres sur le Lévezou, les grives sur le Causse...

– Votre prix sera le mien, s'empressa de dire Octave.

– T'affole pas pour la quinzaine. On verra plus tard.

Alice accueillit la nouvelle avec soulagement.

Octave passa la journée du dimanche auprès de ses parents. À son retour, ils s'aimèrent avec autant de passion que la première fois.

Le lundi matin, Alice l'accompagna à la gare, ne put retenir ses larmes quand il monta dans le wagon après leur dernière étreinte. Elle revint sur le Man-

1. Le couteau à doler, dont la lame finement aiguisée prend la forme d'une spatule, sert à unifier l'épaisseur de la peau.

darous en compagnie de Marie et de Lætitia en proie au même chagrin. Toute la journée sauf quand Alphonse la réclamait, elle erra dans les pièces à la recherche d'une image, d'une odeur, d'un souvenir. À l'atelier, elle grimpa sur son tabouret et mania les ciseaux restés sur la table, caressa du bout des doigts le noyer verni. Dans le tiroir, elle découvrit une photo d'Octave devant chez Perrin à New York. Fermant les yeux, elle la serra contre elle.

En quelques jours, la guerre désorganisa le pays, la ville. Après le départ au front de leur patron, certaines ganteries congédièrent leurs employés. Plusieurs centaines de piqueuses et de coupeurs se retrouvèrent sans travail, sans argent. Pour les plus démunis, la mairie institua les soupes populaires. Bientôt, dans les rues, on ne croisa que des femmes, des enfants et des vieillards, l'air anxieux. Tous attendaient des nouvelles d'un mari, d'un frère, d'un fiancé, d'un père. Les lettres tardaient à arriver.

Alice prit l'habitude d'écrire à Octave chaque dimanche après-midi, pendant la sieste d'Alphonse. Elle lui racontait en détail la vie de la famille et de l'atelier. Malgré une révision à la baisse des commandes signées à la mi-juillet, elle occupait à plein temps les deux ouvrières et le coupeur. Elle avait eu la main heureuse avec Lætitia. « Si j'étais malade, elle serait capable de me remplacer et de vérifier les gants piqués par Marie ; elle sait presque tout faire. Elle a de l'idée et ne se laisse pas marcher sur les pieds... » Alice n'avait pas à se plaindre du père Firmin. « Je suis encore étonnée de le voir à ta place sur le tabouret. Il arrive toujours à l'heure, il ne prend qu'un quart d'heure pour lire le journal, il ne fume pas, il ne boit qu'un verre de vin à dix heures et un autre à quatre heures. Je m'entends bien avec lui. Il est aussi précis que toi dans le choix des peaux. Certains soirs, je confie Alphonse à Lætitia et je le suis à la mégisserie. C'est un régal d'écouter Firmin et Pierre Paulhe. Avec eux, en feuilletant les liasses, j'apprends à reconnaître les qualités des peaux, une peau moelleuse d'une peau cireuse. Ça m'aidera à concevoir mes prochains modèles... »

Octave lui manquait beaucoup. Dans un lit trop grand, sa main le cherchait ; elle se plaquait tremblante à l'endroit où la cambrure des reins avait creusé le matelas de laine. Alice reportait tout son amour sur son fils, attentive à ses pleurs et à ses désirs, multipliant les allées et venues entre la chambre et l'atelier. Son grand-père Julien l'embrassait chaque vendredi après son marché ; il arrivait vers onze heures, un panier garni d'œufs et de fruits, parfois d'une bouteille de vin ; il partageait le repas d'Alice avant de repartir au train de Séverac. Au début du mois d'octobre, lors des vendanges, Julien la persuada de passer quelques jours à Compeyre.

– Je vous attendrai à la gare d'Aguessac avec la carriole. Nous serions si contents de vous avoir...

Il y tenait tellement qu'elle céda.

La fermeture de l'atelier arrangea Firmin qui voulait récolter son lopin de vigne. Les deux ouvrières préparèrent les pièces de peau à coudre à l'aiguille, qu'elles emportèrent chez elles.

La veille de son départ, Alice reçut la première lettre.

– Le 20 septembre, Octave était de repos à Nancy avec le 122ᵉ, annonça-t-elle à Julien sur le quai de la gare. Il va bien, il n'a pas trop d'ampoules aux pieds, mais il n'est pas bavard...

– Les généraux n'aiment pas les soldats qui causent, répondit-il sur un ton grave. Nous avons eu hier des nouvelles d'Ernest. Il est dans le même régiment mais pas la même compagnie. Il se languit du pays, il n'a pas encore vu son frère...

Un franc soleil brilla pendant les quatre jours de vendanges. Le matin, Alice prêtait main-forte à

Simone à la cuisine tandis qu'elle coupait du raisin l'après-midi, après avoir confortablement installé Alphonse dans la corbeille à linge en osier à l'ombre d'un arbre. Julien n'avait pu engager que des hommes de son âge, quelques adolescents et des jeunes filles.

– Il nous faudra un jour de plus que l'année dernière, dit-il. Bien joli qu'on soit assez nombreux pour ramasser le raisin.

À la nuit, tout le monde rentrait chez soi. Le dernier soir, il n'y eut pas le traditionnel repas de fin de vendanges.

Alice retourna à Millau avec les joues rouges, le teint frais, du raisin, des pêches de vignes et des pommes de terre.

– Si le temps n'est pas trop mauvais cet hiver, vous reviendrez quand nous tuerons le cochon, glissa Julien. De toute façon, nous vous mettrons un panier de côté. Vous êtes si gentille avec nous... Simone aurait tant voulu une fille...

La guerre s'installa : peu de lettres du front, peu de *presse* à l'atelier pour les fêtes, le même accablement sur les visages. Alice n'osa pas s'aventurer à Compeyre sous la pluie et le brouillard le jour du sacrifice du cochon, mais Julien lui amena le « présent » la veille de Noël après avoir vendu une oie grise au marché gras.

Le lendemain, après la grand-messe de onze heures au Sacré-Cœur, elle partagea les fritons, le boudin et le filet avec Lucie, Noémie et La Pissaïra.

Malgré une chère abondante, ce fut un repas morne. Lucie ne cessa de se plaindre :

– On me l'a pris alors qu'on était mariés depuis huit jours !

Georges soignait les chevaux qui tiraient les affûts de canon ; il était satisfait de son sort.

– Il est au chaud près des bêtes, ajouta Lucie.

Elle resta trois jours à Millau au cours desquels Alice voulut lui apprendre à coudre.

– J'aurai peut-être besoin de toi pour *la presse* de Pâques, prétexta-t-elle.

Elle y parvint à grand-peine tant Lucie semblait désarmée face à l'absence de son mari. Ses doigts se crispaient ; elle se piquait à tout bout de champ, gâchait la peau, éclatait en pleurs lorsque ses nerfs lâchaient.

Au moment de regagner Tournemire, Lucie confessa à sa sœur d'un ton désespéré :

– Je n'ai plus que toi maintenant...

– Tu oublies Georges.

– Quand j'aperçois le maire déambuler dans le village avec son écharpe, je me demande si ça va être mon tour...

– Il reviendra, insista Alice. Écris-lui chaque semaine, dis-lui ce que tu fais, tes lettres l'aideront à tenir le coup...

Elle se jura de l'empêcher de sombrer.

L'atelier chôma tout le mois de janvier. Après carnaval, l'activité reprit grâce aux premières commandes de printemps et aux ordres d'achat de Harold Smith.

– Ce ne serait pas brillant sans l'Amérique, constatait Alice. Les temps ont vite changé...

Les riches dames n'étalaient plus de toilettes ni de bijoux ; elles présidaient les sociétés de secours aux soldats, organisaient des soirées patriotiques, collectaient de l'argent pour les blessés et les familles. Elles dépensaient moins et se contentaient, pour paraître en ville ou au concert, des modèles d'avant-guerre rangés douze par douze dans les boîtes à gants de leur commode.

Le dimanche matin, quand elle alignait les colonnes de chiffres sur son cahier de comptes, Alice pensait aux ouvrières. Comment subsisteraient-elles si l'atelier n'avait plus assez de travail pour les employer ?

Lætitia qui avait donné naissance à une petite fille le soir de l'Épiphanie, hébergeait ses parents impotents ; Marie qui accoucherait juste avant Pâques, élevait déjà l'un de ses neveux. Alice n'osait envisager le pire, prête à fabriquer des gants fourrés pour les soldats du front si l'occasion se présentait. Les tanneries millavoises ne fournissaient-elles pas l'intendance des armées en semelles de cuir ? Bec et ongles, elle se battrait.

L'été la ramena au Pas pour la plus grande joie de sa mère qui ne connaissait pas Alphonse et le lui enleva sitôt descendu de la carriole. La maison lui sembla vide sans son frère ; Léon avait été placé comme berger dans une grosse ferme de Versols.

– Les domestiques sont rares, expliqua son père. Je n'ai pas eu de mal à le caser à la loue de Saint-Affrique. Il sera bien payé pour l'été. On se débrouillera sans lui jusqu'à la Saint-Michel. À douze ans, j'étais derrière le cul d'un patron...

Alice pensait qu'il ne changerait jamais. Elle se trompait car dès qu'Alphonse entra dans sa vie, Grégoire devint méconnaissable : il se radoucit, marcha à pas de loup sur le plancher en tenant ses sabots à la main, évita de hausser le ton à table ou avec le chien, sifflota au retour des champs, s'inquiéta de son confort et de son sommeil. Il était heureux d'être grand-père.

– Tu aurais dû venir plus tôt, glissa Justine.

Les deux femmes bavardèrent librement pendant qu'il traînait à la bergerie, aux champs, au village. Alice remarqua que sa mère avait vieilli. Des rides labouraient son front, creusaient ses joues ; son regard qui avait pâli, trahissait ses tourments. Justine souffrait de l'humeur coléreuse du père, de la dispersion de ses enfants et surtout de la brouille avec sa cadette.

– Pour des peccadilles, lâcha-t-elle sèchement.

– S'il ne s'était pas fâché avec Lucie, on se retrouverait tous les trois dimanche prochain. On ne s'est pas réunis depuis deux ans...

Justine freina son ardeur.

– Il ne voudra jamais. Il sait qu'il a tort mais il est trop fier pour le reconnaître et s'excuser.

– Je lui parlerai, dit Alice. C'est le moment de pardonner : Lucie est seule à Tournemire, elle a besoin de nous. S'il arrivait malheur à son mari, elle ne s'en remettrait pas et on regretterait toute notre vie de n'avoir rien tenté. Il est encore temps...

– J'ai peur que ça tourne mal.

– Il n'osera pas crier devant Alphonse.

– Si tu pouvais réussir...

Le soir même, à la fin du repas, Alice entreprit de le convaincre. Il l'écouta tête baissée, le visage fermé, les deux bras appuyés sur la maie. À aucun moment, alors qu'elle se tenait face à lui, à l'autre extrémité de la table, Grégoire ne leva les yeux en direction de sa fille. Il encaissa sans broncher mais livra combat pour se contenir : les veines de son cou et de ses tempes gonflèrent, sa respiration prit un rythme haletant et saccadé comme après l'effort, ses lèvres tremblèrent. Quand Justine revint de la souillarde avec la vaisselle du souper, il quitta sa place, coiffa son chapeau, sortit dans la nuit. Chancelant, ébranlé dans ses certitudes.

– Tu y as peut-être été un peu fort, crut bon de dire Justine.

À l'aube, lorsque Grégoire sauta du lit pour distribuer la ration à la bergerie, elle frappa en chemise à la porte de la chambre de sa fille. Alice ne dormait pas.

– Tu avais raison, chuchota-t-elle en s'asseyant sur le couvre-lit en coton. Il a enfin compris qu'il gâchait la jeunesse de Lucie, qu'il nous rendait malheureux, qu'il risquait de ne jamais serrer la main de son gendre si la guerre continuait à tuer autant de soldats...

Des larmes de bonheur inondèrent leur visage.

– Tu prépareras un poulet sauté et une tarte aux prunes, souffla Alice. Ce sera la fête !

Alphonse se réveilla, pleurnicha. Justine le tendit à sa mère qui le pressa contre sa poitrine.

– Grâce à toi, soupira Alice en embrassant son fils, le père n'est plus le même.

D'une voix émue, Justine ajouta :

– Pour la première fois, il a pleuré...

Une carte d'Octave l'attendait à Millau, glissée sous la porte par le facteur. Quelques mots griffonnés à la hâte au bivouac, dans un coin de grange ou un abri de tranchée : « Le régiment va avoir des permissions. J'espère vous revoir bientôt, toi et mon cher petit. »

Elle ferma les yeux. Il était vivant ; il allait d'un moment à l'autre monter l'escalier, la soulever dans ses bras. Dès lors, elle ne vécut que pour cet instant. Dans la journée, elle se penchait souvent à la fenêtre de l'atelier, essayait de l'apercevoir au milieu des passants du Mandarous parmi lesquels se mêlaient des permissionnaires ; Lætitia et Marie partageaient son impatience car elles guettaient aussi le retour de leur mari. Le soir, Alice épiait le moindre bruit de pas sur le palier, veillait à la cuisine dans l'obscurité et ne tournait la clé qu'à une heure tardive.

Un soir de septembre, par la porte entrebâillée, elle entendit un pas lourd grimper les marches une à une. C'était un pied d'homme chaussé de croquenots, semblables aux sabots montants et ferrés de Julien Forestier car ils martelaient les planches disjointes avec autant de force. Elle se précipita vers le palier, l'appela.

Comme personne ne répondait, elle recula.

– C'est moi, dit-il d'une voix lasse.

L'instant d'après, il tombait dans ses bras.

– Octave ! cria-t-elle sans réaliser une seconde qu'elle pourrait réveiller son fils ou les locataires du dessous.

Elle chercha ses lèvres mais il la repoussa.

– Non, dit-il. Je suis trop sale.

Alice le précéda à la cuisine, raviva le feu, remplit une marmite d'eau qu'elle plaça sur le fourneau. Il s'écroula sur une chaise, se débarrassa du calot, de la musette et de la veste. Pendant qu'elle délaçait ses souliers, elle l'observa : la barbe mangeait ses joues maigres, ses épaules carrées s'étaient tassées, ses yeux lançaient un appel au secours. Son cœur se serra.

– Tu seras mieux dans un moment, dit-elle en lui servant une assiettée de soupe.

Elle voulut passer la main dans ses cheveux. Il l'arrêta :

– Ne me touche pas ! J'ai des poux...

L'eau chantonnait. Au fur et à mesure qu'il se déshabillait, elle enfermait ses habits dans un sac de toile qu'elle jetterait dans l'eau bouillante le lendemain, décrasserait au savon-lessive Dargilan et à la brosse en chiendent. Un trouble la submergea quand glissa le caleçon sur le parquet de la cuisine ; sa nudité éveilla un désir trop longtemps contenu. À grand-peine, Alice réprima ses envies...

Elle se hâta de verser l'eau chaude dans le baquet en zinc qui servait à la toilette et à la lessive, ajouta de l'eau froide, y trempa la main. Octave s'y coula avec délices. Les manches retroussées, elle le savonna de la tête aux pieds, frotta la peau jusqu'au sang, lava et frictionna ses cheveux hirsutes avec de la poudre à shampooing, « La Marie-Rose », achetée par correspondance en découpant un bon de commande dans les pages de *La Mode illustrée*.

– Les poux et la vermine en claqueront ! dit-elle d'un air joyeux.

Propre, il éprouva l'envie de se confier.

– Si tu savais d'où je viens...

Elle mit un doigt sur ses lèvres, l'empêcha de parler.

– Chut ! Le petit dort. Tu me raconteras demain... Dépêche-toi : il y a si longtemps...

Alors il rassembla toute son énergie pour l'emporter jusqu'à la chambre. Ce fut une nuit étourdissante d'amour...

À huit heures, les ouvrières et le coupeur trouvèrent porte close. Firmin appela Alice de sa grosse voix. Elle sursauta dans son lit et se confondit en excuses :

– Il est arrivé tard... On a bavardé... On s'est oubliés...

Elle bâillait, pieds nus, en chemise, les paupières gonflées de sommeil, les cheveux défaits mais le visage lisse de bonheur.

Lætitia baissa la tête :

– Le mien aussi est rentré hier soir.

– Le tien, Marie, ne tardera pas ! glissa Alice.

Marie poussa un long soupir.

– N'avalez pas de travers ! lança Firmin. On connaît la maison.

Habillés, rassasiés, ils les rejoignirent une heure plus tard.

– Tu m'avais dit quelques semaines, plaisanta Firmin. Je suis là depuis plus de un an...

– Heureusement que je peux compter sur vous !

Octave fixa les doigts qui maniaient le gabarit en carton, le pied de Charlemagne[1], les ciseaux, le couteau à piquer ou à doler.

– Qu'est-ce que tu as, petit ? s'inquiéta Firmin.

– Rien, dit-il d'un air absent.

Habitué à charger son fusil et à manipuler des grenades, il avait oublié que les mains pouvaient accomplir de beaux gestes...

Firmin lui proposa de reprendre sa place ; Octave refusa.

1. Pied de Charlemagne : réglette confectionnée avec du bois dur, d'une longueur de 32,4 cm, graduée en pouce (2,7 cm), demi et quart de pouce, que les gantiers utilisent pour leurs mesures.

– Je n'ai plus la main, avoua-t-il, amer. J'abîmerais les peaux.

À ces mots, il tourna les talons et s'échappa en ville.

Midi avait sonné à son retour. Tandis que sa femme préparait le repas, il s'installa à la table de l'atelier et s'essaya à couper de la *retaille*. Il se sentit balourd : ses doigts gonflés, raides, craquelés peinaient à ouvrir et à fermer les grands ciseaux comme la veille des vendanges lorsqu'il manipulait les sécateurs rouillés pour les aiguiser. Il s'y acharna et y parvint, mais le résultat le consterna.

– Quelqu'un s'est servi de mes ciseaux ! s'exclama-t-il, furieux. Ils « mâchent »...

À l'aide du couteau à piquer, il s'appliqua à les affiler.

Ses ciseaux mordirent à nouveau dans des bouts de peau mais sa déception fut tout aussi cruelle.

– Ce n'est pas possible ! répéta-t-il, tapant du poing sur la table. Les apprentis s'en tirent mieux...

Alice le découvrit au bord des larmes, le visage enfoui dans les mains.

Elle le consola :

– Tu es trop fatigué pour te remettre au travail...

– Laisse-moi ! cria-t-il, excédé.

– Viens, dit-elle doucement. Le repas est prêt...

Il mangea en silence avant de disparaître dans les rues. À deux heures, Alice demanda à Firmin s'il l'avait rencontré.

– Ne vous faites pas de souci ! répondit-il. Octave est allé tordre la nappe[1] ; il est chez le mégissier ou au café des Deux-Frères.

– C'est comme le mien, ajouta Lætitia. Je l'ai à peine vu depuis son retour. On dirait que la maison leur tombe dessus...

Il rentra à l'instant où l'atelier se vidait ; il empestait le vin. Bien que contrariée, Alice ne l'assomma

1. *Tordre la nappe* : traîner en ville.

pas de reproches et s'efforça, un peu avant la nuit, de l'entraîner vers les quais où elle ne s'était pas rendue en promenade depuis le début de l'été. L'air était doux et sec ; une brise légère agitait les feuilles.

– Pas du côté de la rivière ! répliqua-t-il. Les eaux sont basses, sales et jaunes tout le long des mégisseries et des tanneries. Dans le quartier, ça pue la charogne comme là-haut...

Il y avait tant de hargne dans sa voix qu'elle suggéra de monter à la barrière du Crès. Octave hissa Alphonse sur ses épaules mais ne lâcha pas un mot en chemin.

Il attendit d'être couché près de sa femme dans le noir pour confier enfin ses tourments. Une main sur son cœur, la tête sur son épaule, blottie contre son corps, Alice l'écouta. Bientôt, elle frissonna d'horreur et de dégoût. Il ne cacha rien : la boue, la pluie, le froid, la chaleur, les rats, les plaintes des mourants, le sifflement des obus, les charniers, la ration de gnôle avant l'assaut. Cette nuit-là, elle l'aima de toutes ses forces.

Le lendemain, il paraissait plus calme, soulagé. Il s'intéressa à la vie de l'atelier, examina les livres de comptes, la félicita :

– Tu tiens bien la maison. Le mégissier t'admire...

– Je me défends comme je peux. C'est si difficile de trouver des commandes. Certains jours, j'ai l'impression de survivre...

– Si tu n'as pas assez d'ouvrage avec les gants, complète avec des travaux de couture !

Alice sourit.

– Tu as eu la même idée que la cousine de Noémie.

Puis balbutia :

– Je ne t'en ai pas parlé dans mes lettres, j'aurais dû... Tant pis, c'est trop tard maintenant... Je me suis jetée à l'eau ! Un peu avant la Pentecôte, Agathe m'a envoyé la fille de l'une de ses anciennes clientes. Je lui ai arrangé un tailleur et des jupes d'été... La mode a changé. Je n'imaginais jamais qu'en période de guerre, les ourlets puissent remonter aussi haut. Mais je ne vais pas m'en fâcher !

Désormais, les femmes portaient des jupes plus courtes et plus larges ; elles ornaient leurs chemisiers décolletés d'un tour de cou en tissu blanc ou sombre, en dentelle pour les plus fortunées.

– Tu as eu raison d'accepter ! se réjouit Octave.

– Agathe m'a amené d'autres clientes, poursuivit Alice.

– Parfait !

– Lucie a voulu que je raccourcisse ses jupes et ses robes. Elle vient deux fois par mois avec une valise de vêtements à retoucher. Les jeunes femmes de son village sont persuadées qu'elles seront habillées plus chic si elles s'adressent à une couturière de Millau !

C'était dit avec un tel humour qu'Octave partit d'un éclat de rire.

– Marie est habile en couture et elle a bon goût, expliqua-t-elle encore. Elle m'évite de perdre trop de temps dans les chiffons... Ce sera autant de gagné même si ça ne dure pas longtemps.

– Ça ne durera pas ? coupa Octave qui avait repris son sérieux.

– Quand tous les ourlets de robes et de jupes seront au-dessus de la cheville, les femmes n'auront plus besoin de retoucheuses ; elles useront leurs toilettes jusqu'à la corde.

Puis, burlesque :

– À moins que de jeunes piqueuses lancent la mode de l'ourlet au genou pour séduire quelques permissionnaires en faisant « la Monte »... Ce serait drôle !

Pendant une semaine, Alice s'évertua à déchirer le masque de tristesse qui assombrissait brusquement son visage aux moments les plus inattendus, à effacer le cauchemar, à chasser en lui l'idée qu'il ne reviendrait pas.

Dans sa musette, le matin de son départ, elle glissa

des provisions, des gants fourrés, un peigne neuf, des sachets de poudre à shampooing :

– Ce sera plus agréable que la graisse et le tabac pour tuer les poux !

Engoncé dans son uniforme bleu, au tissu rêche mais repassé de frais, Octave étouffa de baisers sa femme et son fils. Refoulant ses larmes, il murmura :

– Ce sera terrible là-haut. Ne m'oubliez pas...

Julie poussa son premier cri à la saison des cerises, une fin de matinée radieuse du mois de juin 1916. Pendant la délivrance qui arracha tant de souffrances à sa mère, un merle siffla sur le rebord de la fenêtre de la chambre.

– Octave sera content, assura Alice à La Pissaïra quand elle prit la petite dans les bras. Il voulait une fille...

Peu avant Noël, dès qu'elle avait eu la certitude d'être enceinte, elle s'était empressée de lui écrire. « Nous sommes trois à penser à toi chaque jour... » La lettre avait lambiné dans les boyaux de la poste aux armées qui avait acheminé la réponse d'Octave avec la même lenteur vers la mi-janvier. « J'aurai maintenant une raison de plus de me battre pour rester vivant au milieu des morts... »

Un deuxième enfant la surchargea de travail. Vite, elle se sentit lasse malgré les verres de quinquina prescrits par le docteur et les remontants de La Pissaïra. Elle ne pouvait plus compter sur Lucie qui devait accoucher pendant l'été. Comment tout assumer à la maison et à l'atelier ? Il y avait tant à faire...

Une voisine accepta de s'occuper de son linge et d'Alphonse.

– Il s'amusera avec mon *galapian* ! dit-elle. Ils ont le même âge.

Rosalie habitait à l'étage inférieur. Son mari était concierge au collège de garçons. Privé depuis sa naissance de l'usage du bras droit, il avait échappé à la mobilisation.

– Votre mari finira bien par revenir...

Quand reviendrait-il ? La guerre s'enlisait. La lassitude se lisait sur la plupart des visages rencontrés dans la rue. Les parents des soldats ne se précipitaient plus devant la sous-préfecture pour lire les communiqués du Grand Quartier général affichés chaque jour à huit heures le matin et à cinq heures l'après-midi. À Pâques, lors de sa dernière permission, Octave en avait dissuadé Alice :

– L'état-major raconte des bobards, bourre le crâne des gens. Il ne faut surtout pas effrayer l'arrière... Les journaux sont remplis de ces mensonges...

Dégoûtée, Alice n'achetait que des revues de mode.

– Les gradés ouvrent toutes les lettres avant de les envoyer aux familles, avait-il ajouté. Tes enveloppes aussi ! Ils ne prennent pas la peine de les recacheter : ils nous les donnent en vrac.

Cette révélation l'avait outrée. Depuis, elle haïssait les militaires qui fouillaient dans leur intimité, interdisaient à Octave d'annoncer à sa femme sa prochaine venue.

– Comment je saurai ?

– On nous a promis dix jours tous les quatre mois.

Aussi, dès la fin du mois de juillet, Alice guettat-elle son retour. L'attente dura jusqu'à l'automne. Octave arriva dans la nuit du 30 septembre, au dernier train, au moment où un employé retardait l'horloge de la façade de la gare. L'oignon d'Octave indiquait dix heures ; la pendule de la Compagnie, onze heures.

– Elle avançait d'une heure ? s'étonna-t-il.

– Non, s'écria l'employé en manœuvrant les aiguilles. On l'avait mise à l'horaire d'été le 14 juin.

– L'horaire d'été ?

– Pour économiser la lumière le soir...

Octave l'ignorait. Au front, il avait perdu toute

notion du temps. Il ne se fiait qu'au soleil et à la lune, comme les paysans.

Malgré l'immense bonheur qu'il éprouva à bercer sa fille et à lui chuchoter des mots tendres, Alice le trouva aigri, abattu.

– C'est la boucherie. En deux ans, la moitié de la compagnie est restée sur le carreau...

Puis d'un ton décidé :

– Il faut baptiser Julie avant je reparte.

Le curé de la paroisse du Sacré-Cœur jugea le délai trop court.

Alice ne céda pas :

– Mon mari y tient. Si vous refusez, je m'adresserai au curé de Saint-Martin ou ailleurs...

– Ce serait mieux à sa prochaine permission, répéta-t-il.

– Et s'il ne revient pas ? dit-elle d'un ton sec.

Le vieil homme maugréa contre les poilus qui se croyaient tout permis, mais s'inclina.

Le baptême de Julie offrit à Octave une trouée de ciel bleu dans un horizon si noir. Il lui tardait tant d'embrasser ses parents, Lucie, Léon, Grégoire et Justine.

Manquaient Ernest et Georges, toujours au front mais en bonne santé d'après leurs dernières cartes.

– Tu leur enverras quelque chose, glissa-t-il à sa femme.

Le gamay de Julien, le lièvre offert par Firmin, les petits *pérails* de brebis de Justine, la *flaune* et les pâtés de sa mère comblèrent ses envies gourmandes.

– Ça vaut le rata de la roulante !

Il évoqua de vieux souvenirs avec son père et surtout l'avenir.

– On replantera du gamay, dit-il à Julien. Comme au temps du grand-père, on en vendra aux Américains. Quand on retournera à New York avec Alice, on en prendra quelques bouteilles...

Octave força l'admiration de tous.

Dans ses yeux scintillait une grande espérance.

9

L'année 1917 s'ouvrit dans le froid et la tristesse. Le 2 janvier, peu avant midi, alors qu'elle langeait sa fille, Alice entendit frapper à la porte. Elle pensa aussitôt au facteur et abandonna Julie.

C'était l'un des adjoints au maire, un commerçant du quartier. À la vue de cet homme qui se dandinait, embarrassé, son feutre à la main, Alice blêmit. Il toussota, sortit un papier de la poche de son pardessus. Elle s'appuya contre l'embrasure de la porte, sentit les larmes monter. L'adjoint fixait ses chaussures, n'osait parler.

– C'est pour Octave ? finit-elle par dire, un sanglot dans la voix.

Il secoua la tête.

– Son frère.

Elle songea à Julien et à Simone auxquels il faudrait apprendre l'effroyable nouvelle.

– Le mégissier m'a envoyé chez vous, ajouta-t-il, l'air gêné. À la mairie, personne ne savait à qui remettre le « mortuaire » ; on se demandait s'il avait de la famille en ville. Pierre Paulhe m'a assuré que vous étiez en bons termes avec les Forestier...

Elle promit de les avertir au plus vite.

– C'est terrible pour les parents, insista-t-il.

Soudain, son regard se voila.

– J'ai perdu mon plus jeune fils huit jours avant Noël, avoua-t-il en triturant son chapeau. Ma femme pleure tous les soirs...

À ces mots, il disparut. Alice regretta de l'avoir reçu sur le palier, comme n'importe quel vendeur de brosses.

Deux heures plus tard, après avoir confié les enfants

à Rosalie, elle prenait le train de Séverac. Le chemin lui parut plus long qu'à l'habitude entre la gare et le bas du village. Un froid vif mordait ses joues et piquait ses cheveux jusqu'à la racine malgré le fichu de laine noué sous le menton. Quand elle voulut hâter le pas pour se réchauffer les pieds, elle trébucha sur les cailloux blancs de givre, s'écorcha une main, salit son manteau.

Julien traînait à la remise où il réparait une *comporte* près d'un poêle. Un rabot à la main, il courut à son devant lorsqu'il l'aperçut dans la cour.

– Il est arrivé malheur ?

Engourdie par le vent glacial, Alice demeura sans voix.

– Rentrez vite, répéta Julien. Vous êtes gelée.

Il l'entraîna à la cuisine où elle s'effondra sur une chaise devant la cheminée, près de Simone qui tricotait.

– C'est Ernest, dit-elle dans un ultime effort.

Pendant que Julien lisait le « mortuaire », tremblant de tout son corps, Simone hurla de douleur. Poings et dents serrés.

– Ils me l'ont tué ! Ils me tueront l'autre !

Elle se leva d'un bond, bouscula son mari pétrifié au milieu de la pièce, se dirigea vers la niche aménagée sous l'escalier menant au grenier, où trônait une statuette de la Vierge entourée de deux cierges. De la poche de son tablier, elle tira une vieille enveloppe qui contenait une photo d'Ernest, prise dans les tranchées en train de jouer de l'accordéon devant ses camarades d'escouade.

– On lui avait même enseigné la musique, soupira-t-elle. Lui qui n'avait jamais soufflé dans un clairon...

Avec d'infinies précautions, elle la déposa contre la statuette.

– Voilà ce qui nous reste de lui...

Elle drapa la Vierge d'une voilette noire enlevée à

un chapeau de deuil, alluma les cierges, s'agenouilla sur le plancher et égrena le chapelet. Julien et Alice joignirent pleurs et marmonnements à ses prières. Ils ne se relevèrent qu'après cinq dizaines de Pater et d'Ave, les genoux endoloris.

La nuit tombait lentement.

– Vous n'allez pas repartir ce soir ? s'inquiéta Julien en ravivant le feu tandis que Simone arrêtait le balancier de la pendule.

– Je ne vous laisserai pas...

– Mais les enfants ? coupa Simone.

– Rosalie s'en occupera.

– Et l'atelier ? continua le père.

– À Noël, j'ai donné congé aux ouvriers pour deux semaines. Il y a peu de travail depuis quelque temps...

Simone sécha ses larmes, soulagée de la savoir près d'eux.

– Nous serons moins seuls, confessa-t-elle. Il y aura tant à faire ces jours-ci...

Puis, s'adressant à son mari :

– Avant le souper, tu devrais prévenir le curé et le maire.

Jusqu'à son retour, assez tard dans la soirée, Simone dévida le fil des souvenirs qui les liaient à leurs deux fils. De temps à autre, elle cessait de parler, se mouchait, récitait la prière des morts...

Alice dormit dans l'ancienne chambre d'Octave où les Forestier conservaient les tresses d'ail, pendues aux poutres, et les fruits de l'automne entassés dans d'énormes paillasses. Elle mit longtemps à trouver le sommeil : les draps rêches lui semblèrent glacés bien que le lit eût été bassiné, le trottinement des souris sur le plancher du grenier l'effraya, alors qu'il lui était si familier au Pas. Le visage d'Octave ne la quitta pas un instant. Elle songea au bonheur enfui, à leurs enfants, à l'atelier, aux atrocités du front. Peu avant l'aube, ses rêves se peuplèrent de cauchemars. Au premier chant du coq, elle se réveilla en sursaut, frissonnant de peur, chercha à tâtons le berceau de Julie et pleura à chaudes larmes.

Vers le milieu de la matinée, après les premières notes du glas qui répandirent la nouvelle dans les maisons, commença le défilé des voisins. Les hommes s'installèrent autour de la table et burent un verre de goutte ; les femmes se réfugièrent près de la cheminée aux côtés de Simone et d'Alice, parlant à voix basse, se lamentant car la guerre avait frappé la plupart des familles.

Le lendemain, une brume tenace enveloppait le village dans un linceul gris à l'heure où le prêtre célébra la messe de requiem. Le bedeau avait dressé le catafalque près de la sainte table, déplié le drap noir aux larmes argentées, et allumé six cierges. Au début de l'office, le curé de la paroisse lut d'une voix chevrotante la citation à l'Ordre du régiment arrivée par télégramme la veille, à la mairie. Après la famille, le village s'inclina devant le catafalque. À la vue de cette foule vêtue de noir, Alice réalisa soudain qu'elle avait gardé sa robe en laine bleu-gris et son manteau trois-quarts, bleu roi. Elle comprit pourquoi les femmes la regardaient bizarrement au passage.

Il y eut encore d'interminables embrassades sur la place à la fin de l'office malgré le crachin, la visite au cimetière sur la tombe des Forestier, le repas qui rassembla à la maison les oncles et tantes d'Ernest, des cousins entr'aperçus lors des vendanges. Parmi eux, Alice se sentit bien seule. Aussi, préféra-t-elle ceindre un tablier et prêter main-forte à une voisine venue préparer les poules farcies. Les invités restèrent longtemps attablés et ne se levèrent qu'après quatre heures. Alice profita de la carriole de l'oncle Théophile pour regagner la gare d'Aguessac et prendre l'un des derniers trains de la journée. La rapidité de sa décision surprit Simone.

– Vous partez déjà ? s'étonna-t-elle lorsque sa belle-fille passa le manteau pour suivre son frère cadet.

J'avais pensé vous garder jusqu'au marché : vous auriez fait route ensemble avec Julien.

– Les enfants m'attendent, répondit Alice d'une voix douce mais ferme.

Simone se fit suppliante mais le père trancha :

– Nous n'allons pas vous retenir, les petits ont besoin de vous.

Elle traversait la cour lorsque Simone la héla depuis le seuil.

– Vous l'écrirez à Octave ?

Sans se retourner pour ne point agacer l'oncle qui bougonnait sur son siège et s'impatientait, Alice hocha la tête. En chemin, elle chercha les mots.

La vie reprit son cours, aussi blafarde que le ciel de ce mois de janvier. L'atelier procurait à Alice peu de satisfaction tant les clients devenaient rares et durs en affaires, les belles peaux hors de prix et difficiles à trouver. De plus, la mode n'aidait guère les gantiers : elle habillait les femmes avec des tailleurs stricts qui rappelaient les uniformes d'infirmières, des robes tonneaux qui dissimulaient les rondeurs, des jupes courtes, des tuniques taillées comme des chemises d'hommes. Pénurie de tissu, rationnement alimentaire, cherté de la vie : tout se rétrécissait, se simplifiait. Aussi les dames préféraient-elles les gantelets droits, sans broderies, aux modèles longs d'avant-guerre. L'élégance se voyait reléguée aux oubliettes pour ne pas choquer et succomber à l'extravagance tandis que les magazines féminins les plus populaires incitaient leurs lectrices à confectionner elles-mêmes robes et jupes en proposant profusion de patrons à découper.

Alice les feuilletait au kiosque de la place du Mandarous et en achetait quelques-uns qu'elle prêtait volontiers aux ouvrières, leur évitant ainsi de parler des malheurs de la guerre en fin de journée quand elles rangeaient l'atelier. Marie ne tarissait pas d'éloges sur le sens pratique de ces revues.

– C'est rempli d'astuces et d'idées! se réjouissait-elle. Avec un peu d'habileté, on peut tout faire sans couturière.

– Heureusement qu'on n'y apprend pas comment coudre des gants, ajoutait Lætitia. Sinon ce serait la mort du métier...

Sous la plaisanterie se cachait la peur. Toutes deux tremblaient à l'idée de perdre leur place. Au fur et à mesure que la guerre se prolongeait, la production diminuait, les ganteries débauchaient et imposaient un chômage saisonnier de plus en plus long, pénible à supporter. Au soir du 31 janvier, Alice envisagea de fermer l'atelier pendant trois semaines: les revenus du mois couvraient à peine les salaires, les fournitures, le chauffage et le loyer, ne lui laissant que des miettes pour les dépenses de la maison et le colis envoyé à Octave. De rage, elle en pleura.

Les rigueurs de l'hiver volèrent à son secours. La neige tomba en abondance au cours des premiers jours de février, relayée par un froid vif. Millau grelotta une bonne partie du mois; les eaux du Tarn et de la Dourbie charrièrent des blocs de glace. Tenaillés par la faim, les sangliers du causse Noir descendirent aux portes de la ville, envahissant les jardins proches de la rivière. Personne n'osa s'aventurer après cinq heures du soir dans les rues mal éclairées, par crainte de rencontrer un gros mâle aux dents pointues.

Alors que les commandes affluaient des villes du Midi saisies par une froidure inhabituelle, les Millavois frappaient à toute heure à l'atelier dans l'espoir d'être servis rapidement. Penauds, certains glissaient:

– Rien ne vaut le gant fourré même s'il est plus cher. On se gèle avec des moufles en laine...

Alice jubilait.

La ruée sur les gants de peau doublés de molleton

persista, ce qui incita les mégissiers à puiser dans les *ratons*[1] et les pièces constellées de défauts afin de satisfaire la demande.

– Ils finiront par nous refiler du rat tanné ! s'exclamait Firmin.

Les ouvrières et le coupeur travaillèrent d'arrache-pied, sans se plaindre, malgré le peu de chaleur qui régnait dans la maison : le fourneau de la cuisine, alimenté de mauvais combustible, devait chauffer toutes les pièces. Alice brûlait plus de charbon que le contingent attribué à chaque famille par les services de la mairie chargés du ravitaillement. Elle réclama des bons supplémentaires, manifesta sa mauvaise humeur auprès des conseillers municipaux du quartier, écrivit au maire et au sous-préfet, mais n'obtint rien de plus. Furieuse, elle se résolut à contourner la loi et à pratiquer le troc : des sacs d'anthracite que Firmin échangea avec un mineur de Graissessac contre du bon pain de campagne que Julien cuisit en toute illégalité dans son four car les mesures de rationnement s'appliquaient aussi à la farine de blé. Grâce à son beau-père, elle ne manqua de rien cet hiver-là.

Au cours de la nuit, quand elle se levait pour garnir le fourneau, Alice songeait à Octave, à ce qu'il endurait tapi dans un trou à rats du front. Elle n'avait plus de nouvelles depuis la mi-janvier mais ne s'en inquiétait pas car les journaux annonçaient du retard pour le courrier en partance ou en provenance de l'est de la France ; la neige avait bloqué des trains en Lozère. Avec le redoux, elle reprit espoir. Chaque matin, depuis la fenêtre, elle surveillait le passage du facteur. Bientôt, elle se lassa, s'emporta pour un rien. Lætitia tenta de la rassurer :

1. Le *raton* est une petite peau d'agneau ou de chevreau, tirée d'un animal trop jeune, chétif ou mal conformé, que les coupeurs n'aiment guère travailler.

– Je suis restée sans carte pendant un mois et demi !

– Je lui écris chaque semaine, s'entêta Alice. Il répond à toutes mes lettres.

– Il a peut-être changé de secteur, se risqua à ajouter Marie. Le mien m'a raconté que les régiments se déplaçaient beaucoup...

Alice n'y croyait guère.

– Il est sûrement blessé ou prisonnier, supposa-t-elle.

– On t'aurait prévenue, dit Lætitia.

– Ils ne sont pas pressés de nous voir arriver dans les hôpitaux, ricana Alice.

– Parce que tu irais à l'autre bout de la France s'il était sur un lit d'hôpital ? s'étonna Marie.

– Oui. Sûrement. Enfin... Si je pouvais... Je tiens trop à lui...

Sa détermination les impressionna.

Une semaine plus tard, quand elle reçut une lettre de l'hôpital de Bar-le-Duc, les ouvrières n'essayèrent pas de la retenir.

– Pars puisque tu en as le courage, soupira Lætitia. Ne te fais pas de souci pour l'atelier...

Préparée au pire depuis quelque temps, Alice ne céda pas à la panique. Les traits détendus, elle paraissait même sereine.

– Il est touché à une jambe, expliqua-t-elle. Le médecin-major n'en dit pas davantage. Mais ces gens-là ne sont guère bavards. Il est en vie : c'est l'essentiel...

Elle boucla la valise prête depuis huit jours, garnit de provisions un sac de toile, confia ses enfants à Rosalie.

Dans le train de Paris, sur la banquette de bois d'un compartiment qui sentait l'oignon, elle s'installa près d'un jeune permissionnaire. La main gauche de ce garçon de vingt ans, au visage poupon, disparaissait sous un énorme bandage.

– Je me suis manqué, finit-il par dire quand elle l'interrogea sur la gravité de sa blessure.

Ils étaient seuls dans la voiture. Le train roulait à petite vitesse.

– Ça me dégoûtait de tirer sur les Boches... Je voulais qu'on me renvoie à l'arrière, je me suis bousillé deux doigts avec un fusil. L'infirmier a été gentil : il a fermé les yeux et signé le papier pour la permission. D'autres ont eu moins de chance : ils sont passés en conseil de guerre, ils n'ont pas été fusillés mais c'est tout comme... On les a lâchés en pleine nuit derrière les barbelés...

Il respira longuement avant de murmurer :

– Soyez courageuse. Là-haut, c'est horrible. Dans les hôpitaux, on se croirait aux portes de l'enfer...

Bourrée de militaires qui couraient dans tous les sens malgré le poids du barda, et de brancardiers en blouse blanche, la gare de Bar-le-Duc ressemblait à l'antichambre du front. La salle des pas perdus résonnait d'ordres secs aboyés par les gradés, auxquels se mêlaient les plaintes des blessés que les infirmiers s'apprêtaient à hisser sur les voitures d'un convoi sanitaire. Il était huit heures du soir. Alice avait voyagé toute la nuit et une partie de la journée. Le trajet l'avait éreintée. Elle n'avait envie que d'un bol de bouillon et d'un lit.

Un employé des chemins de fer de l'Est, empêtré dans une montagne de bagages, lui indiqua l'hôtel de la Gare.

– Vous n'avez pas à vous tromper, dit-il. C'est de l'autre côté de la rue. À cette heure, ils ont peut-être une chambre. Ne traînez pas, il y a tellement de passage avec les hôpitaux...

Il ne restait que deux chambres. Alice loua la moins chère pour une seule nuit.

– Si vous avez l'intention de l'occuper plusieurs jours, il faudra vous décider vite, marmonna l'homme de la réception. Vendredi, il y a le marché aux bestiaux : ce sera la bousculade.

Après avoir avalé une assiettée de bouillon de légumes et deux tartines de confiture de groseille, elle s'effondra tout habillée sur le lit grinçant d'une chambre mansardée, sordide, glaciale.

Elle ne se réveilla qu'à neuf heures et s'en voulut d'avoir dormi aussi longtemps.

Dans la salle de bains commune à l'étage, il n'y avait plus eau chaude ni serviette. Elle se débarbouilla à l'eau froide, avec le coin du mouchoir, démêla ses cheveux, les coiffa en chignon comme au matin de son mariage, persuadée qu'Octave le remarquerait.

La fille de salle renâcla à lui servir le petit déjeuner.

– C'est avant neuf heures, tempêta-t-elle les mains plantées sur les hanches. Pas après… Fallait se lever plus tôt !

En entendant leurs éclats de voix, le patron accourut. Il renvoya la serveuse en cuisine qui rapporta un bol de café brûlant et trois pots de confiture.

– Groseille, framboise, fraise ! claironna-t-il fièrement. C'est une spécialité de la ville. Ce sont les meilleures de France… Médailles d'or à Paris… Connues dans le monde entier…

Alice n'écouta pas le boniment. En buvant son café, elle pensait à Octave qui l'attendait.

– La guerre tourne la tête à tout le monde, dit encore le patron à mi-voix. Cette pauvre fille a eu son mari tué à Verdun…

Il pleuvait. Pour se faire pardonner, il la conduisit à bord de sa Renault décapotable jusqu'à l'hôpital militaire n° 6 qui se trouvait dans la partie basse de la ville, non loin du canal.

– Je vous garde la chambre jusqu'à ce soir, promit-il.

À l'entrée d'un grand bâtiment en U, une femme plantureuse aux allures de cerbère sortit de sa guérite et lui barra le passage.

– Vous avez une autorisation de visite ?

Alice tendit la lettre du médecin-major qu'elle examina avec une loupe tirée de la poche de sa blouse.

– C'est bon, marmonna-t-elle. 2e étage, aile n° 3... C'est le coin des estropiés...

Ce mot la glaça.

Dès ses premiers pas dans les couloirs commença la descente aux enfers prédite par le jeune permissionnaire de Millau. Il y eut tout d'abord une forte odeur qui lui souleva l'estomac ; elle mêlait l'alcool, le formol et le chloroforme à la puanteur de la pourriture, de la gangrène, de la mort. Pour ne pas vomir, elle plaqua sa main sur la bouche, pinça ses narines entre l'index et le pouce. Puis les cris des blessés qui hurlaient en salle d'opération, les gémissements des gazés, les suppliques des agonisants bourdonnèrent à ses oreilles. Au milieu des culs-de-jatte, des manchots, des borgnes et des trépanés, dans quel état découvrirait-elle Octave ?

Blême, la tête lourde, Alice se sentit défaillir, s'appuya contre un mur, s'épongea le front. Une infirmière qui venait vers elle à l'autre bout du couloir, abandonna son chariot, prit une chaise devant le bureau du médecin-major et l'obligea à s'asseoir puis à boire un verre d'eau.

– Ce n'est rien, dit-elle d'une voix douce. Ça ira mieux dans un moment. Ça surprend tellement quand on arrive de l'arrière...

Elle la guida jusqu'à l'infirmière-chef, une femme menue d'une cinquantaine d'années aux cheveux courts et très blonds en partie cachés par la coiffe blanche. Celle-ci mouilla son index et chaussa ses lunettes pour feuilleter le registre des blessés de l'aile n° 3.

Parvenue à la lettre F, elle débita une litanie de noms :

– Fabre, Fabreguettes, Fabry, Fages, Fau... Pas

beaucoup de gens de la Meuse... Plutôt du côté de chez vous...

Puis elle stoppa brusquement :

– Forestier s'écrit avec un é ou un r ?

– Un r, précisa Alice. Octave. Du 122e régiment d'infanterie.

– Ah ! j'y suis ! dit-elle enfin. Mais il n'est plus chez nous.

– Comment ? fit Alice. La lettre du médecin-major est formelle ; il est soigné à l'hôpital nº 6 de Bar-le-Duc.

– Transféré à Limoges depuis le 12 mars, répondit-elle après avoir consulté les mentions portées en marge de la page.

– Le 12, répéta Alice. C'était avant-hier !

– Évidemment ! Nous sommes le 14.

– Vous êtes sûre qu'il n'y a pas eu de confusion avec un autre soldat du même nom ? insista Alice.

– Certaine, madame ! répliqua-t-elle. Il n'y a jamais d'erreur et il n'y a eu qu'un seul Forestier à l'étage.

Aussitôt, Alice l'assaillit de questions :

– Sa blessure est grave ? Est-ce qu'on l'a amputé ? Est-ce qu'il remarchera ?

L'infirmière-chef la regarda droit dans les yeux.

– Je ne voudrais pas vous décevoir... Je ne me rappelle plus de votre mari... Nous recevons des dizaines de blessés chaque jour...

– Essayez, supplia Alice. C'est important.

Elle se plongea à nouveau dans son registre. Après un moment de réflexion, son front se dérida. Elle sourit.

– Je me souviens maintenant. J'ai vu votre mari le soir où on l'a ramené de Verdun. C'était... Je crois que c'était le 28 février. Il a eu de la chance : il avait perdu beaucoup de sang et il gelait très fort. Moins 20 degrés en plein après-midi ! Si l'ambulance n'avait pas pu l'évacuer avant la nuit, on l'aurait amputé deux jours plus tard. Sa cuisse était remplie de grenaille. Il a fallu une partie de la soirée pour enlever les éclats de métal incrustés dans la chair… C'était affreux ce qui s'est passé au Mort-Homme…

Alice se crispa en songeant à ses souffrances.

– Un obus ?

Elle confirma.

– En retombant, votre mari s'est cassé le fémur et quelques os du pied. Il boitera peut-être pendant six mois ou un an, mais il s'en tirera mieux que d'autres. Au moins, il aura ses deux jambes…

– Et les mains ? demanda-t-elle avec anxiété.

– Sûrement quelques égratignures.

– J'avais si peur pour ses doigts…

La même vision d'horreur la guettait à l'hôpital nº 9 de Limoges. Avant de pouvoir atteindre Octave, elle traversa d'immenses salles communes où s'alignaient des dizaines de lits, où un paravent de fortune séparait les vivants des morts. Précédée d'un jeune interne qui effectuait ses visites de l'après-midi, Alice réalisa à quel point les lieux transpiraient la détresse et la misère humaines. À chaque arrêt du carabin, les blessés l'interpellaient : l'un réclamait le vase de nuit, l'autre de l'eau, un troisième voulait écrire à sa mère. Bientôt, n'y tenant plus, elle faussa compagnie au médecin et se mit en quête du lit d'Octave. Elle le découvrit dans un angle de mur tout au fond de la salle, près d'un manchot qui tentait en vain de fixer sa prothèse et, à bout de nerfs, jurait comme un charretier. Il somnolait, les lèvres agitées de tremblements, sa jambe blessée reposant sur les draps blancs.

– Octave, murmura-t-elle. Octave…

Elle hésita à le réveiller.

Les mains agrippées au montant du lit, indifférente à ce qui se passait autour, Alice le regarda dormir.

Longtemps après, quand ses paupières se soulevèrent, il fixa le plafond blanc avant de poser les yeux sur sa femme.

– Alice ? balbutia-t-il, hébété.

Il crut qu'il se débattait dans un mauvais rêve. Après l'explosion de l'obus, il avait déliré des jours et des nuits, crié sans relâche le nom d'Alice ; sa silhouette lui était apparue mille fois sans qu'il pût l'approcher car elle disparaissait quand il tendait le bras vers elle.

Octave porta une main à son front : il n'avait plus de fièvre.

– C'est toi, Alice ? dit-il avec plus de conviction.

La gorge nouée, la bouche sèche, elle se contenta de répondre par un signe de tête.

Alors, un sourire éclaira son visage émacié.

– Tu es enfin venue me sortir d'ici...

Il voulut se redresser pour mieux la voir, l'approcher. L'effort lui arracha des grimaces de douleur.

– Ne bouge pas ! recommanda-t-elle en se précipitant vers lui.

Il retomba dans son lit. Elle le couvrit de baisers.

Le médecin les trouva enlacés ; il ne les dérangea pas.

Ils avaient tant à se raconter qu'ils bavardèrent jusqu'à l'arrivée de l'infirmière. C'était l'heure des pansements et des piqûres.

Alice s'éloigna, erra dans le labyrinthe des couloirs et partit à la recherche de l'interne : il était gringalet et zozotait. Leurs chemins finirent par se croiser.

Il ne lui accorda qu'un bref instant :

– La convalescence sera longue. Pas d'escaliers ni de poids.

– S'il était transféré à Millau, ça me soulagerait... Je suis sûre qu'il guérirait plus vite. Il m'aurait près de lui chaque jour...

– Impossible, coupa-t-il. Il est trop faible.

– On l'a bien amené de Bar-le-Duc, reprit Alice.

Gêné, il écourta la conversation mais lâcha à mi-voix :

– Peut-être, le médecin-major... Et encore...

Elle ne put retourner près d'Octave ; une fille de salle la refoula.

– Vous reviendrez demain, dit-elle. Nous distribuons le repas.

À sa sortie de l'hôpital, une lune ronde et pleine lui sourit dans le ciel clair. L'air frais la revigora ; une nuit froide se préparait. Elle marcha à travers les rues, flâna devant les boutiques de gants qui s'apprêtaient à fermer, compta son argent puis poussa la porte de la première pension de famille qu'elle repéra. Lasse mais décidée à livrer bataille contre le médecin-major.

Le lendemain, il demeura invisible à l'hôpital ; il opérait depuis cinq heures du matin. Alice se rabattit sur l'infirmière-chef, jeune et belle femme de son âge, qui l'écouta patiemment dans le bureau jouxtant sa chambrette. Elle aussi s'en remit au major mais promit de lui en parler.

– Même s'il est d'accord, ce ne sera sûrement pas avant un ou deux mois, prévint-elle.

À sa mine attristée, elle comprit sa déception.

– Tout ce temps si seul...

– Vous lui rendrez visite. Millau n'est pas si loin.

– Le train, la chambre, le repas de midi et du soir, la garde des enfants, énuméra Alice. Ça me coûtera trop cher...

– Vous n'avez pas d'allocation de l'État ? s'étonna-t-elle. Tout le monde, ou presque, touche de l'argent du Trésor public en ville et dans les campagnes. Certains se vantent même d'être à l'aise !

– La mairie me l'a refusée parce que j'ai remplacé mon mari à l'atelier. Pourtant, j'ai beaucoup de mal à joindre les deux bouts... La ganterie ne roule pas sur l'or...

Soudain, l'œil de l'infirmière-chef s'alluma :

– J'ai remarqué vos gants.

Alice portait des gantelets suède, noirs, sans fantaisies. Elle se déganta pour permettre à la jeune femme de juger du velouté de la peau. Son regard brilla d'envie. Comment résister ? Une idée germa dans son esprit.

– Nous pourrions peut-être nous arranger, chuchota-t-elle en se penchant vers Alice. J'obtiens le transfert de votre mari à Millau et vous m'en envoyez deux paires, pour moi et la femme du major...

– Vous pourriez vraiment ?

– Il suffit de vouloir, dit-elle avec un soupçon d'ironie.

– Ils seront cousus à la main et brodés comme les modèles de luxe que j'expédie dans le Midi ou en Amérique.

L'infirmière-chef parut comblée :

– Le major sera flatté d'épater sa femme. Elle ne jure que par les fabriques de Saint-Junien...

Elle la raccompagna jusqu'au lit d'Octave. Il accrocha ses mains décharnées aux siennes, la conjura de le sortir de ce mouroir.

– Sinon je serai fou avant que les cerisiers fleurissent...

Tout au long du printemps, convaincue que l'infirmière tiendrait sa promesse, Alice vécut d'espoir. Exaspéré de ne pouvoir rentrer aussi vite qu'il l'aurait souhaité, Octave lui reprocha d'accorder sa confiance à une femme réputée de mœurs légères. « Adresse-toi au médecin-major plutôt qu'à cette cocotte ! Elle passe son temps à courir après les hommes du service, elle se moque pas mal des soldats boiteux », persistait-il à écrire dans chacune de ses lettres. Au risque de le contrarier, Alice s'obstina.

Un matin de juin, elle exulta lorsque le facteur lui remit l'avis de transfert d'Octave à Millau.

– C'est merveilleux : il sera là dans trois jours ! s'exclama-t-elle en sautillant dans l'atelier.

Par un bel après-midi, presque chaud, Alice, Alphonse, Julie et les parents d'Octave partirent l'attendre à la gare. Une heure avant l'arrivée du train, une foule de gens endimanchés envahissait déjà les quais. Bientôt les rejoignirent des brancardiers, le sous-préfet, le maire, l'archiprêtre du Sacré-Cœur, la présidente de l'union des Femmes de France toute de noir vêtue, raide comme la justice et qui abreuvait de recommandations les jeunes femmes préparant les boissons chaudes.

Quand le convoi stoppa, il y eut une clameur.

– Vive nos valeureux soldats !

On se bouscula pour parvenir jusqu'aux portières. Le major de 2e classe qui commandait ce train spécial, fit reculer les familles et ne toléra près des voitures que les officiels.

– Ils se sont pas beaucoup mouillés ceux-là, maugréa Julien.

Juché sur les épaules de son grand-père, en nage malgré son chapeau de paille, Alphonse pleurnichait : des fourmis picotaient ses jambes. Julien lui raconta une histoire de chasse pendant que Simone emmenait sa petite-fille sous la marquise, devant le buffet de la gare. Là, à l'ombre, Julie s'endormit dans ses bras.

L'évacuation des deux cent vingt blessés vers les ambulances dura trois heures. Octave descendit parmi les derniers ; Alice ne l'approcha qu'après la poignée de main des autorités.

– Enfin tu es à nous ! s'écria-t-elle.

Les deux brancardiers chargés de le convoyer jusqu'au collège de garçons, devenu l'un des quatre hôpitaux auxiliaires de la ville, écourtèrent les effusions.

– Vous le verrez plus tard quand il sera remis du voyage, dirent-ils à regret, conscients de briser la joie des retrouvailles. On a des ordres du major...

– Celui-là commence à nous taper sur les nerfs, pesta Octave.

Alice trouva son mari changé : il n'avait plus le teint cireux ni les joues creuses.

– Tu avais raison pour l'infirmière, avoua-t-il d'un ton radieux en l'embrassant. Elle n'est pas aussi garce qu'on le dit.

Alphonse fit fête à son père mais Julie détourna la tête quand il la pressa maladroitement contre lui.

Julien glissa dans sa main une poignée de cerises :

– Ce sont les premières. Je les ai cueillies ce matin sur le grand cerisier de la vigne basse.

Les fruits étaient gros, juteux, noirs.

– Elles sont à point, ajouta-t-il. Comme tu les aimes.

Octave mordit à pleines dents dans la chair douce. Un instant, il ferma les yeux afin de mieux les savourer.

Le retour d'Octave transforma Alice, lui rendit en quelques jours son entrain et sa gaieté d'avant-guerre. Du matin au soir, à l'atelier ou à la cuisine, elle chantonnait. Délivrée d'un grand souci.

– Il ne peut plus rien nous arriver désormais, répétait-elle à son mari. Tu es rentré, tu es à l'abri des obus, tu remarcheras.

Chaque fin d'après-midi, elle passait une heure avec Octave. Il l'attendait dans le jardin du collège, assis sur un banc près de ses cannes. À Limoges, une infirmière lui avait appris à s'en servir dès qu'il avait pu se lever, faire quelques pas dans le couloir. À Millau, une jeune fille le guidait de la chambre au réfectoire, de la salle de bains à la cour. Elle était douce, persévérante.

– Tu lui offriras une paire de gants pour sa fête, suggéra-t-il à sa femme. Elle s'appelle Irène. Elle le mérite : elle est toujours à mes petits soins...

Revigoré par l'air du Midi et surtout le vin vieux

qu'il buvait en cachette, Octave retrouvait des forces, plaisantait :

– À Toussaint, j'irai *galoper* les lièvres du Lévezou !...

Alice en riait.

– ... et placer des pièges sur le Causse à Noël !

– Firmin se plaint qu'il n'y a plus de grives ni de perdreaux ni de bécasses depuis deux hivers, répondait-elle. Il prétend que c'est à cause de la guerre : le canon empêcherait les oiseaux de prendre leur route habituelle.

– C'est pas impossible. Cette saloperie en a tant fait.

Craignant qu'il ne ressasse les horreurs du front, elle devenait plus tendre.

– Il me tarde de te savoir à nouveau à la maison, qu'on soit tous réunis, qu'on soit enfin heureux...

L'atelier le préoccupait autant que sa jambe blessée. Grâce aux visites de Firmin et des ouvrières, rien ne lui échappait.

– Comment va-t-on s'en tirer ? soupirait-il en fouillant la terre de la pointe de sa béquille quand Alice détaillait les comptes du mois. C'est pas fameux.

Alice craignit une forte baisse des commandes de Harold Smith avec l'entrée en guerre des Américains.

– Ça permettra sûrement de terminer la guerre plus tôt mais ce ne sera pas bon pour les affaires, prédit Octave.

Il avait vu juste. À l'automne, leur représentant annonça qu'il ne donnerait plus d'ordre d'achat avant six mois.

– Sans les Américains, il n'y aura du travail qu'une semaine sur deux, calcula Alice.

– Débauche une ouvrière, proposa Octave.

Choquée, elle protesta :

– Après tous les services qu'elles m'ont rendus, je serais ingrate d'en jeter une à la rue. Elles ont des enfants, un mari au front. Elles seront sans le sou : les usines renvoient les ouvriers...

– Nous ne pouvons pas les payer à lire des revues ! hurla-t-il.

Dans le parc du collège, installés comme eux sur un banc, les soldats et les infirmières assistaient à la scène.

– On ne va pas se disputer, dit Octave qui s'était radouci. On verra demain...

– Et si on les employait trois jours par semaine ? reprit Alice qui y pensait depuis quelque temps sans oser en parler. Il vaut mieux les garder toutes les deux. Ce sont de bonnes ouvrières.

Après avoir tergiversé, il reconnut que l'idée lui plaisait :

– Nous aurons besoin d'elles quand les clients reviendront...

Marie et Lætitia accueillirent la décision avec soulagement :

– Tu es vraiment chic ! dirent-elles à leur patronne.

Alice resta songeuse. Le canon se tairait-il un jour ?

10

Au cœur de l'hiver, la commission de réforme convoqua Octave à la caserne de Rodez. C'était un jour de neige. « Pourvu que ça ne glisse pas... » se dit-il sur les quais de la gare en découvrant la calotte blanche qui couronnait le Lévezou. Ses pressentiments se confirmèrent : une neige grasse recouvrait la place d'Armes à sa descente du tramway.

À pas mesurés et prudents, s'aidant d'une canne ferrée, il se dirigea vers le foirail derrière lequel s'élevaient les casernes du 122e. À plusieurs reprises, il dut s'arrêter près d'un arbre pour se reposer tant sa jambe se raidissait.

Pendant une heure, il patienta dans une salle mal chauffée en compagnie de cinq soldats qui prisaient ou chiquaient. Croyant se réchauffer, il prit le paquet de gris que lui tendit l'un d'eux et roula une cigarette. Octave n'avait pas fumé depuis le front ; le tabac lui déchira la gorge. Un sergent l'appela vers midi. Dans le bureau du colonel, autour du préfet en uniforme, plastronnaient un médecin-major de réserve, un lieutenant d'active, trois vieilles badernes qui se donnaient de l'importance en époussetant leurs épaulettes d'un revers de main. Tous affichaient un air grave.

Le lieutenant qui jouait avec ses bésicles, interrogea Octave sur les circonstances de sa blessure.

– Ça correspond au rapport de votre sergent-chef, dit-il. Comme vous vous êtes bien comporté dans l'assaut du Mort-Homme, votre capitaine vous a proposé pour la médaille militaire.

Cette nouvelle le laissa de marbre ; une décoration, fût-elle la Légion d'honneur, n'adoucirait pas les douleurs, n'effacerait pas le cauchemar des années de guerre et ne lui rendrait pas son frère.

– Merci, mon lieutenant, répondit-il poliment.

Le médecin lui demanda d'enlever son pantalon et son caleçon puis examina sa jambe criblée de cicatrices, son pied encore enflé et parsemé de taches violacées qui remontaient jusqu'à mi-mollet. Pendant qu'il se rhabillait, le major aux cheveux gris regagna sa place, tint un conciliabule animé avec ses voisins.

– Marchez en cadence, ordonna soudain le lieutenant.

Octave s'exécuta sans sourciller mais choisit un rythme lent afin de ménager sa jambe, fatiguée par les efforts du matin.

– Mieux que ça, grommela le lieutenant. Soldat

Forestier, vous avez perdu les bonnes habitudes ! Les conscrits les plus pataLes conscrits les plus patauds se débrouillent aussi bien que vous.

Il chuchota quelques mots à l'oreille du préfet qui l'approuva.

– Sac au dos ! lança-t-il en lui désignant le barda qui se trouvait dans un angle de la pièce.

De colère, Octave plissa le front. Sur ses épaules, il chargea le sac qui pesait près de vingt kilos, puis le fusil Lebel.

– Plus vite que tout à l'heure ! exigea le lieutenant.

Croulant sous le poids du barda qui écrasait son corps, Octave ralentit le pas ce qui déclencha les foudres de l'officier.

– Plus vite ! hurla-t-il en se levant, furieux de ne pas être écouté.

Octave voulut obéir mais s'écroula sur le parquet.

Seul le médecin l'aida à se relever et à se débarrasser du sac.

– Vous voyez bien, lieutenant, qu'il ne peut pas repartir au front, dit-il. Surtout pas à Verdun. Il serait tué dès le premier jour.

Le lieutenant fulminait.

– Pourtant, nous avons besoin d'hommes... Et si on ajournait sa réforme au mois de juin ?

Le médecin refusa.

– Vous serez démobilisé d'ici deux semaines, annonça à regret l'officier. Vous ramènerez à la caserne tous vos effets...

Le major l'accompagna jusqu'au palier.

– Demandez à passer une nouvelle visite si vous boitez à la fin de l'été, insista-t-il. Vous obtiendrez peut-être une pension...

Il griffonna son adresse sur un bout de papier qu'Octave fourra dans la poche de sa veste. Au-dehors, la neige avait cessé ; la bise balayait le ciel. Octave coiffa à nouveau son feutre, remonta doucement l'avenue.

Malgré le froid, des gouttes de sueur perlaient à son front : le vieil homme venait de l'arracher à l'enfer.

Peu à peu, les pommades, les remèdes et les remontants de La Pissaïra atténuèrent les douleurs. Au fil des semaines, Octave put rester plus longtemps debout à l'atelier devant sa table de coupeur où ses mains essayaient de retrouver les gestes d'avant-guerre. Il s'y appliquait, plein d'initiative et d'allant depuis qu'il avait reçu sa feuille de démobilisation, soumettait son travail à Firmin et exigeait qu'il lui signalât les imperfections. Il acceptait ses remarques avec humilité comme un apprenti.

– Je me sens rajeunir, murmurait-il à Alice quand il la prenait par la taille, le soir. Ça me rappelle les années où j'étais *espoun*[1] ! J'apprends le métier, je surveille les enfants et les *trénels*, j'allume le feu, je m'occupe des commissions.

– La différence, c'est que tu es patron ! rétorquait-elle.

Son humour et son enthousiasme la mettaient en joie, ravie de constater qu'il ne sombrait pas dans le désespoir comme pendant sa première permission. Nul ne s'en plaignait à la maison : Julie et Alphonse profitaient enfin de leur père qui les comblait de baisers, participait à leurs jeux, les emmenait en promenade.

Octave tentait de rattraper le temps perdu, besognant une partie de la matinée à l'atelier, prêtant main-forte au mégissier les après-midi pour classer les peaux.

– Tu me rendras bientôt ma liberté ? demandait souvent Firmin, las de manier les ciseaux même s'il ne venait que la demi-journée. Le service dure depuis quatre ans...

– Bientôt ! Mes mains tremblent encore...

1. *Espoun* : apprenti.

Au printemps, il prit l'habitude de quitter Millau le vendredi à la fin du marché en compagnie de son père.

– Les vignes me manquent, prétextait-il. J'aiderai les parents à piocher la terre.

– Ne te fatigue pas! grondait Alice. Ton pied ne guérira jamais...

– J'y veillerai, promettait Julien. Il ne touchera pas le *bigos*[1]! Je me débrouille seul dans les rangs depuis la guerre...

Alice et les enfants le rejoignaient le samedi après-midi pour le plus grand bonheur de Simone qui les gâtait. Le dimanche matin, Alice et Octave s'échappaient pour une balade en amoureux, observant une halte au cabanon. Julien y avait aménagé un lit sommaire et confectionné une paillasse à l'aide d'une toile de chanvre bourrée de feuilles de maïs. L'après-midi, pendant les journées chaudes, il y succombait aux délices de la sieste.

Octave s'y allongeait avant de regagner la maison. Une fois les jambes délassées, il ouvrait ses bras à Alice. Sans prendre le soin de fermer la porte branlante, tous deux roulaient sur la paillasse et s'aimaient avec fougue.

Au retour, Simone s'extasiait sur leur bonne mine :

– L'air de Compeyre vous réussit. Il est plus sain qu'à Millau où vous respirez ces fumées et ces odeurs de *carnasse*.

Ils avaient peine à garder leur sérieux.

Le dimanche soir, elle les chargeait de victuailles. Les rayons des épiceries de Millau s'étaient dégarnis alors que les boucheries ne pouvaient vendre de la viande que les mercredi, jeudi et vendredi. Aussi Simone glissait-elle dans leurs paniers la moitié d'un poulet, un lapin, un peu de lard, une douzaine d'œufs. Alice appréciait surtout le pain de Julien.

1. *Bigos* : pioche à deux dents pour travailler la vigne.

– Il est moins bon qu'avant, protestait-il. J'y laisse davantage de son mais je le pétris avec ma farine… Pas avec un mélange de riz, d'orge et de châtaigne comme en ville…

– C'est le meilleur ! affirmait-elle.

À chaque fournée, il cuisait une fouace qu'ils partageaient au repas de midi. Certains dimanches, Alice en oubliait la guerre.

La victoire survint en pleine épidémie de grippe espagnole qui causa tant de morts chez les enfants et les vieillards, anémiés par des années de privations. Le 11 novembre 1918, les cloches des églises de Millau et le bourdon du beffroi sonnèrent à toute volée à deux heures de l'après-midi. Elles surprirent Octave boulevard de L'Ayrolle, qui se rendait chez le mégissier. D'une maison à l'autre, au milieu de la rue, la nouvelle se répandit. Le cœur envahi d'un immense bonheur, il rebroussa chemin.

Alice berçait sa fille qui, grognon, tardait à s'endormir.

– C'est enfin la paix ! dit-il en l'embrassant. Tout est fini ! La vie va continuer comme avant…

Il souleva sa fille très haut. Hargneuse, elle lui donna des coups de pied et poussa des hurlements.

– Tu as de la chance d'avoir un père !

– Elle s'en apercevra plus tard, chuchota Alice qui la recoucha. Un jour, tu lui raconteras…

– Jamais !

Bientôt, une rumeur enfla sur le Mandarous. Octave se pencha à la fenêtre de l'atelier : la foule inondait la place, aussi bariolée et joyeuse qu'au soir des fêtes de mai.

Les plus jeunes brandissaient des drapeaux tricolores, effectuaient le tour de la place en criant :

– On les a eus !

Il referma la fenêtre.

– Pauvres gamins… S'ils savaient…

Octave voulut réunir toute la famille à Millau pour Noël. Mais une mauvaise grippe obligea les parents d'Alice à s'aliter pendant une dizaine de jours à la mi-décembre tandis que la démobilisation ramena Georges à l'hôpital de Millau, une main broyée, plongeant les siens dans un profond désarroi. Le mari de Lucie, épargné par les balles et les obus allemands au cours des quatre années de combat, avait joué de malchance. Peu après la signature de l'armistice, alors que son régiment stationnait à l'écart du front, à La Ferté-Milon, où les soldats réparaient le matériel mis à mal par la dernière offensive du 122ᵉ sur les bords de la Serre, il avait été victime d'un accident stupide. Démontant une batterie de 75, il avait glissé sur le sol gelé, les chevaux s'étaient emballés, les roues du canon avaient écrasé sa main gauche et la bêche de crosse, soc d'acier pointu, avait labouré les chairs. Le médecin l'avait conduit à l'hôpital de Château-Thierry puis amputé de trois doigts. Si elle guérissait, sa main resterait informe.

Georges rentra à Millau l'avant-veille de Noël à bord d'un train sanitaire qui se dirigeait vers Béziers et Montpellier, pris en charge par les infirmières du couvent Sainte-Marie. Lucie accourut le soir même avec ses deux fils, trop tardivement pour être admise à son chevet. Elle s'effondra dans les bras de sa sœur qui couchait les enfants. Alice avait pu voir le blessé à son arrivée, à la gare.

– Tu l'as trouvé comment ? demanda-t-elle, les yeux rougis par les pleurs.

– Il est très courageux.

Alice refusa d'en dire davantage, borda Alphonse et déposa un baiser sur son front. À l'atelier, dépliant un matelas sur le parquet, elle prépara un lit pour Lucie et son bambin de huit mois, Gabriel.

– Étienne dormira avec Julie ; ils ont le même âge…

Puis elle l'entraîna à la cuisine, referma la porte.

– Je t'assure : il est très courageux.

– Tu crois qu'on lui coupera la main ? fit-elle.

– Ne pense pas toujours au pire !

Sur le fourneau, l'eau menaçait de soulever le couvercle de la bouilloire. Alice se leva, en remplit une casserole aux trois-quarts, y ajouta des feuilles de tilleul.

– De toute manière, il sera estropié pour la vie ! sanglota Lucie.

– Hélas ! il ne sera pas le seul, lâcha Alice qui versait la tisane brûlante dans des verres épais, au fond culotté par le vin. Depuis qu'il est né, notre voisin que tu connais se débrouille avec un seul bras. Jamais, je ne l'ai entendu se plaindre...

– Je me moque des autres ! hurla-t-elle. Ce n'est pas ton voisin qui supportera Georges toute la journée à la maison...

Sa voix résonna entre les murs de la pièce surchauffée.

Alice posa un doigt sur ses lèvres :

– Chut ! Les enfants vont se réveiller...

– Fais confiance aux médecins et aux infirmières, reprit Octave. Ils le soigneront de leur mieux...

Il y eut un instant de silence puis Lucie glissa, d'un air las :

– Il ne pourra plus travailler à l'entretien de la voie, personne ne l'embauchera dans le pays...

– On réservera partout des places aux mutilés, rétorqua Octave. Je l'ai lu dans le journal... Ce serait étonnant que la Compagnie ne lui propose rien... Tu leur enverras une lettre...

Elle écrivit le lendemain, à son retour de l'hôpital, et joignit à sa requête un pli du médecin. La Compagnie répondit à la mi-février.

– Nous avons beaucoup de chance ! se réjouit Lucie. Le poste de garde-barrière de Montpaon sera libre au 1er juin... À moins que nous partions dans le

Tarn à côté de Rabastens, ou dans l'Hérault près de Graissessac...

– Vous hésitez pour Montpaon? s'étonna Octave.

– Bien sûr que non! Ça nous rapprochera du Pas. Les parents et Léon viendront nous voir avec l'autobus, la famille de Georges montera du Midi, vous descendrez en train le dimanche... Nous ne serons pas seuls. Heureusement! Car avec ce métier, on ne peut pas s'échapper un jour dans l'année!

Jamais Lucie n'avait été aussi gaie.

– La maisonnette est tout près du village et de la gare, raconta-t-elle. À la belle saison, Georges ira pêcher au bord de la Sorgues, chercher des oreillettes sur le Causse... Il y a un jardin le long de la voie: on s'en occupera tous les deux. J'élèverai des poules et des lapins... Ça me changera de l'auberge...

– Tu auras du temps pour coudre des gants, poursuivit Alice sur le même ton. Je t'expédierai la *passe* par le train du soir, tu la remettras deux jours plus tard au mécano de midi, j'irai la chercher à la gare à deux heures... Ça complétera la paye de la Compagnie et la pension de Georges...

Lucie et Octave se regardèrent.

– Tu aurais pu m'en parler, reprocha-t-elle à son beau-frère.

– Je ne savais rien, protesta-t-il.

Satisfaite de l'effet de surprise, Alice continua:

– J'espère que tu n'as pas oublié ce que je t'ai appris...

Lucie se mordilla les lèvres puis avoua, un peu honteuse:

– J'aurai besoin de leçons, je ne me souviens plus... C'était au début de la guerre...

– Tu t'appliqueras?

– Je te le dois bien. Vous êtes toujours là dans les coups durs...

Elle admirait trop sa sœur pour la décevoir.

Le pays pansa ses plaies. Millau honora ses morts

et célébra la paix trois jours durant, à l'occasion du 14-Juillet, au cours de fêtes mémorables qui renouèrent avec les défilés de chars fleuris. Dès lors, filles et garçons n'éprouvèrent plus de scrupules à danser une partie de la nuit dans les salles de bal qui s'ouvrirent en ville, à rire en pleine rue, à s'amuser au grand jour. Alice y vit le signe d'une reprise des affaires ; certaines revues de mode prônaient un retour à l'élégance pour rompre avec la grisaille du temps. Elle hésita à créer de nouveaux modèles sans solliciter l'avis des directrices de magasins, qui savaient influencer les achats.

Elle ferma l'atelier à la fin juillet et partit quelques jours dans le Midi pendant qu'Octave emmenait les enfants chez ses parents. À Béziers, Narbonne, Montpellier, Alice prit le temps d'explorer les rayons des boutiques. Elle découvrit des robes à taille basse, des jupes droites descendant à mi-mollet, des manteaux aux manches montées ; sa garde-robe avait vieilli, elle était fanée. Aux Nouvelles Galeries de Béziers, encouragée par une vendeuse qui avait bon goût, elle essaya jupes et vestes parmi les dernières arrivées de Paris pour l'été, virevolta devant la psyché, s'attira des flatteries.

– Ça vous va si bien ! minauda la jeune fille qui s'évertuait à lui présenter les plus chères.

La patronne s'en mêla, proposa une ristourne mais Alice résista à la tentation d'acheter.

– Plus tard... Aujourd'hui, ce ne serait pas raisonnable...

Elle quitta précipitamment le magasin et commença sa tournée.

Alice faillit ne pas reconnaître Colette Galibert. La jeune femme avait coupé ses cheveux au ras du cou et portait une robe noire, à la ceinture nouée sur les hanches, qui cachait à peine les genoux. Alice pensa qu'elle avait perdu un être cher à la guerre.

– Oh non ! Dieu merci ! dit-elle, secouée d'un fou

rire. Tous mes hommes sont revenus du front sains et saufs... C'est une nouvelle mode que lance mademoiselle Chanel !

Cette révélation la laissa pantoise.

– Vous ne lisez pas les magazines ?

– Ça m'a m'échappé... J'ai eu des soucis ces derniers mois...

– Vous n'en aurez plus d'ici quelque temps. Je me chargerai de vous donner du travail !

Elle fouilla dans les tiroirs de la boutique et de la réserve, cribla de notes un calepin puis établit le bon de commande.

– Vous n'avez rien de nouveau ?

– Pas pour les gants de ville.

– Vous devriez sortir du noir, essayer le brun ou le gris. Des gantelets bruns se marient bien avec des bas de soie...

– Toutes les femmes n'ont pas les moyens de s'offrir de la soie, observa Alice. Même si c'est très joli...

Son regard envieux fixa ses jambes gainées de soie beige.

– Beaucoup y viennent, confirma Colette en les repliant sous le bureau. Les choses vont changer d'ici quelques années. La mode sera de plus en plus capricieuse, il faudra suivre. Peut-être qu'un jour, je vous commanderai des gants rouges ! Ou roses, lilas, bleu turquoise !

Alice crut qu'elle plaisantait et ne prêta guère attention à ses propos. Elle la prit au sérieux le lendemain, lorsqu'elle entendit de semblables réflexions à Montpellier. Place de la Comédie, une dame aux allures pincées demanda des gants de peau lavables.

– Lavables ? répéta Alice d'un air ahuri. Ça n'existe pas ! Vous vous moquez de moi !

– Pas du tout, répondit-elle, vexée. La semaine dernière, une Américaine qui arrivait de la Côte, en cherchait. Les siens avaient été tachés par du cambouis pendant une promenade à bicyclette...

Puis d'un ton froid, presque hautain :

– Sachez, madame, que si de plus en plus de clientes veulent acheter des gants lavables, vous devrez en fabriquer ! Ou faire un autre métier...

« Des gants lavables ? Des gants roses, bleus, lilas ? C'est une révolution ! » Alice se sentit toute chamboulée. À bord du train qui la ramenait de Béziers vers l'Aveyron, elle remâcha ces idées puis décida d'écrire à monsieur Vincent avant d'en parler au mégissier. Son ancien patron de New York leur envoyait fidèlement ses vœux chaque année ; elle lui avait adressé des croquis à ses débuts, qu'il avait corrigés. Alice lui conservait sa confiance ; il la conseillerait mieux que Pierre Paulhe souvent influencé par les rumeurs millavoises. Cela suffit à la rassurer.

Elle s'arrêta trois jours à Montpaon où Lucie et Georges avaient emménagé depuis deux mois.

– C'est petit mais nous y sommes bien ! lui confia Lucie.

Tout brillait, du sol au plafond. Léon avait repeint les murs, aidé à décharger les meubles, clôturé la cour pour les enfants.

– Il a été chic, avoua Lucie. Même si c'était avant les foins, il ne manquait pas de travail au Pas.

Des rideaux ornaient les fenêtres.

– Un cadeau de la tante Noémie, précisa-t-elle.

Elle s'esclaffa :

– Presque les mêmes que les tiens mais j'ai dû les retailler... Sa cousine habitait sûrement une maison aux trente-six fenêtres !

Georges revint des rives de la Sorgues à l'heure de l'angélus, fier d'avoir pêché de belles truites noires à ocelles rouges. Un gros bandage recouvrait encore sa main mais le médecin l'avait assuré qu'on ne l'amputerait pas.

Après avoir baissé puis remonté la barrière de bois blanc et rouge au passage du train de 7 h 20, Lucie prépara les truites. Elle les servit avec du persil et des lardons frits. Alice s'en lécha les babines :

– Elles sont meilleures et moins grasses que celles de la mère Graillon !

Pendant que Lucie lavait la vaisselle, Georges l'entraîna vers le jardin où s'alignaient les salades, les choux pommés, les haricots verts et les carottes. Alice croqua une feuille d'oseille.

– Ce sera mieux l'année prochaine, dit-il. On aura de tout. Vous en profiterez...

Alice s'appuya à la barrière, se laissa charmer par le chant des oiseaux, perdit son regard dans la cime des peupliers, bientôt tirée de ses rêveries par son beau-frère.

– Tu me rendrais un service ?

Il paraissait si gauche qu'elle le mit à l'aise.

– Bien sûr !

– C'est pour ma main... Cet hiver, j'y aurai froid. Lucie veut me tricoter une moufle de laine mais je préférerais un gant de peau : ça me tiendrait plus chaud. Aucune maison de Millau n'accepte de tailler des gants pour mutilés... Il paraît que c'est trop compliqué et trop cher. Je me suis dit qu'avec Octave, vous pourriez m'arranger quelque chose... Je me doute que ce n'est pas facile : je n'ai plus que deux doigts et le reste n'est pas beau à voir... C'est rempli de bosses et de trous... J'ai peur d'avoir froid pendant l'hiver...

– Tu auras ton gant à la fin de l'été, promit-elle.

Georges bredouilla quelques mots de remerciements.

De retour à Millau, Alice publia une annonce dans les colonnes du *Messager* : « La maison Forestier, place du Mandarous à Millau, fabrique, sur mesure, des gants orthopédiques pour les mutilés de la guerre. Délais raisonnables, prix étudiés. »

– Tu es folle ! s'écria Octave quand il ouvrit le

journal, dix jours plus tard. Jamais nous n'y arriverons : c'est trop délicat.

– Commence par essayer ! riposta-t-elle.

– Pourquoi tu n'as pas attendu que je rentre ?

Furieux contre sa femme, Octave marchait d'un pas nerveux de la cuisine à l'atelier. Après quelques allées et venues, il claudiqua. Alice le pria de s'asseoir, de se calmer, de l'écouter.

– J'ai peu de commandes pour les cinq prochaines semaines, expliqua-t-elle. Les bons que j'ai ramenés sont à livrer pour la mi-octobre... Si l'annonce nous amène quelques clients, ça permettra aux ouvrières de travailler toute la semaine en septembre...

– Ce n'est pas toi qui vas tailler ces modèles biscornus ! Il n'y a ni gabarits ni emporte-pièce pour les mutilés. Tu penses que ça vaut la peine de gâcher une douzaine de peaux pour un gant ?

– Comme les tailleurs, tu prendras les mesures et tu feras une doublure en tissu avant de couper la peau...

– Facile à dire ! ronchonna-t-il.

– Nous avons besoin d'argent : il faut remplacer cet automne la vieille machine de la tante Noémie. Elle est usée, elle cliquette, elle saute des points...

Octave manifesta sa mauvaise humeur jusqu'au soir.

Le lendemain, dès que Firmin poussa la porte, il bondit :

– Dépêchez-vous d'entrer !

Il l'enleva aux ouvrières qui papotaient avec lui.

– C'est pressé ! dit-il sur un ton mystérieux.

Tous deux s'enfermèrent dans l'atelier de coupe qu'Alice et ses ouvrières appelaient désormais « le coin des hommes » depuis le retour du patron.

Firmin jugea l'idée d'Alice excellente. La panique s'empara d'Octave :

– Comment vais-je m'en sortir ? Je n'ai pas l'habitude...

– On se débrouillera. J'ai coupé des gants pour des soldats de 70 à qui il manquait la moitié de la main, des conscrits qui s'étaient écrasé les doigts avant le conseil de révision. J'étais jeune, maladroit. Mais je ne m'en suis pas trop mal tiré...

Le visage d'Octave se détendit ; les plis du front disparurent.

– Les clients veulent avoir chaud quand il gèle, poursuivit-il. Ils se moquent de la forme du gant. Le plus difficile sera de dénicher de la fourrure de chat pour la doublure...

– De la fourrure de chat ?

– C'est mieux que le molleton ou la laine pour protéger du froid.

Octave se voyait déjà courir après les chats du quartier pour étriper les plus beaux ; il se frotta les yeux, secoua la tête.

– De chat ?

– De chat, répéta-t-il. Je me souviens de ces superbes fourrures de matous que m'amenaient les paysans... Paulhe nous fournira du poil de lapin. C'est presque aussi bien.

Les dernières explications de Firmin dissipèrent ses craintes.

– Sans vous...

– Attention, petit ! N'oublie pas que j'ai soixante-neuf ans ! J'ai fait mon temps. Quand les jeunes coupeurs seront démobilisés, tu t'adresseras à eux...

Puis il déplia *L'Éclair* et parcourut les nouvelles du jour.

Lorsque les premiers clients se présentèrent en milieu d'après-midi, des nausées soulevèrent le cœur d'Octave tant la vue de ces mains difformes, aux blessures noires à peine cicatrisées, réveillait de mauvais souvenirs. Ce fut pire le jour du marché : ils affluèrent par dizaines. Venus des quartiers de Millau et des villages voisins, ils patientèrent sur le palier puis dans l'escalier jusqu'au rez-de-chaussée. La file d'attente impressionna Firmin :

– On se croirait pendant l'hiver 71 devant les boulangeries de Paris... Quelle misère !

Certains discutèrent les prix comme sur un champ de foire ; d'autres refusèrent de payer plus cher qu'un gant classique. La plupart acceptèrent les conditions d'Octave :

– Tant pis pour la dépense. La pension en réglera une partie.

Peu exigèrent d'être livrés sous huit jours.

– On repassera le vendredi, après le marché. Il suffit qu'on soit servi avant la première gelée !

Dans les cafés de la ville, la semaine suivante, on ne parla que des Forestier. Autour d'un blanc, les réactions fusèrent :

– Faut avoir du courage !

– Du moment que ça rapporte, ils n'ont pas de mérite !

– Ils n'empêchent personne d'en faire autant...

Pendant plusieurs semaines, les Forestier vécurent des heures difficiles. Octave se fit souvent rabrouer par des mutilés grincheux qui cherchaient à se venger des injustices de la vie, mais éprouva la satisfaction d'avoir tenté de soulager leurs souffrances. Alice épargna aux enfants le contact quotidien avec le défilé des soldats qui crachaient sur le parquet ou proféraient des injures : elle envoya sa fille chez Lucie et inscrivit son fils à l'école du quartier bien qu'il n'eût pas six ans. Le matin, Alphonse partait en classe avec le fils de Rosalie, son camarade de jeu ; le soir, la voisine le rendait à sa mère après le repas, à l'heure du coucher.

L'atelier bourdonna comme une ruche, de la pointe du jour à la nuit. Nul ne ménagea sa peine ni son temps. Une courte accalmie survint aux premiers jours d'octobre. Aussi, Firmin s'esquiva-t-il :

– Le raisin est plus que mûr...

Sur les coteaux baignés par une douce lumière automnale, les vendangeurs s'affairaient entre les rangs de ceps.

– Ne comptez pas sur moi de huit jours ! prévint-il. La semaine sera rude. Entre ma vigne et celle des voisins, on ne chômera pas.

Avant son retour, survint la reprise tant attendue depuis l'été. En quelques jours, lettres et télégrammes s'amoncelèrent sur la table de couture, près de la *tapageuse*[1]. Lætitia et Marie pressèrent leur patronne de questions :

– Encore des gants de mutilés ?

Elles grimaçaient déjà à l'idée de les assembler.

– Pas un seul ! répondit Alice, l'œil brillant de satisfaction. Rien que de la belle ouvrage. Ça nous changera...

Les commandes arrivaient des magasins qu'elle avait visités en juillet mais aussi de Nîmes, Sète, Carcassonne, Agde, Avignon.

– Notre réputation va franchir le Rhône ! s'exclama-t-elle.

– Mais comment ont-ils su ? s'extasièrent les ouvrières.

– Il suffit souvent de peu de chose, souffla Alice.

Elle fouilla dans la pile de lettres, brandit une enveloppe.

– Voilà ce que nous a écrit une gantière d'Avignon... « Deux de mes clientes ont reçu des cousines de Montpellier qui portaient de jolis gants fabriqués par la maison Forestier. Même si je ne vends pas votre marque, elles ont insisté pour avoir les mêmes modèles : des gantelets suède, doublés de soie, ornés d'un serpentin brodé, pointure 5 3/4 ; des gants glacés, au dos de la main brodés d'une fleur, doublés de peau de chamois, pointure 5 1/2. La livraison ne doit pas excéder deux semaines... Si vos tarifs me

1. *Tapageuse* : machine à coudre pour le piqué anglais.

conviennent, je suis disposée à vous recevoir pour examiner vos collections...

Les deux ouvrières applaudirent.

– C'est formidable! s'écria Lætitia.

Alice rayonnait de joie:

– J'irai en janvier pour les modèles de printemps...

L'euphorie gagna Octave qui courut à la cuisine d'où il ramena quatre verres à liqueur et une bouteille de vin de noix.

Le soir, il chuchota à l'oreille d'Alice qu'il tenait enlacée:

– Bientôt, nous nous agrandirons...

Les jours suivants, Octave recruta quatre coupeurs en chambre recommandés par le mégissier.

– Faudra surveiller ce petit monde! lança Pierre Paulhe.

Pour chacun d'eux, il dut confectionner une série de gabarits en carton correspondant aux modèles et aux pointures de la maison.

– Prends de la carte de Lyon comme pour tes calibres, suggéra le mégissier. C'est plus précis... Ils gaspilleront moins de peau...

Réputée plus dure, lourde et résistante que du carton ordinaire, mais aussi plus chère, la carte de Lyon s'achetait à la papeterie *La Guyenne* que les Millavois appelaient «la Guyane»! Son patron, authentique enfant de Millau, n'avait rien d'exotique; il roulait les r et peignait ses cheveux poivre et sel en brosse. Il se frotta les mains quand Octave détailla sa commande:

– On va enfin se refaire de la guerre! dit-il d'un air guilleret. Ça bouge dans la ganterie... Les grandes maisons pourront se méfier du nouveau: Jonquet a les dents longues...

Son usine regroupait mégisserie, teinturerie et ganterie comme chez Guibert et Buscarlet. Ancien ouvrier entré en apprentissage à l'âge de treize ans, Albert Jonquet affichait des ambitions: obtenir du rendement en mécanisant, conquérir de vastes marchés.

– Ça nous promet quelques journées chaudes! ajouta-t-il. Tout a augmenté sauf les salaires. Si rien ne change, on aura droit à la grève mais sur une autre musique qu'en 1911 : les ouvriers ne se laisseront pas tondre... Vous le pensez aussi?

Octave haussa les épaules, se contenta d'une réponse évasive qui ne sembla pas le satisfaire.

– Vous avez tort de le prendre à la légère! lança-t-il. Ça se voit que vous étiez en Amérique en 11. Sinon vous feriez attention...

En quête d'une dizaine de piqueuses à domicile, Alice confirma les craintes du papetier. Le mécontentement qui sourdait l'obligea à trouver des arrangements avec des couturières de talent.

Octave l'approuva sans réserve :

– Tant pis si la Chambre syndicale l'apprend... Au bureau, il y a sûrement peu de fabricants qui respectent les tarifs officiels quand ils fauchent un bon coupeur au voisin...

En échange, Alice exigea un travail irréprochable.

– La perfection! martela-t-elle. Tout sera contrôlé.

Elle recevait les ouvrières de Millau chaque mardi et celles de la campagne chaque vendredi. Une fois déballée la *passe* sur sa table, Alice vérifiait à l'aide du *fuseau* la solidité et la qualité des coutures de chaque doigt, des doublures. La moindre boursouflure entraînait une remontrance; la plus petite tache déclassait le gant ce qui diminuait d'autant la quinzaine.

Elle n'épargna pas sa sœur Lucie à qui elle renvoya des gants, y épinglant un bout de papier sur lequel elle griffonnait des conseils : « Sers-toi du *fuseau* quand tu as cousu ton gant : ça t'évitera de m'expédier des coutures qui crachent! Attention de ne pas laisser des *catounières*[1] en tirant l'aiguille : ça gâche l'harmonie... »

1. *Catounière* : chatière.

Les premières semaines, certaines femmes tremblèrent de peur en attendant son verdict. Puis, elles acceptèrent ses remarques et observèrent ses gestes, ceux de Lætitia ou de Marie.

Peu à peu, les moins habiles se perfectionnèrent, finirent par l'apprécier car elle connaissait le métier et savait être juste.

Alice veillait sur tout : les finitions, l'emballage dans le papier de soie pour les modèles de luxe, les expéditions, les factures. Elle aimait feuilleter les peaux, contestait parfois les choix d'Octave :

– Tu a eu tort de prendre ces pièces, reprocha-t-elle à son mari un soir où elle traînait dans « le coin des hommes », fouillant dans les liasses arrivées de chez le mégissier en fin d'après-midi et qui attendaient d'être rangées dans les casiers.

Elle étala le lot sur la table, mit en lumière les défauts :

– Cette peau est *crispée*... Celle-ci est *carteuse*...

Octave la toucha, l'agita, ce qui produisit un bruit de carton :

– Tu as raison, elle *cartonnège*...

– Celle-là est *tigée*, dit-elle encore. Regarde les cicatrices...

Il reconnut qu'il les avait emportées sans les examiner :

– J'étais pressé. Paulhe n'était pas là... Je lui fais confiance...

– Trop peut-être, répondit-elle, dubitative. Il ne faudrait pas qu'il essaie de profiter de la situation...

– On s'expliquera demain, promit-il.

Octave admirait sa rigueur et sa compétence dans un domaine où les femmes n'avaient pas voix au chapitre.

Aussi, un matin froid de novembre, retenu au lit par un gros rhume, demanda-t-il à Alice de contrôler les *passes* que devait ramener un coupeur.

L'homme se présenta un peu avant midi. C'était un

trapu d'une trentaine d'années, connu sous le surnom de Barriquette. Alice l'accueillit dans le « coin des hommes », s'installa sur le tabouret à la place de son mari.

– Octave n'est pas là ? s'étonna-t-il.

– Il a la grippe, expliqua Alice. Je le remplace.

Barriquette lissa ses moustaches, se frotta le ventre, ricana :

– Ce n'est pas un travail de femme. Vous n'y entendez rien ! Je repasserai dans quelques jours...

– Sûrement pas ! coupa-t-elle. Les ouvrières doivent piquer les peaux cet après-midi...

Son visage se rembrunit.

– Allez ! dépêchez-vous ! continua Alice. Il va être midi !

– Ce sera bien la première fois qu'une femme...

Il enleva sa veste et son chapeau, déboutonna son gilet noir et grimaça avant de déposer sur la table le paquet qu'il tenait sous le bras. D'un geste lent, il dénoua les ficelles, déplia la « toilette » – grand tissu – qui enveloppait les peaux taillées.

– Vous pouvez vérifier, dit-il. Le nombre de paires correspond à ce qui a été porté sur le bon de coupe.

Alice recompta.

– Il ne manque rien, reconnut-elle.

Barriquette se rengorgea :

– Il ne manque jamais rien !

Puis elle tira sur chaque peau dans le sens de la longueur et de la largeur, y apposa le gabarit correspondant.

– Pas de « cuir endormi », constata-t-elle. La coupe est parfaite.

Il la toisa, faraud, contrarié d'avoir subi cet examen :

– Vous ne m'apprendrez pas le métier !

Alice lui remit une nouvelle *passe*, préparée la veille.

– Avant trois jours, annonça-t-elle. C'est urgent.

Il bougonna dans ses grosses moustaches noires. Quand il eut tourné les talons, elle éclata de rire.

– Je crois que je l'ai mouché, dit-elle à Octave.

– On n'a pas fini d'en parler au café. Barriquette y est déjà.

– Contrôlé par une femme ! s'écria-t-elle. Son amour-propre de coq en a pris un coup !

Au fil des semaines, la réputation d'Alice grandit.

– On dit que c'est l'une des meilleures *baguetteuses* [1] de Millau ! glissa, admiratif, un mégissier à Octave un dimanche matin au *Glacier* où ils mangeaient un plat de *trénels*. Et il paraît qu'elle s'y connaît à vérifier les *passes*...

L'après-midi de Noël, alors qu'ils se promenaient en compagnie des enfants dans les allées du parc de la Victoire, Alice et Octave croisèrent trois vieilles dames de la bonne société millavoise. Au passage, l'une d'elles sourit et chuchota à ses amies :

– C'est la gantière du Mandarous ! Une sacrée patronne !

Alice le prit pour un compliment dans une ville où le travail de la peau reléguait les femmes au second plan, les confinait dans des tâches mécaniques. Ne les payait-on pas deux fois moins que les hommes ? Le beau rôle revenait aux coupeurs qui se conduisaient en seigneurs. Aussi le comportement d'Alice bousculait-il un état de fait que l'on pensait immuable.

Confuse, elle évita leur regard, serra plus fort la main d'Octave puis se tourna vers lui. Elle lut de la fierté dans ses yeux.

– Une sacrée patronne ! répéta-t-il, amusé.

1. La *baguetteuse* vérifie les coutures des gants.

11

La grève tant redoutée par le patron de «*La Guyane*» éclata deux semaines avant Pâques. Le matin où elle se déclencha, Octave se trouvait chez le papetier.

– Qu'est-ce que je vous disais? triompha-t-il. J'ai du flair! Vous pouvez commencer à chercher des ouvrières dans la campagne... Elles sont plus dociles!

Octave paya sa commande de papier de soie et rentra à l'atelier qui tournait à plein régime en cette période de l'année. Au bas de l'escalier, il croisa une couturière qui venait de livrer sa *passe*. Alice savait déjà mais paraissait peu inquiète: elle plaisantait avec Lætitia. Vers la fin de la matinée, à un moment où elle surveillait le repas à la cuisine, il la rejoignit. Pressé de connaître la décision de leurs ouvrières.

– Tu crois que Marie et Lætitia nous laisseront tomber?

Alice remuait un ragoût de pommes de terre et de carottes. Elle trempa un croûton de pain dans le jus, le croqua.

– C'est bon! dit-elle en se léchant les doigts.

Puis, le visage cramoisi par le feu, elle se recula.

– Non. Ce sont elles qui m'ont parlé de la grève les premières. Marie était au courant depuis hier: son beau-frère est au syndicat. Si elles avaient voulu arrêter le travail, elles seraient restées à la maison ce matin...

Sa réponse ne le rassura qu'à demi.

– Tu es sûre des piqueuses de Millau?

– Pas plus que toi des coupeurs! Ils ne se mettront en grève que si les grandes maisons ne cèdent pas... Avoue qu'ils n'ont pas tort: tout est cher chez l'épicier, le boucher, le boulanger... Le prix des journées doit suivre...

La raison l'emporta ; l'effervescence cessa au bout de quelques jours. Les patrons accordèrent une hausse de vingt-cinq pour cent ; les usines se peuplèrent à nouveau d'ouvriers.

Alors Alice et Octave songèrent à déménager. Les deux pièces de l'atelier étaient devenues trop exiguës. Tout était envahi par les cartons, les casiers de peaux, les machines à coudre, les tables de coupe et de couture : il ne restait pas un seul pied carré de libre ! Désormais, Alice accueillait les couturières à domicile à la cuisine, recouvrant d'un drap la table de noyer sur laquelle elle étalait les gants cousus ou les pièces de peau à assembler.

– Ça ne peut plus durer ! tonna-t-elle un matin où elle cherchait en vain des bobines de fil. J'en ai assez de vivre dans un placard ! Et les enfants aussi !

Dès Pâques, ils flânèrent le dimanche à travers les quartiers de la ville dans l'espoir de trouver la maison de leurs rêves : grande, ensoleillée, plus avenante et saine que le pâté de vieux logements des ruelles. En quelques semaines, du pont Lerouge à Cureplats, ils quadrillèrent la cité. Sans succès. Rien ne leur plaisait.

Le temps passait. Octave eut l'idée de s'adresser au notaire de la place de la Capelle qui avait établi leur contrat de mariage. Il les tira de l'embarras :

– Voilà bientôt six mois que j'essaie de louer deux étages d'une maison ! Le propriétaire ne veut pas les séparer. C'est si vaste que personne n'est intéressé...

Le soir même, à la fermeture de l'atelier, ils visitèrent les lieux. Proche du comptoir de la Banque de France, cette maison s'élevait au bord de l'avenue de la République, face au jardin public, à trois cents mètres de la gare. Une clôture et un portail de bois, peints en blanc, l'isolaient de la rue. Alice s'arrêta près du pilier d'entrée pour contempler les pierres de taille dessinant les encadrements de fenêtre puis les hortensias qui formaient d'épais massifs bleus et roses de chaque côté de la porte à double battant.

– C'est beau !

Julie secoua la main de sa mère :

– Viens !

Elle la lâcha pour courir vers les trois marches du perron.

Octave pressa le mouvement ; Alice se décida à entrer.

– Les propriétaires habitent le rez-de-chaussée mais ils ne sont là que pendant deux mois au printemps et à l'automne, expliqua le notaire. Ils préfèrent réchauffer leurs vieux os au soleil du Midi : ils possèdent une villa à Sète. Ce sont des rentiers...

Avec un plaisir évident, il s'appesantit sur le mot « rentier ».

Indifférente aux bavardages incessants du notaire qui essayait de convaincre Octave et se souciait peu d'elle, Alice s'attarda dans les pièces, ébaucha des plans : l'atelier au premier, le logement au second. Elle installa les machines à coudre dans les anciennes chambres qu'elle garnit de meubles-armoires dont les dizaines de tiroirs remplaceraient les boîtes à chaussures, empilées vaille que vaille contre les murs, toujours en désordre et prêtes à s'écrouler, dans lesquelles elle rangeait les gants classés par pointure. Ainsi, gagnerait-elle du temps pour préparer les expéditions, évaluer les réserves. Puis, d'autorité, Alice attribua la salle à manger à Octave et aux coupeurs. La pièce, éclairée par trois fenêtres qui donnaient sur l'avenue, était assez spacieuse pour abriter la presse à main, deux tables de coupe à deux places, les casiers de peaux. Enfin, à la cuisine, riche de placards, Alice établit l'atelier de finition qu'elle souhaitait moderniser au plus vite. Les Forestier « repassaient » les gants froissés par les brodeuses ou les piqueuses à l'aide de rouleaux de buis qui écrasaient les coutures et effaçaient les faux plis ; Alice y usait beaucoup de patience, n'obtenant que rarement la perfection. Aussi, se promettait-elle d'utiliser les mains chaudes que vantait la revue *Ganterie*. Ces pièces de fer pleines, chauffées dans un four, redonnaient au gant sa ligne et sa forme.

« Il faudra changer le vieux fourneau, acheter une cuisinière... »

Alice se livrait à une première évaluation des dépenses lorsque son fils déboula dans la cuisine.

– Maman ! maman !

Les joues rouges, essoufflé d'avoir grimpé les escaliers quatre à quatre, Alphonse fonça vers elle.

Les mains pleines de cerises.

– Goûte-les ! dit-il. Je suis monté sur l'arbre pour te choisir les plus mûres.

– Tu es monté sur l'arbre ? s'étonna-t-elle. Mais quel arbre ?

Il l'entraîna à la fenêtre d'une chambre :

– Ouvre-moi !

Alors, se penchant dans la direction que lui indiquait Alphonse, tout en croquant des cerises, elle découvrit le verger qui s'étendait derrière la maison, planté de cerisiers, de pommiers, de pruniers, de pêchers.

– Il a une fourche, précisa-t-il. De la *pègue*[1] sur les branches.

– Tu aurais pu tomber, gronda-t-elle.

– J'ai l'habitude de monter à l'échelle chez grand-père...

– Tu es sûr que tu ne les as pas prises chez le voisin ?

– J'ai demandé au monsieur avec les cheveux blancs. Il m'a dit que c'est chez nous.

– Chez nous ? répéta-t-elle.

1. *Pègue* : colle.

Au creux de ses mains rendues poisseuses par le jus des fruits et la résine, il restait trois cerises.

– C'est pour Julie, décida-t-il. Il faut se dépêcher de les manger avant les oiseaux. On reviendra demain ?

Sans attendre de réponse, il disparut et dévala l'escalier.

– Pas si vite ! cria-t-elle. Quel casse-cou !

Pendant qu'Octave et le notaire débattaient du prix du loyer, sur le palier du premier étage, Alice revint à la fenêtre, s'accouda à la tablette de bois et perdit son regard dans les branches hautes des arbres où s'affairaient des étourneaux. Respirant l'odeur des fleurs et de l'herbe fraîchement coupée, gagnée par la quiétude du soir, elle ferma les yeux. Bientôt elle n'entendit plus que les piaillements des oiseaux et les cris des enfants.

Ils emménagèrent au début août alors que Millau sombrait dans la torpeur de l'été.

Chacun mit la main à la pâte : le mégissier prêta sa camionnette Peugeot pour charrier les malles, les cartons et les meubles ; Marie et Lætitia aidèrent Alice à nettoyer les étages et à ranger ; leurs maris soulagèrent Octave quand il fallut déplacer les armoires et les machines.

Le jour du 15 août, les hommes dressèrent des tables sous les arbres du verger. Un peu avant midi, les invités arrivèrent chargés de victuailles : Grégoire sortit d'un cabas des *pérails* qu'il étala sur un lit de joncs, Justine confia à sa fille des saucissons roulés dans la cendre, Lucie déballa deux fouaces de son panier, qu'elle dut protéger de la gourmandise des enfants, Julien déposa de bonnes bouteilles de ses vignes sur le buffet de la salle à manger, Simone remplit un compotier de pêches jaunes tandis que Marie et Lætitia amenèrent des tartes.

– C'est la fête ! glissa Julien à son fils, en quittant la cuisine. Je suis fier de toi. Tu fais ton chemin…

Pour la première fois depuis l'armistice, la famille se retrouvait à la même table. Alice et Octave y tenaient beaucoup. Il ne manqua que Noémie. Depuis plusieurs mois, la vieille brodeuse ne quittait plus sa chambre, à demi paralysée. Sa petite-nièce qui refusait de l'abandonner, passait une heure à son chevet le dimanche soir, lui lisait les lettres de son fils, écrivait à sa place à Antoine, payait une jeune fille pour s'occuper de son ménage, sa cuisine et sa lessive.

Malgré cette absence, la journée se déroula comme ils l'avaient imaginée, simple, chaleureuse et gaie. Au début du repas, un verre de gamay suffit à briser la glace, à nouer des conversations entre gens de la ville et de la campagne. Après avoir servi le vieux marc dans les tasses à café tièdes, les femmes débarrassèrent les tables. Octave se leva et proposa une promenade sur les bords du Tarn, en remontant la rivière jusqu'au débit du *Batelier*, guinguette dont le patron possédait une barque qui assurait le passage entre les deux rives.

– J'ai prévenu que nous serions là à cinq heures, annonça-t-il.

Les enfants battirent des mains.

– Un vrai bateau ? demanda Étienne à son oncle.

– Bien sûr ! répondit-il, le soulevant dans ses bras.

Justine traîna en chemin ; Alice la rejoignit, lui donna le bras.

– La chaleur, reconnut-elle en s'épongeant le front. Depuis l'an dernier, je ne vais plus aux brebis en été... Le soleil m'*estourbit*...

Elles marchèrent un moment en silence avant de s'arrêter sous un platane.

– Tu as une belle maison, chuchota Justine. Mais ça m'inquiète ces machines neuves... J'ai peur que vous ayez vu trop grand... Il ne faudrait pas vous laisser influencer par les gens de Millau : ils aiment jouer les gros... S'il y a des pépins, qui va payer les pots cassés ? Ton père ne vendra pas des terres ou des bêtes pour tes beaux yeux... L'argent coûte trop de gagner...

Alice l'écouta calmement puis la rassura :

– Qui te parle de pépins et de pots cassés ? Le pire est derrière nous, les affaires reprennent...

– Ton mari te donne assez pour les commissions et les enfants chaque semaine ?

Elle chercha les mots pour ne point la contrarier :

– Maman ! les temps ont changé. Depuis la guerre, les femmes tiennent les comptes...

– Ah ! fit Justine, étonnée. Tu crois que c'est mieux ?

– Sûrement ! Et elles le font aussi bien que les hommes. Octave a confiance : il sait que je ne gaspille pas...

– Vous avez des dettes ?

– Des dettes ?

– Oui. Enfin... On se comprend... Vous avez emprunté ?

Elle hésita à répondre, agacée par cet interrogatoire en règle.

– Jusqu'à présent, on s'est débrouillés sans la banque.

– Souviens-toi que les Pelat se sont toujours serré la ceinture pour rendre ce qu'ils devaient...

La disparition de monsieur Vincent toucha beaucoup Alice. Elle l'apprit par hasard à la fin d'un après-midi d'automne. Ce jour-là, il pleuvotait. Un peu avant cinq heures, elle s'écria soudain :

– J'ai oublié les lettres !

– C'est urgent ? s'inquiéta Octave depuis la pièce voisine.

– Il y a une commande de soie pour Lyon. D'ici huit ou dix jours, nous n'en aurons plus pour doubler les gants !

Jetant sur ses épaules le châle de Marie, elle fila au bureau de poste, au cœur de la vieille ville. Elle y entra en trombe et manqua glisser sur le parquet. Les cheveux mouillés, elle suffoquait.

– Nous allions fermer, madame Forestier ! s'exclama l'employée des postes, une femme sèche au chignon gris, qui rangeait déjà le cahier des timbres.

Pendant que la guichetière oblitérait le courrier, Alice reprit son souffle. Après avoir glissé la monnaie dans la poche du manteau, elle sortit sans se presser sur la Vieille-Place. Près de l'ancienne halle aux grains, à l'abri du crachin sous un grand parapluie, une jeune femme l'attendait. Au passage, elle la saisit par le bras :

– Alice ! Rappelle-toi : Perrin, monsieur Vincent...

– Élodie ! Mais tu as coupé tes cheveux !

Elles s'embrassèrent.

– Ne restons pas là, dit Élodie. Il faut que je retourne à l'atelier...

– Chez Perrin ?

Elle hocha la tête.

– C'est derrière chez nous ! se réjouit Alice. Ça m'évitera de me tremper davantage... Tu es revenue depuis longtemps ?

– Oh ! c'est une longue histoire... Monsieur Vincent est mort au printemps...

– Il est mort ?

La nouvelle glaça Alice. Sa dernière lettre remontait au mois de février, l'exhortant à ne pas céder aux caprices des gantières du Midi. Alice suivait ses conseils.

– C'était un soir, raconta Élodie. Quelques jours avant Pâques. Il était tard et nous étions à l'atelier... Il a crié. Quand nous sommes entrées dans le bureau, il était tombé de sa chaise...

Brusquement, Alice se sentit désemparée comme si elle perdait un être cher.

– La maison nous a envoyés un jeune directeur deux semaines plus tard, poursuivit-elle. Ça s'est mal passé. Nous avions mis de l'argent de côté pour acheter, un jour, une maison au pays... Nous avons préféré partir... Ils nous ont recasées à Millau... C'était mieux avec monsieur Vincent à New York...

Alice comprit qu'elle n'était pas heureuse.

– Tu t'ennuies ?

Élodie finit par lâcher :

– Ils auraient pu nous donner du galon mais ce blanc-bec s'est vengé... C'est déjà bien qu'on ait une place...

Maintenant, elles bavardaient devant le portail des Forestier.

– Il faut que je me dépêche ! répéta Élodie d'une voix nerveuse, impatiente de revenir à l'atelier. Si on me surprend à discuter...

L'un des bâtiments de la maison Perrin jouxtait le verger au bas de la rue voisine, caché par la dernière rangée d'arbres.

– Arrêtez-vous tout à l'heure en sortant, insista Alice. Il me tarde de revoir ta sœur.

– Pas ce soir. Madeleine a rendez-vous avec son jules...

– Toi aussi ? rétorqua-t-elle d'un air malicieux.

– Oh ! moi... Tu sais... Je suis trop vieille...

– Trop vieille ! protesta Alice. Qu'est-ce que tu t'es encore mis dans la tête ? Tu as tout juste trente ans...

Élodie promit de venir ; Alice n'y crut guère. Pourtant, une heure plus tard, elle déposait son manteau et son chapeau sur l'une des chaises de l'atelier de couture. Elle était détendue, souriante.

Alice cessa de ranger ses factures et la présenta aux ouvrières. Marie et Lætitia, absorbées dans un travail fastidieux puisqu'elles *rafilaient*[1], la saluèrent du bout des lèvres. « Rien qu'à sa coupe de cheveux et à son parfum, c'est une cocotte ! Encore une cliente particulière ! » Charlotte, jeune fille timide de

1. *Rafiler* : égaliser au ciseau les bords d'une peau.

vingt ans engagée à la fin de l'été, voulut plaire à sa patronne et se leva.

Dès qu'il l'entendit parler, Octave abandonna ses ciseaux.

– Je connais cette voix ! lança-t-il joyeusement, quittant la salle de coupe aussi vite que le lui permit sa jambe blessée.

Il s'arrêta sur le seuil de la porte. En conversation avec Alice qui montrait ses modèles, Élodie lui tournait le dos.

– Élodie !

Une paire de gants à la main, elle fit volte-face.

– Octave !

Elle se précipita vers lui, l'embrassa.

– Pourquoi as-tu attendu si longtemps ? lui reprocha-t-il.

– Maintenant que vous êtes patrons...

– Qu'est-ce que ça change ?

– Vous fréquentez d'autres gens que nous...

– Si peu, répondit Alice. Nous ne sommes que de petits patrons comme il en existe des dizaines à Millau.

– Pourtant, on parle beaucoup de vous en ville...

– On en causerait certainement moins si nous étions en faillite ! plaisanta Octave. On turbine autant que les ouvriers !

– Monsieur Vincent était fier de vous, ajouta Élodie.

Octave porta une main à sa joue, chercha à cacher son émotion puis disparut.

À mi-voix, Élodie et Alice reprirent leurs bavardages autour des tiroirs à gants, de la table sur laquelle traînaient des crayonnages. À la nuit, elles discutaillaient encore. Les enfants se chargèrent de rappeler l'heure à leur mère.

– Tu devrais rester manger avec nous, dit Alice.

Élodie accepta sans se faire prier :

– Quand Madeleine n'est pas là, la maison est trop

grande pour moi. Le soir, j'y ai peur... Pourtant, je suis entourée de voisins...

Les sœurs Bioulac habitaient la rue du Barry qui débouchait sur le boulevard de L'Ayrolle.

– Elle s'en va si souvent ?

– Depuis cet été, Madeleine ne manque pas une occasion de sortie. Son jules aime s'amuser ! Ils dansent le samedi au café de la Lyre, le dimanche après-midi au *Balard* et le dimanche soir au *Select*... Je me retrouve seule...

Après le repas, Alice descendit avec elle jusqu'au Mandarous.

Élodie passa les voir le lendemain et les jours suivants. Un soir, Madeleine l'accompagna. Les yeux bouffis par les nuits blanches, le fume-cigarette à la commissure des lèvres, exhalant un parfum de Guerlain, elle affichait des airs de noceuse. Alice la trouva plus arrogante qu'au cours de leur première rencontre à New York et comprit pourquoi Élodie cherchait à briser sa solitude. Tout semblait opposer les deux sœurs, si proches l'une de l'autre en Amérique.

Habituée à sortir avec les noctambules de Millau, fort différents des Forestier, Madeleine ne revint pas, au grand soulagement de sa sœur. Élodie ne restait jamais longtemps à l'atelier, tout au plus une heure, balayant les pièces, terminant une broderie. Peu à peu, elle s'installa dans leur vie. Les enfants, surtout Julie, l'adoptèrent vite. Elle les gâtait, leur offrait des friandises ; ils l'appelèrent tante Élodie. Quelques semaines avant Noël, elle proposa d'aider pour la *presse*, le soir et même le dimanche. Heureuse de partager sa passion du métier, Alice lui soumettait des idées.

Un soir de février, alors que le ciel déversait des trombes d'eau sur la ville, Octave sollicita son avis sur les gants lavables. Depuis plusieurs mois, leur fabrication alimentait les conversations chez le coiffeur, dans les ateliers, les cafés et les magasins. Le tannage au formol permettait aux mégisseries de rendre la peau imperméable et aux grandes maisons de Millau de produire des modèles qui ne craignaient plus la décoloration. Aux yeux des dames, rien n'était plus désagréable par temps de pluie que les dégoulinades de noir sur un joli suède. Curieusement, les Américaines manifestaient à l'égard de cette invention plus d'intérêt que les Françaises. Aussi, les patrons gantiers désignaient-ils sous le nom de « doeskin [1] » cette peau fine, sans défaut, tirée d'une race d'agneau des vallées alpines.

Déçue par les commandes américaines, faibles depuis la fin de la guerre, Alice caressait le projet d'envoyer à Harold Smith deux ou trois modèles de gants lavables.

– Je suis sûre que ça lui plairait, soutenait-elle avec conviction. Il adore tout ce qui est nouveau. Ça frise le ridicule d'expédier aux États-Unis quelques paires par mois même si ce sont de superbes gants. Il est temps d'augmenter nos ventes...

– C'est trop délicat à fabriquer, ripostait Octave. Le mégissier ne veut pas prendre de risques...

– Adressons-nous ailleurs !

– Hormis Buscarlet, Guibert et Jonquet qui ont leur mégisserie, personne ne se sent capable de faire du *doeskin*.

– Et à Saint-Junien ?

– Pas davantage...

– Et à Grenoble ?

– C'est la spécialité de trois maisons de Millau, insista-t-il.

Élodie abonda dans le sens d'Octave :

– Monsieur Vincent répétait la même chose...

Sa dernière lettre sonnait comme une mise en garde. « Restez encore quelque temps dans les modèles classiques. La mode des gants lavables durera-t-elle ?

1. *Doeskin* : littéralement, daim !

Je me souviens de celle des peaux de Russie au grain très fin. C'était un peu avant 1900, à l'époque de l'alliance franco-russe. Des clients voulaient des gants en peau de Russie ; les Millavois sont partis au marché de Nijni Novgorod acheter ces peausseries rares, mais au bout de quelques années, les dames s'en sont lassées...

Un an s'était écoulé depuis cet ultime message ; l'engouement grandissait. Aussi Alice hésitait-elle à renoncer.

Élodie acheva de la convaincre :

– Le nouveau directeur de New York veut rivaliser avec Guibert et Jonquet, mais les patrons n'ont pas l'intention de se lancer dans le *doeskin*. Les Allemands nous mènent la vie si rude en Amérique qu'ils préfèrent être prudents...

Après des discussions enflammées, Alice se rangea à son avis.

– Ce n'est que partie remise !

La baisse d'activité que les ganteries subirent au cours des six mois suivants, l'amenèrent à en reconnaître la sagesse.

– Tu nous as empêchés de couler ! reconnut-elle avec humour. Parce que j'aurais fini par gagner contre Octave !

Dès lors, mise en confiance, Élodie s'épanouit. Privée de toute initiative par sa contremaîtresse, elle se rattrapa chez les Forestier. Tantôt elle crayonnait des modèles, tantôt elle suggérait des motifs de broderies. Son esprit inventif étonna Alice.

– Je n'en reviens pas qu'elle soit simple ouvrière chez Perrin ! expliqua-t-elle un soir à son mari alors qu'elle s'installait devant la coiffeuse de sa chambre. Elle a du goût, un bon coup de patte. Elle mérite mieux...

Déjà couché, Octave relisait l'édition du jour de *L'Éclair*.

– Ça te surprend qu'Élodie soit aussi douée ? dit-il

en posant son journal sur la table de nuit. Tu oublies qu'elle a passé près de dix ans avec monsieur Vincent. Toi et moi, nous savons bien qu'il n'y a pas de meilleure école !

– Élodie aurait sa place chez nous, reprit Alice.

Sa main souple brossait ses cheveux qu'elle avait sacrifiés à la mode du court mais qui lui couvraient encore la nuque.

– Elle pourrait me seconder à l'atelier et j'aurais du temps pour présenter nos gants dans les boutiques... Et puis j'aurais moins de scrupules à utiliser ses dessins...

Octave consentit aussitôt à l'engager :

– Elle nous sera précieuse quand les affaires s'emballeront...

Élodie accueillit la nouvelle avec un élan d'enthousiasme :

– J'en rêvais mais je ne voulais surtout pas vous forcer la main. C'est tellement triste de coudre toute la journée des boutonnières et des boutons !

– Tu auras un salaire de contremaîtresse, décida Alice.

Elle ne discuta point, trop heureuse d'exprimer enfin ses talents autrement qu'à la sauvette et sous le manteau.

Son embauche déplut aux trois ouvrières qui, depuis le premier jour, acceptaient mal son intrusion dans la vie de la maison. Marie, influencée par son beau-frère syndicaliste qui dressait les femmes de son entourage contre les contremaîtresses, annonça haut et fort qu'elle partirait désormais à six heures sonnantes.

– Plus à 6 h 20 ou à 6 h 30 ! prévint-elle le matin de son arrivée. La contremaîtresse finira mon ouvrage...

Par solidarité, Charlotte lui emboîta le pas. Quant à Lætitia, elle se sentit menacée dans le rôle qu'elle occupait depuis sept ans.

Alice la rassura :

– Tu nous aideras à vérifier les gants le mardi et le vendredi.

Élodie déploya patience et tact pour calmer les esprits. Au bout d'une semaine, tout rentra dans l'ordre.

Les coupeurs réagirent différemment, sensibles à sa coquetterie et à son charme. L'un d'eux, beau jeune homme élégamment vêtu et connu en ville sous le sobriquet du Coq car il collectionnait les aventures galantes, s'imagina que la nouvelle serait une conquête facile. Sur la place du Mandarous, les filles ne le dévoraient-elles pas des yeux quand elles l'apercevaient à une table de la terrasse du *Grand Café* ? Le Coq usa de tous les stratagèmes : bouquet de fleurs, invitation à danser le samedi et à pique-niquer le dimanche au pied du château du Monna. Il échoua à son grand désespoir. Quatre jours plus tard, lassée par son manège, Élodie l'éconduisit poliment. Alice en rit longtemps.

Un vent de panique souffla sur l'atelier six mois après l'arrivée d'Élodie, au moment du carnaval. Pendant une semaine, le jeune coursier de la poste remit des télégrammes par dizaines.

– Les affaires s'emballent ! s'écria Octave, se frottant les mains. C'était trop mou, ça ne pouvait pas durer...

Des coupeurs en chambre absorbèrent facilement le surplus de travail. En revanche, Alice batailla pour trouver des piqueuses. En un après-midi, grâce aux relations de Marie et de Lætitia, elle en rencontra neuf qui cousaient des gants pour les grandes maisons. Trois lui parurent peu soigneuses, malmenant la peau, se livrant à des gestes brouillons ; deux refusèrent, les bras chargés d'enfants, des douzaines de pièces à piquer empilées dans les cabas ; deux autres, enfin, ne connaissaient que le point *sellier*. Ce soir-là,

Alice rentra épuisée, désabusée, les pieds gonflés d'avoir tant marché à travers les quartiers de la ville.

– Deux seulement ! dit-elle en s'effondrant sur une chaise de la cuisine, aussitôt assaillie par sa fille qui grimpa sur ses genoux. Et encore, je veux les voir à l'œuvre !

Élodie avait noué un tablier à la taille. À l'aide d'une fourchette, elle écrasait des pommes de terre cuites à l'eau qu'elle mélangea ensuite avec du lait et du beurre. Imperturbable malgré les cris des enfants, elle goûtait, ajoutait du sel, une cuillerée de crème de lait.

Après avoir avalé leur soupe aux légumes et aux croûtons, les garnements dévorèrent cette purée. Puis, repas, ils détalèrent.

– Ouf ! enfin seules ! s'exclama Alice qui enleva ses chaussures pour masser ses pieds endoloris.

Élodie demeura perplexe

– Peut-être mes voisines...

– Le temps presse, coupa Alice. Nous allons perdre des clients.

– Tu devrais essayer chez les couturières !

– Mais elles n'ont jamais cousu de gants ! À Millau, ces dames tiennent trop à leur rang...

– À la campagne, elles seront moins fières...

– Tant pis si on me remballe !

Toutes deux rirent de bon cœur.

À Tournemire, une forte femme d'une cinquantaine d'années à la lèvre supérieure ourlée de poils l'assomma de reproches :

– Ah ! les gantières de Millau ! Vous êtes toutes les mêmes ! On vous voit une fois ou deux fois par an quand vous êtes en panne ! La *presse*, la *presse* !... Figurez-vous que nous avons aussi de la *presse* : nos clientes attendent les manteaux et les robes pour la messe du dimanche de Pâques...

Alice entendit les mêmes remontrances dans les autres villages à tel point qu'elle écourta sa tournée et la termina à Compeyre où la mère d'Octave s'empressa de l'accompagner chez la couturière du bourg. La patronne, jeune femme à l'œil éveillé, les reçut en plein essayage mais se montra charmante :

– Je ne peux rien refuser à madame Forestier... Elle est toujours si gentille... Mais pas plus d'une douzaine par semaine...

Alice regagna Millau tout aussi désemparée. À qui confier cette montagne de gants ? Le soir même, abandonnant la vaisselle du souper dans l'évier, elle bourra de peaux taillées la grosse valise rangée au-dessus de l'armoire de leur chambre.

Octave la soupesa :

– C'est trop lourd pour toi ! Jamais tu ne pourras la porter seule. Contente-toi d'un sac pour deux ou trois liasses de peaux. Lucie n'en acceptera pas davantage.

Elle jura de revenir la valise vide.

Le lendemain, le premier train de Béziers la conduisit vers neuf heures à Montpaon. Le chef de gare lui prêta sa brouette :

– Ce sera plus commode, ma p'tite dame. Sinon vous tomberez en chemin...

Ce matin-là, un vent glacial charriait des nuages gris-bleu. Sur la route de la maisonnette, elle s'arrêta à trois reprises, les jambes coupées par l'effort, la respiration saccadée.

Lucie roula des yeux étonnés.

– Tu déménages ?

Quelques flocons de neige tourbillonnaient dans le ciel.

– Aide-moi à rentrer la valise ! parvint à dire Alice, épuisée. Il ne faudrait pas qu'elle se mouille...

Elles la rangèrent dans un coin de la cuisine.

– Je peux voir ? demanda Lucie, curieuse.

– Ce ne sont que des *passes*...

– Ah ! fit-elle, déçue. Je pensais que tu m'amenais des affaires d'Alphonse pour les garçons...

– Pardonne-moi. J'ai encore oublié... J'ai des soucis à l'atelier : je cherche des piqueuses... Ce serait bien si tu prenais davantage de travail...

Toutes deux s'étaient assises autour de la table. Lucie pelait les légumes de la soupe. Alice se réchauffait en buvant un bol de café dans lequel elle trempait une tartine de confiture.

– Je ne peux pas, soupira-t-elle en posant son couteau. Entre la maison, les enfants, la barrière, je n'ai pas le temps de coudre plus de deux paires par jour...

– Dommage, répondit Alice. Avec tout ce que j'ai...

Lucie continua à éplucher pommes de terre et navets pendant que sa sœur réfléchissait, l'œil rivé à la table, le menton calé dans le creux de ses mains.

– Tu ne connais personne ? insista Alice.

Maintenant, Lucie enlevait les feuilles gâtées d'un poireau.

– Peut-être la mère Fabre, finit-elle par dire.

Alice réagit aussitôt, s'agita.

– Une couturière ?

– Tu n'y es vraiment pas ! C'est la mère de l'aubergiste...

– Elle fait la tambouille ? s'étrangla Alice qui s'imaginait une mère Graillon aux mains grasses.

– Pas toujours. Elle est habile à l'aiguille.

– Je m'en moque. Pour me rendre des pièces tachées !

– Qu'est-ce que tu risques à aller la voir ?

Déjà, Alice enfilait son manteau, ses gants.

– Tu viens ?

– C'est trop juste avant le train de onze heures, répondit Lucie à regret. Georges ne rentrera qu'à midi, il est parti braconner... Tu ne te tromperas pas : l'auberge est sur les bords de la Sorgues...

Alice sortit précipitamment, oubliant de fermer la porte.

Au-dehors, le ciel restait bas. Il lui sembla que le vent et le froid redoublaient d'intensité. Le village se trouvait à près d'un kilomètre de la maisonnette. Elle se hâta de s'y rendre, marchant à grands pas sur le chemin pierreux, truffé d'ornières. À peine pénétra-t-elle dans la salle de l'auberge qu'une voix de femme l'interpella de la cuisine :

– Si c'est pour coucher, nous n'avons pas de chambre ! Si c'est pour manger, c'est trop tôt !

Installée près de la cheminée où se consumaient des billots de chêne, une grosse pèlerine sur ses épaules voûtées, un bonnet de laine noire enfoncé jusqu'aux oreilles, une femme tricotait. C'était la mère Fabre.

– Ma belle-fille n'est jamais contente ! siffla-t-elle. Elle ferait fuir les clients à force de *rouméguer* !

Quand Alice s'approcha, elle fixa ses gants.

– J'en ai tant cousu dans ma jeunesse...

D'un geste, elle lui désigna une chaise.

– Asseyez-vous en attendant qu'elle vous serve quelque chose de chaud ! dit-elle d'autorité.

La mère Fabre délaissa son tricot et se leva pour repousser les braises autour des souches :

– Ah ! les gants... Ça me rappelle mes années de jeune fille...

– Vous en coudriez encore ? coupa Alice.

Elle hésita à répondre puis se décida :

– Oh ! sûrement. Ça m'a tellement manqué. J'aurais dû épouser un gantier. J'aurais été plus tranquille qu'à préparer des marmites de soupe et de ragoût... J'aimais bien ce métier mais j'aimais aussi mon mari, l'Antoine, qui était aubergiste dans ce foutu pays. Je l'ai suivi... Je me souviens du jour où j'ai quitté Séverac pour l'usine Prévot de Millau. C'était un lendemain de foire du 6 mai. En 1876 ! J'avais quatorze ans comme les autres coursières...

Une heure plus tard, après avoir versé tant de larmes de regret sur sa vie, la mère Fabre acceptait son offre. Alice trépigna de joie.

– Ça m'occupera, dit-elle. Depuis quelque temps,

à la cuisine, il y a une femme de trop pour saler la soupe...

Elle fouilla dans son panier à ouvrage, en sortit deux paires de gants cousu main.

– Ma mère m'avait appris quand je revenais à la maison. Elle cousait jusqu'à cinq paires par jour ! Je n'irai pas aussi vite, mes doigts se fatiguent... Cette paire, je la garde pour la messe du dimanche...

À la lueur des flammes qui léchaient vaillamment le bois, Alice observa les coutures des gantelets noirs. Elles étaient nettes, sans la moindre « catounière ».

– Du beau travail ! glissa Alice, ravie d'avoir trouvé une bonne ouvrière. Ils sont chic...

Déjà rosies par la chaleur de la cheminée, les joues de la mère Fabre s'empourprèrent. Comme celles d'une jeune gantière après un compliment de la contremaîtresse.

– Ça me changera, reprit-elle. Je me lasse de la laine...

– Vous pourriez commencer aujourd'hui ?

– Bien sûr. Après le repas de midi si vous avez les *passes*...

– Mais votre tricot ?

– D'ici Pâques, j'aurai le temps de le terminer... C'est un gilet. Il n'y manque que les manches...

Furieuse, la belle-fille qui empilait les assiettes sur les tables de la salle, marmonna :

– Il y a assez à faire sans prendre de l'ouvrage ailleurs...

Riant sous cape, la mère Fabre chuchota :

– Elle se noierait dans un verre d'eau !

Quand la bru rejoignit à nouveau la cuisine, Alice lui avoua que plusieurs douzaines de gants taillés attendaient dans une valise. Ce qui ne la troubla nullement.

– Vous ne pouviez pas descendre de Millau avec trois paires ! Mais soyez tranquille : on vous tirera d'affaire. Avant la guerre, ma fille a travaillé pour

Balsan ; elle habite à l'autre bout du village. Je m'installerai chez elle pendant quelques jours...

Cette femme, triste deux heures plus tôt, rayonnait de joie.

– Si vous êtes contente de moi, je veux bien apprendre à deux ou trois voisines...

En entendant ces mots, Alice ferma les yeux. C'était plus qu'elle n'en espérait.

Elle courut télégraphier la nouvelle à Octave. En chemin, tandis que les vieilles la reluquaient derrière les fenêtres, Alice marcha le cœur léger et la tête lourde de projets : engager une jeune fille pour s'occuper des enfants et de la maison, installer le téléphone à l'atelier, acheter un vélo, s'offrir une promenade dans les gorges du Tarn aux premiers beaux jours, une tournée dans les boutiques du Sud de la France et jusqu'à Paris...

Lorsqu'elle entra à la poste, le manteau saupoudré de flocons de neige, sa vie avait changé.

12

Leur vie se transforma bien au-delà de ses espérances. Pour la première fois, la fièvre persista au lendemain de la livraison de ces commandes. Désormais, les revues de mode incitaient les femmes de condition modeste à porter des gants, ouvrant ainsi un nouveau marché. À Millau, nul ne s'attendait à pareil engouement après les cahots des trois dernières années. Aussi se disputa-t-on coupeurs et piqueuses. Au risque de provoquer une grève, Octave et Élodie accélérèrent les cadences de l'atelier tandis qu'Alice s'évertua à agrandir le cercle des ouvrières à domicile. Bientôt, elle fournit du travail à une vingtaine de couturières. Octave la supplia d'engager une « entrepreneuse » pour distribuer les *passes* et vérifier les coutures comme dans les grandes maisons.

– Tu gagnerais du temps, insistait-il. Les enfants te voient si peu certains jours...

Alice préférait assurer elle-même cette tâche tant qu'une bonne « factrice » n'avait pas croisé son chemin.

Alphonse supportait mieux les absences de sa mère que Julie. Au retour de l'école, assis en tailleur sur le parquet ou juché sur un tabouret, il passait des heures à regarder son père classer les peaux, fendre les gants, manier les ciseaux. Les jours où sa blessure se réveillait et l'empêchait de rester trop longtemps debout devant la table ou la presse à bras, Octave s'installait près de lui sur la tablette d'une fenêtre et prenait le temps de satisfaire sa curiosité, apportant à ses questions un luxe de précisions. Le regard noyé dans ses yeux, Alphonse buvait ses paroles. Parfois, le dimanche, Octave l'emmenait à Compeyre, l'entraînait vers les vignes, aimait lui expliquer comment on soignait les jeunes ceps dans la parcelle qu'il avait replantée en gamay. Tandis que son fils grandissait, une complicité naissait entre eux qu'Octave n'avait jamais éprouvée à l'égard de son père.

Julie, plus jeune et pleurnicheuse, s'accrochait aux jupes de sa mère dès qu'elle rentrait de classe, grimpait sur ses genoux et se pendait à son cou.

– Pire que de la glu ! s'exclamait joyeusement Alice.

– Tu as assez travaillé, disait-elle en immobilisant ses mains. Je vais te raconter une histoire...

Comment résister à ce bout de chou ? Alice l'écoutait sagement puis la confiait à Honorine, une jeune bonne de vingt-trois ans, bavarde, un peu délurée mais travailleuse et méticuleuse, qui avait réussi à l'apprivoiser. Les soirs où la *presse* exigeait de rester plus tard à l'atelier, Julie consentait à s'endormir dans ses bras. Mais elle se rattrapait à chacun des départs de sa mère dans le Midi, pleurant, tapant des pieds, hurlant, refusant de l'embrasser. Leur séparation était si brutale qu'Alice en avait le cœur meurtri jusqu'à son retour. Aussi lui proposa-t-elle de l'accompagner le jeudi à Montpaon. Ce jour-là, Julie l'étouffa de baisers :

– Je t'aurai pour moi toute seule comme le dimanche... Ce sera mieux que les poupées...

La première fois, alors qu'elle rechignait chaque matin à quitter la tiédeur des draps et à prendre le chemin de l'école, elle réveilla Honorine à la pointe du jour avant de se précipiter vers la chambre de ses parents où elle pénétra en trombe.

– Vite ! Vite ! Le train ! s'écria-t-elle en tirant sa mère hors du lit.

Dès que la locomotive s'éloigna de Millau, elle s'allongea sur la banquette et somnola, vaincue par le sommeil.

En quelques semaines, ses caprices cessèrent. À la surprise de tous, Julie devint une fille modèle.

Impatiente de clôturer les comptes, Alice se couchait tard le dernier soir du mois. Après le repas, elle redescendait à l'atelier et se livrait à d'interminables calculs pendant une bonne partie de la soirée. Il lui tardait tant de connaître les bénéfices, de les comparer aux résultats du mois précédent qu'elle en oubliait l'heure. Quand la fatigue pesait trop sur ses paupières, elle rangeait les factures, éteignait la lumière, regagnait leur chambre à pas de loup, serrant les cahiers contre sa poitrine avant de les glisser dans un tiroir de la commode. La lampe brillait encore sur la table de nuit : Octave l'avait attendue, relisant le journal, puis s'était assoupi. Au moindre grincement du parquet, il ouvrait un œil puis bâillait et passait une main dans ses cheveux pendant que sa femme se déshabillait.

Blottis l'un contre l'autre, ils bavardaient à voix basse, parlaient des affaires, des enfants, des vingt ans de Léon, de la tante Noémie désespérée à l'idée de ne pas revoir son fils avant de mourir, de la vigne nouvelle, du bon vin de l'automne 1921 qui réjouissait Julien et Grégoire, de la nomination de Léa – l'amie d'Alice – à l'école de Julie... Peu à peu se dessinait l'avenir.

Une nuit de juin, ils décidèrent d'acheter la maison et le verger que le propriétaire mettait en vente après le décès de son épouse.

– Nous pourrons doubler l'atelier, installer cinq ou six machines au rez-de-chaussée, embaucher des ouvrières ! s'enflamma Alice. Nous serons enfin chez nous !

Elle guettait cet instant depuis longtemps. Le couple de rentiers avait beau se montrer discret, il se plaignait gentiment des enfants qui dévalaient l'escalier en criant à tue-tête, des piqueuses qui ne refermaient pas la porte d'entrée et riaient fort le matin, de certains coupeurs qui ne raclaient jamais leurs chaussures sur le perron et déposaient de la terre près du paillasson.

– Le notaire demande deux cent mille francs, releva Octave.

– C'est correct, jugea-t-elle, le dos calé contre un oreiller.

– Avec quoi paierons-nous ?

À ces mots, il prit sa main, plongea un regard soucieux dans les yeux de sa femme qui abandonna sa joue contre la sienne.

– Ne t'inquiète pas, murmura-t-elle. Nous avons cent cinquante mille francs à la banque ; nous emprunterons ce qui manquera...

– Il nous faudra au moins deux cent cinquante mille francs avec les machines et les frais de notaire. Tu sais que je déteste devoir...

– On ne va pas laisser passer l'occasion ! poursuivit Alice d'un ton plus ferme. La banque ne nous refusera rien. Depuis toujours, monsieur Villa soutient les patrons gantiers...

La banque Villa, logée dans un superbe bâtiment entouré d'un parc fleuri, se trouvait de l'autre côté de l'avenue. C'était, de longue tradition, la banque de Millau.

– Si le sous-directeur traîne les pieds, j'irai voir monsieur Villa. Je le croise souvent dans la rue : il est charmant avec les dames !

– Peut-être mais...

– D'ici un an, nous aurons remboursé, jura-t-elle.

Puis, d'un air mutin, posant son index sur ses lèvres :

– Pas à un mot aux parents. Ma mère a horreur des dettes !

Ils signèrent chez le notaire à la Saint-Jean, prirent possession du rez-de-chaussée la veille de la fête nationale et l'aménagèrent au début du mois d'août lorsqu'ils accordèrent aux employés leurs premiers congés payés.

La ganterie se portait si bien à Millau que les patrons, cédant à la pression des syndicats des cuirs et peaux, venaient d'attribuer douze jours aux ouvriers travaillant en atelier. Tant en ville que dans la proche campagne, tout le monde jasa car aucune profession ne bénéficiait d'un tel avantage :

– Si c'est pas malheureux de payer des gens à rien faire...

Les rentiers condamnèrent leur générosité :

– Ce n'est pas comme ça qu'on s'enrichit. Ils vont à la faillite !

Quelques bourgeoises encouragées en douce par l'archiprêtre qui réglait ses comptes avec les protestants, les fustigèrent aussi :

– Les hommes n'ont pas fini de traîner dans les rues et au café. Ils s'abrutiront à boire et à courir le jupon. De la graine de voyou! C'est sûrement un coup des parpaillots...

Les paysans se lamentèrent

– Déjà qu'ils passaient leur temps à la pêche ou à la chasse, ils nous rafleront maintenant tous les champignons...

Comparant la situation des coupeurs-gantiers à la sienne, Léon leur emboîta le pas.

– Vos ouvriers sont vernis, jeta-t-il d'un ton amer le jour où il les aida à déballer les nouvelles machines. Derrière le cul des brebis, nous n'avons pas un seul jour de congé dans l'année!

C'était un soir. Après une rude et chaude journée, ils finissaient de manger. Les hommes avaient forcé sur le vin pour chasser la poussière du déménagement qui avait desséché les gosiers.

Alice refusa de répondre à son frère, voulant éviter une stupide brouille, mais il poursuivit avec une pointe de jalousie:

– C'est connu: les patrons gantiers roulent sur l'or! Ça rapporte plus que le lait de brebis et c'est moins sale...

Octave bondit, tapa sur la table, ironisa:

– Si Millau ne fabriquait pas des gants, tu vendrais tes *regords* trois fois moins cher! Tu peux nous remercier...

– Vous remercier de quoi? s'indigna Léon. C'est bien vous qui en profitez! Vous venez d'acheter une belle maison, vous avez le téléphone et une bonne comme les richards. Bientôt la torpédo! Ça se voit que vous réussissez mieux et plus vite que nous... Tout est facile quand on a été pisser en Amérique...

De rage, Octave serrait les poings.

Alice s'évertua à les calmer mais n'y parvint pas car Léon ne se maîtrisait plus, grisé par l'alcool. Alors Octave se leva et descendit au jardin où sa femme le rejoignit après une explication orageuse avec son frère.

– Pauvre couillon! éructa-t-il quand elle s'assit près de lui sur le banc de pierre adossé à la haie, au fond du verger.

– Il a trop bu, glissa-t-elle pour l'excuser.

– Tu ne prends pas ta part d'héritage pour qu'il puisse s'établir sans se charger de dettes, et voilà qu'il nous crache dessus! C'est un idiot, un égoïste...

Ses mains et ses lèvres tremblaient.

Elle posa tendrement un bras sur son épaule, l'embrassa sur la joue, le cajola comme un enfant. Blessée elle aussi par les paroles malheureuses de son frère, elle s'appliqua à minimiser l'incident:

– Ce ne sont que des bêtises d'un gosse de vingt ans...

– Pffft...! Je te promets que chez toi, ils entendront encore parler des Forestier! Et ils s'é-touf-fe-ront!

Au printemps suivant, la veille de Pentecôte, Octave disparut de l'atelier vers trois heures et prévint Alice qu'il ne rentrerait qu'en fin d'après-midi.

– Tu vas chez le mégissier? s'écria-t-elle.

– J'ai une affaire à régler en ville. C'est une surprise pour tout à l'heure...

Lætitia ne put s'empêcher de glousser:

– Ça ressemble à une partie de pêche sur les bords du Tarn et à une collation au café des Bateliers vers cinq heures! Il ramènera la friture du souper...

– Pas du tout! protesta Élodie. On ne sort pas en costume pour jeter le bouchon dans le Tarn!

Sous le prétexte de chercher un bouton dans les tiroirs, Marie avait observé depuis une fenêtre la direction prise par le patron.

– Il monte peut-être à *l'oustalou* du père Firmin, se risqua-t-elle à dire. Il a filé vers le Mandarous, il avait l'air décidé...

– On demandera aux petites coursières, lança Charlotte. S'il est en ville, elles le croiseront...

Alice sourit, occupée à classer les derniers bons de

commande dans la pièce voisine. Les bavardages des ouvrières l'amusaient; rien n'échappait à leur curiosité. Elles causaient de tout à longueur de journée: des amourettes du Coq, des frasques de Barriquette les soirs où il touchait sa quinzaine, des galipettes de deux jeunes coursières sous les saules bordant la rivière, de la passion pour l'opérette de la maîtresse-ouvrière du piqué anglais qui chantait à la chorale L'Orphéon-Les Montagnards... Un bon esprit de famille régnait dans la maison.

Octave revint à sept heures, au moment où elle descendait pour fermer l'atelier du rez-de-chaussée. Elle entendit des crissements de pneus sur le gravier, des exclamations de joie, un long coup de klaxon... « C'est certainement le mégissier qui ramène Octave. Ils ont dû fêter Pâques dans les cafés ! » Elle pénétrait à l'atelier des apprenties du piqué anglais lorsque la porte d'entrée s'ouvrit avec fracas. Julie déboula dans le vestibule, fonça vers elle

– Maman ! Viens vite ! Papa a acheté un autobus !

Alice prit la main de sa fille et se précipita vers la Citroën noire. En bras de chemise, le nœud de cravate dénoué, le nez dans le moteur, Octave en expliquait le fonctionnement à son fils.

– C'était ma surprise ! dit-il en rabattant le capot.

Puis, d'un ton connaisseur, imitant les vendeurs du Salon :

– C'est une B 10 de série, fabriquée dans les usines Citroën du quai de Javel à Paris. La carrosserie est « tout acier » comme sur les automobiles américaines. Décapotable. Quatre places...

Caressant les chromes d'un doigt, il était fier de sa machine.

– Tu en avais envie ? insista Alice.

Les patrons gantiers de Millau cultivaient une passion pour les voitures. Victor Guibert possédait une Buick jaune qui suscitait des convoitises. Plus modestement, car ils n'avaient pas les moyens de s'offrir une Ford ou une Dodge, d'autres pilotaient une Citroën B 2 ou un cyclecar Peugeot. Parce que les bonnes affaires de Pâques effaçaient les dernières traites auprès de la banque, Octave avait succombé à la tentation de la mécanique.

– Nous irons chez toi et chez moi plus souvent, répondit-il. Je t'apprendrai à conduire...

– Je ne saurai jamais !

– Tu t'y feras vite. Au début, tu écraseras quelques poules ou un chien sur la route mais, après, tu seras contente de te mettre au volant pour partir en tournée.

– Cette voiture est si longue qu'elle n'est pas maniable ! Je me retrouverai au fossé dès le premier virage...

– Tu l'essaieras. Je suis sûr qu'elle te plaira...

Le lendemain, la maisonnée se leva tôt. La journée s'annonçait belle, illuminée d'un soleil printanier. Chacun avait hâte de sauter sur le marchepied, de s'asseoir sur les sièges de cuir, de goûter à la vitesse sur les dix kilomètres qui les séparaient de Compeyre où les grands-parents les attendaient pour le repas de midi. Honorine s'inquiéta de savoir si elle pourrait employer le mirror pour nettoyer les chromes. Alphonse examina la voiture dès qu'il eut avalé son bol de chocolat et mangé ses tartines de miel : il montra à sa mère où se trouvaient la manivelle et le cric.

– Tu ne tomberas jamais en panne ! l'assura-t-il du haut de ses dix ans. Ces machines sont inusables !

Octave partagea son point de vue :

– Si tu casses quelque chose, il y a assez de forgerons dans la campagne pour réparer. Tu ne risques rien : il y a si peu d'engins qui circulent !

Alice accepta de conduire sur la grand-route jusqu'à Aguessac, guidée par son mari qui l'abreuva de conseils :

– Pas si vite ! Plus à gauche sinon tu iras au fossé ! Attention au nid-de-poule ! Ralentis ! Freine plus doucement !

De temps à autre, après un coup de volant brusque, la Citroën zigzaguait : Honorine se cramponnait au siège, blême, tandis que les enfants riaient des maladresses de leur mère. Devant l'église d'Aguessac, Alice céda sa place sous le regard ahuri de la foule des paroissiens qui sortaient de la messe.

– Tu ne t'en es pas mal tirée ! la félicita Octave en manœuvrant. Bientôt, tu te débrouilleras aussi bien que les champions italiens ! Tu seras la première femme de Millau à savoir piloter...

En enlevant ses gants, Alice constata que le volant avait abîmé la peau, un suède de qualité. Ce matin-là, elle avait pourtant choisi dans la boîte en marqueterie où elle rangeait ses modèles d'hiver, une paire doublée de molleton de laine pour résister au frottement du métal. De toute évidence, le gant de ville ne convenait pas à la conduite d'une automobile. Il fallait l'adapter au contact du volant, le tailler dans une peau épaisse et solide – du pécari, peut-être –, donner plus d'aisance aux gestes. Pourquoi ne fabriqueraient-ils pas des gants pour l'automobile ? Dans un proche avenir, la demande ne pourrait que croître avec l'augmentation du nombre de voitures. Aussi décida-t-elle d'en confectionner pour eux et d'en présenter au cours de sa prochaine tournée.

Julien guettait leur arrivée, assis sur un muret ; il applaudit des deux mains lorsqu'il les aperçut puis souleva son chapeau sur leur passage. Octave faillit écraser des canetons qui farfouillaient dans une ornière remplie de boue, et s'attira les foudres de sa mère :

– Si tu me les estourbis, tu te passeras de quartiers cet hiver !

– Ta torpédo est mieux que celle du notaire, estima Julien qui la jaugeait comme une bête sur un champ de foire.

– Elle est plus confortable que les autobus ?

demanda Simone. Ils ont des banquettes tellement dures…

Octave promit de les emmener en promenade après le repas.

– Tu auras assez d'essence ? fit Alphonse.

– J'ai trois bidons dans le coffre…

À trois heures sonnantes, Octave invita les femmes à s'installer à l'arrière ; la bonne qui avait mal supporté le voyage, proposa de rester à la maison pour débarrasser la table. Julie se hissa sur les genoux de sa grand-mère émue à l'idée de revoir Le Rozier.

– Je n'y suis pas retournée depuis la mort de mon père, avoua-t-elle en retenant ses larmes. C'était si loin à pied…

Pendant que la B 10, garée près de l'église romane, devenait le point de ralliement des gamins du village, ils cherchèrent la tombe. Ils errèrent un long moment dans le cimetière car la pauvre femme ne se rappelait plus où ses parents avaient été ensevelis. La croix dc bois, détruite par les tempêtes et les charançons, avait disparu, mais la plaque émaillée portant le nom de la famille Remise, seule rescapée des outrages du temps, avait été à demi enfouie dans la terre que recouvraient désormais les herbes folles et le chiendent. Les hommes les arrachèrent à poignées afin de rendre à la tombe un semblant de dignité.

Quand Octave referma le portail, les enfants voulurent boire. Le patron de l'auberge leur servit de la limonade. Ils osèrent à peine parler sur le chemin de Compeyre…

Le soir, embrassant son fils, Simone pleura :

– Sans toi, je serais morte sans y revenir.

Les enfants prirent goût aux sorties ; ils les réclamèrent chaque semaine. Honorine finit par s'y habituer et cessa d'être malade sur les routes sinueuses du pays, grâce à une recette des conducteurs d'autobus : un bouquet de persil appliqué sur l'estomac. Alphonse s'efforçait de les entraîner vers la vallée de la Dourbie car il aimait entendre au village du Monna l'écho de sa voix que renvoyaient les falaises du Larzac. Julie préférait Creissels, les cascades et les berges du Tarn où elle retrouvait ses camarades de classe venues de Millau à pied avec leurs parents. Elle s'arrangeait pour attirer sa mère à proximité des cafés du bourg d'où s'échappait un air de *biole*[1] au son duquel dansaient les jeunes Millavois.

Au fil des dimanches, Alice acquit de l'assurance au volant. Un jeudi de juillet, au lieu de prendre le train pour distribuer le travail aux ouvrières, elle s'aventura sur la route de Montpaon. Quelques jours plus tôt, sur l'esplanade du foirail à Rodez, une commission d'experts présidée par le préfet de l'Aveyron en personne lui avait délivré le diplôme de conducteur d'automobiles. Alice avait dû se contenter de la mention passable car l'un de ces messieurs s'était montré sévère envers elle.

Octave lui déconseilla de s'engager sur les chemins étroits des contreforts du Larzac. Sur une carte Campbell choisie à la librairie Veyrier, il traça au crayon bleu un autre itinéraire par le plateau du Larzac, L'Hospitalet et Cornus.

– En haut de la côte de La Cavalerie, la route est large, droite et sûre, expliqua-t-il. Tu n'allongeras que d'une dizaine de kilomètres.

Alphonse insista pour accompagner sa mère et sa sœur.

– Un homme ne sera pas de trop! plaisanta Octave.

Munie d'une bonne provision d'eau et de carburant, la Citroën décapotée quitta la ville tôt le matin. Vautrée sur les sièges arrière, Julie chantait. À l'avant, carte dépliée sur les genoux, Alphonse se complaisait à décrire tout ce qu'il voyait autour de

1. *Biole*: piano mécanique.

lui. Ils flânèrent, s'arrêtèrent souvent pour permettre au moteur de refroidir, ajouter de l'eau ou de l'essence, manger un morceau de fouace, tant et si bien qu'ils arrivèrent à la maisonnette de Montpaon au moment où sifflait le train de onze heures. Lucie taquina sa sœur :

– Tu as deux heures de retard sur le train !

– Mais tu auras enfin une valise de vêtements d'Alphonse pour tes garçons ! triompha Alice.

Après le repas, elle fila seule au village. Le jeudi, elle retrouvait les gantières de Fondamente chez la fille de la mère Fabre que les femmes du pays appelaient La Fabrette depuis son enfance.

Lorsqu'elle descendit de la B 10, les couturières s'agglutinèrent devant la porte et s'extasièrent, pleines d'admiration, moqueuses à l'égard de leurs maris :

– Nos hommes n'ont qu'à bien se tenir si les femmes peuvent autant qu'eux...

Ce jour-là, son prestige grandit encore auprès d'elles.

Aussitôt, les gamins répandirent la nouvelle.

En fin d'après-midi, le village se rassembla à l'auberge pour ne pas manquer l'attraction la plus insolite de l'année : une femme au volant ! Les hommes en parlèrent longtemps dans le pays...

Au retour, près de la fontaine de L'Hospitalet devant laquelle sa mère venait de se garer, Alphonse remarqua sur un pignon de pierres blanches une réclame ancienne à en juger par l'état du cadre et des lettres peintes en bleu charrette, qui vantait les charmes de la ville de Sète : « Visitez Cette, grand port de la Méditerranée. Ses distilleries. Ses marais salants. Sa station balnéaire. Ses bains de sable et de mer. » Ces mots magiques dansèrent devant ses yeux.

– C'est loin la mer ? demanda-t-il.

Il posait les mêmes questions que sa mère enfant.

Alice sentit son cœur battre fort. Des souvenirs l'envahirent : les escapades au Col pour tenter d'apercevoir la mer, le bain de pieds à Valras l'année de ses dix-huit ans…

Alphonse la tira de sa rêverie :

– C'est loin ?

– Au pays bas, après les vignes…

– On pourrait y aller un dimanche.

– Peut-être, répondit-elle songeuse.

Tout aussi impatiente que son fils, elle sut convaincre Octave de partir quelques jours à Sète pendant les congés de l'atelier.

– De vraies vacances, souffla-t-elle. Nous les avons méritées…

Aux *Nouvelles Galeries* de Montpellier, Alice équipa en maillots de bain toute la famille, y compris Honorine. Elle s'offrit un modèle en tricot collant, une pièce, repéré sur l'un des derniers numéros de la revue *Fémina*, osé pour l'époque puisqu'il dénudait le dos et les jambes.

La vendeuse, une vieille fille prude, s'en offusqua :

– Vous ne devriez pas à votre âge… Il y a si peu de femmes qui le portent. Ce sont surtout des garçonnes… C'est choquant devant des enfants…

– Je m'en moque, lança crûment Alice. Je veux prendre le soleil et me baigner sans fanfreluches !

Elle en profita pour rendre une visite de courtoisie à la directrice du magasin qui vendait aussi ses gants.

– Votre représentant est toujours ponctuel, dit-elle. C'est un bon vendeur mais vous avez de belles pièces…

Depuis l'été précédent, les Forestier confiaient leurs collections à un agent de Béziers, Pierre Guiral, rencontré par l'intermédiaire de Colette Galibert, qui proposait également des gants de Niort et de Saint-Junien à travers le Sud de la France, de Toulouse à Nice. Il défendait la maison avec âpreté, sensible à ses efforts créatifs et à la qualité des modèles. Grâce à lui, en quelques mois, les ventes avaient grimpé.

Désormais, Alice se contentait de téléphoner une fois par mois à ses clients importants, mais ne manquait jamais de les saluer lorsqu'une occasion se présentait.

– Certaines sont aussi bien travaillées que dans les meilleures maisons de Millau ! ajouta-t-elle. C'est dommage que vous n'ayez pas de catalogue...

– Ils n'en ont pas chez Guibert, fit observer Alice. C'est pourtant une grande manufacture !

D'une volumineuse pile de chemises qui trônait sur son bureau, à droite du sous-main de cuir, la directrice exhuma un dossier gris à en-tête de l'usine Jonquet. Épais comme trois livres de comptes.

– Voilà ce que nous envoie monsieur Jonquet...

L'énumération les stupéfia : plaquettes, affiches, catalogues de printemps, d'automne et pour l'exportation...

– Monsieur Jonquet se démène. Ça lui réussit ! Pensez-y pour la prochaine saison...

Ils promirent d'y réfléchir.

Ils y travaillèrent le soir même à l'hôtel, après le dîner, pendant qu'Honorine couchait les enfants, puis les jours suivants à Sète aux heures les plus chaudes. Au retour, ils soumettraient le projet à Pierre Guiral.

Les cinq jours de vacances filèrent vite. Levés tôt, ils trouvèrent le temps de traîner sur les quais, d'assister au départ des bateaux pour l'Algérie et à l'arrivée des pêcheurs de dorades, de découvrir les marais salants de Villeroy et la presqu'île de la Pointe-Courte, d'embarquer sur le vapeur pour Mèze. Chaque fin d'après-midi les ramenait à la plage. Tandis qu'Honorine surveillait Julie près de ses pâtés de sable, Octave apprenait à nager à son fils. Après une baignade, Alice s'étendait au soleil, se laissait bercer par le cri des oiseaux, le bruit sourd des sirènes du port, le clapotis des vagues.

La vie lui paraissait facile.

Un après-midi d'automne, par un hasard malheureux qui aurait pu être tragique, les chemins d'Alice et de la diva Emma Calvé se croisèrent à nouveau. Ce dimanche-là, au ciel chargé mais encore doux, Julie avait obtenu de sa mère une promenade en voiture au col d'Engayresque après la vaisselle du repas de midi ; la fillette aimait ce sommet battu par le vent. Elles quittèrent Compeyre vers trois heures.

À l'arrière, fidèle à ses habitudes, Julie fredonnait une chanson apprise à l'école dont Alice reprenait le refrain.

Au-dessus d'Aguessac, alors que la Citroën grimpait doucement la côte, une Mathis déboucha d'un chemin, percuta son aile droite et l'entraîna à l'autre bout de la chaussée, au bord du fossé. L'effet de surprise fut total : Alice ne la vit pas surgir car une haie touffue masquait le croisement. Elle freina, se cramponna au volant ; Julie cria, tomba du siège, roula sur le panier du goûter puis sur le tapis en caoutchouc du plancher.

Une femme élégante sortit de la Mathis, ébouriffée, gesticulant, aussi pâle qu'Alice. Elle serrait entre ses mains un châle de soie rouge. L'ancienne reine de la ganterie le reconnut aussitôt : Emma Calvé portait le même le jour de son élection.

– C'est de ma faute ! se lamenta-t-elle, en courant vers Alice qui tenait Julie dans ses bras. Vous êtes blessées ?

– Une bosse au front. Ce n'est rien. Nous avons eu peur…

Julie pleurnichait, tremblait de tout son corps.

– J'allais trop vite, je n'ai pas regardé si quelqu'un montait…

– Il n'y a que des tôles froissées, la rassura Alice qui s'efforçait de retrouver son calme. C'est facile à réparer.

– Je paierai le garage, répondit Emma. Les fermiers du château viendront, tout à l'heure, déplacer les voitures avec leurs paires de bœufs. Il faut les prévenir…

Alice et Julie la suivirent à pied jusqu'au château, perché sur un éperon rocheux dominant la vallée, étrange avec ses tours rondes à mâchicoulis, son donjon carré, ses toits couronnés d'un chapeau pointu, si curieux qu'il semblait s'être échappé des livres d'histoire. Depuis la côte d'Engayresque, après un virage, il leur apparaissait chaque fois qu'elles se rendaient au col. Julie l'appelait le château des Chevaliers ; Alice ignorait que c'était Cabrières.

En d'autres circonstances, cette visite les aurait charmées. Une fois assises dans les fauteuils d'un salon, elles ne pensèrent qu'à retourner au plus vite à Compeyre ; le cœur de Julie battait comme celui d'un oiseau apeuré. Emma leur servit une tasse de chocolat, se montra attentionnée.

– Si je pouvais vous être utile à quelque chose, glissa-t-elle.

Une idée jaillit dans la tête d'Alice :

– Depuis longtemps, je rêve de vendre mes gants à Paris. Mais je ne connais personne… Vous m'aideriez ?

– À Paris, je me sers toujours rue de Rivoli chez madame Figari. On y trouve des gants de Grenoble brodés au point de Beauvais et de beaux modèles de Millau ! Les Américaines y font leurs affaires. Je lui écrirai dès demain…

Alice en oublia l'accident, sa fille endormie dans le fauteuil près de la cheminée, le chat persan installé sur ses genoux qui plantait les griffes dans le tissu de sa robe.

– Je ne sais comment vous remercier…

– Vous me livreriez sous huit ou dix jours deux paires de gants suède brodés ? Vos conditions seront les miennes…

Le visage d'Alice rosit. Gênée, elle bredouilla :

– Je ne peux pas accepter… Je vous les offre…

La diva s'obstina :

– C'est une commande. Acceptez-la ! J'y tiens. Je vous ai causé assez de torts... Ça vous donnera l'occasion de revoir Cabrières...

Emma les ramena à Compeyre à bord d'une Bugatti rouge dont le moteur huit cylindres souleva l'enthousiasme des hommes de la maison qui rentraient à l'instant d'inspecter les vignes à l'approche des vendanges. Octave blêmit en entendant le récit de l'accident, serra contre lui sa femme et sa fille.

– Heureusement que c'était une « tout acier », murmura-t-il.

Le dimanche suivant, Alice prit le volant d'une guimbarde prêtée par le garagiste de Millau et revint à Cabrières...

Emma ne faillit pas à sa parole : Alice reçut une première lettre de madame Figari à la Toussaint puis une seconde après les fêtes de Noël qui lui fixa rendez-vous à la mi-janvier. Elle partit seule un matin froid, chargée de deux valises. Au cours du voyage, le train rencontra la neige dans le Cantal lorsqu'il s'arrêta à Neussargues pour renouveler ses réserves d'eau et permettre aux passagers de se restaurer au buffet. Le chauffage des voitures tomba en panne à Clermont. Malgré son manteau et ses gants, Alice claquait des dents en descendant du compartiment. Sous la verrière de la gare de Lyon, près du monumental escalier du Train Bleu, une petite-cousine d'Octave l'attendait ; Clothilde et son mari tenaient depuis dix ans l'*Hôtel de L'Étoile d'Or*, rue Saint-Antoine.

Une heure plus tard, dans l'arrière-cuisine où une fille dressait la liste des clients du petit déjeuner du lendemain, Alice buvait un bol de bouillon brûlant. À la fin du repas, son cousin lui prépara un grog. Lasse, fiévreuse, elle parla peu, au grand étonnement de Clothilde qui pensait bavarder jusqu'à la fermeture de l'hôtel. Sa nuit fut agitée ; les bruits de la rue, les exclamations des clients dans le couloir troublèrent son sommeil.

Elle se leva fatiguée, la nuque et les reins douloureux. Clothilde griffonna un plan à la hâte sur une feuille à en-tête de l'hôtel :

– C'est au bout de notre rue. Tu ne peux pas te tromper.

Madame Figari voisinait avec un joaillier et une modiste. À cette heure de la matinée, la boutique attendait ses premières clientes, les vendeuses s'affairaient autour des mains de buis et des boîtes à gants.

À peine le timbre de la porte avait-il retenti qu'elle courut au-devant d'Alice pour l'accueillir et la présenter à ses employées. Cette femme à l'allure distinguée lança à la cantonade :

– Madame Forestier a brodé les gants suède d'Emma...

Il y eut un oh ! d'admiration parmi les jeunes femmes.

Dans l'arrière-boutique, Alice étala sur une table cirée, près de la fenêtre, les plateaux en carton couverts de velours et garnis de modèles classés en fonction de la pointure, la coupe, la qualité de la peau.

Madame Figari examina chaque paire d'un œil expert.

– Je connais des clientes qui ne résisteront pas, répéta-t-elle à plusieurs reprises.

Puis, soudain :

– Vous n'avez aucun prototype pour les mains de Paris ?

Alice se mordit les lèvres, furieuse d'être prise en défaut.

– Vos gants ont été coupés pour les mains du Midi, expliqua-t-elle. Elles sont plus courtes et plus larges que les mains de Paris. Les Parisiennes ont les doigts longs et fins...

Octave le savait-il ?

– Nous changerons les gabarits, s'empressa de dire Alice.

Madame Figari n'écoutait déjà plus, contemplant à la loupe les détails des broderies.

– Je crois que nous nous entendrons, chuchota-t-elle. Les bons gantiers sont des orfèvres...

Le compliment récompensait les nuits de veille, les picotements aux doigts et aux yeux, les peaux gâchées, les moments de doute et de lassitude.

– Je les veux tous de cette qualité, exigea madame Figari.

– Ils le seront, promit Alice, consciente que sa parole engageait la réputation et l'avenir de la maison. Vous ne serez pas déçue...

– Les clientes le seraient bien plus que moi... Je perdrais leur confiance.

Elle imagina, alors, la somme de travail, d'habileté, de patience, de vigilance qu'il faudrait déployer pour la satisfaire.

Dans la rue, les passants la bousculèrent sur le trottoir humide. Le pas léger, le cœur en fête, elle sautilla jusqu'à l'hôtel.

Une chanson sur les lèvres.

13

Paris l'accapara pendant des mois. Elle s'y rendit souvent pour mieux connaître le monde de la mode, les goûts des directrices de magasins et les désirs des clientes. Tantôt elle explorait les rayons du *Printemps*, de *La Samaritaine*, des *Galeries Lafayette* où Millau occupait son rang à travers ses grandes maisons, tantôt elle flânait devant les vitrines des beaux quartiers où son œil curieux relevait une foule de détails pour ses créations, attiré par l'élégance d'un sac à main, l'ornement d'une ceinture, la bride d'un escarpin.

Elle ne résista pas à l'envie de visiter la boutique Jonquet sur le boulevard de Sébastopol où elle découvrit des gants d'aviateur, et surtout les magasins Guibert dont les adresses se classaient parmi les plus prestigieuses : avenue de L'Opéra, rue Saint-Honoré, rue de Rivoli.

Elle entra aussi chez Coco Chanel, Madeleine Vionnet, Jeanne Lanvin, s'évertua à tout voir pour crayonner à la terrasse d'un café des boulevards ce qui l'avait marquée afin d'assortir ses gants aux robes, jupes et manteaux. Elle regroupait ses dessins et ses notes sur un carnet à spirale, déniché à Montmartre, caché au fond de son sac de velours rouge.

De retour à Millau après une nuit dans le train, la fièvre de créer s'emparait d'elle. À peine ses valises défaites, réfugiée au second dans la salle à manger, elle travaillait d'arrache-pied jusqu'à midi, puis sollicitait l'avis d'Octave et d'Élodie à l'heure où la sirène des usines mugissait. Quand ils pénétraient dans la pièce, des dizaines d'ébauches recouvraient la table. Alors commençait une discussion passionnée au grand dam d'Honorine qui voulait servir le repas. Elle avait beau *rouscailler*[1], ils ne se pressaient pas.

– Tant pis si le fricot brûle ou s'il est froid ! jetait-elle, claquant la porte.

L'après-midi, Octave fouillait dans ses liasses et les réserves du mégissier, choisissait les belles peaux et les coupait avec minutie. Le lendemain, animées d'une ardeur qui surprenait les ouvrières, Alice et Élodie *rafilaient*, brodaient, piquaient, s'activaient pour que les modèles soient achevés avant la nuit.

À Pâques 1926, lorsqu'elle se sentit prête à affron-

1. *Rouscailler* : râler.

ter les grands aux vitrines parisiennes, Alice chercha un agent pour présenter sa collection d'automne ; ses premiers succès chez madame Figari la stimulaient, l'incitaient à ne pas se contenter d'un point de vente à Paris, fût-il parmi les plus chic.

Pierre Guiral déclina l'offre :

– À Paris, la mode change plus souvent que sur la côte. J'y vais trop peu pour vous être de bon conseil…

Elle renonça à le convaincre. Après deux déplacements à Paris et des rendez-vous manqués, elle rencontra enfin Frédéric Paulèle grâce au secrétaire de la Fédération nationale du gant. C'était un homme d'une quarantaine d'années, fumeur de cigares, habillé à l'anglaise avec des pantalons à taille haute.

La première entrevue se déroula un matin glacial sous les toits d'un immeuble de la rue Lavoisier, dans une chambre de bonne transformée en bureau. La discussion s'engagea mal : Paulèle avoua d'emblée sa préférence pour les gants en peau de chevreau de Grenoble. Alice le prit pour un affront ; une compétition opposait les deux villes pour le titre de capitale française de la ganterie. Agacée, elle se leva.

– Inutile que nous perdions notre temps ! dit-elle, vexée. J'avais cru comprendre que…

– Ne vous fâchez pas ! coupa-t-il. Si vos modèles me plaisent, rien ne m'empêche de les vendre…

Il débarrassa la table des boîtes en carton qui l'encombraient.

– Qu'est-ce que vous risquez à me les montrer ? lança-t-il. Vous savez bien que Grenoble et Millau ne travaillent pas de la même manière !

Sur le point de sortir, elle se ravisa, reprit sa place sur la chaise de paille, ôta ses gants qu'il regarda avec envie.

– Vous permettez ? dit-il.

Il les prit délicatement entre ses mains, caressa la peau du bout des doigts :

– Voilà des gants que j'aimerais offrir !

Le visage d'Alice se détendit. Elle céda.

Deux heures plus tard, ils bavardaient encore. Frédéric Paulèle, désarçonné par ce qu'il avait vu, se tâtait :

– Laissez-moi huit ou dix jours pour réfléchir...

Elle regagna l'hôtel sans illusion, persuadée qu'il refuserait.

– Ce monsieur Paulèle ne te rappellera jamais ! prédit Octave. Il ne va pas se compliquer la vie avec des gens de Millau alors qu'il fait son beurre chez les concurrents !

Octave se trompait car, la semaine suivante, il téléphona depuis Grenoble et annonça sa venue.

Un samedi vers midi, il descendit du train de Béziers, en colère contre les compagnies de chemin de fer :

– Je suis parti hier matin de Grenoble, j'ai dû passer par Lyon et Montpellier, je suis arrivé à Béziers hier soir à 9 h 30 pour m'entendre dire qu'il n'y a pas de train pour Millau après 9 h ! Vous êtes dans un foutu pays ! Pire que la brousse...

Le halètement de la machine couvrit à peine ses vociférations.

Tandis que le convoi s'éloignait en direction de Séverac, il héla un employé aperçu près de la lampisterie :

– Vite ! Un chariot pour ma malle !

Derrière lui, un vieux monsieur à barbe blanche, raide dans son costume, soupira :

– Encore un Parisien qui vient bambocher chez les patrons ! Il faut les servir comme des princes et ils vous crachent à la figure...

Alice l'entendit ; elle rougit de honte.

Il se radoucit en découvrant la maison et le verger en fleurs.

– C'est joli, dit-il. Vos ouvriers ont un palais !

Sa mauvaise humeur disparut lorsque Honorine

ouvrit une des fenêtres de la salle à manger et s'époumona :

– Ces messieurs prendront l'apéritif dans le jardin ?

Paulèle jugea l'idée excellente.

– Ce fichu pays embaume le printemps alors que Grenoble pue l'hiver ! jeta-t-il avec une pointe d'humour mêlée de satisfaction.

Sous les cerisiers, la bonne servit du clacquesin. Il le but sec et en accepta un second verre. À table, il fit honneur au pâté de lapin, à la galantine de volaille et au canard rôti, préparés par Honorine, au gamay de Compeyre et au Faugères, puis pérora sur le marché du gant. Ne cessant de regarder l'œil-de-bœuf[1] fixé au mur entre les fenêtres, il se hâta de finir sa part de tarte aux prunes à l'approche de deux heures.

– Il me tarde de voir vos ouvrières au travail ! dit-il en se frottant les mains. Elles vont arriver, n'est-ce pas ?

Il gratta une allumette, alluma un cigare. Honorine s'éclipsa à la cuisine avec une pile d'assiettes, pressentant un nouvel accès de fureur de monsieur Paulèle.

– Notre atelier est fermé le samedi après-midi comme toutes les ganteries de la ville, répondit Alice.

– C'est maintenant que vous me le dites ? beugla-t-il.

– Vous ne m'en avez pas laissé le temps l'autre jour, rétorqua-t-elle. Vous étiez si pressé au téléphone…

La mine renfrognée, il roulait de la mie de pain en boulettes.

– Depuis quand Millau applique la semaine anglaise ?

– Deux ou trois mois.

– Vous êtes bien les premiers ! ricana-t-il. Les congés payés, le samedi après-midi… À Millau, les

1. Pendule en forme d'œil de bœuf, que l'on accroche au mur.

ouvriers font la loi ! Grenoble ne tremblera pas de sitôt ! Les gens du Midi m'étonneront toujours...

Octave qui cherchait à s'attirer ses bonnes grâces, proposa de le conduire à l'hôtel :

– Nous avons réservé au Commerce. C'est l'un des meilleurs... Nous y dînerons ce soir...

Puis de visiter la mégisserie :

– On nous y attend vers quatre heures.

Paulèle esquissa une moue dédaigneuse :

– Vous n'avez pas mieux ? Ça empeste tellement la charogne...

– Vous venez à Millau et vous ne voulez pas savoir comment se fabriquent les peaux d'agneau ? s'offusqua Octave.

Embarrassé, il ne sut que répondre. Alice calma le jeu :

– Le mégissier vous épargnera l'odeur de la carnasse ! Ça vaut la peine de l'écouter...

Il l'écouta jusqu'au soir et la discussion se prolongea au cours du dîner. Le lendemain, tandis que la Citroën remontait la vallée du Tarn, bordée d'à-pics, il questionna encore Octave, rit et plaisanta. Les contretemps de la veille semblaient oubliés. Le soleil brillait dans un ciel d'azur, étincelait sur les eaux vertes ; les premières senteurs printanières voltigeaient sous l'effet du vent du sud. Paulèle se réjouissait de passer la journée au grand air dans les gorges du Tarn dont les affiches de la compagnie des chemins de fer du Midi vantaient les charmes, dans les gares. Les Forestier lui avaient réservé une surprise : une promenade en bateau sur la rivière. Au port de La Malène, découvrant la barque en pin tirée sur le sable des berges, il pâlit :

– On va descendre avec ce vieux rafiot ?

– Bien sûr ! fit le batelier, un paysan de son âge, endimanché et coiffé d'un béret, un mégot à la bouche, les deux mains appuyées sur la « gaffe ». Il n'a jamais versé.

Le Tarn avait grossi depuis quelques jours. Le clapotis de l'eau cognait contre la coque.

– Y'a du courant, se contentait de répéter le batelier.

Alphonse battait des mains mais Frédéric Paulèle, à l'instar de Julie, n'en menait pas large car le bateau tanguait souvent. À l'heure du pique-nique, partagé au pied du cirque des Baumes, il avoua qu'il avait eu la peur de sa vie...

Le lundi matin, à l'ouverture de l'atelier, rien n'y paraissait. Face aux coupeurs et aux couturières, il avait retrouvé toute sa superbe à tel point que sa présence irrita les ouvrières.

Marie s'en plaignit auprès d'Alice :

– Ce Parisien est trop curieux ! Tu devrais te méfier de lui...

Alice s'employa à apaiser les esprits, à rassasier sa curiosité, à ressasser les mêmes explications d'un étage à l'autre.

Un peu avant midi, à la sortie de l'ancienne cuisine du premier où il venait d'assister au dressage des gants, elle choisit pour sa femme des gantelets brodés puis l'entraîna au-dehors.

– Maintenant, vous savez tout...

Le jeu de cache-cache durait depuis samedi. À aucun moment, il n'avait dévoilé ses intentions. Aussi avait-elle hâte d'en finir.

Il se racla la gorge, détourna le regard vers les arbres du verger pour ne pas croiser le sien. Les mains derrière le dos, il marcha en direction des cerisiers.

– Je craignais d'avoir été bluffé la première fois que nous nous sommes rencontrés, confia-t-il à mi-voix. Les gens du Midi m'ont si souvent trompé... Je me suis rendu compte que vous n'étiez pas de la même étoffe : vous méritez vraiment une place chez les grands.

Alice écarquilla les yeux :

– Vous défendrez notre maison ?

– Grâce à vous, Millau remonte dans mon estime ! répondit-il.

Elle se sentit soudain plus légère.

Il osa enfin la regarder en face :

– Pardonnez-moi d'avoir été tatillon. Je me rattraperai...

Paulèle emporta la collection. Alice le raccompagna en voiture jusqu'à la gare et fila aussitôt vers le Mandarous. Clouée dans son lit, Noémie terminait son repas.

La jeune fille, qui s'occupait d'elle, voulut l'empêcher de lui parler :

– Vous allez la fatiguer. Le docteur m'a recommandé...

– Laissez-nous. C'est important !

Alice s'installa sur le rebord du lit, prit sa main et raconta tout en détail. De temps à autre, Noémie dodelinait de la tête, cillait des paupières, remuait les doigts. Alice s'enflammait :

– Tu t'imagines ? Paris, c'est aussi bien que l'Amérique !

Puis, une larme au coin de l'œil :

– Sans toi, je serais restée une piqueuse d'usine...

Un sourire anima le visage décharné.

Frédéric Paulèle se démena comme un beau diable et réussit à imposer les gants Forestier à Paris. Un jeudi brumeux du mois de février 1927, il claironna la bonne nouvelle :

– Je suis en pourparlers avec les *Galeries Lafayette* !

Alice crut rêver.

– Tu es sûr, dit-elle à Octave à son retour de Montpaon, que tu n'as pas confondu avec les *Nouvelles Galeries* ?

Il se rebiffa gentiment :

– Je ne suis pas très calé en chiffons mais je sais

qu'il s'agit du grand magasin du boulevard Haussmann...

Combien de fois avait-elle admiré la coupole vitrée et l'escalier monumental, musardé au comptoir de la ganterie derrière lequel s'affairaient des vendeurs en col raide ?

– Si nous entrons aux *Galeries*, il faut nous agrandir !

– Pas si vite ! répliqua Octave. Paulèle m'a prévenu : ces gens-là sont retors. Nous serons obligés de discuter serré avec eux. Si encore nous nous entendons...

– Il faut s'agrandir, répéta Alice avec force. Nous avons besoin d'un vrai magasin pour stocker les gants ; il y en a partout dans les pièces ! Les meubles à tiroirs ne suffisent plus. Heureusement que j'avais gardé les dizaines de boîtes à chaussures de notre atelier du Mandarous, mais elles débordent déjà. Je ne m'y retrouve plus certains jours au moment des envois. Élodie pourrait en prendre la direction : elle vérifierait tout ce qui serait expédié... Tu aurais enfin un magasin : je tremble de te voir grimper à l'échelle pour fouiller dans les liasses entassées sous le plafond... Tu peinerais moins à les classer...

Pendant près d'une heure, elle exposa son plan : regrouper les ouvrières du piqué anglais dans le même atelier et en embaucher de nouvelles ; réserver le premier étage de la maison à la coupe et à la fente du gant, à la préparation des *passes* ; répartir le rez-de-chaussée entre les brodeuses, les dresseuses et les apprenties. Au fur et à mesure qu'elle déroulait ses projets, sa main souple crayonnait sur son carnet, déchirait les feuilles pour les transmettre à Octave. Elle dessina aussi le bâtiment qui s'élèverait derrière la maison, empiéterait sur le verger.

– Ce sera pour le piqué anglais et les deux magasins ! exulta-t-elle en achevant ses esquisses.

Tant d'assurance et de précision déconcertèrent Octave.

– Je n'en reviens pas !

– J'y réfléchis depuis six mois, dit-elle fièrement.

– Il ne reste plus qu'à prendre rendez-vous chez monsieur Villa et à commander les ouvriers !

– Le plus tôt sera le mieux... Quand tu auras étudié mes croquis bien sûr ! Si nous pouvions déménager dans un an, juste avant la *presse* des fêtes de Pâques...

Le futur atelier absorba Octave qui reprit les dessins d'Alice, les compléta, sollicita des entrepreneurs afin de chiffrer les dépenses.

Chaque jour, au réveil et au coucher, il réglait un détail.

– Tu veux de grandes fenêtres ? demandait-il à Alice.

– Ça économisera l'électricité.

– Les filles se plaindront des courants d'air en été, rétorquait-il.

– Elles *rouscaillent* toujours après quelque chose...

– On installera une sirène.

– Ça suffit avec celle de Perrin, protestait-elle. On l'entend comme si elle était dans le vestibule...

– Depuis quelque temps, les hommes ont pris de mauvaises habitudes, expliquait-il. À deux heures, ils traînent dans la rue en fumant leur cigarette, et à six heures moins le quart, ils rangent les ciseaux ! Ça ne peut pas durer même s'ils font leurs pièces dans la journée... Ça finira par donner des idées aux filles...

– Elles sont plus disciplinées ! soulignait Alice. Mais tu as peut-être raison pour la sirène : ça remettra un peu d'ordre. On fermera les portes à huit heures... Tant pis pour les retardataires : ils perdront leur demi-journée.

Le premier coup de sirène attira des railleries mais au bout de quelques jours, le mécontentement cessa. Bientôt, les ouvriers se passionnèrent pour les travaux. Tous regrettèrent les cerisiers que l'on dut arracher ; ils grappillaient les bigarreaux au moment de la Saint-Clair. Les enfants les pleurèrent.

– Il n'y aura plus d'oiseaux, se lamenta Julie qui recueillit, après le passage des bûcherons, un nid de merle tombé d'une branche.

– Ils se percheront sur les pêchers et les amandiers, promit son père pour la consoler.

Dérangés par le chantier, les étourneaux, les rouges-gorges et les mésanges s'enfuirent jusqu'au printemps suivant. Octave eut beau presser l'entrepreneur, les charpentiers ne commencèrent à poser les chevrons qu'à la Saint-Michel. Un samedi d'octobre, l'un d'eux fixa à la poutre maîtresse une branche de laurier décorée de rubans pour respecter la vieille tradition méridionale du rameau de feuillage accroché au faîte d'une maison neuve. « Toi aussi, tu as fait ton *ostal*[1] ! » glissa Julien à son fils en admirant la charpente de chêne le lendemain, lorsque les Forestier invitèrent la famille et les amis à célébrer l'événement.

Il y eut une nouvelle fête peu avant la livraison des machines et le déménagement des ouvrières. Ce fut le soir du Mardi gras. Pour la première fois, les Forestier réunirent l'ensemble du personnel. À cette occasion, Alice réalisa que leur maison employait désormais une cinquantaine de personnes.

– En comptant les coursières, les apprenties, les couseuses de la ville et de la campagne, sans oublier les coupeurs en chambre ! dit-elle à Octave avant de commander les fouaces et les boissons. C'est une grande famille !

Nul ne rechigna à retrousser les manches pour décorer la salle qui deviendrait l'atelier du piqué anglais. À l'aide de papier de soie et de papier crépon, les jeunes filles confectionnèrent des guirlandes

1. *Ostal* : famille, maison.

que les garçons accrochèrent au plafond. Les hommes montèrent l'estrade pour l'orchestre et éclairèrent la piste de bal de lampions empruntés à un char fleuri des fêtes de mai. À neuf heures, chacun arriva grimé, y compris les musiciens. L'un des coupeurs, Pied-plat, qui jouait du piston dans une clique, avait réussi à entraîner chez les Forestier un jazz-band qui se produisait chaque samedi soir au café de la Lyre.

– Il suffira de leur tenir à boire, avait-il affirmé à Octave. Pas de la limonade, plutôt de la bière... Et des cigares ! Prévoyez aussi un « fond de culotte » pour le batteur : il ne boit que ça.

– Un fond de culotte ? avait répété Octave.

– Une suze-cassis ! C'est un fond de culotte parce qu'il ne s'use qu'assis !

Alice avait bien ri. Du coup, elle avait suggéré que l'on proposât de la suze à l'apéritif au lieu du clacquesin et de l'anisette.

Pendant que les apprenties servaient le fond de culotte, Octave et Alice grimpèrent sur l'estrade pour porter un toast en l'honneur de la maison. Mais un tel brouhaha régnait dans la salle qu'il noya leurs paroles ; ils s'égosillèrent en vain. Élodie eut alors l'idée de déclencher la sirène qui ramena le calme et leur permit de lancer :

– Au nouvel atelier et aux quinze ans des gants Forestier !

Tandis que les verres s'entrechoquaient, des images défilèrent dans la mémoire d'Alice : les débuts chez Guibert, l'apprentissage du métier, l'aventure américaine, les premiers modèles... Tout allait si vite. Une musique endiablée la ramena à la réalité.

Aidée de trois coursières et de Julie qui n'aurait voulu manquer la soirée sous aucun prétexte, elle se préoccupa de garnir le buffet durant une partie de la nuit, coupant les parts de fouace, enlevant les bouteilles de limonade vide, rinçant les verres que les hommes remplissaient de vin rouge au tonneau mis en perce sur une table. Elle dansa une seule fois avec Octave qui souffrait de sa jambe, et se laissa inviter par de jeunes coupeurs. Quatre d'entre eux avaient parié qu'ils auraient la patronne pour cavalière ; elle l'apprit le lendemain matin des filles de l'atelier de finition. Ils voulurent lui enseigner le fox-trot qui faisait alors fureur à Millau. Elle eut mal aux pieds pendant deux jours !

Après minuit, à l'heure où les fêtards buvaient encore du rouge, Alice s'effondra sur une chaise dans un coin de la salle, assez loin de l'orchestre. Étourdie par la musique, la tête lourde de bruits, de cris joyeux et de souvenirs, elle rêva de New York. Puis Julie vint se lover au creux de ses bras et s'endormit...

Cette année-là leur procura d'autres satisfactions. Harold Smith commanda, un mois avant Pâques, soixante douzaines de gants ! Alice les logea dans une caisse en sapin, cerclée de fer, construite sur mesure par la menuiserie Soulié. Réunis devant la maison, les employés assistèrent au chargement : trois gaillards la hissèrent sur la camionnette prêtée par le mégissier et l'apportèrent à la gare d'où le train l'achemina jusqu'au Havre. Les badauds de l'avenue ne perdirent pas une miette de la scène.

– J'attendais ce moment depuis quinze ans ! murmura Alice.

Au début de l'été, Alphonse décrocha le certificat d'études et, le jour même, décréta qu'il quittait l'école :

– Maintenant que j'ai le diplôme, je peux être coupeur !

Son père essaya de le faire changer d'avis :

– Passe au moins un an au collège. Ça te servira toujours. On n'en sait jamais assez quand on est patron... À ton âge, j'aurais été content d'aller à l'école...

L'adolescent s'entêta :

– Je n'aime pas les livres. Je préfère les peaux.

Octave le plaça chez le mégissier :

– Puisque tu veux travailler, tu iras te frotter au père Paulhe...

Il se révolta :

– Tu ne vas pas m'envoyer laver la carnasse ? Les coupeurs ne trempent jamais les mains dans la tripaille ! C'est trop sale ; ça les abîme.

Son père ne céda pas :

– Un bon gantier apprend à reconnaître les peaux, à classer les liasses. Tu seras à bonne école.

Les débuts furent durs. Alphonse besogna en pleine chaleur de l'été dans la puanteur, jusqu'à l'écœurement. Le soir, il rentrait courbaturé, bras et jambes lestés de plomb, mais ne lâchait pas une plainte, bien que certains jours, il regrettât les livres ! Le samedi après-midi, son père l'emmenait dans les garages où les mordus de mécanique se retrouvaient autour des derniers modèles arrivés à Millau. Dans les côtes de Rodez ou de La Cavalerie, il essayait La Lumineuse de Gabriel Voisin, une Delaunay, une Bugatti. Installé à ses côtés sur le siège de cuir, Alphonse applaudissait.

Au matin de Noël, Octave lui offrit des ciseaux forgés à la main, étincelants sous la lumière du lustre de la salle à manger quand il ouvrit la boîte de carton. Alphonse lui sauta au cou.

– J'étais persuadé que ça te ferait plaisir, dit Octave. Même si tu n'es qu'un *espoun*, tu les mérites. Le mégissier est content de toi...

Que son père lui manifestât sa confiance le toucha car les futurs coupeurs ne recevaient leur première paire de ciseaux qu'à la fin de l'apprentissage.

Octave voulut glisser quelques recommandations :

– Souviens-toi qu'ils ne se prêtent pas et...

– ... qu'ils se gardent toute la vie ! s'écria Alphonse. Firmin et Le Coq me l'ont assez répété : ils me tapaient sur les doigts quand je prenais leurs ciseaux.

Il promit le couteau à piquer pour Noël prochain :
– D'ici là, j'espère que tu commenceras à te débrouiller...
– Je les gagnerai, jura Alphonse.

Au lendemain de Noël, jour de ses quarante ans, Octave passa commande d'une superbe torpédo, une Renault de quarante chevaux, à la carrosserie bleu-gris, qu'il convoitait depuis longtemps. Livrée à la fin du mois de février, elle trôna pendant huit jours devant le garage Fraysse sur le boulevard. Quelques ouvriers ridiculisèrent leur patron, au comptoir des cafés :
– Il veut péter plus haut que Victor Guibert ! Il se *couffle* comme une grenouille ! C'est facile avec l'argent des autres...
Pour ne point les provoquer, Octave continua à piloter la B 10 et ne sortit sa nouvelle voiture que le dimanche ou à l'occasion d'un déplacement dans le Midi chez des fabricants de matériel viticole. Il se rendait souvent à Béziers pour assister à des démonstrations de pompes à vin, de pressoirs et de fouloirs afin de moderniser les caves de son père. Alice le chinait :
– Tu as manqué ta vocation !
– Les Forestier ont ce métier dans les veines depuis cinq ou six générations, répondait-il. Je ne peux pas laisser mourir les vignes. Mon père compte trop sur moi...
Un matin de mars, malgré le vent du nord qui balayait le ciel et le givre qui scintillait aux branches d'arbres, Octave partit pour le Midi où il devait rencontrer un constructeur de pompes à vin, invité par une maison de Béziers. Alice s'y opposa :
– C'est trop dangereux avec ce temps. Tu iras une autre fois.
– Les Portier m'attendent à Béziers.
– Préviens-les que tu ne viens pas.
– Ce fabricant s'est déplacé de Bourgogne avec un

ingénieur ! Je ne veux pas manquer leurs explications.

– Descends avec le train ! suggéra-t-elle.

Il refusa ; elle se fâcha, haussa le ton :

– C'est un caprice de gosse ! Tu n'es pas tout seul. Pense aux enfants, à la maison s'il t'arrivait quelque chose...

– Je ne risque rien ! s'emporta-t-il. Je connais la route...

Rien ne put infléchir sa décision.

Il but son bol de café plus vite qu'à l'ordinaire, debout près de la table de la cuisine face à Alice qui beurrait lentement du pain grillé. Il enfila son pardessus et l'embrassa. Fâchée, la mine renfrognée, elle ne se leva pas, tendit mollement ses lèvres.

– Je t'appellerai de Béziers, dit-il. Comme ça, tu seras rassurée.

Dès qu'elle entendit le moteur de la Renault, elle colla le nez à la fenêtre et regarda la voiture s'éloigner sur l'avenue. La pendule de la salle à manger carillonnait la demie de sept heures.

Les enfants la trouvèrent bizarre quand ils la rejoignirent.

– Tu te fais du mauvais sang pour rien, insista Alphonse. Papa est prudent, il conduit bien.

Après le départ de Julie pour l'école, elle resta un long moment attablée puis courut s'habiller avant l'arrivée des ouvrières.

Absorbée par le travail de l'atelier, elle réalisa en fin de matinée qu'Octave n'avait pas appelé, et s'en inquiéta aussitôt. À la poste de Béziers, elle obtint le numéro de téléphone de la maison Portier où on lui répondit que personne n'avait vu monsieur Forestier.

– C'est impossible, répliqua Alice, sûre d'elle. Mon mari a quitté Millau de bonne heure. Donnez-vous la peine de vérifier !

– Monsieur Forestier n'est pas chez nous, répéta une secrétaire.

Alice exigea de parler au patron.

– Il n'est pas arrivé, confirma-t-il. Ça nous a beaucoup étonné. Il est peut-être tombé en panne...

Dès lors, elle pressentit le pire et ne suivit que son intuition.

Au retour des enfants, vers midi et demi, elle avait transmis aux brigades de gendarmerie situées le long de la route de Lodève, le signalement d'Octave et de la Renault. Alphonse gronda sa mère :

– Tu t'affoles trop vite ! Les voitures neuves sont fragiles... Papa répare certainement chez un forgeron... Ça prend du temps !

Alice n'en démordit pas :

– Il a eu un accident grave sinon il aurait téléphoné.

Elle harcela les gendarmes une partie de l'aprèsmidi. En vain. Le brigadier de Lodève, hérissé par ses appels, la pria sèchement de patienter jusqu'au soir.

– Il a cassé une pièce, prétendit-il pour se débarrasser d'elle. Si c'est l'arbre à cames, il ne reviendra pas avant demain...

Il s'excusa une heure plus tard, bredouillant d'une voix gênée :

– Vous aviez raison, madame...

Devinant par avance ce qu'il s'apprêtait à dire, Alice l'écouta à peine, parcourue de frissons, la gorge serrée comme dans un étau. Quand elle raccrocha, les ouvrières cessèrent le travail. Leur visage devint aussi livide que le sien. Elles avaient tout compris : le verglas, la voiture qui avait défoncé le parapet avant de rouler sur les rochers et de s'écraser au fond d'un ravin, la découverte du corps d'Octave par un braconnier de Saint-Pierre-de-la-Fage.

Élodie la devina impatiente de partir.

– N'y va pas seule ! la supplia-t-elle.

Alice éprouva le besoin de s'asseoir et de boire un verre d'eau pour rassembler ses esprits.

– Préviens le mégissier, demanda-t-elle d'une voix lasse.

– N'emmène pas Alphonse, coupa Élodie.

Elle hocha la tête :

– Il vaut mieux qu'il reste avec Julie. C'est trop horrible…

– Je m'occuperai d'eux, je passerai la nuit ici…

– Ils auront besoin de toi.

Puis, soupirant de dépit :

– Se tuer en voiture alors qu'il avait réussi à rentrer du front…

Pierre Paulhe et son fils l'accompagnèrent à Saint-Pierre-de-la-Fage. La nuit et le brouillard tombaient peu à peu ; le vent venait de tourner au sud. Le chemin fut long car la voiture n'avançait que lentement sur cette route de montagne. Ils arrivèrent au village après huit heures, frappèrent à plusieurs portes avant de trouver la maison du maire qui jouxtait la forge.

Un homme aux cheveux gris et aux épaules solides, tout retourné par l'accident, les reçut à la cuisine où flottait une bonne odeur de soupe.

– Nous avons fait comme si c'était quelqu'un de la famille, dit-il en enlevant son chapeau. Il s'arrêtait souvent, on le connaissait…

Ses mains tremblotaient.

Il les précéda dans la pièce voisine, une chambre éclairée par deux cierges, où reposait Octave. Près du lit, une femme priait. Quand elle découvrit son mari, raide dans son costume noir, un chapelet autour des doigts, Alice s'agenouilla sur le parquet et cacha son visage au creux des mains.

Elle l'appela doucement :

– Octave ! Octave !

Puis ce fut une plainte déchirante.

La femme du forgeron la prit dans ses bras :

– Pleurez, pleurez. Ça vous soulagera.

Au cours de cette nuit interminable, tragique, elle consola Alice comme une mère. N'était-elle pas meurtrie au plus profond de son âme par la guerre qui lui avait enlevé ses trois fils ?

On ramena le corps à Compeyre. Effondrés par la nouvelle, les parents Forestier glissèrent à Alice d'un regard implorant :

– Nous n'avons plus que vous maintenant...

Les enfants embrassèrent leur père avant que le menuisier ne ferme le cercueil. Effrayée par ce baiser d'adieu sur un front glacé, Julie recula aussitôt et se réfugia contre Alice, en sanglots :

– Pourquoi papa est mort et il est tout froid ?

Elle ne sut que répondre.

Alphonse posa une main sur l'épaule de sa mère :

– J'aurai bientôt quinze ans. Tu peux compter sur moi. Je serai là pour t'aider... À tous les deux, on se défendra...

– Oui, on se défendra, murmura-t-elle.

Le menuisier cherchait des clous et un marteau dans sa boîte à outils lorsqu'Alice l'arrêta :

– Attendez !

De son sac, elle tira les gants blancs qu'Octave portait le jour du mariage mais qu'il n'avait jamais remis, par peur de les tacher : il les avait coupés, elle les avait brodés. Il les avait rangés dans la commode, elle en couvrit ses mains jointes...

Au moment où le cortège funèbre pénétra dans l'église, au son du glas et au pas lent des quatre paysans qui portaient le cercueil, la foule admira cette jeune femme qui remontait l'allée. Élégante, belle et digne dans ses habits de deuil, elle tenait la main de ses enfants. Le visage lisse derrière une voilette noire, droite malgré la douleur, Alice marchait avec calme et courage.

14

Alice se jeta à corps perdu dans le travail ; la *presse* des fêtes de Pâques ne lui accorda aucun répit. Dès le premier matin, la disparition d'Octave causa un vide dans le « coin des hommes » où nul ne se sentait capable de prendre la relève et d'affronter les exigences quotidiennes d'Alice.

Qui, désormais, le remplacerait ?

Piedplat vint la trouver dans son bureau peu après dix heures :

– Il nous faut un patron.

– Vous avez une patronne, répondit-elle sèchement. Je connais le métier !

Piedplat, rouge de confusion, s'excusa :

– Nous nous sommes mal compris. Je voulais dire qu'il faut un patron pour les coupeurs...

– Ah ! fit-elle, rassurée. Je me doutais bien que vous alliez m'en parler... Vous me semblez tout indiqué : vous êtes contremaître de coupe, vous aviez la confiance de mon mari, vous aurez la mienne et celle des ouvriers...

Les joues écarlates, il baissa la tête :

– Octave savait choisir les peaux, estimer leur rendement ; il ne se laissait pas rouler par le mégissier ni par les coupeurs. Tout le monde le respectait... Je ne saurai pas, vous serez déçue... Nous avons besoin d'un bon *metteur en passe*, d'un vrai patron...

Elle discuta une heure avec lui, mais ne put le convaincre.

– Tant pis pour vous ! dit-elle. Je chercherai ailleurs. D'ici là, je m'arrangerai avec le mégissier pour la *mise en passe*... Pendant la guerre, je me suis débrouillée seule !

Piedplat quitta le bureau sur la pointe des pieds. Soulagé mais honteux d'être passé pour pleutre devant une femme...

Puisant dans son énergie et son enthousiasme, Alice voulut garder la haute main sur la couture et la coupe, tout contrôler. Élodie tenta de l'en dissuader :

– Ce sera trop lourd pour toi.

– Le temps de trouver un patron pour « le coin des hommes », promit-elle. S'il y a du relâchement, les clients iront ailleurs.

Après avoir longtemps hésité, Alice lui confia ses tournées chez les couturières.

– Je serai aussi sévère que toi, l'assura Élodie.

– Tu l'es parfois plus que moi ! Ces sorties me manqueront... Je m'y étais habituée...

Certaines semaines, elle regretta les escapades à Montpaon et le repas partagé à la maisonnette où Lucie la régalait de ses plats favoris, d'œufs à l'oseille, de *flaunes* et de gâteaux aux noix. Sa sœur avait été profondément touchée par la mort d'Octave. Deux fois par mois, elle montait passer le samedi à Millau, surprise de constater qu'Alice ne cédait pas à l'abattement.

– Comment fais-tu pour tenir le coup ? demandait-elle.

– Il faut vivre et se battre comme avant, expliquait-elle. Il y a les enfants, ce que nous avons bâti avec Octave...

Alice ressentait son absence chaque nuit, comme au cours des années de guerre. Aussi travaillait-elle tard le soir pour repousser l'instant où elle se retrouverait seule avec ses souvenirs. Autour de minuit, vaincue par la fatigue, elle quittait enfin le bureau. Avant de se glisser dans un lit devenu trop grand, elle s'installait devant la coiffeuse, feuilletait à la lueur d'une veilleuse l'album de leur vie et des jours heureux. Chaque page cartonnée de cet ancien classeur d'échantillons de tissus qui renfermait tant de photos émouvantes, la ramenait à Octave. Elle ne se lassait pas de revoir ces images du bonheur au pied de la tour Eiffel où il singeait un agent de ville sous le regard des passants, sur la plage de Sète lorsqu'il aidait Julie à terminer un château de sable, aux vendanges à Compeyre quand il *mascarait* les filles qui avaient oublié du raisin... Ses mimiques et ses drôleries lui arrachaient un sourire tandis que sa voix, son rire résonnaient en elle. À force de tourner les pages, les larmes coulaient sur ses joues. Alors, elle étouffait ses pleurs dans l'oreiller, par crainte que les enfants ne l'entendent de leur chambre.

Ses amies, Élodie et Léa, se comportaient à son égard comme des sœurs. Élodie, ravie de fuir sa maison de la rue du Barry où la présence de Madeleine et de ses amoureux d'un soir l'exaspérait, passait beaucoup de temps auprès d'elle à l'écouter, à bavarder, à la réconforter quand les idées noires la menaçaient. Quant à Léa, elle arrivait souvent à l'improviste après la fermeture de l'atelier ou le dimanche soir; elle restait à peine une heure, accaparée par sa classe du certificat d'études, sa maison, ses deux filles. Chacune de ses visites rappelait à Alice leurs jeux d'enfant dans la cour de l'école de Lapeyre, sur le chemin du Pas ou les bords de la rivière. Les hasards de la vie les avaient éloignées toutes deux de ce coin de vallée que leur mémoire avait érigé en paradis: les parents de Léa n'habitaient plus Lapeyre, Alice ne se rendait que rarement au Pas où elle se sentait étrangère depuis le mariage de son frère. En effet, Léon avait épousé une fille grossière et malpropre; il s'était mis à boire, à traîner dans les cafés les soirs de foire. À la moindre occasion, il lui reprochait sa voiture, son argent, ses meubles.

La mort d'Octave n'avait pas changé ses sentiments ni altéré sa jalousie féroce. Alice ne reconnaissait plus l'enfant câlin qu'il était à cinq ans. Elle souffrait en silence de le voir ainsi sombrer dans la bêtise, plaignait sa mère qui n'avait pas mérité un tel fils. Pourquoi gâchait-il sa vie et empoisonnait-il celle des autres alors que tous auraient pu être heureux, ensemble ?

Chaque dimanche l'attirait à Compeyre où Simone et Julien les accueillaient autour d'une table garnie comme avant. Les enfants se faisaient une joie d'y aller ; ils aimaient la maison et la compagnie de leurs grands-parents. Julien intéressait Alphonse à la vigne et constatait, avec plaisir, qu'il retenait ses conseils.

– D'ici deux ans, tu t'occuperas de la dernière parcelle que ton père avait plantée, répétait-il. Je t'apprendrai à tailler, à piocher, à soufrer, à couper les gourmands… Quand je serai trop vieux, tu me remplaceras… Ton père m'avait promis…

Octave les attendait vers le milieu de l'après-midi. Chacun avait cueilli des fleurs : Julie les déposait sur la tombe, à l'ombre d'un cyprès.

Alice quittait le cimetière la dernière afin que nul ne la surprît en train de pleurer. Elle cachait son chagrin pour ne pas les décevoir : tous s'accrochaient à elle.

Piedplat remonta dans son estime le jour où il lui recommanda un *metteur en passe*. Depuis plus de trois mois, Alice cherchait en vain. Peu après les obsèques d'Octave, quelques patrons gantiers l'avaient assurée de leur soutien mais aucun d'entre eux ne l'avait aidée quand elle s'était mise en quête d'un homme de confiance : ils l'avaient aiguillée sur de fausses pistes ou s'étaient défilés. Polis et courtois en façade, ils n'en défendaient pas moins leurs intérêts. À Millau, la maison Forestier réussissait trop bien.

Ce matin-là de juin, Piedplat se précipita dans son bureau dès son arrivée et annonça devant Élodie :

– Je crois que je vous ai trouvé quelqu'un de bien !

Élodie se hâta de fermer la porte.

– Vas-y ! dit-elle, impatiente de savoir. Raconte !

Alice repoussa les battants de la fenêtre, se cala au fond de son fauteuil, amusée par le zèle de Piedplat.

– C'est un *metteur en passe* de chez Guibert, prévint-il d'entrée.

Elle imagina aussitôt les ennuis qu'elle aurait avec ses anciens patrons, mais elle le laissa poursuivre.

– Il voudrait prendre du galon, ajouta-t-il. Chez Guibert, il n'y a qu'un seul chef de fabrication. Alors il a pensé qu'il avait peut-être ses chances ailleurs... C'est un gars sérieux. Il doit avoir, à deux ou trois ans près, le même âge que le pauvre Octave... Il n'est pas très causeur mais ceux qui ont bonne langue, faut parfois s'en méfier... Enfin, vous m'avez compris... Chaque dimanche, on mange un plat de *trénels* à la même table, au calé des Bateliers. Je le connais un peu ; il a eu beaucoup de malheurs... À la fin de la guerre, il s'est marié avec une fille de Millau... J'avais oublié de vous dire qu'il n'est pas de chez nous : il est monté de Bédarieux... Sa femme est morte en couches, un an après la noce... C'est un gars qui a de la tenue : il ne va pas pincer les fesses des filles de la rue des Cuirs ! Je ne l'ai jamais vu au bal du café de La Lyre... Il aime la chasse et la pêche comme les gantiers mais ce n'est pas un défaut !

Piedplat se gratta les cheveux, fouilla dans sa tête à la recherche d'un dernier détail.

Soudain, il se tourna vers Alice :

– Il a aussi travaillé chez Buscarlet à son retour de la guerre ; ils en étaient contents...

– Sûrement, coupa Alice, pressée d'abréger la conversation et de terminer la mise au point du prochain catalogue. Mais vous ne m'avez pas encore dit comment il s'appelle.

Piedplat se frappa le front, prit un air ahuri :

– Ah ! bon ! Je croyais... Valentin... Valentin Brunet...

Quand il disparut, Élodie éclata de rire :

– Il veut que tu l'embauches ! Valentin n'a que des qualités.

– Pourquoi tu te moques de lui ? C'est un bon contremaître.

– Il a une manière de raconter les choses !

L'affaire ne traîna pas. Valentin se présenta le soir même, une demi-heure après le mugissement des sirènes, et sonna trois fois avant que la bonne ne se manifestât depuis une fenêtre de la salle à manger, un torchon dans les mains :

– Madame Forestier est au magasin ou à l'atelier des filles.

Comme chaque 1er et 16 du mois, Alice examinait les stocks du magasin en compagnie d'Élodie. Dès qu'il pénétra dans la pièce, elle remarqua ses yeux bleu lavande, son regard limpide. Valentin était un homme de belle stature, aux épaules droites, aux cheveux déjà grisonnants, au visage en lame de couteau. Malgré la chaleur de ce début du mois de juin, il avait noué une cravate et portait un complet-veston. Alice abandonna Élodie à son inventaire :

– Nous serons plus tranquilles à l'étage...

Élodie les regarda traverser le magasin, remonter l'atelier. « Il a du charme », songea-t-elle.

Dans son bureau où flottait un parfum de roses, il l'écouta avec attention et ne répondit qu'après un long silence qui plongea Alice dans l'embarras.

– J'ai envie de travailler pour vous, finit-il par dire. Si j'accepte, ce n'est pas pour de l'argent : j'ai ce qu'il me faut chez Guibert... J'aimerais donner mon avis sur les modèles. Après tout, mes idées valent celles d'un chef de fabrication !

Il y avait de l'amertume dans sa voix. Alice y décela aussi de la passion, de l'ardeur. Elle faillit l'engager sur-le-champ mais préféra le connaître mieux avant de l'introduire chez les coupeurs.

Un peu après huit heures, Julie cria depuis le palier :

– Tout le monde à table !

Puis elle dévala l'escalier et entra en trombe dans son bureau.

– Oh ! fit-elle en pinçant les lèvres. Tu avais quelqu'un...

– Tu aurais pu frapper ! gronda Alice.

Pendant que Julie remontait à la salle à manger, rouge comme une pivoine, Valentin s'excusa d'avoir bousculé les habitudes.

– Revenez, proposa Alice. C'est trop important pour la maison : je ne peux rien vous promettre aujourd'hui...

Il n'en prit pas ombrage et retourna la voir trois jours plus tard puis les samedis suivants. Il visita chaque atelier, feuilleta les liasses de peaux, essaya les presses à bras, contrôla les gabarits.

– Ils sont tous en carte de Lyon ! remarqua-t-il. C'est mieux que le papier.

– Mon mari avait le souci des belles choses, murmura Alice.

Il se contenta de hocher la tête.

Au magasin, aucun modèle n'échappa à son œil averti. Devant Élodie, furieuse de subir une inspection aussi minutieuse, Valentin releva un défaut sur un gant, contesta l'emplacement d'une ganse ou d'un cabochon, se permit des suggestions quant aux fantaisies. Ses réactions incitèrent Alice à exhumer de ses dossiers quelques ébauches qui dataient des lendemains de la guerre. Il se prêta au jeu, sortit un crayon à papier d'une poche de son veston, humecta le bout de la mine, corrigea à grands traits.

– Vous avez de l'idée ! convint Alice.

Le visage rayonnant, elle se dirigea vers le meuble n° 15, ouvrit plusieurs tiroirs puis s'exclama :

– Dame suède, doublé de soie, pointure 5 3/4 ! Voilà ce qu'est devenu le gant. C'est un classique de notre collection.

– Vous avez du goût et du talent ! dit-il.

Après son départ, Élodie explosa. Une mèche de cheveux en bataille.

– Tu as vu comment il a critiqué certains modèles !

– Il n'a peut-être pas tort. On peut toujours faire mieux.

– Si tu l'embauches, il mettra la pagaille dans la maison et tout le monde contre lui. Moi la première !

– Pourquoi es-tu si jalouse ? répliqua Alice. Dans ce métier, on n'a jamais fini d'apprendre...

Tout au long de l'été, Élodie se montra d'humeur maussade. L'arrivée de Valentin, prévue pour le 1er septembre, la tourneboulait. Dès le premier jour, Élodie marqua son territoire. Lorsqu'il commença à fouiner dans les meubles à gants, elle lança d'une voix cassante :

– Personne n'y touche sans ma permission ! Est-ce que je viens farfouiller dans vos peaux ?

Alice ne s'alarma pas : Valentin paraissait suffisamment rusé pour renverser la situation à son avantage.

Il n'y eut pas de round d'observation chez les hommes.

– Si tu leur laisses un peu de temps pour lire le journal et taper le carton en commençant la journée, ils te ficheront la paix ! l'avait prévenu Piedplat.

Valentin avait suivi son conseil. Pouvait-il agir différemment ? À Millau, les coupeurs commentaient les titres de *L'Éclair* et jouaient une partie de belote avant de « mouiller la nappe ».

Il s'attira la sympathie d'Alphonse qui, lassé de la mégisserie, le choisit comme maître-ouvrier. Un soir de septembre après le dîner, tandis que Julie installait livres et cahiers sur la table de la salle à manger, il en parla à sa mère déjà retirée dans son bureau. Tel un cheval fougueux, il piaffait d'impatience :

– J'en ai assez bavé avec la *carnasse*. Ça suffit. Les garçons de mon âge ont un maître de coupe. Il est temps que je m'y mette...

Alice y songeait depuis plusieurs mois. Pour son fils, elle aurait souhaité le meilleur maître d'apprentissage de la ville.

– Les grandes maisons ne voudront pas de toi, expliqua-t-elle à Alphonse. Elles auraient trop peur que tu les espionnes ! Mais j'ai quelqu'un d'autre en vue... Pendant deux ou trois ans, il pourrait te dégrossir puis tu irais te perfectionner à Grenoble.

– Tu penses à qui ? dit-il en trépignant.

– Valentin...

– Oh ! oui ! J'ai eu la même idée que toi !

Ses sauts de cabri firent trembler le parquet.

– Et Piedplat ! ajouta-t-elle. Sinon il se vexerait...

– Tu leur diras que je ne veux pas balayer la salle ni remplir les chopines de vin ni nettoyer le poêle !

– Tu te débrouilleras avec eux.

Valentin et Piedplat lui épargnèrent les corvées. À tour de rôle dans la journée, ils lui enseignaient comment manier les ciseaux, le couteau à doler et le pied de Charlemagne, couper droit dans la *retaille*, reconnaître le sens de la peau avant de la tailler. Le soir, Valentin restait plus longtemps à l'atelier pour poursuivre la leçon. Les jours de pluie, Alice le ramenait en voiture boulevard Richard où il habitait. Alphonse s'en étonna :

– C'est pas dans tes habitudes de raccompagner le personnel. Tu as tant à faire au bureau...

– Valentin refuse d'être payé pour le temps qu'il passe avec toi, révéla Alice. Quand il pleut, je lui évite de se mouiller... C'est la moindre des choses ; il se gêne pour toi.

Surpris, il changea de ton :

– C'est chic de sa part. Tu devrais quand même lui arrondir son mois. Il se donne de la peine pour m'apprendre le métier.

Alice l'invita le Jour de l'An qui était un mercredi. À midi, il arriva chargé de cadeaux sous son parapluie.

– J'espère que l'averse n'a rien gâché ! soupira-t-il en enlevant son chapeau et son manteau.

Chacun reçut un petit paquet enrubanné : Alphonse, un pied de Charlemagne gravé à son nom ; Julie, une revue de mode ; Alice, une affiche de grand couturier commandée en Suisse ; Honorine, une ardoise d'écolier pour marquer ses achats du marché ; Élodie, un roman de Delly. Car Alice avait aussi convié sa contremaîtresse qui s'était radoucie à l'égard de Valentin, aimable et rieuse comme avant, rassurée sur ses intentions. Une bonne entente s'instaurait entre eux ; ils se tutoyaient et plaisantaient dans les couloirs.

– Comment as-tu su pour Delly ? demanda Élodie qui dévorait quantité de romans d'amour.

– Une vague intuition... De toute façon, chez Veyrier, on connaît tes goûts ! Il paraît que tu achètes tous les Delly.

Alice roula précieusement la célèbre affiche d'Otto Baumberger – un pan de manteau et son étiquette –, promit de l'accrocher dans son bureau dès qu'elle serait encadrée.

– Un jour peut-être, Otto Baumberger dessinera l'affiche de vos gants ! glissa-t-il.

Valentin reçut de la famille Forestier une épingle à cravate et d'Élodie des pinces de cycliste ; il ne se déplaçait qu'à bicyclette.

La journée s'écoula aussi vite qu'un éclair. Valentin se dépensa sans compter pour divertir la tablée dès qu'il remarquait un signe de tristesse sur le visage d'Alice ou des enfants. Il les amusa avec des histoires de chasse et de pêche, les cent dix grives prises aux pièges en un seul dimanche sur le Causse, les lièvres de huit livres tirés dans les bosquets du Lévezou, les repas pantagruéliques à l'auberge les soirs de fermeture. Ses récits captivèrent Alphonse qui obtint de le suivre de temps à autre l'hiver prochain. Surtout, sa verve stupéfia Alice : il ne ressemblait nullement au taciturne décrit par Piedplat. Un mystère...

Le crachin les priva de sortie ; des parties de belote acharnées remplacèrent la promenade. Après le dîner, léger et servi tôt car le travail reprenait le lendemain, la Citroën d'Alice déposa les invités chez eux. Les rues de Millau étaient désertes, à demi noyées dans la brume que tentait de dissiper le halo des réverbères. La voiture s'arrêta rue du Barry puis boulevard Richard. La main sur la poignée de la portière, Valentin remercia Alice. Il paraissait ému.

– Je voulais vous dire, madame Forestier...

– Oui, chuchota-t-elle, troublée à son tour.

– Rien. Ça n'a aucune importance pour vous.

– Vous croyez ? insista-t-elle.

Le moteur de la B 10 tournait toujours. Il se décida :

– Ma femme et le petit sont morts un 1er janvier. C'était en 1921, un samedi à l'aube. Des jeunes chantaient sur le boulevard. Je ne leur en veux pas : ils ne pouvaient pas savoir ce qui se passait au-dessus, chez nous... J'ai tout perdu en une heure. Ça m'est difficile d'oublier... Depuis, je suis resté seul le Jour de l'An... Si j'avais refusé votre invitation, vous n'auriez pas compris...

– Merci d'être venu Valentin.

Son geste la touchait.

– Pour vous aussi, la vie a été cruelle, dit-il.

Elle détourna le regard, fixa à travers le pare-brise un chien qui traversait le boulevard.

Il referma la portière sans bruit et se fondit dans la nuit.

Cet hiver-là, Valentin accepta souvent de dîner avec eux à la fin de ses journées. Alphonse, en adoration devant son savoir, aimait prolonger leurs discussions pendant et après le repas tandis que Julie lui soumettait les problèmes du certificat d'études.

– Tu abuses ! la gourmandait Alice. Il ne sera pas derrière toi le matin de l'examen.

Habitué à manier les chiffres sans crayon, il ne

rechigna jamais à l'aider. Honorine le gâtait, le priait de finir les plats :

– Mangez ! Vous ne devez pas grignoter grand-chose tout seul : les hommes se débrouillent mal avec les casseroles !

Le nez dans son assiette, Valentin se taisait. Penaud, gêné.

Alice, assurée de sa loyauté, ne lui cachait rien de ses projets. Elle souhaitait ouvrir une boutique au rez-de-chaussée pour que les Millavois puissent acheter ses modèles.

– C'est un comble d'être obligé de les commander à Béziers ou à Montpellier ! se lamentaient les clientes lorsqu'elle les croisait en ville. Ce serait tellement mieux de choisir sur place. Vous pourriez nous faire un prix d'atelier !

Il l'encouragea :

– Chez Guibert, ils font de bonnes affaires à l'usine. Surtout au moment des fêtes. Vous devriez essayer.

– Ce sera pour Pâques ! trancha-t-elle.

Un peintre en lettres réalisa un joli panneau à la gloire du gant Forestier, « expédié en Amérique, à Paris et dans le Midi, vendu à l'atelier ». Orné d'un gantelet brodé, placé en bordure de l'avenue, il attira de nombreux curieux dès l'ouverture, un matin de mars. Le magasin ne désemplit pas de plusieurs semaines. Alice le confia à une petite-cousine d'Élodie, Constance, qui avait déjà travaillé à la boutique d'usine de Jonquet. Cette jeune femme de vingt-cinq ans avait été à bonne école : elle connaissait sur le bout des doigts le *Manuel de la parfaite vendeuse de gants*, orgueil d'Albert Jonquet. Les jours d'affluence, deux coursières, ravies de prendre du galon, lui prêtaient main-forte. Ce succès éclipsa la déconvenue de l'effondrement soudain du marché américain. Alors qu'elle pensait enfin mettre en œuvre un vieux rêve – fabriquer des gants lavables –, le gouvernement des États-Unis instaura un droit de douane exorbitant sur les produits d'importation désormais taxés à quatre-vingt-dix pour cent de leur valeur. Confrontée à une crise économique depuis le krach boursier du mois d'octobre précédent, l'Amérique protégeait son industrie. D'un geste rageur, Alice déchira le télégramme de Harold Smith.

– Je n'y arriverai jamais ! hurla-t-elle, exaspérée. Il y a toujours quelque chose en travers de mon chemin...

Valentin la réconforta :

– Dès que tout ira mieux là-bas, on retroussera les manches et on préparera les prototypes. J'ai coupé du *doeskin* chez Guibert...

Sa colère tomba aussi vite qu'elle avait éclaté.

– Je m'en doutais, jeta-t-elle d'un air victorieux. Mais j'hésitais à vous en parler... Il y a dix ans, Octave et Élodie m'avaient tellement dissuadée de me lancer dans cette aventure que je ne prononçais plus le mot « *doeskin* » !

– J'ai bon espoir de convaincre le mégissier : son fils sort cette année de l'école de chimie-tannerie de Lyon. C'est un fonceur...

Alice était heureuse d'avoir trouvé un allié.

À la fin de l'été, Valentin sollicita une faveur :

– J'aimerais apprendre à conduire. J'ai quelques économies, je pourrais m'offrir une voiture...

C'était un soir après l'appel de la sirène. Il épluchait les factures du mégissier dans son bureau ; elle répondait au courrier.

Alice leva les yeux par-dessus ses lunettes rondes, sourit, posa sa plume.

– Voilà une bonne idée ! s'exclama-t-elle. Vous auriez dû y penser plus tôt. Ça nous rendrait service...

– Vous me donneriez des leçons ?

– Moi ? fit-elle, un doigt pointé sur sa poitrine.

Vous croyez que j'en suis capable? Enfin... Si vous jugez...

Le dimanche suivant, pour le premier essai, elle l'emmena avec eux: il écrasa un chat dans la traversée d'Aguessac, une poule à l'entrée de Compeyre. Il sortit de la B 10 en titubant, desserrant le nœud de la cravate, avant de rire de ses maladresses.

Au fil des dimanches, la Citroën lui devint plus familière. Bientôt, il la jugea maniable et commode. Alice chercha à l'entraîner vers des lieux qui l'attiraient: les rochers de Montpellier-le-Vieux, les villages des gorges du Tarn, le château de Cabrières que la diva venait de vendre à Victor Guibert, le port de La Malène. Assis sur un tapis de mousse, ils musardaient au soleil, parlaient de tout sauf de l'atelier. Alice avait plaisir à partager sa passion pour la beauté de ces paysages, à rêver en oubliant ses préoccupations...

L'automne parsema la campagne de taches rousses, les feuilles des vignes tombèrent après quelques gelées, le soleil pâlit et le vent se déchaîna certains soirs; la mauvaise saison approchait à grands pas. L'une des dernières sorties, avant l'hiver, les mena au hameau de Haute-Rive dont les pieds baignaient dans les eaux du Tarn. Quand elle revenait de Sainte-Enimie, Alice ralentissait pour admirer les pierres grises et dorées, les voûtes et les porches des maisons agrippées à la pente de l'autre côté de la rivière, coupées de la route par les eaux. Elle s'était promis d'y aller un jour.

Ils flânèrent longtemps le long du Tarn sur un chemin bordé de peupliers, puis croquèrent une pomme sous un arbre chargé de gui, appuyés contre un muret. Ils mordirent dans le fruit juteux et ferme. Au moment de remettre les gants, Alice constata qu'elle avait oublié son mouchoir. Valentin déplia le sien, courut le mouiller à une source qui coulait près de là, essuya ses doigts poisseux puis le contour de sa bouche. Sous le charme de ce geste inattendu, elle ne bougea pas.

Alors, son doigt remplaça l'étoffe humide sur les lèvres ; il était velouté à force de travailler la peau, d'une douceur sensuelle. Puis ce furent ses lèvres. Elle ne tenta pas de se débattre, frissonna de plaisir comme si elle s'y était préparée. Quand Valentin se détacha d'elle, Alice noya ses yeux dans les siens puis se jeta dans ses bras.

Sur le bac qui les ramenait vers la route, elle se déganta et il prit sa main. Le vent fouettait leur visage, glaçait leurs doigts.

Au retour, ils parlèrent peu. Leur regard en disait long sur cet amour qui naissait.

Pendant des mois, ils s'aimèrent en cachette. Ils évitèrent ce qui pouvait trahir leurs sentiments : le tutoiement devant le personnel ou la famille, les gestes affectueux. Ils se contentèrent de quelques baisers dans le bureau d'Alice en fin de journée, dans la voiture sur les quais sombres du Tarn après le dîner ou au cours des promenades du dimanche.

Tandis qu'elle s'attachait à Valentin, goûtant à nouveau à la joie de vivre, des questions l'assaillaient auxquelles elle n'avait jamais songé, à cent lieues de prévoir que cet homme bouleverserait son existence. Pouvait-elle refaire sa vie sans déplaire à ses enfants ni tromper le souvenir d'Octave ? Des nuits durant, ce dilemme hanta son sommeil. Sa décision influait trop sur l'harmonie de la famille et l'avenir de la maison pour qu'elle s'engageât à la légère.

La première, Julie éventa leur secret. Elle guetta le bon moment pour s'en ouvrir à sa mère. Ce fut un soir de juillet, dans l'euphorie de son succès au certificat d'études qui effaçait l'échec de l'année précédente et lui permettait enfin de réaliser son vœu le plus cher : devenir petite main chez la mère d'une amie de classe, couturière sur le Mandarous. Après le gâteau au chocolat, parfumé à l'orange, qui était son préféré, le champagne avait rosi les joues. Un peu avant la nuit, à l'heure où s'allumaient les étoiles dans un ciel pur, Alice et sa fille se retrouvèrent sous les arbres du verger comme souvent les soirs d'été.

– Tu n'es la plus même, remarqua Julie.

– Quelque chose ne va pas ? s'inquiéta Alice.

– Tu as changé depuis cet hiver mais ce n'est pas un reproche, au contraire ! Je suis contente que tu sois comme avant la mort de papa. Je t'entends chanter au bureau, dans ta chambre…

– Les affaires marchent, j'ai remboursé les dernières dettes. Ce sont autant de soucis en moins.

– Tu crois que personne n'a deviné ce qui te rend de si bonne humeur ? coupa-t-elle d'un air malicieux.

– Qu'est-ce que tu veux dire ?

– Tu peux bien avouer que tu aimes Valentin…

Prise au piège, Alice confirma sans honte.

Julie la délivra de ses scrupules :

– Ne te sacrifie pas pour nous… Épouse-le si vous pensez être heureux. Tu le mérites. Tu as besoin de lui autant que de nous. Je sais que tu seras toujours là pour moi, pour Alphonse…

Alors qu'elle redoutait sa réaction, ces mots la rassurèrent. Elle réalisa que, malgré ses quinze ans, Julie n'était plus une enfant : la disparition de son père l'avait mûrie.

Alphonse comprit d'autant mieux sa mère qu'il était à l'âge des premiers flirts.

– J'ai rencontré une fille qui s'appelle Adélie, lui confia-t-il. Elle a dix-sept ans, elle finit son apprentissage chez Jonquet. On se voit chaque jour sur la Monte et le dimanche. C'est peut-être pas aussi sérieux que vous mais… C'est beau d'être amoureux…

Son fils amoureux ? Comment était-ce possible ? Hier encore, il courait en culottes courtes. Le temps s'était-il écoulé si vite ?

Sans plus attendre, Alice proposa à Valentin de

partager sa vie. Il la couvrit de baisers en guise de réponse.

– J'avais peur que tu ne me le demandes jamais...

– Pourquoi ?

– Une patronne n'épouse pas un ouvrier ! dit-il en riant.

– Chef de fabrication ! rectifia-t-elle avec humour.

Il desserra son étreinte.

– On devrait se marier, ajouta-t-elle. Sinon ça jasera et ça nous portera tort pour l'atelier...

Le visage de Valentin se rembrunit.

– On ne peut pas se marier ! jeta-t-il. Tu es catholique, je suis protestant.

Alice n'ignorait rien de leurs différences religieuses. Ils avaient eu à ce sujet des discussions passionnées ; ils s'étaient chamaillés à propos de la Saint-Barthélemy, des dragonnades et de la guerre des Camisards, mais un élan de tendresse les avait à chaque fois réconciliés.

À aucun moment, l'idée qu'un obstacle pût se dresser devant leur bonheur n'avait effleuré l'esprit d'Alice.

– Tes parents ne voudront pas de moi ! gémit Valentin.

– Tant pis ! répondit-elle. S'il le faut, on se passera d'eux.

– On nous tournera le dos en ville, surtout chez les patrons.

– Ça ne changera pas grand-chose : ils sont déjà jaloux de moi.

– Tu risques de perdre des clientes. Les grenouilles de bénitier ne te le pardonneront pas...

– Qu'elles aillent au diable ! Qu'on nous fiche la paix !

Alice s'emportait car elle savait, par avance, ce qui les attendait. Les deux communautés exécraient les mariages entre catholiques et protestants alors qu'elles cohabitaient sans heurts dans la ville. L'une et l'autre les considéraient comme des reniements. Au nom de cette intransigeance, combien de drames avait-on provoqués au sein des familles ! En ce début des années trente, la religion régissait encore les sentiments : les mères catholiques tremblaient que leurs filles soient mal mariées avec un protestant.

– J'irai au Pas, promit Alice. Je parlerai à ma mère.

Valentin jouissait d'une plus grande liberté : ses parents étaient morts à trois mois d'intervalle dix ans plus tôt, il était fils unique, il voyait peu ses cousins de Bédarieux et n'entrait au temple qu'une fois l'an. Il souhaitait éviter des ennuis à Alice :

– Si ça se passe mal chez toi, je ne te forcerai pas la main... Ce serait dommage que tu te brouilles avec ta famille...

Elle ne l'entendait pas de cette oreille :

– À quarante ans, je suis assez grande pour décider de ma vie ! Personne ne m'empêchera de t'aimer...

Alice se rendit seule au Pas par une chaude journée d'août. La veille, la locomobile avait dépiqué les gerbes de blé sur l'ancienne aire de battage. À son arrivée, son frère et son père enlevaient la paille au milieu d'un nuage de poussière.

– Voilà la Parisienne ! s'exclama Léon. Elle tombe bien : il nous faut de l'aide. Va te mettre un chapeau !

Il empestait déjà le vin.

Sa mère se tenait devant l'âtre ; elle épluchait des légumes.

– Il y a si longtemps que tu n'étais pas venue...

Alice voulut l'entraîner au-dehors, à l'abri des indiscrétions.

– Qu'est-ce qu'il y a de grave ?

Elle refusa d'en dire plus car sa belle-sœur les écoutait depuis la souillarde.

– Tu es restée gamine avec tes cachotteries ! maugréa-t-elle.

Justine accepta de la suivre au jardin, s'appuya sur sa canne et son épaule.

Tandis qu'Alice lui annonçait son mariage, ses traits se décomposèrent. De rage, elle frappa le sol avec le bout de son bâton de chêne. Outrée par l'attitude de sa fille.

– Tu as réfléchi à ce que tu fais ? Il n'y a jamais eu de parpaillot dans la maison... On n'a pas idée de s'amouracher d'un protestant ! Il y en a assez avec ton frère qui se conduit mal... Tu nous déshonores !

– Pas tant que Léon ! ironisa Alice. Lui me dégoûte !

– C'est toi qui devrais avoir honte de t'afficher avec un homme alors que tu sors à peine de ton deuil ! reprit Justine sur un ton dur. Tu l'as eu vite oublié, Octave !

– Comment oses-tu dire des choses pareilles ? s'indigna-t-elle. Vous n'êtes que des égoïstes...

Les éclats de voix attirèrent les hommes. Justine ne leur cacha rien. Les joues empourprées, Léon laissa éclater sa fureur :

– Ton mari doit se retourner dans sa tombe. Tu es pire qu'une pute ! Il te faudra bientôt tous les gandins de Millau !

À ces mots, il cracha par terre. Lorsqu'il releva la tête, Alice le gifla :

– Espèce de salaud !

Justine et Grégoire détournèrent le regard. Le père masqua ses yeux de la main, se mit à trembler.

Elle partit en courant, démarra en trombe. Le visage ravagé par les pleurs, elle roula vite jusqu'à Montpaon, freina sèchement devant la maisonnette, claqua la portière de la Citroën et pénétra comme une tornade dans la cuisine. Sa sœur terminait la vaisselle du repas de midi.

– Toi aussi, tu es de leur côté ? cria-t-elle.

Lucie essuya ses mains au tablier de devant, renvoya les enfants qui s'étaient précipités vers leur tante :

– Allez jouer dehors !

Puis, s'adressant à sa sœur :

– Tu as mangé ?

– Je n'ai pas faim après ce que j'ai entendu...

Elles s'assirent autour de la table. Alice vida son sac.

Après avoir longtemps parlé, elle demanda à Lucie :

– Tu viendras à mon mariage ?

– Tu n'iras pas à l'église ?

– Ni au temple si ça peut te rassurer. Ça ne fâchera personne.

Lucie hésitait à lui donner une réponse franche.

– Il faudrait que j'en touche un mot à Georges. À cause de tes noces, je voudrais pas qu'on se « manque » avec Léon... Tous les ans, il nous fournit du grain, deux jambons, un peu de bois pour le feu... Il faut que je pense aussi aux parents...

La mort de Noémie retarda le mariage. La vieille tante expira un matin d'octobre après avoir embrassé son fils qu'elle ne reconnut pas. Lorsqu'elle avait sombré dans une totale inconscience, Alice avait expédié un télégramme à Antoine, l'exhortant à venir au plus vite. Trois bleus avaient eu raison de ses réticences.

– J'avais tellement peur qu'on me poursuive comme déserteur, confia-t-il à son arrivée à Millau. Je ne suis pas allé au front en 14. Je me suis conduit comme un lâche...

Enfin, il révélait les raisons qui l'avaient incité à repousser sans cesse son retour en France.

Antoine regagna New York quelques jours après les obsèques, léguant les biens de sa mère à Alice :

– C'est bien normal. Tu t'es occupée d'elle... Nous finirons notre vie en Amérique... Millau c'est du passé...

Soucieuse de respecter les convenances et le délai habituel du deuil, Alice fixa le mariage au dernier samedi de janvier. Au milieu de l'après-midi, un froid sec accompagna à la mairie le cercle restreint des invités : Lucie, Georges et leurs deux fils qui avaient décidé de passer outre les menaces de Léon, des cousins de Valentin, Piedplat et Élodie choisis comme témoins par les mariés. Dans sa robe de soie verte au corsage décoré de fleurs rouges, coiffée d'un chapeau en organdi aux larges bords à coutures, Alice ressemblait à une mariée de vingt ans. Valentin n'était pas moins élégant dans son costume prince-de-galles, au veston orné d'une pochette de soie blanche.

Formant un cortège d'honneur, les ouvrières et les coupeurs en tenue des dimanches les attendaient à la sortie de la mairie. Sous les bravos, la plus jeune des apprenties leur offrit une branche de mimosa dont les fleurs annonçaient la fin de l'hiver.

Serrant le bouquet des deux mains contre son manteau brun, le regard perdu au-dessus des toits pour masquer son émotion, Alice savourait le bonheur d'aimer et de ne plus être seule.

15

Paris émerveilla Valentin. Ils y passèrent trois jours au moment de Pâques, en amoureux. Entre deux promenades dans les allées du Jardin des Plantes ou sur l'esplanade du Champ de Mars, Alice le guida dans les boutiques à la mode, les rayons du *Printemps* et des *Galeries Lafayette* où ses modèles s'imposaient parmi les plus beaux. Elle en éprouvait beaucoup de fierté.

– Tu t'es rudement bien débrouillée ! la complimentait Valentin, conquis par son sens des affaires, ébahi par le luxe des vitrines.

– Pourvu que ça dure ! soupirait-elle, d'un air songeur.

Depuis quelque temps, l'évolution du marché la préoccupait car Millau vendait ses gants plus cher que ses concurrents de Niort, Grenoble, Saint-Junien et Chaumont. Elle redoutait que les clients ne les lâchent si l'écart se creusait davantage. Aussi, guidée par le souci de les satisfaire, calculait-elle ses prix au plus juste sans rien céder sur la qualité des peaux et des finitions. Elle rognait ses marges, elle déployait des trésors d'ingéniosité pour diminuer ses coûts de production : elle résistait bien. Mais ses efforts seraient-ils suffisants pour ne pas perdre pied face aux grandes manufactures de Millau ? Au cours des prochains mois, elle les trouverait partout en travers de son chemin. En fermant ses portes aux belles peaux françaises, l'Amérique avait provoqué leur repli sur l'Europe et la France ; la colère des Millavois qui avaient brûlé le mannequin de l'Oncle Sam, le jour de Mardi gras, n'y changerait rien. Pour Alice, la bataille s'annonçait rude.

Leur agent parisien se voulut rassurant. Ils le convièrent à dîner à *La Criée des Halles* où une potée auvergnate les rassasia sous un décor de céramique qui représentait l'étal d'un charcutier. Pour la première fois, Valentin rencontrait Frédéric Paulèle. Ils parlèrent de chasse, leur passion commune ; Paulèle traquait l'isard sur les montagnes alpines.

Lorsque le garçon eut servi la tarte aux pommes, accompagnée de crème anglaise, Alice confia ses inquiétudes :

– Vous croyez que nous tiendrons longtemps avec des prix plus élevés que Niort et Grenoble ?

La salle se vidait peu à peu, devenait moins bruyante.

Paulèle alluma son quatrième cigare de la soirée.

– Vous ne craignez rien de quelque temps, répondit-il.

– Vous en êtes sûr ? insista-t-elle.

– Les ganteries de Millau ont un bon argument de vente depuis que votre ville occupe la première place sur le marché français...

– Vous le pensez vraiment ? coupa Alice, sceptique.

– Ça vaut les meilleures réclames ! Grenoble en a profité. C'est votre tour. Vous savez bien que le prestige et les noms se payent !

– On ne peut pas tromper les clients. Si les gants sont chers, ils doivent être impeccables...

– Les vôtres le sont.

– Merci de le reconnaître, lâcha-t-elle, se forçant à sourire. Tous ne le sont pas à Millau... Hélas !...

Sa réaction amusa Paulèle qui écrasa le bout de son cigare au milieu des mégots débordant du cendrier de faïence.

– Y aurait-il quelques brebis galeuses dans la capitale française du gant ? ironisa-t-il.

Valentin qui brûlait d'envie d'intervenir depuis un moment et se dandinait sur sa chaise, tomba dans le piège :

– C'est la faute à la mécanisation ! Une peau dolée[1] à la meule par un dérayeur n'aura jamais la même qualité qu'une peau dolée au couteau par la main d'un coupeur. Vous sentez la différence au toucher : elle est moins belle, moins travaillée, mais la machine va tellement plus vite que les usines ne veulent plus des couteaux à doler ! Les patrons les jettent ; il faut du rendement... Tant pis si on triche... Beaucoup de clients n'y voient que du feu...

La passion chevillée au corps, Valentin défendait son métier.

À dessein, Paulèle se fit l'avocat du diable :

1. *Doler une peau* : régulariser son épaisseur, plus importante sur l'échine que sur les flancs.

– Le rendement permet de baisser le prix de revient...

– Et de mettre plus d'argent dans les poches! ajouta Valentin.

Paulèle osa pousser plus loin son raisonnement:

– Vous seriez plus à l'aise en diminuant de vingt pour cent les salaires... Vos ouvriers sont des privilégiés. Ailleurs ils touchent moins et les patrons s'en sortent mieux...

Outré par ses propos, Valentin devint écarlate:

– Vous êtes sérieux? Vous vous rendez compte de ce que vous dites? Une bonne fois pour toutes, mettez-vous une chose dans la tête: ce sont les coupeurs et les couturières qui vous nourrissent... Ils méritent ce qu'ils gagnent.

Il roulait des yeux furibonds, prêt à bondir sur lui.

Sans se démonter, l'agent se tourna vers Alice:

– Vous ne m'aviez pas dit que les gantiers de Millau étaient les mieux payés de France et d'Europe?

Elle hocha la tête puis murmura:

– Un jour, peut-être, si ça va trop mal, on sera obligés de baisser les salaires...

– Jamais! tempêta Valentin.

Dans la salle, les conversations cessèrent brusquement; tous les regards se fixèrent sur leur table. Pendant un court moment, on n'entendit que le trottinement de la serveuse sur le carrelage.

Quand les apartés reprirent, Alice se leva.

– Partons, dit-elle à voix basse. Il est plus de minuit.

La caissière appela un taxi.

Alice et Valentin n'échangèrent pas un mot à bord de la voiture qui les ramena à l'hôtel. Elle traîna à la salle de bains, il se coucha sans l'embrasser. Dans l'attente du sommeil, Alice remâcha la discussion de cette soirée. Valentin n'aurait jamais l'étoffe d'un patron. Mais pouvait-elle le blâmer? Elle pardonnait déjà.

Alphonse les quitta en juin pour rejoindre les chasseurs alpins. Son apprentissage se terminait ; Valentin le jugeait bon coupeur. Après dix-huit mois de service, il apprendrait à travailler le chevreau dans un atelier de Grenoble.

– Dès que j'aurai deux jours de permission, je filerai à Grenoble et je commencerai à chercher un maître-ouvrier...

Valentin releva des adresses dans la revue *Ganterie* :

– Tu n'auras que l'embarras du choix ! Mais ce serait bien si tu te présentais dans les grandes maisons, chez Reynaud, Bondat ou Gaday. Il n'y a pas mieux !

Alice ressentit le départ de son fils comme un déchirement ; elle se séparait de lui pour la première fois.

– Tu nous écriras ? demanda-t-elle.

– Bien sûr ! promit-il. Chaque semaine.

– Tu n'attendras pas un an et demi pour revenir...

– Millau me manquerait trop ! dit-il en l'embrassant.

Dès lors, Alice et Valentin se retrouvèrent souvent seuls le soir car Julie grandissait et manifestait des désirs d'indépendance. Elle sortait avec des amies le samedi soir et le dimanche après-midi, emportait le poste de TSF dans sa chambre après le dîner pour écouter les chansons de Lucienne Boyer, Ray Ventura, Fréhel. Coquette, à l'affût de la mode, Julie confectionnait elle-même ses robes, ses jupes et ses blouses ; elle se contentait de réclamer à sa mère de l'argent pour acheter les tissus chez Arlabosse et les magazines dans lesquels elle découpait les patrons avant de les modifier à sa guise. Alice prenait plaisir à se reconnaître dans les goûts de sa fille.

Julie ne la suivait que rarement à Compeyre où elle continuait à se rendre chaque dimanche ; son remariage n'avait point modifié les habitudes pour le plus grand bonheur de Julien et de Simone. Valentin remplaçait leur petit-fils et les aidait à de menus travaux : nettoyer la futaille, transvaser du vin, refendre du bois. Ils l'avaient adopté quoiqu'ils aient mis du temps à l'appeler par son prénom. Valentin aimait chasser les perdreaux dans les vignes, juste après les vendanges ; il les plumait et les vidait en un clin d'œil avant de les enfiler au tournebroche et de surveiller leur cuisson au-dessus d'un feu de sarments.

– C'est la première fois que je vois un homme s'occuper de son gibier ! s'extasia Simone.

Ainsi gagna-t-il leur estime. Ils se posaient tant de questions sur le devenir de la maison et des vignes après leur mort qu'ils furent rassurés.

Au matin du 27 juin 1934, la faillite de la banque Villa produisit, à Millau, à Rodez et à travers l'Aveyron, l'effet d'un coup de canon. Ce jour-là, dès que les voisins découvrirent les grilles closes et le panonceau de la fermeture définitive des guichets, la nouvelle se répandit en ville aussi vite qu'un éclair. Une crue du Tarn n'aurait pas provoqué autant d'émoi. Installée à Millau depuis 1807, cette banque familiale avait su s'attirer la confiance des modestes gens et des ouvriers, des patrons gantiers et mégissiers, des industriels de Roquefort. Villa ne les avait jamais trahis. Pourquoi avait-il joué avec leur bas de laine ? Dans la rue, personne ne comprenait.

Au fur et à mesure que le krach fut connu, la panique s'empara des Millavois : le dépôt de bilan touchait six mille créanciers. Alice l'apprit vers neuf heures de la bouche de Valentin qui rentra de la mégisserie au pas de charge.

– C'est la catastrophe ! s'exclama-t-il essoufflé lorsqu'il pénétra dans le bureau de sa femme. Villa met la clé sous la porte. C'est la fin de Millau et de la ganterie. On va tout perdre...

Son visage serein le décontenança.

– Ça ne te fait pas plus d'effet ? s'écria-t-il. Imagine ce qui nous arrive ! C'est aussi grave que le jeudi noir de Wall Street...

– Ce sera terrible pour les petits épargnants, finit-elle par dire.

– Et pour nous ? Et pour toi ?

Alice s'enferma dans un profond silence qu'il interpréta comme l'aveu d'une déconfiture, puis elle le brisa en pesant ses mots :

– Sans les conseils d'un des caissiers de la Banque de France, je n'aurais plus un sou... Pourtant, je ne voulais pas aller ailleurs et je refusais de croire ce qu'il me disait...

– Tu n'avais presque rien chez Villa ? coupa-t-il en retrouvant le sourire après avoir redouté le pire.

– Trois ou quatre mille francs peut-être... J'avais des scrupules à fermer le compte. Monsieur Villa me saluait en me croisant dans l'avenue...

– Tu étais au courant de ses mauvaises affaires ? Le mégissier prétend que c'est de la faute d'un de ses associés, un groupe belge. C'est sûrement une histoire de carambouille ! Il y aura bientôt des Stavisky à tous les coins de rue...

– Le caissier de la Banque de France ne m'en a jamais parlé ; il m'a poussée à changer de maison, il flairait quelque chose. Ils sont au courant de tout à la Banque de France... J'ai préféré solder mes dettes avant de déposer mon argent ailleurs. Ça me semblait plus correct : nous n'avions jamais eu de problèmes avec Villa. On m'a recommandé le Crédit commercial et industriel...

– Tu as eu plus de flair que moi ! constata Valentin. Je n'ai plus rien... J'avais toutes mes économies chez Villa...

À l'atelier, de nombreux ouvriers se retrouvèrent dans la même situation que Valentin. En quelques heures, le découragement les gagna. Après le repas de midi, au moment de la reprise du travail, l'abattement se devinait sur les visages. À la fin de la journée, un coupeur lança à la cantonade que les salaires de la quinzaine ne seraient peut-être pas versés, et déclencha aussitôt la panique. Le personnel refusa de quitter les lieux à six heures tant qu'il n'aurait pas obtenu la garantie d'être payé trois jours plus tard. Piedplat et Élodie prirent peur, redoutèrent une grève et dérangèrent Alice qui mettait au point des appliques et des poinçons pour les broderies en compagnie de monsieur Finiels. Sur-le-champ, elle abandonna son bureau et rassembla le personnel à l'atelier du piqué anglais. Sa parole ne suffit pas ; deux coupeurs, soutenus par Marie et trois couturières, exigèrent un engagement écrit. Élodie courut chercher du papier et une écritoire. Au fur et à mesure que sa plume crissait sur la feuille, Alice lut à haute voix ce qu'elle écrivait.

Penchée par-dessus son épaule, une main appuyée à la table de couture, Marie répéta chaque mot à voix basse.

Cet été 1934, Alice et Valentin renoncèrent aux vacances à la mer. Tant de nuages s'amoncelaient à l'horizon depuis la banqueroute des Villa qu'ils préférèrent rester à Millau. Tout les préoccupait : les difficultés des petits fabricants que la Banque de France et les gros patrons avaient pu sauver momentanément de la faillite mais que le manque de trésorerie menaçait de disparition, les rancœurs des ouvriers floués qui exacerbaient les passions dans les ateliers, la concurrence des modèles importés à bas prix de Tchécoslovaquie. Jamais depuis vingt ans, sauf au cours des mois les plus noirs de la guerre, Alice n'avait ressenti une telle humeur morose à travers la ville. En quelques semaines, la capitale française du gant avait perdu sa superbe, son arrogance. L'étoile pâlissait : Grenoble et Chaumont relevaient la tête, lui menaient la vie dure.

En permission pour huit jours, Alphonse les rejoignit au début du mois d'août, pendant la fermeture annuelle de l'atelier. Le ski et les marches dans les montagnes avaient sculpté son corps : il était musclé comme un athlète. Sa sœur le taquina :

– Sur le Mandarous, tu auras toutes les filles à tes pieds !

Il arriva porteur d'une bonne nouvelle :

– On veut bien de moi chez Bondat à la fin de mon régiment.

Valentin ne cacha pas sa joie :

– Tu ne pouvais pas mieux tomber. Bondat a succédé à Jouvin ! C'est un Jouvin qui a inventé les emporte-pièce, les mains de fer dont tu te sers pour fendre les gants. C'est une maison couverte de médailles d'or et de diplômes, en France et partout dans le monde. Ça me fait plaisir que tu y entres.

– Il me tarde d'y être ! lança Alphonse, impatient d'en finir avec la discipline des chasseurs alpins et les corvées de cuisine. Après, je montrerai aux grandes maisons de Millau ce qu'un Forestier sait faire avec une peau de chevreau...

Il parlait avec la même intonation de voix et la même ténacité que son père.

Après les congés, la tension monta d'un cran chez les coupeurs et les ouvrières. À la moindre remarque de Piedplat, Valentin ou Élodie, ils brandirent la menace de la grève. Tout fournissait prétexte à contestation : la panne d'une machine à coudre, les brûlures au bras d'une dresseuse qui avait manipulé la main chaude sans précautions, l'éclairage défectueux d'une salle, le mauvais réglage de l'horloge qui déclenchait la sirène trop tôt ou trop tard. Chez Lauret, des gantières abandonnèrent leur poste, se syndiquèrent et paralysèrent l'usine durant six jours après une altercation avec l'une des contremaîtresses qui leur reprochait de trop bavarder. Plus grave de conséquences, la grève commencée chez Jonquet le jeudi 20 septembre, après la mise à pied de cinq mégissiers qui refusaient une diminution de salaire, se propagea à l'ensemble des soixante-dix ateliers de Millau le 12 novembre. En dépit d'un compromis favorable aux grévistes, la tension demeura forte au lendemain de leur réintégration.

Chaque matin, les nerfs à vif après une nuit passée à ressasser ses soucis, Alice s'apprêtait à vivre une journée éprouvante.

– Un client est si vite perdu ! répétait-elle à Élodie. Il faut que les commandes de Noël soient livrées à temps... On doit tenir jusqu'au 20 décembre. Ce serait trop bête de manquer les ventes des fêtes. Après... Tant pis... Pâques sera encore loin...

Grâce à Élodie et aux contremaîtres, la réputation de la maison n'eut pas à souffrir de ce climat pesant. Aucune boutique ne se plaignit d'un quelconque retard.

Le 20 décembre, Alice exulta :

– La partie est gagnée ! Nous avons sauvé l'année.

Pour un peu, elle aurait débouché le champagne !

Le lendemain, elle déchanta lorsqu'elle apprit la décision de la commission des salaires de la Chambre syndicale de baisser les tarifs des coupeurs et des couturières de vingt-cinq à trente-trois pour cent. En milieu d'après-midi, prévenue par le secrétaire qui se montra peu bavard au téléphone, elle partit retrouver les patrons gantiers au siège de la Chambre de commerce. C'était un vendredi ensoleillé ; les rues, parées de guirlandes, grouillaient de monde. À quelques jours de Noël, la ville s'efforçait d'oublier la dureté des temps...

De cette réunion interminable et houleuse, Alice revint atterrée, à neuf heures du soir. Valentin l'attendait devant la cheminée de la salle à manger, bourrant sa pipe alors qu'il ne fumait plus depuis dix ans. Il se précipita au-devant d'elle :

– Tu as été longue... Qu'est-ce que vous avez manigancé ?

Elle se débarrassa de son manteau, de son chapeau et de ses gants, avant de congédier Honorine :

– Je n'ai pas faim. Un peu de bouillon suffira...

– Et le ragoût ? protesta-t-elle. Et le rôti ? Et le massepain ?

– Ce sera bon demain.

Mécontente, Honorine tourna les talons, claqua la porte.

Après son départ, assise devant l'âtre rougeoyant, Alice raconta leurs discussions par le menu. Elle était encore sous le choc des propos tenus par les nouveaux patrons, Jonquet et Lauret, qui avaient réussi à imposer leur grille de tarifs. Ils se montraient d'une intransigeance féroce, refusant la moindre concession.

– Ils ne verseront pas un centime de plus aux ouvriers ! prévint Alice. Nous n'avons pas eu le choix. Il a fallu suivre...

Valentin se livra à un rapide calcul avant de lancer, livide :

– Tu es sûre qu'ils ne se sont pas trompés ? Jamais les coupeurs n'accepteront de travailler pour vingt-trois francs la journée ; ils étaient à trente-deux l'an dernier, à trente-cinq il y a trois ans. Ça grognera encore plus chez les femmes : elles ne se contenteront pas de onze francs alors qu'on leur donnait dix-huit ou dix-neuf francs. Les œufs sont à neuf francs la douzaine ! Avec quoi feront-elles manger les enfants ? Tu vas voir le grabuge ! Pour qui se prennent-ils, ces blancs-becs ? Pour des seigneurs ?

Sa voix résonnait sous le plafond de la salle à manger. La rage et l'exaspération l'envahissaient peu à peu.

– Nous ne pouvions pas continuer à les payer autant, répondit Alice. Nous avons trop de frais, tu le sais... Si nous ne diminuons pas les charges, nous plierons les uns après les autres. Il y a deux ans, Paulèle avait raison...

Valentin serra les poings :

– Ne me parle pas de ce type !

– Les salaires représentent quatre-vingts pour cent du prix d'un gant, martela-t-elle pour l'amener à la raison. C'est beaucoup trop. Avant, c'était vingt-cinq pour cent. Si on ne tente rien, ce sera la mort de Millau…

– Vous êtes descendus trop bas ! Les gens ne marnent plus pour un paquet de cigarettes. C'est fini ce temps-là…

Valentin n'avait pas tort : la baisse était brutale.

Aussi lui expliqua-t-elle qu'elle avait tenté d'assouplir leur détermination :

– J'ai proposé de donner deux francs de plus aux femmes, trois francs aux coupeurs. J'avais fait mes comptes au début de la réunion : ça passait… Les gros patrons ont ricané pendant que je parlais. Ils ne manquent pas une occasion de se moquer de moi : je suis la seule femme à la Chambre, ils ne m'apprécient guère. Surtout depuis notre mariage… Ils n'ont pas mis ma proposition aux voix. Pour eux, les femmes sont des incapables…

Un sentiment de révolte et de dégoût mêlés grondait en elle. La manière dont la décision avait été prise déconsidérait l'ensemble des patrons. La réaction des ouvriers n'en serait que plus violente.

– On s'est battus en 1911 pour avoir cinquante centimes de plus par jour, souligna Valentin, le visage fermé. Je ne l'ai pas regretté même si on n'a eu que des clous ! Cette fois-ci, ils ne se démonteront pas. Tout le monde ira au charbon. Il y aura de la casse ! Ils sont gonflés à bloc dans les ateliers… Quand ils rentreront mercredi, ce sera la grève générale…

Millau vécut le Noël le plus triste depuis la guerre. À la stupeur succéda la colère.

– Les salauds ! Ils auraient pu attendre deux semaines avant de faire leurs magouilles. Ils ont voulu nous gâcher les fêtes…

L'après-midi de Noël, Alice n'osa pas se mêler aux promeneurs qui flânaient dans les rues, s'agglutinaient devant la vitrine animée de monsieur Arlabosse, marchand de tissus du boulevard Carnot, visitaient la crèche des églises du Sacré-Cœur ou de Saint-Martin. Elle craignait d'être molestée, traitée d'affameuse. Pour la première fois depuis longtemps, elle se privait de ce plaisir.

Bien lui en prit car, le lendemain, les quolibets fusèrent. Comme chaque matin, elle eut le courage de se montrer dans les salles et les couloirs au moment où retentissait la sirène de huit heures. Sur son passage, des hommes sifflèrent.

– Les patrons à la lanterne ! cria l'un d'eux dans son dos.

Chez les couturières, Marie mena la danse avec hargne.

– Tu ne vaux pas mieux que les autres ! cracha-t-elle. Quand il s'agit de tondre la laine des ouvriers, t'es pas la dernière...

Sous les attaques, Alice demeura impassible. Un instant, elle envisagea de s'expliquer devant les employés réunis au grand atelier mais des regards et des cris de haine l'en dissuadèrent. C'eût été le pugilat.

L'après-midi, l'atelier se dégarnit : les syndicats organisaient un rassemblement à la Maison du peuple – lieu symbolique des luttes ouvrières. Rameuté par Marie qui prit la tête de la contestation aux côtés d'un jeune coupeur, Capucin [1], la moitié du personnel s'y rendit. Trois mille ouvriers s'y retrouvèrent.

– Ils voteront la grève ! prédit Valentin.

Alice n'attendait aucune autre issue des débats.

Dans la brume du petit matin, lorsque la sirène laissa échapper son mugissement lugubre, les gré-

1. *Capucin* : lot de peaux dont le patron gantier payait la coupe par avance. Le mot désignait parfois les coupeurs en chambre qui avaient l'habitude de recourir à cette pratique.

vistes se massèrent sur l'avenue devant le portail, parlementant avec les coupeurs et les piqueuses qui voulaient rejoindre l'atelier.

Alice les observa depuis la fenêtre de la salle de couture. Il y eut quelques gestes vifs et des éclats de voix ; deux femmes s'affrontèrent sous ses yeux, faillirent en venir aux mains. Elle pensa reconnaître ses deux anciennes camarades de chez Guibert.

Lætitia le confirma en enlevant son fichu :

– Marie fait tout pour m'empêcher de travailler. On s'est fâchées...

La tête haute, elle fixa sa patronne. D'un regard d'acier.

– Si je pouvais, je me mettrais en grève moi aussi, dit-elle pour qu'Alice ne se méprenne pas sur ses intentions. Mais nous avons besoin d'argent... Mon mari a chômé la moitié de l'année. Il y a les enfants, la mère à charge... C'est pas par plaisir que je viens...

La journée se déroula sans incidents.

Ce soir-là, Julie rentra plus tôt que d'habitude :

– Il n'y avait pas foule sur le Mandarous. Avec ce qui se passe en ville, personne n'a envie de faire La Monte...

Elle semblait le regretter.

Après le repas qui fut morne et silencieux, elle tint compagnie à sa mère devant la cheminée, chercha à la tranquilliser :

– Ne te ronge pas les sangs ! C'est une affaire de deux ou trois semaines. Souviens-toi : six jours d'arrêt chez Lauret et les choses se sont calmées.

– Tu oublies la grève chez Jonquet ! répliqua Alice, agacée par la légèreté de ses propos. Deux mois de pagaille !

– Tout s'arrangera : vous lâcherez des sous comme chaque fois et tout le monde reviendra dans les usines... C'est ce qu'on dit en ville et dans les cafés. Même ma patronne le pense...

Cet optimisme laissa Alice de marbre.

– Ça durera, murmura-t-elle. Les patrons ne céderont pas.

– Si ça tourne mal, tu t'en sortiras quand même, reprit Julie. Je t'aiderai. Tu as de bonnes couturières à Montpaon. Alphonse sera de retour d'ici un mois… On s'y mettra tous…

Si chacun allégeait son fardeau, alors, peut-être…

Alice se coucha, pleine d'espoir.

Au fil des jours, la grève se durcit ; le ton monta. Pour forcer les patrons à briser le mur du silence, les ouvriers prirent les Millavois à témoin. Le 10 janvier, ils défilèrent par milliers à travers la ville et devant les usines ; le poing levé, brandissant un drapeau rouge, ils chantèrent *L'Internationale*. Le 14 janvier, tandis que les vitres des grandes manufactures volaient en éclats, un jet de pierre blessa un contremaître chez Guibert. Il n'en fallait pas davantage pour semer la frayeur. Alice trembla :

– Ils finiront par tout détruire si on ne discute pas…

Cette nuit-là, muni de gants et de bottes fourrés, d'un fanal, d'un bonnet de laine enfoncé jusqu'aux oreilles ainsi que d'un gourdin de bois noueux, Valentin effectua des rondes devant la maison et à l'atelier, mais nul ne se risqua à franchir le portail.

En cours de matinée, l'arrivée des gardes mobiles n'apaisa pas les esprits. À pied ou à cheval, ils commencèrent à patrouiller dans les rues, campèrent à l'entrée des quatre principales usines et à la Chambre de commerce. À peine s'installaient-ils que les grévistes les narguaient du geste et de la voix. Le lendemain, ils engagèrent une lutte sans merci pour les chasser de Millau, les attirant dans le dédale des vieilles ruelles qu'ils truffèrent de pièges : les chevaux trébuchaient sur les cordes tendues entre les maisons, les gardes butaient contre les barricades érigées à la hâte et recevaient une pluie de projectiles tombée des fenêtres. Rien ne refroidit l'ardeur des ouvriers, ni la pointe du sabre qui déchirait les vestes, balafrait les joues ou chatouillait les côtes ni les coups de matraque, ni les ruades des chevaux.

Libéré le 30 janvier, Alphonse renonça à sa place chez Bondat et revint aussitôt à Millau où il trouva une ville en état de siège. Les tentatives de conciliation proposées par le maire et le sous-préfet avaient échoué. La grève divisait quartiers et familles.

– C'est vrai ce que racontent les journaux? demanda-t-il à sa mère. Les cosaques? Les arrestations? La soupe populaire?

Comme Alice se perdait en explications évasives, il fouina dans la malle qu'il avait déposée près de la cheminée, en exhuma une poignée d'articles découpés dans *L'Éclair* et *Le Messager*.

– Comment les as-tu eus? s'étonna-t-elle.

– Tu me cachais trop de choses, dit-il. Julie me les a envoyés.

– Tu étais si impatient d'entrer chez Bondat que je ne...

– Ça n'aurait rien changé, coupa-t-il. La preuve: je suis là.

Puis, exaspéré par la tournure des événements:

– Qu'est-ce que vous attendez pour faire quelque chose? Qu'il y ait eu des morts? Que la ville soit à feu et à sang?

– Seule, je ne peux rien. Ce sont les grands patrons qui dirigent la Chambre syndicale... Ils se moquent de ce que je pense...

Alice bâillait. Il était tard; il ne restait que des cendres dans l'âtre.

– On en reparlera, dit-elle, écrasée de fatigue. Je me lève tôt... Le train de Montpaon est à sept heures...

– Tu y vas encore? C'est trop dangereux!

– Valentin m'accompagne en voiture jusqu'à la gare...

– Là-bas, quelqu'un pourrait te jouer un sale tour.

– C'est si loin de Millau! protesta Alice, nullement

inquiète. Les couturières du village sont contentes de doubler leur quinzaine...

– Les grévistes le sont beaucoup moins, reprit Alphonse. Vous payez les gens de la campagne trente à quarante pour cent moins cher. C'est de la provocation... Ils sont capables du pire sur un coup de colère...

Elle céda :

– Si tu y tiens... Ton oncle et ta tante seront heureux de te revoir. Chaque jeudi, Lucie me prépare une poêlée de pommes de terre aux champignons...

Les yeux fermés, Alphonse se lécha les babines :

– Ah !... la persillade de tante Lucie !

Quand ils mirent pied sur le quai de la gare de Montpaon, ils ne remarquèrent pas le manège de deux hommes qui, descendus du dernier wagon, se fondirent à l'épais brouillard pour filer le long de la voie. Occupé à charger des colis sur un chariot, l'employé de la Compagnie ne les repéra pas davantage, sinon il les aurait obligés à passer par le portillon ; il salua Alice comme chaque semaine.

Malgré le froid et les deux valises dont les poignées cisaillaient ses paumes, Alphonse éprouva du plaisir à cheminer aux côtés de sa mère sur la route cahoteuse qui menait au village : il savourait son premier jour de liberté. Le cœur en joie, il fredonnait un succès de Mireille – *Couchés dans le foin* – lorsqu'un coup de bâton le frappa dans les reins. Alphonse cria de douleur, tomba et lâcha les valises tandis qu'une forte poigne immobilisait Alice.

Le plus grand des deux ricana :

– Tu voulais te coucher dans le foin ? Eh bien, tu te rouleras dans les chardons ! Tu ne mérites pas mieux : les patrons ne sont que de la graine de racaille.

C'était craché avec hargne.

Il portait une cagoule comme son acolyte, mais Alice le reconnut à sa voix. C'était le meneur de la grève chez les coupeurs ; il avait appris le métier auprès de Valentin en même temps qu'Alphonse.

– Capucin ! s'écria-t-elle. Je n'aurais jamais cru ça de toi ! Tu te masques comme les bandits ? Tu n'as pas le courage de...

Une main la bâillonna, étouffa ses paroles.

Capucin fit basculer Alphonse dans le fossé. Il était profond : sa tête cogna contre les pierres.

– C'est un avertissement ! beugla-t-il. La prochaine fois, c'est ta cervelle qui sautera !

Furieux d'avoir été confondu, il oublia d'emporter les valises...

Alphonse se traîna jusqu'au village, s'appuyant sur l'épaule de sa mère et le bâton abandonné par Capucin. La Fabrette le soigna pendant que son mari partait chercher les valises cachées dans le fossé. Elle frictionna ses reins à l'eau-de-vie, nettoya ses plaies au trois-six, ce qui lui arracha des hurlements.

– Ce saligaud de Capucin ne remettra pas les pieds à l'atelier ! ne cessa-t-il de répéter, la rage au cœur. Dès que je le coincerai, il passera un mauvais quart d'heure...

– Tu le laisseras tranquille ! gronda Alice. Sinon ça finira mal.

Malgré l'interdiction formelle de sa mère, Alphonse lui régla son compte le samedi suivant à la sortie d'un café du Mandarous, dans la pénombre d'une arrière-cour de la place. Il rentra en piteux état, une arcade sourcilière ouverte, la chemise tachée de sang, une manche de la veste déchirée. Alice ne put réprimer sa colère :

– Tu te conduis comme une brute ! J'en ai honte... Tu crois que les raclées arrangeront les choses ? Ton père t'aurait flanqué une rouste.

La grippe freina les ardeurs belliqueuses. Quelques jours après le carnaval et le jugement du mannequin d'Albert Jonquet brûlé en place publique, elle s'abattit sur la ville sans crier gare. La fièvre et la toux n'épargnèrent personne. Alice resta clouée au lit durant trois jours, ingurgitant des bols de tisane de feuilles de ronce au miel ou de lait bouillant additionné de quelques gouttes de teinture d'iode. Valentin résista grâce aux grogs et au marc de Julien. Quant à Julie et Alphonse, ils s'en tirèrent avec un bon rhume.

L'épidémie s'acharna sur les enfants, les vieillards affaiblis par les privations que s'imposaient les familles depuis le début de la grève. Par dizaines, elle les frappa mortellement. Un matin de la fin du mois de février, on découvrit le corps sans vie de La Pissaïra que l'on ne voyait plus dans les rues depuis une semaine. Alice lui évita la fosse commune et décida qu'elle rejoindrait son ancienne voisine Noémie.

Un soir, Alice surprit son fils à la cuisine en train de fouiller dans les placards. Il était onze heures. Elle venait de quitter le bureau et voulait réchauffer une infusion de tilleul préparée par Honorine.

– Tu n'es pas encore couché ? fit-elle, intriguée.

Alphonse se retourna brusquement, faillit lâcher un paquet de chicorée et demeura sans voix, stupéfait de se retrouver face à sa mère qu'il croyait endormie.

– Tu pars sans prévenir ?

Le panier à provisions d'Honorine trônait sur la table, rempli de sucre, de chocolat, de riz.

– Tu aurais pu m'en parler, lui reprocha-t-elle.

– Je ne m'en vais pas, bafouilla-t-il. Ce n'est pas pour moi...

– C'est pour qui ?

Il baissa les yeux, accrocha ses mains à l'anse du panier pour se donner une contenance. Il hésitait à répondre. Comme sa mère insistait, il avoua :

– Pour Adélie...

– Ta fiancée ?

Alphonse ressentit une gêne.

– Elle n'a jamais été ma fiancée, rectifia-t-il comme à regret.

– Pourtant tu m'avais dit...

– C'était pas sérieux entre nous. Juste une passade... On avait dix-sept ans... L'autre jour, elle m'a demandé de l'aider. Je ne peux pas refuser... Ses parents ne travaillent plus depuis Noël, Adélie et son frère sont en grève, il y a deux petites filles à la maison. Ils vont à la soupe populaire... Les premiers temps, ils en avaient honte. Ils ont dû s'y habituer s'ils ne veulent pas crever de faim... Le père fait un peu de maçonnerie ou de peinture pour ramener trois sous, un poulet... Ils ont tout juste de quoi payer le gaz et l'électricité, ils ne se chauffent plus... Alors, j'ai pensé que ce serait bien de... Ils n'ont pas une vie drôle...

L'émotion l'empêcha de poursuivre.

Le cœur d'Alice se serra. Le récit d'Alphonse réveilla en elle les souvenirs de la grève des *cabanières* – sa grève –, l'année de ses dix-sept ans. Elle avait connu cette misère, cette détresse.

– Tu as eu une bonne idée, murmura-t-elle en souriant. Chaque semaine, tu lui porteras un panier... L'hiver est loin d'être fini...

Il proposa de puiser sur ses économies. Elle refusa net :

– Garde ton argent pour plus tard, tu en auras besoin. Honorine achètera un peu plus à l'épicerie...

Alphonse embrassa sa mère. Fier d'elle.

– J'avais si peur que tu le prennes mal, qu'on se fâche...

– Tu oublies que j'ai été ouvrière, que je me suis battue contre les patrons, que j'ai mangé la soupe communiste...

Il avait peine à le croire :

– C'est vrai ?

– Tu ne le savais pas ?

– Tu n'en as jamais parlé...

Elle commença à raconter en surveillant la tisanière puis s'assit sur une chaise, près de la table.

Minuit avait sonné quand elle se leva.

– Ne dis rien à Adélie, recommanda-t-elle. Ni à personne...

Les jours suivants, la conscience ébranlée par leur discussion, Alice se préoccupa du sort de Marie qu'elle imaginait en proie aux mêmes difficultés. Malgré tout ce qui les séparait désormais, elle ne pouvait effacer de sa mémoire les si merveilleux moments passés ensemble, avant-guerre. Il lui en coûta d'aller la voir, de refouler sa rancœur, d'affronter aussi son regard hautain.

Marie la reçut froidement, déversa son mépris des patrons et ce qu'elle avait sur le cœur puis s'effondra en larmes.

Une heure plus tard, autour d'un verre de café frais et d'un cake aux raisins qui sortait du four d'Honorine, elles se réconciliaient.

16

L'infortune des grévistes s'accrut avec une offensive inattendue de la neige, par un triste matin de mars. Elle tomba doucement dès l'aube, puis s'écrasa en flocons gras.

– Elle ne tiendra pas deux heures ! plaisanta Valentin qui buvait son bol de café au lait debout devant la fenêtre de la cuisine.

Alice s'en réjouit ; elle détestait la neige.

– Heureusement qu'elle fond ! dit-elle, beurrant une tranche de pain. Sinon il n'y aurait plus personne à l'atelier...

C'était un lundi, un mois avant Pâques. Comme au

début de la grève, courbant l'échine sous les injures, bravant les menaces qui s'intensifiaient au fil des semaines, trois coupeurs et une douzaine d'ouvrières rejoignirent l'atelier. Piedplat arriva avec cinq minutes d'avance, son pardessus gris tacheté de blanc, ravi de changer de sujet de conversation :

– C'est la dernière neige ! L'hiver s'en va. Les buissons noirs et les pissenlits sont en fleurs...

Le ciel déjoua ses prévisions. À midi, le temps vira au froid puis transforma les rues en patinoire. Le soir, après l'appel de la sirène, l'air se radoucit et la neige tomba à nouveau, en bourrasques, plus drue que le matin. Les flocons tourbillonnaient encore dans le halo des réverbères quand Alice monta se coucher. Elle ne s'en alarma pas. « Ce sont des giboulées... »

Valentin la tira du lit à six heures.

– C'est trop tôt, ronchonna-t-elle. J'ai encore sommeil...

– Nous sommes bloqués, dit-il. Il y a un mètre de neige...

– Tu exagères ! Il n'y en a jamais eu autant à Millau.

Il la harcela jusqu'à ce qu'elle quittât les draps tièdes. Un châle sur les épaules, elle descendit en chemise au rez-de-chaussée et réalisa avec stupeur que Valentin ne se moquait pas d'elle.

– Il ne manquait plus que ça ! grommela-t-elle.

Valentin courut réveiller Alphonse. Guidés par la lune, les deux hommes ouvrirent à la pelle un chemin entre la maison et l'atelier, le prolongèrent jusqu'au portail d'entrée et à l'avenue. Après deux heures d'efforts, les paumes couvertes d'ampoules, ils revinrent à la cuisine en nage.

Après un solide casse-croûte, Alphonse alluma les poêles mais les salles demeurèrent vides : tout le monde attendait le redoux au coin du feu, excepté Élodie. Toute la matinée, elle tourna en rond dans sa cuisine. Lasse d'entendre les jérémiades de sa sœur, elle s'aventura sur l'avenue dès qu'elle eut rangé la vaisselle de midi. Cent fois, elle trébucha et se releva. La robe et le manteau lourds de neige fraîche, les souliers mouillés, la respiration haletante, elle s'effondra sur la première marche du perron.

Quand elle eut enfilé des vêtements secs, choisis en hâte dans son armoire puis chauffés au-dessus du fourneau, Alice l'obligea à ingurgiter un grog :

– Bois-le très chaud, tu es glacée. C'est de la folie de sortir avec ce temps !

– Je m'ennuyais, rétorqua Élodie. Ici, il y a tellement de travail...

– C'est de la folie ! répéta-t-elle.

À peine reposée, Élodie retrouva la table de couture...

La nuit venue, elle proposa de préparer le repas ; elle aimait cuisiner mais en avait peu l'occasion. Ses œufs farcis régalèrent la tablée, surtout Alphonse.

Après le dîner, elle accepta volontiers de partager la chambre de Julie, loin d'imaginer qu'elle s'installait pour trois semaines chez ses patrons...

Honorine se présenta le lendemain vers dix heures, de vieilles galoches aux pieds, gloussant :

– Je suis arrivée en taxi ! Le traîneau des Lacure m'a prise sur le Mandarous et m'a déposée devant chez vous... Il partait livrer du charbon près du cimetière...

Elle narra son aventure au moins dix fois et ajouta des détails : la couleur et le nom du cheval, le nombre de sacs.

Les jours passèrent. Malgré le froid qui redoubla d'intensité, les rues s'animèrent ; on prit l'habitude de marcher sur la neige gelée. Pressé par sa mère, Alphonse chaussa les skis et partit à travers la ville convaincre les ouvriers non grévistes de revenir à l'atelier.

– Qu'ils amènent la gamelle ! dit-elle. À midi, ils la réchaufferont sur le poêle. Nous leur donnerons de la soupe et du pain...

Alice voulait honorer ses engagements pour Pâques, sauver ce qui pouvait l'être encore, retenir les boutiques les plus fidèles. Les commandes avaient chuté d'un tiers ; la maison avait perdu deux gros clients, *Le Printemps* et *Les Galeries Lafayette*, dont les chefs de rayon avaient annulé les ordres d'achat à la fin du mois de janvier, par crainte de ne pas être livrés. Il restait peu de temps...

Personne ne se fit prier mais, dès le premier soir, des incidents émaillèrent le retour de l'atelier. Un groupe de grévistes poursuivit les femmes aux cris de « À bas les jaunes ! À bas la jaunisse ! ». Des enfants lancèrent les chiens à leurs trousses ; l'un d'eux mordit une piqueuse au mollet. Piedplat reçut en pleine tempe une boule de neige dans laquelle se cachait un caillou. Étourdi par le choc, il tomba sur la chaussée et se foula le poignet gauche. Il rentra chez lui la joue dégoulinante de sang, grimaçant de douleur. La chasse aux jaunes reprenait ses droits.

Les blessés se plaignirent, exigèrent d'être aussi bien protégés que dans les usines. Alice promit. Elle n'avait pas le choix.

– C'est un coup de Capucin ! supposa Alphonse. S'il croit nous impressionner avec son lance-pierres...

Il escorta les ouvriers matin et soir, accompagné de Valentin qui n'était guère rassuré malgré la présence des gardes mobiles. Tous deux dissimulèrent un bâton ferré sous leur canadienne mais n'en soufflèrent mot à Alice qui frémissait de peur quand elle les savait en ville. Un matin de marché, depuis une fenêtre des maisons de la place Foch, n'avait-on pas tiré des coups de feu ?

La persistance du froid jeta le désarroi dans les familles. Après trois mois de grève, les économies avaient fondu comme neige au soleil. Malgré l'élan de générosité qui se manifestait dans les villes du Midi, à travers la France chez les gantiers, les cheminots ou les mineurs, la misère empirait et les enfants avaient froid.

Que faire ? On chuchota que des coupeurs en chambre défilaient le jour aux accents de *L'Internationale* et travaillaient la nuit pour les patrons.

Piedplat les railla :

– C'est ça le front syndical ? Ça tiendra pas longtemps. Ce sera la débandade avant Pâques...

Élodie ne les blâma pas, qui pensait à l'angoisse des mères :

– Si tu n'avais plus un sou en poche, tu serais bien content de tailler des peaux au noir pour nourrir tes gosses...

Marie tenta sa chance auprès d'Alice. Un soir où la lune jouait à cache-cache avec les nuages poussés par la bise, elle frappa au volet de l'une des fenêtres du magasin. C'était peu avant le dégel, vers la fin du mois de mars, en pleine *presse*.

La lumière brillait aussi à l'atelier de finition où s'affairaient Julie et Alice.

À travers les persiennes, elle reconnut Élodie qui préparait des boîtes de gants. Au troisième coup, le battant s'ouvrit enfin.

– Marie ! s'exclama-t-elle. Mais qu'est-ce que tu rôdes en pleine nuit ? Tu vas attraper une pneumonie !

Elle claquait des dents malgré son manteau et un fichu de laine noué sous le menton.

– Dépêche-toi de rentrer !

Élodie referma fenêtre et volet, se précipita vers le vestibule, tira les trois verrous de la porte.

– Viens te réchauffer devant le poêle !

Elle remarqua son teint pâle, ses joues amaigries, sa silhouette plus fine. Marie avait fondu. « Quelle lessive ! »

Alice n'avait pas bougé de sa table : elle « dressait » une paire de gants brodés à l'aide d'un nouveau modèle de mains chaudes doté d'une résistance électrique.

– Tu as acheté des mains creuses ? fit Marie.

– Le représentant me les a prêtées pendant quelque temps.

– C'est mieux que les mains de fer ?

– Elles gardent la chaleur plus longtemps...

Marie suivit Alice à la cuisine. Elles burent une tasse de café et mangèrent des pets-de-nonne[1] que la bonne avait cuits avant le dîner. Marie les savoura lentement, les yeux mi-clos.

– Les enfants n'en ont pas eu pour le carnaval, dit-elle. C'est de plus en plus dur pour nous. Si tu avais un peu de travail...

Alice la regarda, interloquée.

– Du travail ? Mais tu es en grève !

– Je peux venir après souper de huit heures à minuit. Ou même une heure... Ce qui t'arrangera...

Depuis deux semaines, toute la famille besognait le soir jusqu'à onze heures ou minuit, ne s'accordant aucun repos le samedi et le dimanche. Élodie se pliait à cette cadence qui lui rappelait celle de l'atelier Perrin à New York au moment de la *presse* de Noël ou de Pâques ; Julie sacrifiait ses soirées. Quant aux vingt couturières de la campagne, elles ne savaient plus où donner de la tête.

– Ton mari est d'accord ?

– Il n'a pas dit non. Après Pâques, il ira piocher les vignes de la côte de La Cavalerie ou du travers de Longuiers...

– Ce n'est pas prudent de traîner en ville, reprit Alice.

Marie habitait la rue du Four-à-Chaux, près des quais du Tarn ; elle aurait à traverser Millau pour retourner chez elle.

– L'autre nuit, une femme a été bousculée par les cosaques sur le boulevard, ajouta-t-elle. Elle rentrait

1. Les pets-de-nonne sont des beignets en forme de losange. On les appelle parfois pets-de-vieille ou merveilles.

tranquillement chez elle. Ils lui ont frotté les côtes avec leurs matraques... Je m'en voudrais s'il t'arrivait quelque chose... Ton mari ne me le pardonnerait pas...

– Je me débrouillerai, trancha Marie. Je coucherai à l'atelier, je partirai à l'aube par le verger... Nous avons trop besoin d'argent...

Puis, à mi-voix :

– Valentin n'aurait rien pour mon beau-frère ?

– Celui qui braille sous nos fenêtres les jours de défilé et qui te bourre le crâne ? s'écria Alice.

Confuse, Marie hocha la tête :

– Depuis un an, il n'a pas grand-chose. Il travaillait pour Prévot, un peu pour Jonquet...

– Tu en discuteras avec Valentin, décréta Alice. Il lui faudrait un coupeur de plus en ce moment mais ça m'étonnerait qu'il accepte. C'est trop risqué. Les voisins l'entendront, ils le dénonceront...

– Ils n'entendront rien : il prendra ses précautions ! La semaine dernière, il a dépanné une usine ; il avait enveloppé les pieds de la table avec des chiffons. C'est une vieille astuce de coupeur !... Tu en parleras à Valentin ? S'il pouvait me donner une réponse demain...

Alice interrompit son bavardage :

– Tu as vu l'heure ? Ne te retarde pas...

Marie l'embrassa puis croqua un dernier pet-de-nonne, d'un air songeur :

– Tu sais... On est à bout... Sans les syndicats, on lâcherait et on se remettrait au travail...

– Ce n'est pas mieux chez nous, soupira Alice.

Certains patrons l'accusaient de soutenir les positions du maire radical de Millau, François Barsalou, ennemi juré de Jonquet. Elle ne les ménageait pas et leur reprochait crûment, aux réunions de la Chambre, de ne pas chercher une solution à la grève.

– Pourtant il faudra bien en sortir, glissa-t-elle.

– On se fera blouser, répondit Marie, amère. Une fois de plus...

La neige fondit; le *coufidou* manqua sur de nombreuses tables le dimanche de Pâques; le soleil printanier redonna de la couleur aux visages anémiés mais ne chassa pas la lassitude qui empirait de jour en jour.

Luttant contre le dégoût et l'impression de gâchis, Alice passait ses soirées à préparer de nouveaux modèles. Dans un somptueux catalogue publié quatre ans plus tôt à l'occasion de l'Exposition coloniale de Vincennes, elle puisait des idées pour les motifs de ses broderies: une aile de papillon d'Extrême-Orient, un plumage de perroquet d'Afrique, un boa d'Amazonie, une aigrette. Sous le charme des sortilèges exotiques, elle rêvait de coudre des gants en peau d'autruche...

Un soir d'avril, elle s'apprêtait à refermer ses carnets de croquis lorsque la sonnerie du téléphone la fit sursauter. Elle laissa tomber le crayon; son cœur se mit à battre plus fort. À cette heure tardive, ce ne pouvait être qu'une mauvaise nouvelle. Aussitôt, elle pensa à sa mère, fatiguée et malade.

Un garrot à la gorge, elle décrocha après la troisième sonnerie. C'était mademoiselle Joulie, l'une des responsables de la CFTC[1], plus modérée et plus souple que Libourel, meneur du Comité.

Un quart d'heure plus tard, impatiente de retrouver Valentin qui devait somnoler en l'attendant, Alice quitta le bureau sans prendre le temps de ranger ses ébauches dans le coffre-fort ni d'éteindre la lampe. Elle monta les escaliers quatre à quatre. Un rai de lumière filtrait sous la porte de la chambre. Elle bondit sur la poignée, entra dans la pièce et s'écria:

– On va négocier!

1. Confédération française des travailleurs chrétiens.

Valentin qui s'était assoupi un livre entre les mains, se réveilla.

– Les patrons sont d'accord pour discuter et nous ne le savions pas ? dit-il en se frottant les yeux.

Assise sur le bord du lit, elle caressa son visage, prit ses mains, raconta sa conversation avec mademoiselle Joulie :

– Tout a été si vite qu'ils n'ont pas prévenu tout le monde.

– Pour eux, nous ne comptons pas beaucoup ! ironisa-t-il.

– La CFTC veut en finir avec la grève, la Chambre syndicale en profite pour jouer la division chez les ouvriers...

À l'inverse des autres syndicats des cuirs et peaux, la CGTU[1] et la CGT[2], la CFTC rassurait les patrons : elle ne prônait pas la lutte des classes ni le grand soir que redoutaient tant les rentiers. Depuis les premiers jours du mois de janvier, son audience n'avait cessé de croître parmi les gantiers. Elle avait ouvert des magasins d'alimentation qui pratiquaient des prix inférieurs de trente à quarante pour cent aux tarifs des épiceries millavoises ; ils avaient autant de succès que la soupe populaire de la CGT et de la CGTU.

– Elle propose trente francs par jour pour les coupeurs, poursuivit Alice. Et quinze pour les femmes...

– C'est courageux, convint-il. Tu crois que ça marchera ?

– C'est la dernière chance... J'ai promis à mademoiselle Joulie de l'appuyer auprès de la Chambre... Si on veut bien m'écouter...

Elle essuya des rebuffades. Les grands patrons l'écartèrent des discussions car elle ne siégeait pas à

1. Confédération générale du travail unifiée, fondée en 1920 à partir d'une scission de la CGT, de tendance communiste.

2. Confédération générale du travail, d'influence socialiste.

la commission des salaires ; ils souhaitaient, en fait, négocier seuls.

De plus, l'un d'eux chercha à la couvrir de ridicule, fouillant dans son passé :

– Comment voudriez-vous défendre nos intérêts alors que vous étiez avec les communistes aux caves de Roquefort ?

Leur comportement la révulsait, mais elle réprima sa rage et dut s'incliner. Jour après jour, mademoiselle Joulie l'informa de l'avancement des pourparlers, âpres, difficiles, qui durèrent deux semaines. Elle se raccrocha à cet ultime espoir...

L'accord révisa à la baisse les prétentions syndicales : un franc de moins pour les femmes, deux francs pour les hommes. Une fois encore, les patrons triomphaient. Nombre de grévistes se sentirent humiliés, déçus de s'être battus si longtemps pour si peu. Marie ne cacha pas ses désillusions :

– Qu'est-ce que je t'avais dit ? lança-t-elle à Alice. Les patrons seront toujours aussi forts : ils ont roulé les *catétous*[1] dans la farine ! C'est mieux qu'en décembre mais on va perdre gros...

Une écrasante majorité se prononça pour la reprise du travail contre l'avis de la CGT et de la CGTU qui entendaient continuer la grève, furieuses d'avoir été exclues des négociations. Le front uni des débuts vola en éclats...

Les gardes mobiles se montrèrent peu dans les rues le jour de la foire du 6 mai, veille du retour des grévistes dans les ateliers. Le sous-préfet leur recommanda d'être discrets pour ne pas gêner les affaires ; les commerçants se plaignaient de leur présence qui dissuadait les gens de la campagne de venir les jours de marché.

Ce matin-là, Valentin annonça à sa femme qu'il

1. *Catétous* : sobriquet donné aux catholiques.

partait rejoindre des coupeurs de chez Guibert au café des Bateliers.

– Nous avons nos habitudes pour la foire du 6 mai, dit-il. Je ne les ai pas revus depuis Noël... Ça me manque...

La veille, le premier tour des élections municipales avait permis à la liste de droite, menée par Caussignac, de distancer l'équipe du maire radical sortant. Aussi, Alice le mit-elle en garde :

– Ils ne parleront que de politique et de la grève... Tu risques de passer un mauvais moment !

Valentin n'y songea pas une seconde :

– On se connaît depuis trop longtemps...

Il rentra vers onze heures. Radieux.

Soudain, il se rappela qu'il avait oublié de ramener la fouace de l'une des boulangeries du Mandarous.

Honorine grommela :

– Ça ne pense qu'à traîner dans les cafés !

Dans chaque maison, il était de tradition de manger une fouace le jour de la foire du 6 mai.

– Dépêche-toi ! souffla Alice. À midi, il n'en restera plus.

Il la porta encore tiède, embaumant l'eau de fleur d'oranger.

Honorine la servit avec les premières fraises de la vallée et une crème anglaise. Ce fut un régal. Chacun les savoura en silence. Elles étaient fraîches, craquantes, parfumées. Elles avaient le goût du printemps, du calme des sous-bois, de la paix retrouvée...

Alice dormit peu, préoccupée par la rentrée des grévistes et les animosités qui pourraient naître d'un mot de Piedplat ou d'une maladresse d'Élodie.

La réaction de Capucin la tourmentait plus encore : elle craignait qu'il ne se vengeât en apprenant son renvoi de l'atelier. Après une longue discussion avec son mari et son fils, elle avait fini par se ranger à leur avis, partagé par Piedplat et les autres coupeurs : Capucin n'avait plus sa place chez eux.

– Ce sera la guerre s'il revient! l'avait prévenue Piedplat qui le tenait pour responsable de sa blessure. C'est une tête brûlée!

Alphonse exigeait aussi son départ.

Alice avait interdit à son fils et à Valentin de l'accompagner au portail pour le refouler.

– J'irai seule, dit-elle. Il m'a toujours respectée.

Un peu avant huit heures, elle se posta à l'entrée. Les coupeurs et les piqueuses arrivèrent en bande comme à l'ordinaire. Capucin se présenta le dernier, sifflant, les mains dans les poches, le nœud de cravate défait. La sirène avait sonné, le portail était fermé.

– Tu peux repartir, lâcha fièrement Alice, les coudes plantés sur le montant de bois à la peinture écaillée.

– Votre pendule avance! s'exclama-t-il, arrogant. C'est comme avant la grève, ça n'a pas changé.

Il essaya d'ouvrir le loquet; Alice l'avait bloqué avec une cale.

– Tu peux repartir, répéta-t-elle. Valentin n'a plus besoin de toi.

Il secoua nerveusement le portail. Elle recula d'un pas.

Depuis le vestibule, à travers les carreaux de la porte à double battant, Valentin et Alphonse observaient la scène, prêts à bondir.

– Tu as été trop loin, expliqua calmement Alice, sans chercher à fuir son regard dans lequel brillait de la haine. Je t'aurais repris comme les autres si tu t'étais bien conduit...

De ses poings, il martela le portail.

– Vous regretterez de m'avoir jeté à la rue! Les syndicats vous mettront à l'index: plus aucun coupeur en chambre ne travaillera pour votre maison. Toute la ville le saura! On collera des affiches partout. Ce sera la honte!

Alice le laissa vociférer et se dirigea à pas lents vers le perron, indifférente à ses menaces qu'elle n'entendait plus, mais le visage triste. C'était la première fois qu'elle renvoyait un ouvrier... Tout au long de la matinée, il y eut du flottement à l'atelier. Piedplat, Valentin, Alphonse, Élodie épuisèrent des trésors de patience pour éviter les heurts. Dans l'après-midi, chacun retrouva sa place, ses gestes, ses manies.

Après le dîner, alors qu'elle se promenait seule dans le verger, Alice vit revenir Marie les bras chargés d'un paquet enveloppé de papier journal.

– C'est pas grand-chose, dit-elle. Mais j'y tenais...

C'était un bouquet de roses rouges.

– Je viens de les cueillir, ajouta-t-elle. Ce sont les premières...

Sur le vieux banc de bois, elles papotèrent jusqu'à la nuit.

Alice et Valentin consentirent beaucoup d'efforts pour restaurer la confiance des clients perdus pendant la grève, les persuader de commander à nouveau des gants de Millau alors que les maisons de Grenoble et de Chaumont les avaient détournés vers les peaux de chevreau. Fermement décidée à les reconquérir, Alice multiplia les voyages à Paris et dans le Midi, les rencontra tous, s'évertua à les convaincre que ses modèles seraient aussi beaux qu'avant et surtout moins chers. Paulèle se fit prier pour l'aider :

– Ce sera difficile de lutter contre Grenoble...

Ulcérée par ses manières et sa mollesse, elle faillit le congédier puis se ravisa, exigeant que *Le Printemps* et les *Galeries Lafayette* reprennent ses gants avant Noël :

– Débrouillez-vous avec les chefs de rayon. Sinon...

Pendant presque un an, elle étudia de nouveaux coloris avec le jeune mégissier, plein d'allant et d'idées.

– Ça me dépasse ! ressassait le père Paulhe.

Son fils, Gustave, un blondinet à la silhouette frêle, était arrivé à point nommé pour moderniser l'affaire familiale, au moment même où les mégisseries millavoises mettaient en œuvre une révolution hardie :

l'abandon de la teinture à la brosse au profit de la teinture en *plongé* dans un tonneau. Désormais, la peau trempait dans un bain savamment préparé par le mégissier, la couleur pénétrait sur toute son épaisseur et ne se contentait plus de la pigmenter d'un maquillage éphémère qui s'effaçait avec le temps.

– Ça me dépasse ! répétait le père Paulhe, perplexe. C'est de la sorcellerie !

La technique réclamait des compétences qu'il ne possédait pas mais il se réjouissait que son fils fût capable de la maîtriser. Il fallait avoir du nez pour obtenir la teinte voulue, prévoir les réactions des couleurs dont le mélange subtil donnerait du rose, du bleu layette, du fuchsia, du bordeaux, du marron tête-de-nègre.

– Il « sent » la couleur ! disait-il fièrement. Il a fait des études, il se débrouillera mieux que moi.

Dès les premiers essais, Alice admira son flair de teinturier, ses gestes, son art de doser les colorants, son souci de la perfection qui le poussait à recommencer le bain dix fois, à comparer la teinte sur des languettes de peau avant de s'écrier : « C'est bon ! » À ses yeux, c'était un magicien.

Fascinée par le spectacle des grosses barriques tournantes qui vomissaient des torrents de bleu ou de rouge sur le sol de l'atelier, elle songea à ses prochaines collections. Désormais, elle pourrait mieux s'adapter aux caprices de la mode et des clientes. Ainsi, ses gants auraient-ils plus d'éclat.

– Le blanc et le noir seront parfaits, jura Gustave.

Il ajouta avec conviction :

– Enfin ! Les Américaines ne résisteront pas au *plongé* de Millau. Elles se l'arracheront ! Nos peaux seront les plus belles du monde...

Alice expédia des échantillons à John Cornill, leur nouvel agent de New York, qui venait de racheter la clientèle de Harold Smith. La réponse ne tarda pas. Par télégramme, il demanda des prototypes en *doe-*

skin. Le rêve d'Alice, si souvent repoussé, était à portée de main. Elle trépigna d'enthousiasme :

– Cornill sera à Paris pendant l'Exposition ! Il veut nous voir. On ne peut pas le manquer. Il faut qu'on soit prêt.

– Quand ? s'inquiéta Valentin.

Elle feuilleta une pile de revues et tomba sur la date d'ouverture en parcourant un article sur le pavillon de l'Élégance :

– Le président Lebrun inaugure le 24 mai !

– Nous n'avons que trois mois devant nous, gémit Valentin. S'il n'y avait pas la *presse* de Pâques...

Gustave se prit au jeu

– J'y passerai mes nuits mais vous aurez votre *doeskin* !

Après Pâques, chacun retroussa les manches. Jusqu'à la veille de leur départ pour Paris, le 3 juin, la mise au point des prototypes occupa les conversations à l'atelier et à table. Honorine s'en mêla, hérissée de servir à toutes les heures :

– Cet Américain vous tourne la tête ! C'est quand même pas le président de la République !

Ils quittèrent la gare de Millau un soir pluvieux, fourbus, le cœur palpitant d'émotion. Dans le compartiment de première classe aux banquettes de cuir moelleuses, Alice s'endormit après Séverac, la tête posée sur l'épaule de Valentin, une main serrant sa valise...

Leur séjour parisien débuta sous les meilleurs auspices. Dès le premier jour, grâce à Paulèle que stimulait le retour remarqué des maisons millavoises sur le marché, ils obtinrent une commande de gants pour les poupées de porcelaine auprès d'un important fabricant qui exportait aux États-Unis et en Angleterre. En attendant l'arrivée de Cornill, ils visitèrent l'Exposition, s'attardèrent dans les allées des pavillons coloniaux, sortirent chaque soir assister aux joutes sur la Seine, applaudir Maurice Chevalier et Charles Trénet, admirer les jets d'eau illuminés, les colonnes lumineuses du pont Alexandre III et la tour Eiffel baignée de lumière. Ils n'eurent pas les yeux assez grands pour tout découvrir.

John Cornill leur fixa rendez-vous au pavillon de l'Élégance où il comptait les convier à la présentation des robes du soir de trente maisons de couture, les plus chic de Paris. Alice le reconnut dans la foule qui se pressait déjà autour des mannequins géants, trois statues du sculpteur Couturier ; il dépassait les hommes d'une tête et agitait une paire de gants blancs au-dessus de son chapeau. À peine les avait-il salués qu'il les entraînait vers son hôtel, fulminant contre le mauvais goût des Français.

– Je n'ai jamais vu de telles horreurs ! pesta-t-il. On ne présente pas des collections sur des statues alors que Paris a tant de jolies femmes ! C'est glacial ! C'est inhumain ! C'est insensé !

Cet accès de colère les refroidit.

Il était descendu au Palace, sur le boulevard Saint-Germain. Ils s'installèrent dans un salon discret et confortable où un garçon en gants crème leur servit des rafraîchissements ; Paris étouffait sous la chaleur. Après avoir bu d'un trait son verre de limonade, Cornill sécha ses mains moites à l'aide d'un mouchoir de batiste, puis examina les prototypes un à un.

De temps à autre, il hochait la tête, satisfait du travail, peu avare de compliments :

– Ce *doeskin* est raffiné ! Il est fin, sans défaut, doux, soyeux... C'est imbattable dans le monde.

Même s'il versait dans un excès de flatteries, il leur parut franc.

– Et votre... Votre... Comment appelez-vous la peau teinte de la même manière que les tissus ?

– Le *plongé*, s'empressa de répondre Alice.

– C'est ça, le *plongé* ! s'exclama-t-il, l'œil pétillant. Quelle tenue, quel brillant ! Vos gants en *doeskin* auront du succès à New York... Je suppose que vous leur avez trouvé un nom ?

Valentin marqua l'étonnement :

– Un nom ? Mais ce sera un gant Forestier !

– Vous m'avez mal compris, reprit Cornill. Dans les boutiques de New York, il y a le Neptune de Jonquet, l'Édelweiss de Guibert, le Kislav de Buscarlet... C'est important d'avoir un nom qui sonne bien à l'oreille. Certains gants ne se vendent que sur leur nom...

Valentin se tourna vers Alice :

– Tu y as pensé ?

– Bien sûr ! dit-elle à sa grande surprise. Ce sera Vénus !

– C'est une histoire de dieux, de Grecs ou de Romains ! supposa Cornill en éclatant de rire. Ou je n'y connais rien.

– Si vous voulez...

– Ça me plaît beaucoup.

– C'est l'étoile du berger, dit-elle. Celle qui brille le plus dans le ciel, après la lune... Quand j'étais enfant, mon père me la montrait souvent, le soir, avant de me coucher...

– Ce n'est pas une femme ? coupa l'agent, déçu.

– C'est aussi une déesse ! compléta-t-elle. C'est pour elle qu'on a inventé le gant. Parce qu'elle s'était piqué les doigts aux épines d'une rose...

– Merveilleux ! lança-t-il en battant des mains.

Valentin pressa Alice contre lui, l'embrassa. Ébloui.

Cornill avait deviné juste : Vénus scintilla comme une étoile aux vitrines de New York.

Dès l'automne, les commandes américaines plongèrent l'atelier dans l'euphorie.

– C'est reparti comme avant ! constata Valentin. Même mieux !

Alice, que ne grisait point le succès, en profita pour envoyer son fils à Grenoble. Elle dut insister devant son peu d'empressement à écrire au maître-ouvrier de chez Bondat.

– Tu m'avais promis... J'ai besoin de quelqu'un pour travailler le chevreau. Ça pourrait intéresser les Américains. Tu te souviens de ce que répétait ton père : on n'en sait jamais assez quand on est patron. Vas-y en pensant à lui... Il aurait été si content...

Alphonse céda et ne regretta pas les dix mois qu'il passa chez Bondat. Il rentra ravi, bourré de projets, l'esprit plus souple et plus large, avec une mine superbe après quelques jours de ski à L'Alpe-d'Huez.

Peu après son retour, Alphonse présenta Élise à sa mère.

– C'est sérieux cette fois-ci, souffla-t-il la veille.

Alice comprit pourquoi il avait tant hésité à partir :

– Tu voulais rester avec elle...

– On s'est écrit chaque semaine. C'est dur d'être séparés quand on s'aime...

Alice se força à sourire tant son aveu réveillait en elle les souvenirs des années de guerre...

Pour recevoir cette jolie brunette, effacée et presque timide, qui s'habillait simplement mais se montrait coquette, Honorine sacrifia une oie à rôtir et prépara un repas somptueux. Élise avait un petit appétit et mangea peu ; la bonne s'en offusqua :

– Ça ne picore pas plus qu'un oiseau sorti du nid ! Vous gardez la ligne pour plaire à Alphonse ?

– Fiche-lui la paix ! gronda Julie. Ce n'est plus une gamine !

D'un regard appuyé, Élise la remercia.

Née dans une famille ouvrière du Rajol, unique fille parmi cinq garçons, elle piquait des gants chez Jonquet. Alice et Alphonse lui firent les honneurs de l'atelier, après le déjeuner.

– Votre *doeskin* est beau, dit-elle en caressant la peau du bout des doigts. Plus beau que celui de Jonquet...

– On le dit, confirma Alice sans forfanterie.

À la boutique, elle s'extasia devant les mains de buis parées de modèles brodés, les meubles à gants ornés de poignées de laiton, les gravures de mode ramenées de l'Exposition de Paris...

Ils se fiancèrent au printemps 1939, annoncèrent leur mariage pour Noël et leur installation dans l'ancien logement de la tante Noémie que leur prêterait Alice.

Rien ne paraissait s'opposer à leur bonheur. La guerre ? Dans la liesse générale de la fête, nul n'y songea sérieusement. Certes l'un des frères d'Élise avait été maintenu sous les drapeaux après deux ans de service lors du rappel de certains réservistes en septembre 1938, mais personne ne croyait à une agression de l'Allemagne depuis la signature des accords de Munich. Pourtant...

Dès le début du mois d'août, alarmé par les titres des journaux et la montée du péril nazi, Alphonse prit l'habitude d'écouter deux fois par jour les informations de Radio-Toulouse. Le 1er septembre, la TSF interrompit ses programmes et une chanson de Rina Ketty pour annoncer la mobilisation générale ; une voix solennelle lut le décret des ministères.

Honorine s'arrêta net au milieu de la salle à manger, la cafetière entre les mains, saisie d'effroi.

– Ils sont fous ! murmura-t-elle.

La Marseillaise qui retentit à la fin du communiqué, les pétrifia.

Autour de la table, nul n'osait parler.

– On s'était battus pour que ce soit la dernière, glissa Valentin quand la bonne remplit les tasses. Ça n'aura servi à rien...

Alice gardait encore espoir :

– Ils ont mobilisé l'an dernier. Il n'y a pas eu la guerre...

– C'est plus grave, expliqua Alphonse. L'Allemagne a attaqué la Pologne. On n'y coupera pas...

Honorine pleura, couvrit de larmes son visage blême :

– Mon pauvre petit...

Au cours de l'après-midi, Alphonse apprit à la mairie qu'il devait rejoindre son régiment dimanche. Vers six heures, il partit attendre Élise à la sortie des usines. Elle s'effondra dans ses bras.

– C'est pas juste, dit-elle en sanglotant.

Ils marchèrent dans les rues, le cœur gros, tendrement enlacés, puis se dirigèrent vers les « abicasses » qui abritaient leurs jeunes amours depuis plusieurs mois. Au bord du Tarn, sous les bosquets de saules aux feuilles gris argenté, bercés par le clapotis de l'eau et la musique du vent dans les arbres, ils parlèrent longtemps. Quand la fraîcheur tomba, ils rentrèrent.

Alice voulut la raccompagner en voiture.

– Elle restera à la maison ce soir, décida Alphonse. On a si peu de temps à passer ensemble que je ne veux pas la quitter...

– Ils s'inquiéteront chez moi de ne pas me voir, bafouilla-t-elle.

– Je vais les prévenir...

Ils se réfugièrent de bonne heure dans la chambre d'Alphonse. À minuit, la lumière brillait encore lorsqu'Alice, lasse de revivre le cauchemar de l'été 14, se leva pour prendre du tilleul à la cuisine. Au passage, elle entendit des gémissements, des soupirs, des cris étouffés. C'était un chant d'amour. Beau, bouleversant.

Il y avait foule le dimanche matin à la gare autour de la machine qui ronronnait et guettait patiemment le signal du départ, mais peu d'enthousiasme chez les mobilisés. Pas de drapeaux aux fenêtres, pas d'inscriptions belliqueuses sur les voitures, pas de tapage : les hommes s'étaient résignés à combattre.

Quelques heures plus tôt, la France avait déclaré la guerre à l'Allemagne.

Il fallut se séparer. Le chef de gare siffla. Alphonse, penché à la fenêtre, s'égosilla une dernière fois :

– Élise ! Je t'aime ! Je t'aime ! Je t'ai...

Elle aussi s'époumona mais déjà le train s'éloignait.

Quand le feu rouge du dernier wagon se fondit au lointain, Élise chercha la main d'Alice.

Le soir même, elle s'installait dans la chambre d'Alphonse.

17

Le lendemain, l'armée réquisitionna les cuirs et peaux, la laine prête à être filée et les toisons que portaient les bêtes.

– Ils ne perdent pas de temps ! maugréa Valentin en relisant les trois pages d'instructions qu'un sous-fifre de l'intendance venait de lui transmettre après avoir inspecté les casiers. Ils ont déjà retenu les peaux des agneaux à naître !

– Et mes commandes ? grogna Alice.

Valentin se précipita chez le mégissier qui rangeait les magasins après le passage de l'Intendance. Gustave avait échappé à la mobilisation, exclu du service actif pour une fracture à la cuisse provoquée par un accident de voiture dans le Midi au cours de l'été 38. Il boitait encore, ce qui lui valait le surnom de Code-phare auprès de ses ouvriers.

– Trop tard ! dit-il. Les riz-pain-sel[1] ont raflé tout ce qu'ils ont trouvé...

Valentin s'appuya contre la porte de son bureau, désappointé :

1. *Riz-pain-sel* : officier ou sous-officier de l'intendance.

– C'est du gâchis... Ils n'en utiliseront pas la moitié...

– Détrompez-vous ! Les chasubles fourrées mangent beaucoup de peaux. Enfin... C'est raisonnable pour une chasuble-gilet. Mais pour les autres, il en faut davantage... Si l'état-major veut habiller les soldats de l'armée des Alpes, des guérites de la ligne Maginot et des régiments de l'Est, il en faudra des douzaines d'ici la fin de l'année... Plus que des douzaines : des montagnes !

Puis à voix basse, dans le creux de l'oreille :

– J'ai du stock à l'abri. Il ne manquera pas grand-chose... C'est grâce à mon père : il avait peur que je sois juste... Maintenant que Millau a dépassé Grenoble, on ne vous en tient pas...

Valentin retrouva le sourire :

– Tu m'enlèves une épine du pied ! On ne peux pas vendre des gants en peau de lapin aux dames de New York...

– La guerre sera courte, reprit Gustave d'un air confiant. Avec la ligne Maginot, on est plus forts qu'en 14. Ils se cogneront au mur !

– J'espère surtout qu'il y aura moins de morts...

Élise le souhaitait aussi de tout cœur, guettant chaque jour l'arrivée de la première lettre d'Alphonse. Pour tromper l'ennui, elle relut les mots d'amour qu'il lui envoyait de Grenoble.

Enfin, un mardi d'octobre, à son retour de l'usine pour le repas de midi, Alice l'attendait sur le perron. Elle brandit l'enveloppe dès qu'elle l'aperçut. Élise courut sans refermer le portail.

– Les nouvelles sont bonnes ? demanda-t-elle, essoufflée.

– Il surveille la frontière dans les Alpes...

D'un doigt nerveux, elle décacheta l'enveloppe carrée.

– Il a écrit le 6 septembre ! s'étonna-t-elle aussitôt. Elle en a mis du temps...

– Ce n'était pas plus rapide en 14, soupira Alice.

À l'approche de Noël, elle prépara un colis garni de friandises, de chocolat, de dattes fourrées, de charcuteries.

– Ils auraient pu nous le rendre pour quelques jours ! grommela Honorine. Il ne sert à rien là-haut. Il n'y a pas eu un coup de fusil...

C'était bien ce qui tourmentait Alice.

– Les Boches mijotent un sale coup, affirma-t-elle.

– Ils n'ont plus envie de se battre, supposa Élise. Les soldats ne tarderont pas à revenir...

Alice ne nourrissait aucune illusion quant au prochain retour de son fils, mais se refusait à la décevoir. Elle semblait si vulnérable...

Lorsque le régiment d'Alphonse se déplaça vers la Lorraine, Alice acheta une carte de France qu'elle fixa au mur de son bureau. Cent fois dans la journée, son œil se posait sur la frontière dentelée qui séparait l'Allemagne de la France. Pendant plusieurs semaines, la tête rouge de la punaise ne bougea pas.

Brusquement, les événements s'accélérèrent un matin de mai : Alphonse annonça dans une courte lettre que son unité patrouillait près de la Belgique, les divisions de Panzer envahirent la France à Sedan.

Élise perdit sa place chez Jonquet.

À midi, la jeune piqueuse rentra en larmes, paniquée :

– Pourquoi c'est tombé sur moi ? J'étais dans la maison depuis dix ans... J'aurais eu la prime de fidélité à l'automne. D'autres filles ont été embauchées après...

Alice regrettait de ne pas avoir suffisamment insisté pour qu'elle quittât Jonquet après la mobilisation d'Alphonse et vînt travailler à l'atelier ; elle la connaissait trop peu, craignait de la brusquer. De semaine en semaine, se raccrochant à ses amies d'usine et à ses habitudes, Élise avait sans cesse reporté son départ. Maintenant, elle s'en mordait les doigts.

Julie la secoua sans ménagements :

– Tu aurais pu te douter qu'ils te débarqueraient. Tout le monde sait que tu es fiancée à mon frère. Alphonse est le futur patron des gants Forestier... C'est un concurrent de Jonquet !

Sa mère chercha à dédramatiser la situation :

– Partout, il y a moins de commandes et moins de travail. C'était la même chose pendant l'autre guerre. Il y aura des débauchages dans tous les métiers... Chez Jonquet comme chez nous...

Le fonctionnement de l'atelier s'en ressentait déjà. Depuis la fin avril, Alice n'occupait qu'un tiers des couturières à domicile, tandis que Valentin n'avait pas remplacé les deux coupeurs mobilisés et confiait davantage de *passes* aux gantiers en chambre au moment des coups de feu.

Que faire d'Élise ? Alice répugnait à renvoyer une ouvrière pour la caser chez les filles du piqué anglais ; elle lui proposa d'aider à la boutique et au magasin. Les premiers jours, quand elle repartait de l'atelier de finition les bras chargés de cartons, des pimbêches chuchotaient sur son passage :

– Elle ne se foule pas ! C'est pépère d'être la poule du patron...

– Et de jacasser comme des pies en écrasant les coutures des gants ! répliquait-elle.

Alice dut intervenir pour calmer les esprits.

Les débuts d'Élise passèrent vite au second plan, éclipsés par la distribution des cartes d'alimentation puis la déroute de l'armée française.

– Avec quoi je cuirai les confitures cet été ? s'emporta la bonne. Avec du sel ? Ces messieurs de Paris marchent sur la tête : sept cent cinquante grammes de sucre par personne pour le mois ! J'aurai de quoi sucrer quatre ou cinq kilos de prunes avec les coupons de la maison. Comment je vais me débrouiller ? Au 15 août, mes confitures auront moisi ! S'ils croient qu'on gagnera la guerre en mangeant moins de sucre...

– D'ici deux mois, ce sera le chocolat ! surenchérit Julie. Puis le pain, le café, le beurre, le vin ! Il n'y aura plus rien chez l'épicier.

– Heureusement que j'ai des provisions, souffla Honorine.

Alice se taisait, effarée par l'écrasement des armées alliées, que la presse ne pouvait passer sous silence malgré les communiqués fanfarons des généraux repris sur Radio-Toulouse à grand renfort de *Marseillaise*. Elle s'imaginait le pire : les Allemands paradant dans Millau avant la Saint-Jean. Ils défilaient à Paris le 14 juin ; ils continuaient leur avancée vers le sud ; des cohortes de réfugiés traversaient Millau, s'y arrêtaient. Alors... Tout devenait possible.

Le sort de son fils accaparait son esprit. Était-il vivant, blessé ? Comment savoir ? Le facteur n'apportait plus de lettres.

Le jour de la signature de l'armistice, elle se rendit à la mairie et à la sous-préfecture pour tenter d'obtenir des renseignements sur Alphonse. On la renvoya sur la préfecture à Rodez où un rond-de-cuir peu aimable lui répondit :

– Voyez avec le ministère de la Guerre, madame !

Existait-il encore ? Elle s'enhardit à téléphoner. L'opératrice ne sut trouver le bon numéro : le gouvernement avait fui Paris pour se terrer à Bordeaux qu'il venait de déserter pour Vichy.

C'était décourageant.

– Il est peut-être en Angleterre, disait Julie.

– Ou en route pour Millau, prétendait Élise.

Chacun se donnait une raison d'espérer.

Il y eut enfin une lettre : il était prisonnier des Allemands depuis le 4 juin, capturé avec ses camarades sur une plage du Nord où ils avaient guetté en vain l'accostage d'un bateau pour l'Angleterre.

– Il n'a pas une égratignure ! s'écria Alice, libérée de l'angoisse qui l'étreignait depuis des jours et des nuits. C'est un miracle.

Un indicible bonheur la submergea.

Honorine promit d'allumer un cierge à la chapelle de la Salette où les Millavois devaient se rassembler, ce soir-là, à la tombée de la nuit, après une procession aux flambeaux pour les prisonniers :

– Ma grand-mère y est allée en 70. Mon grand-père est rentré de la guerre sain et sauf...

– J'irai aussi ! lança Élise. Je veux qu'il revienne vite !

C'était une matinée de juillet, douce et belle.

Le jour des cinquante ans d'Alice.

Une longue attente commença, ponctuée de craintes et de faux espoirs. À l'automne, Alphonse quitta le camp de la région de Lille où il croupissait depuis la débâcle, pour un stalag établi aux portes de Berlin. Son commando travaillait dans une usine de confection de chaussures ; il se plaignait de la discipline, du froid, de la faim. Pourtant, chaque semaine, Alice et Élise expédiaient un colis dans lequel elles glissaient leurs lettres, entassaient tout ce qui pouvait supporter le voyage : des gâteaux, des figues et des raisins secs, des boîtes de sardines, du chocolat...

Le dimanche, Simone remettait à sa belle-fille tantôt un bonnet, un tricot de laine épaisse ou une écharpe, tantôt des noix ou de la pâte de coing. Elle ne décolérait pas :

– Si ces salauds de Boches touchent à un cheveu d'Alphonse, je prierai pour qu'ils aillent en enfer !

Ses piques fondaient sur les fonctionnaires de Vichy :

– Ces couillons avaient besoin de s'aplatir devant les Boches et de nous dérégler les pendules ? Pourquoi on serait en avance de deux heures sur le soleil ? Nous, on reste à l'heure vieille...

Depuis la mort de son fils cadet, elle gardait une dent contre les députés, les généraux et les Allemands. Malgré tout, la générosité de cette vieille femme, aux cheveux aussi blancs que neige, demeurait inaltérable. Chaque semaine, elle puisait dans sa cave pour remplir de pommes de terre, choux, citrouilles, lard, poulets, lapins et œufs, le coffre de la traction de Valentin, puissant modèle de onze chevaux acheté au printemps 1938 en même temps que la Peugeot 402 d'Alice, qui fonctionnait au « gaz des forêts » faute d'essence.

– Profitez-en ! disait-elle d'un geste large. Vous n'aurez rien de tout ça avec vos tickets dans les épiceries de Millau.

Alice la freinait :

– C'est beaucoup trop. Vous n'aurez pas assez pour vous...

– Pensez-vous ! répondait-elle en ajoutant quelque chose. On ne mange plus comme à vingt ans !

– Auguste nous donne plus qu'il nous faut, insistait Julien.

C'était leur voisin le plus proche. Il soignait leurs vignes, prenait les trois quarts de la vendange, fournissait du grain pour la basse-cour et des pommes de terre, livrait un cochon gras en février dont la moitié revenait à Alice.

– Faites des réserves ! recommandait Simone. Des fois que le Vieux ait envie d'engraisser les Boches !

Valentin camouflait les victuailles, enveloppées dans des toiles de jute, sous les sièges et les sacs de charbon de bois. Jamais, au retour de Compeyre, ils ne furent inquiétés. Une seule fois, dans la traversée d'Aguessac, les gendarmes de Millau les arrêtèrent mais ne fouillèrent pas la voiture.

– On vous connaît bien ! fit le brigadier en portant deux doigts à la visière de son képi. Vous n'êtes pas des gens qui trafiquez !

Clothilde les enviait de vivre si près de la campagne. En janvier 1941, lors de son premier voyage à Paris depuis l'occupation de la capitale, Alice lui apporta un peu de saucisse et des pommes.

– On a failli fermer et partir pour l'Aveyron quand les soldats ont rappliqué, avoua-t-elle. Ils sont partout, ils font comme chez eux, ils viennent avec des filles à l'hôtel...

Lorsqu'elle les croisait en fin d'après-midi dans le couloir, Alice avait honte pour ces femmes.

Les rues de Paris résonnaient du bruit des bottes, des ordres et des chants guerriers, du vrombissement des moteurs d'automitrailleuses. À chaque pas, elle tombait sur une patrouille ou un groupe de gradés qui la reluquaient d'une drôle de façon. Dans le magasin de madame Figari, tenu depuis quelques mois par sa nièce Aurore, elle tomba sur deux officiers qui choisissaient de très beaux gants de femme. À cette heure matinale, ils étaient les seuls clients, le dos tourné à l'entrée, un binocle sur le nez, l'œil rivé aux mains de buis, captivés par les explications d'Aurore.

Le bruit sec du timbre de la porte les fit sursauter. Aussitôt, ils se retournèrent, se mirent au garde-à-vous, claquèrent des bottes.

Aurore éclata de rire :

– Pas d'affolement, messieurs ! Je ne reçois la générale que cet après-midi. J'attendais madame Brunet...

Elle présenta Alice.

L'un d'eux, le plus jeune, ôta son képi et se dirigea vers elle :

– C'est vous, chère madame, qui brodez ces si jolies choses ? Oh ! je suis ravi de vous rencontrer. Vous allez nous conseiller...

Les doigts crispés sur son sac à main, Alice resta comme paralysée au milieu de la pièce.

– N'ayez pas peur ! dit-il. Avancez.

Il s'approcha d'elle, s'inclina pour baiser sa main, recula devant sa raideur qu'il prit pour du dédain, et pâlit.

– Je vous fais si peur ? s'étonna-t-il d'un ton hautain.

Elle adopta un air faussement désolé :

– Sûrement... Je ne suis à Paris que depuis deux ou trois jours. J'ai beaucoup de mal à m'habituer aux uniformes allemands... Je n'aime pas leur couleur... Je n'ai jamais aimé ce vert...

D'un geste rageur, il épousseta sa veste et coiffa son képi, puis aboya un ordre à l'officier qui l'accompagnait.

Aurore voulut les retenir mais ils l'écartèrent.

Après leur départ, la vitre de la porte trembla.

– Vous êtes folle ? vociféra Aurore. À cause de votre stupidité, j'ai perdu deux clients et je vais avoir des ennuis...

– Vous n'en aurez pas, rectifia Alice. Vous les fréquentez trop...

– Ils achètent beaucoup, ils payent bien.

– Tant mieux pour vous, ironisa-t-elle.

– Pour vous aussi. Sinon vous pourriez plier boutique... Le jour où il n'y aura plus de zone libre, vous serez obligée comme moi de leur cirer les bottes ! Ils ont du charme et apprécient les belles femmes ! ajouta-t-elle d'un air connaisseur. Pourquoi se gêner ? Il faut bien vivre !

Tant d'aplomb et de bêtise écœurèrent Alice qui quitta Paris dégoûtée de tout.

Elle devait se souvenir de cette scène dans le moindre détail au matin du 11 novembre 1942 lorsque l'annonce de l'occupation de la zone sud l'atteignit en plein cœur. C'était à l'heure du premier café, ou de ce qui en tenait lieu – un infâme breuvage composé de chicorée et d'orge grillée. Habillée à la hâte, Alice s'était réfugiée à la cuisine près du fourneau encore tiède dont elle avait ranimé les braises. Depuis le rationnement du charbon et du gaz, ils ne chauffaient plus que cette pièce où ils se calfeutraient le soir pour relire des romans achetés avant la guerre, écouter les sketches laborieux de Raymond Souplex sur la vie chère, que ressassait à longueur de semaine la radio de Vichy, auxquels ils préféraient l'humour de Pierre Dac et les chansons de Maurice Van Moppès à la BBC. Valentin avait installé le poste sur le buffet d'où, ce matin-là, s'échappa une voix nasillarde :

– Voici un communiqué du Grand Quartier général du Führer et du Haut commandement : « Le 11 novembre au matin, les troupes allemandes ont franchi la ligne de démarcation qui sépare la zone occupée de la France de la zone non occupée... »

Avant que le porte-parole du gouvernement de Vichy n'achève sa phrase, elle tourna le bouton. Glacée par la nouvelle.

Elle en oublia la casserole du café sur la cuisinière.

– Ça verse ! s'écria Valentin en entrant dans la pièce.

L'air absent, le front sillonné de ridules, Alice lui parut soudain vieillie. Elle n'avait pas brossé ses cheveux bouclés où brillaient les premiers fils d'argent.

Il la pressa de questions :

– Tu es malade ? Tu as mal dormi ? Tu as eu froid ?

– Les Allemands arrivent. Il n'y a plus de zone libre...

L'abattement le gagna à son tour.

Au début de l'après-midi, les premiers soldats pénétrèrent dans la ville. Leurs side-cars parcoururent les boulevards et les rues en tout sens, avant de stationner place des Consuls. Par centaines, ils envahirent Millau, réquisitionnèrent l'hôtel Terminus pour y établir la Kommandantur. Alice frémissait de peur à l'idée de les savoir si près de chez eux, en face de la gare.

À peine les paquetages défaits, les officiers déferlèrent dans les boutiques ; ils voulaient offrir des gants pour Noël à leurs femmes ou leurs fiancées. L'un d'eux, le capitaine Hans, un blond grand et svelte, se montra assidu : il descendait tous les trois jours du camp du Larzac où il commandait un détachement de chars. Peu à peu, il s'incrusta, essayant de nouer la conversation avec Constance ou Élise, feuilletant des revues de mode, explorant les tiroirs à la recherche d'un modèle rare. Ses manières finirent par indisposer les vendeuses, surtout Élise. Elle se braqua le jour où, seule un court instant dans la boutique, il lui susurra :

– Je pourrais peut-être faire quelque chose pour votre fiancé si vous étiez gentille avec moi...

Élise comprit ce qui l'attendait. Elle faillit le gifler, en parla à Alice qui le pria de ne plus l'importuner.

– Tant pis pour vous ! dit-il, narquois. Quand votre fils aura des ennuis, je ne lèverai pas le petit doigt...

– Des ennuis ? répéta Alice.

– Il en aura sûrement, affirma-t-il sur le même ton. C'est une tête de mule et un mauvais Français ! Il s'est déjà évadé deux fois du stalag mais il a été repris par les chiens. À la troisième fois, il sera transféré au camp de Rawa-Ruska. C'est pour les saboteurs et les récidivistes. Là-bas, on ne saute pas les barbelés.

Ces révélations les laissèrent pantoises, toutes deux.

Elles les plongèrent aussitôt dans une profonde anxiété, découvrant que le capitaine Hans n'ignorait rien du sort d'Alphonse. Les services de renseignements avaient dû également lui apprendre que Valentin avait refusé à deux reprises de grossir les rangs des sections de la Légion volontaire des Combattants, créée à la gloire de Pétain...

Jouant avec sa ceinture pour masquer son irritation, il ajouta :

– J'aurais pu aussi...

– Vous auriez pu ? reprit Alice, poussée par la curiosité.

– J'aurais pu vous aider à obtenir des marchés de l'Intendance, répondit-il avec cupidité. Les armées du Reich ont besoin de gants et de gilets pour l'hiver. Ça se chiffre par dizaines de milliers. C'est intéressant dans votre cas. Ça vous éviterait de débaucher...

Chaque mois, depuis l'été, Jonquet, Buscarlet et Guibert-Frères fabriquaient cinq mille douzaines de moufles fourrées pour équiper les soldats engagés à l'Est face aux Russes. L'Intendance allemande avait imposé ces commandes ; ce n'était un secret pour personne. Les patrons des trois usines avaient repris les centaines d'ouvriers mis au chômage au début de l'été. Condamnée au même moment à se séparer des six dernières piqueuses rentrées à l'atelier, faute de travail suffisant, Alice s'avérait incapable d'enrayer la baisse des ordres d'achat qui s'accentuait au fil des mois. Le capitaine Hans, rusé comme un renard, l'avait deviné.

– L'Intendance préfère s'adresser aux usines qui sont équipées pour produire vite et en grande quantité, poursuivit-il, mielleux. Si j'interviens, elle changera d'avis sans difficulté. Vous vous doutez, chère madame, que j'ai mes relations ! Il est encore temps pour les contrats des gilets de peau : ils ne seront pas signés avant trois ou quatre mois. Je me contenterai de quelques cadeaux, d'une petite commission... Vous devriez y réfléchir...

Sa moue dédaigneuse le força à hausser le ton :

– Vous n'êtes pas convaincue ?

Comme Alice ne bronchait pas, il brailla :

– Vous oubliez que la Kommandantur peut réquisitionner votre atelier, vos voitures, votre maison pour les officiers... Même si ça ne vous plaît pas !

Son rire méchant résonna dans la pièce.

Il la salua fraîchement puis referma la porte avec soin, jubilant à l'idée qu'il la laissait troublée.

Alice refusa son jeu ; elle ne pouvait détacher de son esprit et de ses cauchemars l'image d'Alphonse poursuivi derrière les rideaux de barbelés par des chiens en furie. Chassé comme du gibier.

– On se serrera la ceinture mais on ne s'aplatira pas devant lui, décréta-t-elle, encouragée par Valentin qui supportait de moins en moins la présence des « vert-de-gris ». Tant pis s'il nous oblige...

Elle souhaitait paraître la tête haute devant son fils au jour de sa libération, consciente qu'elle risquait de le payer cher.

Les deux grand-mères moururent à trois semaines d'intervalle, cet hiver-là. Justine s'éteignit sans bruit au cours d'une nuit froide et neigeuse de janvier 1943 ; Grégoire la découvrit raide, à ses côtés, lorsqu'il se réveilla un peu avant l'aube.

Lui qui était si dur et sec en avait encore les larmes aux yeux à la fin de l'après-midi en embrassant Alice sur le pas de la porte :

– Ta mère s'est endormie bien contente hier soir...

– Elle n'aura pas donné de mal, jeta la femme de Léon.

Son visage était lisse, reposé.

Alice et son père restèrent un long moment seuls, assis sur une chaise près du lit, dans la semi-pénombre de la chambre.

– On avait parlé de toi avant de se coucher, chuchota-t-il.

Il posa ses doigts noueux sur la main fine de sa fille :

– On le faisait souvent le soir quand on n'avait pas sommeil. Tu nous manquais... Elle aurait aimé te revoir...

– Vous m'avez manqué aussi.

– Tu connais ton frère ; il se serait fâché si on t'avait invitée.

Puis dans un ultime effort, Grégoire avoua :

– Ta mère regrettait ce qu'elle t'a dit le jour où tu as voulu te remarier. On a eu tort. C'était ta vie... On n'aurait pas dû s'en mêler. On a trop écouté ton frère. Il est jaloux, il nous a montés contre toi... C'est pas facile de vivre avec lui.

Il le savait à la bergerie, sa femme à la souillarde assez loin de la chambre pour ne pas les entendre.

– On en souffrait avec ta mère. C'est devenu un sauvage. Il me semble pourtant qu'on l'avait élevé comme toi et ta sœur... Je crois qu'il trafique. Il va trop souvent dans le Midi, il reçoit des gens la nuit... J'ai peur que ça finisse mal...

– Viens chez nous, insista Alice.

– Je suis mieux ici qu'en ville. J'ai mon *cantou* près du feu, ma chambre, mes brebis, mon chien, mes champs...

Soudain, le père pensa à Valentin :

– Ton mari n'est pas reparti à Millau ?

– Il ne tardera pas. Il a été raccompagner Lucie à Montpaon.

– Tu as bien fait de l'amener. Depuis le temps... Elle aurait été si heureuse...

Alice veilla sa mère jusqu'au matin, relayée plusieurs fois dans la nuit par Valentin qui renouvela les braises de sa chaufferette. La tête peuplée des souvenirs heureux de l'enfance, elle lutta contre la fatigue, l'engourdissement, le chagrin...

Simone les quitta tout aussi rapidement, usée par les années, le travail, la mort de ses fils. Elle se plaignit d'une vive douleur à la poitrine, un après-midi brumeux de février. Elle se coucha dès que Julien eut bassiné le lit, avala un bol de tisane brûlante et sombra peu à peu dans l'inconscience, râlant, la bouche agitée d'un rictus. Le temps de prévenir leur voisin qui partit au café téléphoner chez le médecin, et Julien la trouva sans vie.

Au soir de l'enterrement, il déclina lui aussi l'invitation d'Alice :

– Je mangerai chez Auguste, je m'occuperai des lapins et des poules, j'irai au cimetière quand il fera beau. Simone m'y attendra. Je ne peux pas l'abandonner… On était mariés depuis cinquante-cinq ans et on ne s'est jamais séparés plus d'un ou deux jours. On a encore beaucoup de choses à se dire…

Son aveu était pétri de sincérité, d'amour. Il réconforta Alice qui avait senti un grand vide autour d'elle, en si peu de temps.

Le capitaine Hans ne les lâcha pas d'une semelle. Il surgissait à l'improviste, bousculait les vendeuses, traversait à grands pas le rez-de-chaussée, montait au premier et terminait son inspection à l'atelier du piqué anglais. Devant les ouvrières, de moins en moins nombreuses, il apostrophait Alice :

– Je vous avais bien dit que ça vous aurait évité de débaucher !

Sur la table d'une piqueuse, l'officier prenait du bout des doigts une pièce de peau et la brandissait sous son nez.

– C'est du rat pour que ce soit si laid et si rêche ? demandait-il avec une pointe d'écœurement.

– C'est du *raton* ! répondait-elle, un brin frondeuse.

– Ne vous moquez pas ! tonnait-il. Heureusement que les gants des armées du Reich ne sont pas taillés dans ces chiffons !

Les Allemands s'accaparaient les belles peaux d'agneau dans les mégisseries ; Valentin devait s'accommoder de ce qui restait. Gustave, régulièrement visité par les contrôleurs du Ravitaillement, ne se hasardait plus à tricher : il lui fournissait beaucoup de pièces déclassées, et en plus faible quantité. Valentin réservait les rares peaux exemptes de défauts à la confection des gants de luxe pour l'Amérique ou Paris, et conservait dorénavant la moindre chute qui tombait de la presse à balancier, jonchait le sol ou traînait sur les tables. En six mois, menant la vie dure aux coupeurs afin qu'ils évitent le gaspillage, il avait amassé une montagne de carrés et de rondelles tannées. À la veillée, pendant plusieurs soirs, Alice avait essayé de les assembler. À force de patience et d'imagination, elle avait enfin réussi à coudre un gant. Depuis, les ouvrières les plus habiles montaient des modèles en écaille de poisson qui avaient du succès dans certaines boutiques de Paris auprès des filles qui fréquentaient les zazous, toujours en quête d'excentricité.

De tels modèles s'attiraient les railleries du capitaine Hans.

– C'est hideux ! ricanait-il. C'est pour les dégénérés, les clowns, les chiffonniers. Ce sont des gants de carnaval !

L'officier cessa ses visites peu après Pâques, aussitôt remplacé par un lieutenant tout aussi zélé qui vérifia les cartes et les tickets chaque semaine, plaça une sentinelle devant le portail de bois sur l'avenue de la République, rebaptisée avenue du Maréchal-Pétain par la municipalité aux ordres de Vichy. Valentin s'en offusqua :

– Vous voulez nous empêcher de sortir ?

– C'est pour vous protéger des terroristes ! rétorqua-t-il. La ville en est infestée. Comme ça, vous ne serez pas pillés.

À partir de ce jour, ils redoublèrent de prudence et n'écoutèrent plus la BBC même en sourdine, parlèrent à voix basse autour de la table quand ils commentaient les nouvelles, chargèrent moins la voiture au retour de Compeyre et finassèrent avec le planton pour qu'il n'éprouve pas la tentation d'ouvrir le coffre.

– Les Boches nous surveillent comme si on avait la peste ou si on venait de prison ! déclamait Honorine.

La Kommandantur se méfiait des patrons gantiers, les accusait de double jeu. N'avait-elle pas découvert des tracts clandestins de *Combat* chez Alfred Merle, directeur de Buscarlet qui honorait des commandes pour les armées du Reich ? Sa vigilance se renforçait au fur et à mesure que fleurissaient les réactions hostiles à travers la ville : slogans gaullistes peints au goudron sur le sol des places, distribution de tracts anti-allemands, bagarres avec les patrouilles. À tout moment dans la rue, les « vert-de-gris » vérifiaient l'identité des passants. Ils devenaient de plus en plus nerveux.

Julie qui les rencontrait quatre fois par jour en se rendant à son atelier du Mandarous, les singeait au repas du soir. Honorine la foudroyait du regard ; Alice l'exhortait à se taire :

– Tu nous feras fusiller avec tes bêtises. Les murs ont peut-être des oreilles...

– Nous sommes un piètre gibier ! affirmait-elle. Ni juifs ni communistes... Tout juste de mauvais Français... Vous vous bilez pour rien !

Elle affichait la même insolence que sa mère à dix-huit ou vingt ans. Insouciante comme les bohèmes, elle se gaussait du danger, vivait comme avant, entraînait Élise au cinéma le dimanche après-midi, continuait à s'habiller à la mode grâce à sa débrouillardise et à la complicité de la fille de sa patronne, fréquentait les cafés et les bals clandestins mais n'en soufflait mot, pas plus qu'elle ne parlait de ses aventures.

Un soir de mai, avant le couvre-feu, elle ramena à la maison un réfugié lorrain. Dès la nuit tombée, elle l'attendit au fond du verger, derrière l'atelier Perrin, près d'une brèche dans la haie de troènes en fleur, par laquelle il pourrait se faufiler sans être remarqué par la sentinelle. À dix heures et demie, elle pensa qu'il ne viendrait plus ou qu'il avait été arrêté.

Précédant de peu le passage de la patrouille, il arriva enfin et se glissa dans l'ombre des arbres.

L'instant d'après, Julie le présentait à sa mère qui lisait à la lueur d'une lampe à pétrole, dans son bureau.

– Denis, dit-elle simplement sans lâcher sa main.

Alice se frotta les yeux pour se persuader qu'elle ne

rêvait pas. Près de sa fille, se tenait un jeune homme blond, maigrichon, qui flottait dans un pantalon de coutil noir rayé de gris et une chemise de toile rêche semblable à celle des hommes de la campagne.

– Tu aurais pu m'avertir qu'il dormirait ici ce soir, maugréa Alice. C'est bien ton fiancé ?

– Oui... Enfin... C'est long à expliquer...

Son récit commença avec la débâcle de mai-juin 40 et l'arrivée des colonnes de réfugiés accourus du Nord, d'Alsace, de Paris et de Lorraine. Denis Harpmann avait suivi sa famille jusqu'à Millau où son père avait fini par trouver de l'embauche, six mois plus tard, dans une ébénisterie.

– Sa sœur travaille avec moi depuis un an, précisa-t-elle. C'est comme ça que j'ai connu Denis... Il est manœuvre chez Artières ; il en bave à se coltiner la *carnasse* pour faire la colle...

– C'est dur mais ça me permet de manger, coupa Denis.

– Tu es la seule à pouvoir nous aider, reprit Julie. Le Vieux et sa clique l'expédient en Allemagne pour le STO[1] : ils l'ont mis sur les listes du 26 mai... Il ne partira pas, il se planquera jusqu'à la fin de la guerre. Chez nous. Au grenier !

Alice fit un bond :

– Au grenier ? Tu es folle ! C'est dangereux. Il passe beaucoup trop de monde dans cette maison...

À la surprise de Julie, il abonda dans son sens :

– Ta mère a raison. Certaines ouvrières causent en ville...

– Les gendarmes ont fouillé le grenier au début du mois, insista Alice. Ils cherchaient le cousin de Barriquette...

– De toute façon, ils rappliqueront avant le départ

1. Le Service du travail obligatoire (STO) institué par la loi du 16 février 1943 et le gouvernement de Vichy, envoya les hommes nés en 1920, 1921 et 1922 dans les usines allemandes.

du train, concéda Denis. On nous voit trop souvent ensemble...

Déçue, Julie ronchonna :

– Pourtant, tu étais d'accord.

– Tu m'avais dit que je ne risquais rien !

– Je ne veux pas que tu partes, supplia-t-elle.

Sa main emprisonna les doigts de Denis, à les briser.

Puis, s'adressant à sa mère d'un ton presque agressif :

– Fais quelque chose ! Sinon les Boches l'enfermeront derrière les barbelés comme Alphonse. On n'a que quelques jours !

Elle ne pouvait refuser.

– D'accord, répondit Alice sans discuter. Vous retournerez à l'usine demain matin. Après, nous aviserons...

Comment le sortir de la souricière ? Elle y réfléchit une partie de la nuit, dormit peu et se leva tôt pour prendre son premier café, grignoter un biscuit et du chocolat ; le soleil naissant éclairait la cuisine de lueurs roses.

Il n'était pas six heures et demie quand elle frappa à la porte de la chambre. Denis dormait encore. Elle hésita à le réveiller, dut s'y résoudre. D'un geste doux.

– Dépêchez-vous de filer ! chuchota-t-elle. La maison va bientôt s'agiter...

Debout dans la cuisine, il engloutit trois tranches de pain rassis et avala un bol de café. Sur le palier, il l'embrassa :

– Vous êtes épatante ! Julie a de la chance...

– Soyez prudent.

Il descendit l'escalier pieds nus, ses chaussures à la main.

Par la fenêtre, elle le regarda disparaître derrière les arbres.

Alice réchauffait du café lorsque Valentin la rejoignit, ébouriffé comme un moineau. La porte soigneusement refermée, elle le mit dans la confidence tandis qu'il ouvrait le pot de miel et râlait contre le goût de la margarine.

– Si on le camouflait chez Julien ? suggéra-t-il.

– J'y avais pensé, dit Alice en rajoutant de la saccharine dans le café qu'elle jugeait trop amer. Il serait si content de rouler les képis du Vieux dans la farine ! Mais je me demande de quel bord est son voisin... S'il nous dénonce, on aura des ennuis !

– Tu pourrais voir monsieur Merle...

– Depuis qu'il a été arrêté, il doit avoir les Allemands sur le dos du matin au soir. Je vais plutôt...

Elle ne termina pas sa phrase, prévenue de l'arrivée d'Élise par un bruit de pas sur le parquet du couloir qui grinçait.

Cette nuit, Élise avait encore pleuré. Alice le devina à ses yeux rougis, à ses airs grognons. Elle la consola, appuyée par Honorine qui débarqua le cœur en joie, des fraises dans son cabas :

– Cueillies ce matin ! Elles sont pour toi. Mange au moins ça !

Alice en croqua une avec délice, puis les laissa en tête-à-tête et partit s'habiller. Dans la chambre, Valentin bouillait d'impatience :

– Tu as une idée ?

– J'ai confiance en l'archiprêtre, dit-elle en passant une robe en rayonne à pois et à manches courtes que sa fille lui avait offerte peu après ses cinquante ans. J'ai cru comprendre qu'il ne suivait pas à la lettre les consignes de l'évêque. J'irai avant midi...

Elle frappa à la bonne porte : l'archiprêtre l'orienta vers les amis du nouveau sous-préfet, François Laborde. Ce qui la stupéfia :

– C'est lui qui applique la loi sur le STO !

– Ne craignez rien, madame. Il vous aidera...

Elle revint sceptique mais sollicita un rendez-vous sous prétexte de régler une affaire de ravitaillement ; elle souhaitait obtenir du carton pour l'expédition des gants alors qu'une grave pénurie l'en privait depuis l'automne. Un secrétaire le lui accorda pour le lendemain. Elle s'y rendit avec le sentiment de se jeter dans la gueule du loup. Devant les grilles, un gendarme examina ses papiers tandis que dans l'entrée, deux policiers au regard d'acier la bousculèrent sans s'excuser.

L'entretien ne dura qu'un quart d'heure, souvent interrompu par la sonnerie du téléphone. Le sous-préfet se montra courtois mais ne lui délivra aucun contingent supplémentaire de carton.

– Monsieur le répartiteur-chef du papier et du carton nous mène une vie impossible, dit-il à voix basse. Il demande des comptes à tout bout de champ. J'en suis vraiment désolé ; j'aurais été ravi de vous rendre service... C'est un personnage odieux : il refuse même des linceuls pour les morts...

Avant de la raccompagner, il mouilla la pointe d'un crayon gras, griffonna un nom sur une enveloppe usagée, la plia en huit et lui fit signe de la cacher dans sa chaussure.

C'était l'adresse d'un marchand de bois de la rue Droite. Alice y rencontra, à midi, un homme d'une cinquantaine d'années occupé à charger sa camionnette. Sa corpulence l'ébahit : il avait les bras aussi gros que les billes de sapin jonchant la cour, qu'il soulevait comme des fétus de paille. Une fois qu'il eut achevé son travail et craché son mégot, il l'entraîna vers un cagibi poussiéreux, obscur :

– C'est pour une commande ou un client ?

À son air embarrassé, il comprit.

– C'est pour un bleu qui n'aime pas les frisés ? Vous tracassez pas : on le sortira des griffes des Boches.

Le lendemain, à neuf heures du soir, Denis le retrouva dans sa remise où, dans l'après-midi, Valentin avait déposé un sac bourré de provisions, de vêtements d'Alphonse retaillés par Julie. Jusqu'à la dernière seconde, elle s'accrocha à son cou.

À l'heure du départ du train, constatant qu'il manquait à l'appel, les policiers français et allemands foncèrent chez ses parents puis chez Alice. Ils mirent la maison sens dessus dessous, se retirèrent furieux d'avoir été bernés. Quelque temps après, un officier de la Kommandantur présenta un ordre de réquisition de la 402 d'Alice ; il revint pour la traction de Valentin, la semaine suivante. Pendant des mois, tous tremblèrent à l'idée qu'ils puissent s'acharner sur Alphonse.

Le débarquement allié souleva une grande espérance et, peu à peu, la peur changea de camp. Millau se débarrassa de l'occupant le 22 août 1944. Dans les quartiers, une grande fête populaire salua la libération de la ville : les bataillons de maquisards défilèrent en armes sur les boulevards et les places pavoisés, on dansa et on chanta, on pendit Hitler en effigie au bout d'une corde.

L'un de ces jeunes soldats en short, béret et brassard des FFI, poussa le portail de bois, un soir de la fin août. Le visage sombre, l'air gauche, il essayait de trouver les mots.

– C'est Denis qui m'avait recommandé de passer... Je l'ai connu au maquis Bir Hakeim... Il parlait souvent de vous... Il a été tué le 28 mai dans une embuscade sur le causse Méjean...

D'une main, Julie s'appuya contre le mur de la maison, sentit le monde s'écrouler autour d'elle. Une douleur déchira sa poitrine avant qu'un flot de larmes ne noie ses yeux.

Le vent portait les flonflons de la fête, un air d'accordéon.

Pendant que la ville s'amusait, Julie pleurait dans les bras de sa mère.

18

La guerre ne prit fin qu'avec le retour d'Alphonse un mois après la capitulation de l'Allemagne. Délivré de ses geôliers par l'armée russe, recueilli puis rapatrié par les infirmières de la Croix-Rouge, il télégraphia de Paris. Le bleu amusa le facteur : « Arriverai à Millau dans trois jours. Prévoyez fanfare et tapis rouge. »

– Ils vous l'ont requinqué avant de vous l'expédier ! dit-il, lissant les moustaches. D'autres n'ont pas eu cette chance...

Fausse joie. Personne ne le reconnut sur le quai parmi la foule des prisonniers amaigris, épuisés, au crâne rasé, que les familles osaient à peine toucher tant ils paraissaient fragiles.

– Nous nous sommes trompés d'heure, en conclut Alice. Ou il a manqué son train. Il sera sûrement dans celui du soir...

Un bureau d'accueil avait été établi dans le hall de la gare. Il s'y trouvait déjà, en conversation avec des dames de la Croix-Rouge, et leva une main décharnée dès qu'il aperçut sa fiancée.

– Élise ! Élise !

Le brouhaha couvrit sa voix mais leurs regards se croisèrent.

– Alphonse !

Contre son corps, elle serra un squelette :

– Comme tu as changé...

Elle riait, pleurait, l'étouffait de baisers, lui chuchotait des mots d'amour. Enfin, elle le rendit à sa mère restée un peu à l'écart avec Valentin et Julie, qui ne put s'empêcher de murmurer :

– Mais qu'est-ce qu'ils ont fait de toi ?

Un bras enroulé autour de l'épaule d'Élise, il s'obligea à parler :

– Faut plus y penser. C'est fini. Maintenant...

– On va pouvoir se marier ! coupa Élise.

Honorine le gâta. Pour le dîner, elle avait cuit du pain au four de la cuisinière, préparé une omelette aux *babisssous* secs et un lapin rôti, des croquants aux amandes, une crème anglaise. Il n'y goûta que du bout des lèvres, à son grand désespoir.

– Je n'ai plus l'habitude de manger de bonnes choses, avoua-t-il. Dans quelque temps, ça ira mieux...

Tout au long de l'été, Élise abandonna son travail à l'atelier et s'occupa de lui. Ils ne se quittèrent pas une journée, rattrapèrent le temps perdu et le bonheur volé. Peu à peu, Alphonse réapprit à vivre, à ne plus crier la nuit ni se réveiller en sursaut. Alice s'en réjouit. Elle ne posait jamais de questions sur sa captivité pour ne pas raviver les blessures de six années de cauchemar.

À la fin août, Honorine qui le gavait de petits plats, le félicita :

– Tu t'es bien remplumé ! Tu seras superbe le jour de la noce.

Alphonse et Élise se marièrent le dernier samedi de septembre. Ce fut une belle fête dont ils réglèrent le moindre détail : un bouton rose vif de vendangeuse[1] pour chaque invité, une quête à la mairie au profit des familles des morts de la guerre, un violoniste dans le chœur de l'église au moment de l'échange des alliances, une rose blanche devant chaque menu...

Valentin les promena à bord d'un cabriolet rutilant, une traction crème d'avant-guerre louée à un garage de la ville ; il n'avait pas encore reçu la nouvelle 15-six, commandée chez Citroën en avril. Élise portait une robe en satin ivoire au corsage cintré et à

1. *Vendangeuse* : plante qui fleurit à la saison des vendanges, comme l'aster.

la jupe longue plissée, que Julie avait confectionnée à ses moments de liberté. Elle avait voulu une robe sans manches pour satisfaire une envie : ganter ses bras d'un vingt-quatre boutons blanc. Feuilletant une revue en vogue, elle avait découvert l'actrice américaine Rita Hayworth en robe noire et en longs gants noirs dans le film *Gilda*, récemment produit par Hollywood.

– Tu te prends pour une vedette ? s'était moquée Julie.

– C'est si beau...

Et si troublant.

On n'eut d'yeux que pour elle, les fleurs de cire piquées dans la coiffure, le voile en soie, la robe, les gants surtout. Alice jubilait. Elle n'avait ménagé ni sa peine ni son temps pour les dessiner puis les assembler avec l'aide des contremaîtresses.

– Je suis sûre qu'ils plairaient aux Américaines ! glissa Élodie à la sortie de la mairie tandis qu'une légère brise agitait le voile de la mariée. Ils ont vraiment de la classe.

Ce fut une journée mémorable pour Alice. Oubliant la rancœur que son frère éprouvait à son égard, elle l'avait invité :

– Il a fallu la mort de maman pour nous réunir au Pas. Ce serait dommage d'attendre des années et un enterrement pour se retrouver...

Léon la remercia d'avoir fait le premier pas :

– J'avais tellement honte après ce que je t'ai dit et ce qui s'est passé... J'ai beaucoup de choses à me faire pardonner... Il est peut-être encore temps...

La disparition de sa mère l'avait transformé.

– Les enfants sont contents d'être de la fête, insista-t-il, ému. Ils connaissent à peine leurs cousins. C'est de ma faute...

Léon avait une fille de dix-sept ans et un fils de quinze ans.

– Il n'est pas trop tard, murmura Alice.

Dans sa traction, il avait aussi emmené Grégoire qui ne pensait pas revoir son vieux complice Julien avant de mourir. Le bordeaux les rendit joyeux...

Alice avait d'autres raisons d'être heureuse ce jour-là : la noce était réussie grâce à Honorine et à la mère d'Élise, fins cordons-bleus, qui avaient garni les tables de pâtés de volaille, d'œufs en gelée, de lièvres en civet, de pintades rôties, de fouaces, de choux à la crème. L'exploit n'était pas mince en ces temps de frugalité.

– Il fallait bien ça sinon on sortirait de table avec la faim ! estima Honorine qui aimait festoyer.

– Heureusement que mes fils avaient tué assez de perdreaux et de lièvres depuis l'ouverture, compléta la mère d'Élise. Comme ça, on n'aura pas trop dépensé...

Les invités apprécièrent ce menu de roi, servi avec brio par les amies d'Élise sous une voûte de guirlandes de fleurs, à l'atelier du piqué anglais.

À minuit, les mariés ouvrirent le bal sous les applaudissements puis Alphonse entraîna sa mère dans une valse.

Élégante dans sa robe longue en crêpe vert rehaussée d'un corsage en mousseline de soie noire, rajeunie, débarrassée de ses soucis, Alice rayonnait de bonheur sous le regard de Julie qui la complimenta :

– Un parfait mannequin !

– Tu devrais t'installer dans le Midi, suggéra Alice. Tu aurais du succès...

Elle venait de s'asseoir à la table de sa fille, abandonnée par les invités qui se trémoussaient au milieu de l'atelier.

– Les femmes ont été privées de tout pendant la guerre, répéta-t-elle. Elles ont envie de jolies robes... C'est le moment !

Julie ne répondit pas, fixant le saxo de l'un des musiciens. Puis, après une longue hésitation, elle avoua à sa mère :

– Ça me tente. Je voulais t'en parler après le mariage pour ne pas te gâcher la fête... Je vais partir à Nice pour la Toussaint...

– Si loin ? s'étonna-t-elle. Tu pouvais t'arrêter à Montpellier !

– Une cousine de ma patronne m'engage dans son atelier ; elle me le cédera si on s'entend bien... C'est une belle affaire avec une quinzaine de couturières, une bonne clientèle... J'ai accepté... Plus rien ne me retient à Millau depuis la mort de Denis...

Elle s'attendait à une réaction chagrine ; sa mère s'enflamma :

– Tu as bien choisi ! À Nice, les femmes suivent la mode et elles ont du goût. Beaucoup de riches Anglaises viennent y passer une partie de l'hiver. Elles sont pointilleuses mais ne chipotent pas sur les prix. Ça vaut la peine de céder à leurs fantaisies !... Je te recommanderai à mes gantières. Elles seront surprises de me voir plus souvent. J'aurai un bon prétexte !... Tu peux déjà me compter parmi tes clientes. Je ne m'habillerai pas ailleurs que chez toi !

Puis, discrètement, à mi-voix :

– Si tu as besoin d'argent pour te lancer...

Comblée, Julie ne dissimulait pas sa joie. Elle eut soudain une mine éblouissante.

– C'est un grand jour, murmura Alice.

Tout en savourant trois doigts de champagne partagés avec sa fille pour fêter son installation, Alice songea à ses enfants qui s'éloignaient d'elle.

En quelques semaines, la maison se vida : Julie les quitta deux jours avant la Toussaint, Alphonse et Élise emménagèrent dans le trois-pièces de la tante Noémie vers la mi-novembre. Chaque soir, après le départ d'Honorine, Alice et Valentin se retrouvèrent seuls comme rarement ils l'avaient été. Devant la cheminée de la salle à manger, autour d'un feu de sarments ramenés de Compeyre et d'une tasse de café, ils prirent le temps de bavarder, de rêver, de rire aux éclats, de s'aimer avec autant de fougue qu'au début de leur passion. Le dimanche, empruntant tantôt la nouvelle traction de Valentin tantôt la juvaquatre d'Alice, ils s'offrirent de longues balades dans les gorges du Tarn.

Au cours de l'hiver, dans l'intimité de ces promenades et de ces soirées, naquirent de nouvelles ambitions pour l'atelier. Dopée par la relance rapide des affaires, encouragée par l'enthousiasme que manifestait son fils à l'égard de ses projets, Alice voyait grand : elle voulait développer les ventes en Amérique, proposer des gants de chevreau à John Cornill et entrer dans les boutiques de Broadway, briller aux vitrines de Londres, Lausanne, Amsterdam ou Montréal. Tel un stratège à la veille d'une bataille, elle préparait sa tactique avec l'aide de Valentin devant la carte du monde qui occupait tout un pan de mur du bureau. Il en avait le tournis : les cinq continents dansaient devant ses yeux tandis que Millau, tête d'épingle bleue sur le planisphère, semblait une gouttelette d'eau échappée de la mer. C'était à la fois grisant et angoissant.

– Nous sommes si petits, disait-il. On ne pèse pas lourd !

Dans l'instant, il se reprenait :

– Mais on se battra pour devenir les meilleurs !

Il se piquait au jeu :

– Si la qualité des regords baisse, on achètera les plus belles peaux d'Afrique, de Grèce, du Brésil...

L'ardeur d'Alice le stimulait, le forçait à surmonter les réticences qu'il éprouvait parfois...

À l'automne 1946, de nouveaux modèles dans ses bagages, Alice rendit visite aux directeurs des grands magasins de New York. Elle souhaitait emmener Valentin qui n'avait jamais vu l'Amérique, mais il remit son voyage à plus tard :

– Alphonse aura besoin de moi. Je ne peux pas le laisser seul pendant deux semaines...

En réalité, la traversée de l'océan l'effrayait ; Alice

lui avait tant de fois raconté son expédition entre Boulogne et New York qu'il en conservait de mauvais souvenirs. Pourtant, depuis bientôt dix ans, sur les bateaux de la Compagnie générale transatlantique, le trajet ne durait que quatre jours dans un confort de ville flottante.

John Cornill l'attendait à l'arrivée du paquebot, sur les bords de l'Hudson, à la 57e jetée où un vent violent secouait le mât au bout duquel claquait le drapeau français. Il était presque nuit et un ciel d'encre menaçait à tout moment de déverser des trombes d'eau. L'Américain était tellement content de la retrouver qu'il l'embrassa. Un taxi les déposa au *Normandie*, près de la 5e Avenue.

– C'est un hôtel français, dit-il. Il n'y en a pas beaucoup dans le quartier ! C'est une bonne maison, vous y serez moins dépaysée qu'ailleurs.

Pendant que le groom montait sa malle-cabine, elle rédigea un télégramme pour Valentin.

– Inutile de vous presser, madame ! glissa le réceptionniste sur un ton courtois pour ne pas la froisser. Il est minuit à Paris...

Elle tenta de téléphoner mais Valentin ne décrocha pas.

Dans l'un des salons Empire de l'hôtel, ils dînèrent rapidement car Alice avait hâte de dormir. L'estomac barbouillé, les paupières lourdes de fatigue, elle toucha à peine à la tête de veau sauce gribiche et au tournedos rossini.

– Vous avez tort ! chuchota Cornill qui se léchait les babines. C'est l'une des meilleures tables françaises... Je comprends qu'avec le voyage, vous n'ayez pas faim... Forcez-vous à manger demain matin : la journée sera rude...

Dès huit heures, ils devaient rencontrer le directeur de rayon de *Lord and Taylors*, grand magasin établi depuis près d'un siècle sur le Ladies Mile de Broadway.

À huit heures sonnantes, sa précieuse mallette à la main, Alice pénétrait dans le hall de l'immeuble aux côtés de Cornill qui s'était habillé chic. Elle avait tant rêvé d'y revenir un jour avec ses gants que son cœur palpita.

Ils y passèrent une partie de la journée. Le directeur de rayon et son adjoint examinèrent attentivement chaque modèle, s'attardant sur les détails des broderies, comparant les qualités de peaux, ergotant sur les nuances de couleur. Ils s'ingénièrent à trouver les bonnes mains pour les essayer : les vendeuses de l'étage défilèrent par dizaines dans le bureau pour qu'ils puissent juger de leur tenue. Malgré la cacophonie qui y régnait, Alice ne perdit rien des conversations grâce à Cornill qui s'improvisa interprète ; il joua son rôle à la perfection. Au cours de la matinée, elle saisit au vol une critique, un mot qu'elle griffonna sur son carnet à dessin.

À midi, son estomac gargouilla. Alors, Alice pensa qu'ils allaient quitter cette pièce enfumée du 10e étage où elle étouffait, prendre l'ascenseur, marcher un peu dans l'avenue avant de s'asseoir à la table d'un restaurant du quartier comme elle avait coutume de le faire à Paris. Les aiguilles de la pendule tournèrent mais personne ne bougea ; Alice n'osa rien dire. Enfin, vers une heure et demie, on frappa. Une jeune fille aux cheveux bouclés retenus par une coiffe blanche entra, chargée d'un plateau. Le directeur interrompit sur-le-champ leurs discussions.

– Stop ! stop ! stop ! s'écria d'un ton jovial cet homme élancé, aux tempes grisonnantes. Voilà notre lunch !

Les assiettes étaient garnies d'une omelette arrosée d'un coulis de framboise et de crêpes au sirop d'érable.

– J'espère que vous aimez ! dit-il en enfournant une grosse part de crêpe dans sa bouche. C'est délicieux !

Tenaillée par la faim car elle n'avait pu avaler au petit déjeuner que trois cuillerées de porridge et une tranche de pain grillé, Alice s'obligea à manger la moitié de l'omelette. Elle regretta le dîner de la veille...

Une demi-heure plus tard, le directeur sonna : la jeune fille vint enlever le plateau et les reliefs du repas. Dès qu'ils eurent lavé et séché leurs mains, l'examen de passage reprit. Parmi la masse de gants fripés que les employées avaient tripotés, les deux hommes choisirent une douzaine de modèles avant de tergiverser sur les délais de livraison. En fin d'après-midi, restait en suspens un sujet épineux : les tarifs et les remises.

Ils se séparèrent peu avant six heures sans l'avoir abordé. Alice s'en étonna ; elle s'était préparée à de difficiles tractations :

– On ne discute pas des prix ?

Le directeur esquissa un sourire poli :

– Pas aujourd'hui, madame ! Quand nous viendrons en France au printemps. D'ici là, vous aurez le temps d'affûter les crayons !

Alice dut s'incliner mais dans la voiture qui les ramena à l'hôtel, elle tança son agent :

– Vous auriez pu me prévenir qu'ils ne signeraient aucun ordre d'achat ! Je suis venue pour rien...

– Je croyais que vous l'aviez conquis ! protesta-t-il.

En colère, elle claqua la porte du taxi et s'engouffra dans le hall du Normandie sans l'avoir salué.

Après trois jours de visites « courtoises » chez *Bloomingdale's*, *Macy's* et *Bergdorf Goodman*, les grands magasins les plus courus de Manhattan, Alice prit plaisir à musarder dans le quartier qu'elle avait habité.

À chaque coin de rue ou de place, du plus profond de sa mémoire, jaillirent des souvenirs. Crosby Street, le marchand de frites occupait le même emplacement mais c'était un jeune Noir qui s'activait aux fourneaux. Il était midi passé. Comme le premier jour de son arrivée chez Perrin, trente-six ans plus tôt, elle acheta un sandwich à la viande de mouton, fourré d'oignons et de poivrons, ainsi qu'un cornet de frites. Sans se presser, traînant au soleil, elle remonta Greene Street avec un pincement au cœur : elle y avait flâné tant de fois en compagnie d'Octave...

Antoine et Clarisse l'accueillirent à bras ouverts pendant les trois derniers jours de son voyage. Ils vivaient toujours à Gloversville et avaient fini par acquérir leur cottage ; ils avaient tous deux franchi le seuil des soixante-dix ans. Empâté, Antoine se déplaçait à l'aide d'une canne ; sa moustache avait blanchi.

Durant des heures, se gavant de gâteaux, ils échangèrent des nouvelles. Alice leur montra des photos du mariage d'Alphonse.

– Ils en ont mis dix lignes dans le journal ! dit fièrement Antoine. Même s'il a changé de nom, je le reçois encore. Je suis au courant de tout comme si j'étais sous les platanes du Mandarous... Quand je l'ai lu, j'étais content... Tu es devenue quelqu'un à Millau...

Marion les retrouva le soir même, accompagnée de son mari et de ses deux filles ; elle avait épousé un ingénieur de chez Mac Cormick, d'origine irlandaise. Clarisse pleurait de les voir réunis. Elle offrit à sa cousine une paire de gants achetés chez monsieur William lors de la liquidation de l'atelier, voici quinze ans. Partagée entre le rire et les larmes en songeant aux débuts d'Alice chez L'Écossais, elle s'exclama :

– Quelle horreur ! Ils ne valent pas un dollar. Ils sont cousus en peau de bouc ou de chèvre galeuse comme ceux que tu piquais à l'usine... Ils te rappelleront l'Amérique... Tu penseras à nous...

Un télégramme gâcha la fin du séjour : il annonçait la mort de Julien. Alice en fut toute retournée. Tandis que la brume noyait peu à peu le quartier à l'approche de la nuit, elle se réfugia près de la fenêtre du salon. Pendant un long moment, elle s'efforça d'apaiser ses remords. Un dimanche de l'hiver précédent, après une grippe, Julien avait insisté pour qu'elle fût à ses côtés lorsqu'il serait prêt à rejoindre Simone et ses fils. Elle avait promis, mais les hasards de la vie les avaient privés de cet ultime adieu...

Le directeur de *Lord and Taylors* et son adjoint se déplacèrent à Millau la semaine d'avril où Élise devait accoucher.

– Ils tombent bien ! pesta Alphonse.

Alice ne céda pas à l'affolement :

– Reste auprès de ta femme. Je m'occupe des Américains...

Elle les traita comme des princes, les installa sur le Mandarous au *Grand Hôtel du Commerce* et les emmena sillonner le pays, des gorges du Tarn aux caves de Roquefort, des grottes caussenardes à Montpellier-le-Vieux. Elle les bourra de *trénels*, de fromages, de *flaune*. Ils goûtèrent au roquefort, le jugèrent piquant, horrifièrent les serveuses en demandant de la gelée de fraise pour le tartiner sur du pain rassis ! Alice se résigna à satisfaire leurs caprices, entre autres celui de téléphoner trois fois par jour à New York.

Le dernier après-midi, on passa aux choses sérieuses dans le bureau d'Alice. Les discussions durèrent trois heures, mais elle arracha ses premières commandes.

Pendant que les Américains rédigeaient les ordres au magasin avec l'aide d'Élodie, Alphonse téléphona :

– Les douleurs ont commencé. J'ai prévenu le docteur...

– Ils ont signé !

Il poussa un cri de joie :

– Tu es formidable !

Immédiatement tempéré par un appel de détresse :

– Viens tout de suite ! Élise a très mal, elle se plaint... Rien ne la calme... Je ne sais que faire...

Il était désemparé.

Elle décida aussitôt de confier les Américains à Valentin qui les conduirait à la gare pour le train de dix heures, et fonça en voiture vers la rue des Fasquets. Le médecin tardait à arriver.

Après avoir sorti une pile de linge de l'armoire, Alice resta seule avec Élise qui ruisselait de sueur, se tordait sur son lit. Le moment venu, elle répéta les gestes et les mots que La Pissaïra lui avait appris à la naissance de ses enfants...

Vers sept heures, Alphonse descendit acheter des cigarettes au café-tabac de la place ; il avait grillé un paquet depuis le début de l'après-midi. Comme l'attente se prolongeait encore, il prit le temps de boire une bière, de fumer une autre cigarette, de bavarder avec le patron. Quand il remonta, sa mère s'occupait de la toilette des jumeaux.

– Tu as deux magnifiques garçons !

Les manches retroussées, sa jolie robe maculée de sang et de glaires, Alice transpirait autant que la jeune maman vidée de ses forces au milieu du lit, le teint livide. Elle embrassa son fils sans se soucier de sa tenue. Heureuse.

– C'est le plus beau cadeau de la journée. Je crois qu'ils ont les yeux en amande. Les yeux de ton père...

Il explosa de joie.

Comme les bébés pleurnichaient, il les berça et les couvrit de baisers avant de les rendre à Alice puis de s'asseoir au chevet de sa femme. Tous deux chuchotèrent jusqu'à la nuit.

La naissance des jumeaux acheva de le réconcilier avec la vie. Alice retrouva enfin le fils qu'elle avait accueilli sur le quai de la gare au printemps 1938, à son retour de Grenoble. Joyeux, plein d'initiative et d'allant. Chaque matin, arrivé tôt au volant de sa Panhard beige, il la rejoignait à la cuisine où elle bavardait avec Valentin autour d'un massepain au citron confectionné par Honorine. Dans l'heure qui les séparait du premier coup de sirène, tous trois bâtissaient l'avenir de la maison. Une décision urgente s'imposait : s'agrandir ou construire ailleurs. En effet, depuis quelques mois, faute de place suffisante à l'atelier pour honorer les nouvelles commandes qui ne cessaient d'affluer, Alphonse fournissait des machines à une vingtaine d'ouvrières à domicile, disséminées à travers la ville : elles ne piquaient que des gants Forestier, étaient contrôlées chaque jour par une contremaîtresse et livrées par de jeunes coursières.

– On perd beaucoup trop de temps ! s'emporta-t-il, un matin. Il manque toujours quelque chose. Les filles se promènent toute la journée avec leurs cartons, elles râlent quand il pleut... Ça ne peut plus durer...

Alice en convenait :

– C'est une usine qu'il te faut. Assez grande pour tu ne sois pas obligé de caser tes stocks dans des boîtes à chaussures ! Avec ton père, nous avions vu trop petit...

Alphonse finit par dénicher un terrain sur la route de Rodez, rue du Petit-Montmartre ; il l'acheta aussitôt.

– Tu n'as pas de problème avec la banque ? s'inquiéta sa mère après avoir visité les lieux. Sinon j'en parlerai au directeur... Nous sommes clients depuis vingt-cinq ans ; ils n'ont jamais eu d'ennuis avec les Forestier...

Il la rassura :

– Ils me prêtent à de bonnes conditions. Personne ne se plaint des gantiers : les affaires se portent bien, les usines tournent...

Le développement du marché suscitait de telles envies qu'une foule de petits ateliers s'ouvraient en ville.

Puis, débordant de confiance :

– François, mon copain de classe, a eu des galons à la banque. C'est lui qui suivra mon dossier... Il saura me conseiller...

Dès lors, le projet prit forme et il ne s'écoula pas un matin sans que leurs discussions ne l'évoquent. Alphonse rectifia souvent les plans qu'il étalait sur la table de la salle à manger, afin de tenir compte des avis d'Alice et de Valentin.

Dans un grand bâtiment de trois étages, il envisageait de regrouper la fabrication des modèles courants, les salles d'apprentissage, les réserves de peaux et le magasin général, la boutique d'usine. Quant à l'atelier de l'avenue de la République, il abriterait les ouvrières qui piquaient, cousaient et brodaient les gants de luxe sous la direction d'Élodie.

– Ça libérera enfin la maison ! s'exclama Alice. Vous occuperez le premier et le second : ce ne sera pas de trop avec les enfants... Nous nous installerons au rez-de-chaussée mais je garderai mon bureau du premier... J'y ai mes manies, mes papiers et beaucoup de souvenirs... Nous serons chez nous !

Valentin s'en réjouit aussi :

– Ce sera plus calme pour nos vieux jours. Le tintamarre dans les escaliers me casse les oreilles...

– N'oublie pas de prévoir une cour pour les bicyclettes, suggéra Alice qui pestait chaque matin contre les vélos mal garés. Sinon tu ne pourras pas ouvrir les grilles !

– Et un parc pour les voitures, ajouta Valentin. Les coupeurs ne se déplacent plus à pied quand ils viennent remettre la *passe*...

Alphonse écoutait, approuvait, notait au dos d'une lettre ou d'un bon de commande. Pendant la durée des travaux, il ne lâcha pas l'architecte d'une semelle, piquant des colères lorsque les maçons ne respectaient pas les plans ou prenaient du retard. Le dimanche après le déjeuner, tandis que les jumeaux – Frédéric et Pierre – dormaient dans sa chambre d'adolescent sous l'œil d'Honorine, il emmenait Élise, Alice et Valentin, rue du Petit-Montmartre. Fier de montrer les pans de mur que les gens du quartier appelaient déjà l'usine Montmartre.

Un dimanche d'hiver, alors qu'il descendait l'avenue à pied aux côtés d'Alice et de Valentin, il avoua à sa mère, à mi-voix :

– C'est dommage que papa ne soit pas là... Je pense que ça lui aurait plu... Bientôt, les Forestier pourront autant que les grands...

À peine placé le linteau des fenêtres du rez-de-chaussée, elle multiplia les voyages en Hollande, en Suisse, en Angleterre, sur la Côte, à Paris. Valentin l'accompagna, ravi d'échapper à la routine de l'atelier, heureux d'être le mari d'une femme d'affaires qui tenait tête aux plus retors, inquiet aussi de constater qu'elle se dépensait beaucoup pour asseoir la renommée de la maison.

Il s'en émut :

– Tu te fatigues trop. Ce n'est pas bon à nos âges.

Alphonse et Élise s'en mêlèrent :

– Tu devrais souffler un peu... Tu as assez travaillé...

Elle dissipa leurs craintes :

– Je me sens solide comme à vingt ans ! Regardez mon père : il a quatre-vingt-cinq ans, il n'est jamais malade !

Elle jura de se reposer une fois les conquêtes terminées :

– Je rendrai mon tablier pour mes soixante ans ! D'ici là, il faut trouver de nouveaux clients pour l'usine. J'ai encore à faire, des punaises bleues à fixer sur la carte...

C'était son obsession, comme les drapeaux de l'ennemi chez un général.

Opiniâtre, Alice parvint à se faire admettre partout où elle l'avait souhaité. Elle s'offrit la dernière place forte, Montréal, l'avant-veille de son anniversaire.

Au cœur de l'été 1950, la famille fêta à Compeyre

ses soixante ans et l'arrivée d'Estelle, sœur des jumeaux, née au matin du 11 mai, jour de sainte Estelle. C'était une idée d'Alice qui aimait beaucoup la maison de Julien. Elle en avait amélioré le confort pour y passer la belle saison, installant une motopompe qui amenait l'eau du puits à la souillarde, à la cuisine et à la salle de bains aménagée dans la plus petite des chambres à l'étage. Quelques travaux de peinture et de plâtrerie l'avaient rendue avenante. Chacun s'y plaisait.

Au voisin, le fils d'Auguste qui continuait à travailler les vignes, les hommes empruntèrent des tables de battage qu'ils disposèrent sous les tilleuls. La famille au complet s'y rassembla à la sortie du baptême d'Estelle. Après le café arrosé de marc, Grégoire entonna une vieille chanson d'amour en l'honneur de son arrière-petite-fille qui dormait au premier, dans son berceau. Tout le monde l'écouta dans un silence religieux, même les jumeaux qui avaient grimpé l'un sur les genoux de sa mère, l'autre sur ceux d'Alice. Ce fut le dernier bonheur de sa vie...

On ne se sépara que peu avant le passage du train de Béziers en gare d'Aguessac, vers six heures et demie, qui enleva une partie des invités. Alice aida à débarrasser puis profita de la douceur du soir pour s'égarer entre les rangées de ceps, grimper au cabanon. Son fils la rattrapa alors qu'elle se reposait au bord du chemin, sur une vieille meule de moulin. Il s'assit en tailleur dans l'herbe, à ses côtés. Soucieux.

Alice devina ses pensées.

– Tu veux que je change d'avis ? glissa-t-elle, amusée.

– Oui. Reste. J'ai encore besoin de toi...

Elle était consciente que son départ causait un vide.

– J'ai promis que pour mes soixante ans...

– Je sais, coupa-t-il. Les déménagements commencent demain. Ça prendra les deux semaines de congés.

Il faudra du temps pour que l'usine se rode, que chacun s'habitue... Ne me laisse pas tomber !

Elle poussa un long soupir en songeant à ce qui les attendait à la maison d'ici l'automne : le réaménagement du rez-de-chaussée, la poussière, les gravats, les cartons à remplir, à descendre, à déballer et à ranger...

Quelle corvée !

Alphonse hésita à fumer une cigarette car sa mère détestait les odeurs de tabac ; il coupa un brin d'herbe qu'il mâchonna.

– J'ai vraiment besoin de toi, insista-t-il. Je n'ai pas tes idées, ton coup d'œil, ton coup de crayon. Je n'ai pas le droit de me tromper. J'aimerais tant que tu me présentes nos plus gros clients... Je ne connais que les Américains...

– Tu étais tellement pris par le chantier que je n'ai pas osé...

Puis, d'un large sourire qui le rasséréna :

– On s'offrira une grande tournée après les fêtes de Noël. Paris, Londres, Lausanne, Amsterdam... Tu les rencontreras tous !

– Vrai ?

– Juré. Maintenant, c'est toi le patron !

Il y eut un moment de silence pendant lequel ils observèrent le tournoiement d'un rapace dans l'azur au-dessus d'eux.

Alphonse le rompit le premier :

– Je voulais aussi te parler d'Irène...

Au printemps, il avait engagé une modéliste âgée de trente ans à peine, qui avait travaillé à Paris et à Grenoble.

À sa grimace, Alice imagina des soucis.

– Tu n'es pas content d'elle ?

– Irène est trop excentrique ! Ses collections sont extravagantes à s'arracher les cheveux ! Les représentants ne les placeront que dans deux ou trois boutiques à Paris... Elle n'a pas saisi l'esprit de la maison... Elle se croit chez Dior ou Givenchy ! Ce serait bien si tu pouvais discuter avec elle... Elle doit rectifier ses dessins sinon... Ce serait dommage de démolir ce que tu as fait pendant quarante ans...

Il savait qu'il touchait là son point sensible.

Alice s'inventa des excuses qu'il balaya aussitôt d'un feu nourri d'arguments. Elle capitula sans offrir une sérieuse résistance, trop heureuse de revenir sur une décision qu'elle avait prise un peu à contrecœur, pour ne pas fâcher Valentin mais aussi obliger son fils à voler de ses propres ailes.

Ils retournèrent à la maison de Julien alors que l'ombre galopait sur les pentes. Ils traversèrent les vignes plantées par Octave ; les grappes laissaient espérer une belle récolte.

19

Le déménagement changea leur vie, surtout celle d'Honorine.

– Que la maison est grande quand il faut astiquer les planchers ! s'écriait-elle, levant les bras au ciel.

Irène la trouvait jolie, s'extasiait devant les pierres blanches, les massifs d'hortensias, le verger, les roses du perron et les meubles cirés, lorsqu'elle rendait visite à Alice pour une heure, parfois une matinée entière.

– On se sent vraiment dans le Midi ! avouait-elle en fille du nord de la Loire, séduite par la luminosité du pays.

Pendant plusieurs mois, elle avait dû se contenter d'un réduit à l'atelier du piqué anglais, sans fenêtre, envahi de cartons, et d'une planche sur deux tréteaux en guise de table de travail. Maintenant, la jeune modéliste disposait d'une vaste pièce au troisième étage de l'usine mais elle ne l'aimait guère.

– C'est trop neuf! regrettait-elle. Ça n'a pas d'âme... Je me sens si seule dans ces couloirs...

Aussi préférait-elle le bureau d'Alice, plus petit que le sien, aux murs constellés de souvenirs et de gravures de mode des années trente, au charme vieillot, au parfum entêtant de peau tannée.

Alice avait usé de tact pour gagner la confiance de cette femme brune aux yeux bleus qui cultivait une passion pour les chapeaux: elle portait des couvre-chefs baroques en forme de livre ou de sac à main, comme les modèles créés par Hubert de Givenchy. Avant d'examiner les esquisses, toutes deux avaient cherché à mieux se connaître, confrontant leurs goûts, échangeant leurs jugements sur la mode. Au fil des semaines, leurs rencontres avaient pris un ton plus familier. Alors, subjuguée par son expérience, son savoir, sa finesse d'esprit, Irène avait ravalé sa fierté et toléré qu'elle puisse critiquer ses croquis. Ce qui avait sidéré Alphonse.

– Comment t'es-tu débrouillée? disait-il à sa mère.

Alice ne répondait pas, se bornait à sourire.

Bientôt, elles unirent leurs talents pour concevoir les nouvelles collections: Irène apporta sa jeunesse et sa fougue créatrice, Alice son sens des affaires et un flair légendaire.

Sollicitée en douce par sa mère qui venait à Nice tous les deux mois emmenant avec elle l'un des jumeaux – Pierre, son préféré –, Julie essaya les prototypes.

– Ça me plaît! dit-elle, tout excitée, alors que son verdict était en général abrupt et sévère. C'est génial! Vous êtes dans le coup. Pourtant, ce n'est pas facile: la mode bouge tellement depuis la fin de la guerre... Cette fille est une perle. Si elle est bien dirigée, elle est capable du meilleur… Arrangez-vous pour la garder sinon on vous la fauchera !

L'accueil des représentants confirma ses pressentiments.

– Ils sont ravis ! jubila Alphonse au retour d'un voyage à Paris.

Il avait révisé son opinion un peu précipitée à l'égard d'Irène et couvrit sa mère d'éloges :

– C'est grâce à toi si on est dans le vent… Au bout de trois mois, je l'aurais renvoyée… Tu m'as évité une grosse bêtise !

– Si tu avais pris la peine de l'écouter, de la comprendre…

– Je n'avais pas le temps avec le chantier !

Elle bougonna gentiment :

– Tu n'as jamais le temps. J'espère que tu feras attention à elle maintenant. Ce n'est pas le moment de la laisser filer…

– Comme d'habitude, tu seras là ! dit-il, insouciant. Vous vous entendez si bien…

– Je ne serai pas éternelle, soupira-t-elle.

Alice décida alors de présenter des modèles au cocktail de la Ganterie. Elle poursuivait ce rêve depuis quelques années, enrageant de n'avoir jamais pu participer au défilé de mode qui constituait le point d'orgue de cette soirée de gala organisée par la Fédération de la Ganterie française chaque printemps à Paris. Ce jour-là, dans les salons de l'hôtel George-V, les grandes maisons dévoilaient les créations les plus originales et les plus luxueuses. Elles les préparaient en catimini, comme si les prototypes devaient révolutionner la mode ou atteindre des records de vente ; elles ne lésinaient ni sur les journées passées à soigner les finitions ni sur l'argent dépensé pour importer une peau exotique ou engager un styliste aux idées excentriques.

– Les maisons font de la surenchère ! raconta-t-elle à Irène que cette ambiance aiguillonnait. Elles se battent pour le prestige.

À son tour, lasse d'être simple spectatrice du défilé, Alice voulut pénétrer dans l'arène, avec sa complicité :

– Maintenant, on peut. Personne ne se moquera...

Des mois durant, réfugiées chaque soir dans le bureau d'Alice pour se protéger des indiscrétions, elles gaspillèrent beaucoup de matière grise. Le secret fut jalousement préservé ; Alphonse, Élise et Élodie furent tenus à l'écart. Seul Valentin bénéficia d'un passe-droit parce qu'il les ravitaillait en café et en gâteaux secs au milieu de la soirée, mais dut jurer de n'en souffler mot.

Une fois qu'il avait déposé les tasses et la verseuse sur un coin de bureau, il ne résistait pas à l'envie d'examiner les ébauches et de livrer ses critiques, comme à son arrivée dans la maison.

Les croquis avaient de l'allure. Alice et Irène avaient dessiné un gant de soirée d'un rouge fuchsia éclatant, orné de deux anneaux de peau entremêlés et d'une série de boutons en peau, dont les broderies promettaient d'être somptueuses. Cherchant à obtenir le plus bel effet, elles hésitaient entre l'agneau, le chevreau, le daim, le pécari et l'antilope.

Valentin leur soumit une série d'échantillons et conseilla le chevreau : glacé à l'intérieur, velouté à l'extérieur.

– Trouve-nous un beau *mocha*[1], lui demanda Alice. Ce sera un vingt-quatre boutons ! Il faut qu'il soit parfait : les patrons de Grenoble l'observeront à la loupe...

Il la taquina :

– On ne se refuse rien ! Mocha, rouge fuchsia : c'est une commande spéciale... La peau sera hors de prix !

1. La fleur et la chair de la peau d'un gant *mocha* présentent la particularité d'avoir été émincées jusqu'au cœur.

– Tant pis, dit-elle. On peut bien s'offrir ce luxe...

– La coupe sera facturée vingt-cinq pour cent plus cher ! ajouta-t-il en essayant de garder son sérieux. C'est le tarif de la Chambre syndicale ! À moins que vous ne m'obteniez une place pour le défilé...

Valentin s'y passionna bien au-delà de ce qu'Alice imaginait ; il assista aux essais de couleur chez le mégissier et coupa le gant. Plus surprenant, il s'inquiéta de savoir quelle tenue porterait le mannequin ce soir-là. Il fut ébloui par les crayonnages d'une robe drapée en jersey mat que lui montra Alice et que venait d'envoyer Alix Grès, la célèbre couturière de la rue de la Paix à Paris. Il se préoccupa de tout :

– Tu as pensé aux chaussures ?

– Bien sûr ! Des escarpins en cuir rouge, à bouts ouverts... De chez Jourdan...

– Et la coiffure ?

– Des cheveux courts, coiffés en larges boucles.

– Un sac à main ? Des bijoux ?

– Peut-être une broche ou un collier de perles. Madame Grès décidera : elle a l'habitude...

Émerveillé, il ne cacha pas sa joie

– Il me tarde d'y être... Ce sera sublime !

Ce le fut. À sept heures précises, la foule des invités se massait sous les ors du George-V, élégante comme un jour de grand prix à Auteuil. Valentin et Irène, quelque peu intimidés, prirent place au milieu de la salle, à l'écart des patrons millavois dont certains occupaient le rang d'honneur avec les grandes maisons de Paris, Saint-Junien, Niort et Grenoble. Dans le salon voisin, entourée de stylistes et de mannequins qui procédaient aux dernières mises au point pour le défilé, Alice bavardait à mi-voix avec Gloria, l'un des modèles d'Alix Grès, une jeune femme aux cheveux bruns, tout juste âgée de vingt-cinq ans, d'origine suisse, dont les bras longs et fins convenaient à merveille au modèle. Elles ne s'étaient pas quittées depuis le début de l'après-midi.

Au premier passage, chaque modéliste présenta ses gants. Au second, respectant la tradition des années précédentes, les invités saluèrent d'un tonnerre d'applaudissements les créations alliant qualité et originalité.

La plus belle ovation revint à Alice, stupéfaite tant cet hommage était inattendu. Aux côtés de Gloria, devant trois cents personnes qui se levèrent aussitôt pour l'acclamer, elle reçut les félicitations du président de la Fédération. Irène la rejoignit sur la scène, impressionnée par le décorum. Debout, mêlé à la foule, Valentin se mordait les lèvres pour ne pas pleurer…

Alice souriait.

Elle entrait enfin dans la cour des grands.

Après ce triomphe parisien dont les échos résonnèrent jusqu'à Millau, les notables de la ville se disputèrent Alice dans les dîners. Des grands patrons au sous-préfet, du directeur de la Banque de France au président de la Chambre de commerce, tous l'invitèrent à leur table alors qu'ils l'avaient toujours boudée. Valentin renâcla à l'accompagner, peu indulgent à leur égard :

– Après ce que certains ont dit de nous au moment de la grève, je me demande comment ils osent… Rien ne les étouffe…

Moins rancunière, Alice savourait sa revanche :

– S'il le faut, j'irai seule ! Je ne vais pas gâcher mon plaisir d'être reçue dans les grandes maisons de Millau.

Elle songeait aussi à l'avenir :

– Si les portes s'ouvrent, ce sera plus facile pour Alphonse… On ne sait pas de qui il pourrait avoir besoin…

Valentin se laissa convaincre :

– Si ça peut lui être utile…

Dès la première réception, il s'ennuya ferme parmi

ces gens qui parlaient surtout d'argent, d'affaires, de politique.

Un seul d'entre eux aimait la chasse mais ce médecin de l'hôpital ne gaspillait pas son temps à guetter dans le froid le passage des grives sur le Causse : il courait le chevreuil en Sologne avec un équipage.

Au retour, enlevant gants et chapeau, Valentin s'en plaignit :

– Ce n'est pas notre monde ! On se sent pouilleux...

– On s'y fait, glissa Alice, contente de sa soirée. À la longue, tu changeras peut-être d'avis...

La perspective de rendre les invitations terrifia Honorine :

– Je n'ai jamais servi du beau linge !

– Vous apprendrez vite ! rétorqua Alice.

– Si vous croyez...

– C'est le moment de sortir le grand service ! Celui que m'ont offert les enfants pour mes soixante ans et que vous nettoyez une fois par an...

C'était un service de soixante-douze verres en cristal de Bohême, conservé dans des écrins en haut du buffet de la salle à manger.

– Tout cet embarras ? Ils n'ont pas besoin de six verres chacun !

– Ce sera l'occasion de l'étrenner. J'ai toujours peur de casser quelque chose avec les petits.

Peu sûre d'elle, Honorine demanda conseil à une cuisinière de la sous-préfecture qu'elle croisait souvent aux halles...

Bientôt, ces réceptions devinrent des habitudes comme la semaine à Nice pendant le carnaval, le voyage à Monaco après la Toussaint, les nuits au George-V lors du cocktail de la Ganterie, les séjours à Paris pour la présentation des collections de haute couture et les salons de prêt-à-porter en compagnie d'Alphonse et d'Élise. Alors qu'il avait brocardé ces mondanités, Valentin participa à plusieurs chasses à courre en Sologne. Plus par devoir que par goût...

Car Alice et Valentin aimaient avant tout la quiétude de leur maison de Compeyre où ils s'installaient dès les beaux jours. Tous deux s'adonnaient aux joies du jardin, conseillés par leur voisin le plus proche – le fils d'Auguste – imbattable à propos de l'influence de la lune sur les plantations. Ainsi Alice retrouvait-elle les plaisirs de son enfance au Pas : l'odeur de terre mouillée après l'orage, le parfum des marguerites, la saveur craquante d'une tomate cueillie au matin, d'une feuille d'oseille, d'une groseille rouge. Elle initia Valentin aux bonheurs de la campagne, qu'il ignorait pour avoir été élevé à la ville. Au début, il se plaignit de courbatures et d'ampoules. Mais vite, il se piqua au jeu, apprit une foule de choses, devint bon jardinier à la satisfaction d'Élise qui appréciait ses paniers de fruits et de légumes.

Elle le félicita :

– Tu te débrouilles mieux que mon père ! Il n'a jamais réussi le persil ni l'ail... Encore moins les melons !

Il était heureux de gâter les enfants qu'il considérait comme les siens, de vivre en pleine nature au milieu des vignes et des prés.

Alice s'occupait des fleurs, semait, plantait, repiquait, bouturait. Riche d'arbustes, de parterres, de massifs, la cour prenait des airs de parc provençal, embaumant la lavande, le jasmin, la violette, le lilas. Ainsi, de Pâques à Toussaint, pouvait-elle changer plusieurs fois par semaine le bouquet déposé sur la tombe d'Octave...

À l'occasion des vacances, Élise leur confiait souvent Estelle ou les garçons. Alice ne confondait plus les jumeaux comme pendant leur petite enfance tant leur caractère s'affirmait, à l'opposé l'un de l'autre. Autant Pierre était câlin et posé, autant Frédéric manifestait dans son comportement une dureté surprenante chez un enfant de dix ans : il se montrait cruel avec le chat, torturait les lézards et ne ménageait guère son frère qui, pour échapper à sa rage, ne quittait pas Valentin une seconde. Alice pensa l'assagir en lui offrant des livres d'aventures : il déchira les pages ! Un vrai diable. Elle trouva enfin la parade : le jeu de dames. Tandis que Pierre accompagnait Valentin à la pêche sur les bords du Tarn ou aux champignons sur le causse Noir, Frédéric passait l'après-midi avec sa grand-mère devant un damier. Il apprit vite mais son esprit agile l'incita bientôt à tricher pour gagner chaque partie car il détestait perdre. Alice qui s'en aperçut, le gronda. Il se rebiffa, fier de ses exploits :

– Comment tu crois que j'arrive à prendre les billes des autres à l'école ?

Elle menaça de le gifler puis se retint et lâcha :

– Heureusement que ton frère n'a pas cette manie...

Déçue, Alice reportait son affection sur Pierre et surtout Estelle qui ressemblait à s'y méprendre à Julie enfant : mêmes fossettes, même chevelure châtain, même tempérament de feu. Alors que sa mère élevait la voix au moindre de ses caprices sans pour autant la calmer, elle savait comment l'apprivoiser. À sept ans, hissée sur ses genoux, Estelle feuilletait des heures durant les catalogues de mode. À peine entrait-elle dans la salle à manger, emmenée par Élise, qu'elle se précipitait vers sa grand-mère en s'exclamant :

– Je veux voir les belles dames des livres !

À la différence de Julie, elle préférait la peau au tissu, coupant de la *retaille* avec de petits ciseaux, habillant ses poupées avec des chutes de l'usine. Une année, à Noël, Alice lui offrit deux paires de gants de poupée, rescapées du temps où la maison travaillait pour Thuillier, célèbre fabricant de bébés à la tête en porcelaine. Estelle n'osa pas les toucher, une fois le paquet ouvert au pied du sapin, par peur de les abîmer, mais elle s'empressa de les soustraire aux griffes de ses frères.

Elle craignait Frédéric et l'évitait depuis l'accident qui avait failli lui coûter la vie, à l'âge de deux ans. Un dimanche, à Compeyre, il avait jeté sa poussette dans l'escalier de la cave. Estelle s'en était tirée avec des ecchymoses et une telle frayeur qu'elle avait longtemps refusé de l'embrasser le soir avant de s'endormir. Au fur et à mesure qu'ils grandissaient, ils éprouvaient moins de tendresse l'un pour l'autre, se chamaillant dès qu'ils se voyaient. C'était comme si un ressort s'était cassé.

La découverte d'Estelle, l'été de ses onze ans, élargit encore le fossé. Un samedi après-midi, elle le surprit avec trois copains en train de jouer au poker à l'atelier du piqué anglais. Ils fumaient, Frédéric comptait les billets qu'il leur avait soutirés. Elle raconta tout à sa grand-mère. Choquée.

– Ne dis rien à papa, supplia-t-elle.

Quelque temps après, au cours d'un voyage à Paris, Alice s'en ouvrit à Alphonse :

– Tu devrais surveiller Frédéric. Il tournera mal...

– Il est jeune, répondit-il. Ça lui passera...

– Méfie-toi ! ajouta-t-elle. S'il est de la même étoffe que Léon, il fera les quatre cents coups... Tout le monde en souffrira...

– Je le mettrai au travail l'été prochain, promit-il après réflexion. Il a quatorze ans, il apprendra que l'argent coûte à gagner...

L'année où les gants Forestier atteignirent le demi-siècle, Alice reçut la bonne société millavoise à Compeyre une fin d'après-midi d'été. On lui offrit profusion de fleurs et d'hommages, mais rien ne pouvait l'émouvoir autant que le cadeau des ouvriers et la fête à l'usine après les congés d'août. La surprise avait été préparée par Alphonse et Élise avec l'aide des anciennes de l'atelier.

Retirés à la campagne jusqu'à la cueillette des premiers raisins, Alice et Valentin déjeunaient à Millau chaque dimanche, conviant leurs enfants dans un restaurant de la ville. Ce jour-là, ils voulaient les emmener sur les bords du Tarn manger une friture de poissons et des oreillettes. Valentin gara son cabriolet bordeaux – une DS – devant le portail de bois avant d'appuyer sur le klaxon.

– Il est déjà midi et demi ! pesta-t-il. Ils sont en retard comme d'habitude... On aurait dû réserver...

Alice descendit pendant que Valentin cherchait une ombre pour la voiture. Elle revint aussitôt, une enveloppe à la main :

– Ils nous attendent à l'usine.

Il démarra sur les chapeaux de roue :

– Qu'est-ce qu'ils ont manigancé ? Encore une idée de ton fils : il doit avoir quelque machine en démonstration pour le *brosser* ou le *sellier*[1]... Comme si c'était le moment ! On ne nous servira pas après une heure...

Alice manqua pouffer de rire, amusée par le comportement de son mari qui *rouscaillait* à la moindre occasion.

Une telle effervescence régnait à l'entrée de l'usine qu'il freina brusquement. Il resta sans voix.

Devant les grilles, Alice reconnut ses deux premières ouvrières, Marie et Lætitia, les bras chargés de roses blanches. Plus loin des coupeurs embauchés par Octave quand ils avaient déménagé du Mandarous pour l'avenue de la République.

– Je commence à comprendre, dit-elle. Alphonse a réuni tout le monde pour les cinquante ans de la maison... Quelle bonne idée !

En traversant l'avenue aux trottoirs encombrés de

1. Le *brosser* intérieur et le *sellier* sont plus faciles à apprendre que le piqué anglais.

voitures et de vélos, Alice frissonna malgré la chaleur et vacilla sur ses jambes ; elle porta une main à son front moite puis se ressaisit. Déjà Marie venait à sa rencontre tandis qu'Alphonse courait en direction de Valentin. Sur la première marche du perron envahi de fleurs, Élise, Julie et les enfants guettaient leur arrivée ; les garçons se tenaient raides près de leur mère. Estelle trépigna dès qu'elle les aperçut.

Depuis les grilles jusqu'à la double porte du rez-de-chaussée, les ouvriers formaient une haie d'honneur. Des visages connus les saluèrent au passage : Charlotte, La Fabrette, Barriquette, Le Coq, Piedplat... Un vieux monsieur aux cheveux blancs, vêtu d'un costume anglais, la main droite appuyée sur une canne, interpella Alice :

– Madame Brunet !

Elle s'arrêta net. Valentin vola à son secours :

– Mais c'est monsieur Paulèle !

– Ils sont tous là, murmura-t-elle, cherchant le bras de son fils. C'est merveilleux...

Les salles du premier étage avaient été réquisitionnées pour le repas qui rassembla trois cents personnes. Entre deux plats, Alice flâna de table en table pour raviver des souvenirs.

Après le dessert, un énorme millefeuille sur lequel brillaient les flammes de cinquante bougies rouges, les ouvriers offrirent à leurs anciens patrons un cadeau extravagant : un gant géant, monté sur une main en buis haute de deux mètres.

Ébahis, Alice et Valentin l'examinèrent sous toutes les coutures avant de s'écrier en chœur :

– Du beau travail !

C'était la réplique d'un modèle conçu par Alice à son retour de New York au printemps 1913 : un gantelet en peau de *regord* orné d'entrelacs à l'ouverture et d'un serpentin s'enroulant autour de la main. La maison ne le fabriquait plus depuis quarante ans mais Élodie en avait retrouvé une paire dans un tiroir. Un vote à main levée avait déterminé la couleur. Une majorité avait choisi le bleu layette, le fameux bleu 12 utilisé pour les gants en *doeskin*.

– Si les Américains le voyaient, ils se le disputeraient à prix d'or pour l'exposer dans leurs magasins ! s'exclama Alice.

Les enfants ne les oublièrent pas. Les garçons avaient acheté une cravate à Valentin et un foulard safran, en nylon, à leur grand-mère ; Estelle avait confectionné deux bourses en peau d'agneau. Quant à leurs parents et à leur tante, ils avaient glissé deux billets d'avion dans une enveloppe à en-tête des gants Forestier.

– Vous irez à New York en Boeing ! souffla Julie. Vous partez de Paris à la fin de la semaine prochaine. Vos places sont réservées. J'ai télégraphié à Marion...

– Vous avez de la chance ! compléta Pierre, l'un des jumeaux. Il n'y a que sept heures d'avion. C'est un beau voyage.

Alice était heureuse pour Valentin

– Au moins tu n'auras pas le mal de mer...

Accrochées au rebord de la table, ses mains tremblaient.

Il marmonna :

– Quand j'aurai vu l'Amérique...

Dans le brouhaha, personne ne l'entendit.

L'orchestre venait d'ouvrir le bal par une valse d'avant-guerre ; Alice l'entraîna vers la foule des danseurs.

L'année du cinquantenaire, en 1963, la maison pulvérisa ses records de vente : vingt-cinq mille douzaines de gants ! Le millésime fut exceptionnel pour les soixante-quinze ateliers de la ville : trois cent quatre-vingt-quinze mille douzaines. Jamais, sauf peut-être en 1931, le gant de Millau n'avait atteint un tel rayonnement en France et à travers le monde. Aussi Alphonse décida-t-il de suivre le mégissier en

Éthiopie, au Yemen, en Arabie saoudite pour acheter des peaux réputées supérieures en qualité au chevreau des vallées alpines et même au *regord*.

– Nous sommes les meilleurs ! répétait-il. Nous devons le rester face aux Italiens, aux Espagnols et aux Allemands, sinon New York finira par trouver mieux ailleurs...

Les échantillons semblaient prometteurs, tirés de deux races de brebis qui broutaient l'herbe rase des maigres pâturages d'Afrique orientale : l'Arabie tête noire et l'Arabie tête blanche.

Les essais de teinture s'avéraient concluants ; Alphonse s'enthousiasmait.

– Regardez ce noir ! insistait-il en étalant quelques lanières sur le bureau de sa mère. On dirait de l'ébène.

Alice l'admettait sans sourciller, séduite par son éclat :

– C'est tellement important le noir...

Au fil des ans, en dépit des caprices de la mode qui modifiaient sans cesse la carte des coloris, le noir demeurait la dominante des collections. Il résistait à l'offensive du rose, du rouge framboise, du mauve cyclamen, du jaune bouton-d'or ou mimosa.

Valentin s'extasiait lui aussi devant ces bouts de peau. Malgré tout, il tempérait les ardeurs d'Alphonse :

– Méfie-toi des importateurs. Certains cherchent à te refiler une masse de *ratons* pour quelques belles pièces...

– Gustave ne les connaît que trop, répondit-il. Ils ne le rouleront pas facilement. Tant pis s'il faut passer nos journées à trier les lots sous les hangars...

De son long voyage en Afrique, Alphonse revint enchanté avec un stock de dépouilles séchées que le mégissier jugeait d'excellente qualité. Il avait tout prévu sauf la grogne des coupeurs qui réclamèrent un tarif spécial pour travailler ces peaux métisses. La grille établie par la Chambre syndicale des patrons différenciait déjà l'agneau du chevreau – plus délicat à couper –, le suède du glacé et du *doeskin*. Alphonse céda, conscient que leurs exigences pèseraient sur le prix du gant, mais il ne s'alarma pas, persuadé que les Anglais, Suisses et Américains payeraient plus sans rechigner.

Quelque temps après, encouragé par le représentant suisse qui s'évertuait à satisfaire une clientèle huppée en quête d'exotisme, il confectionna des modèles en pécari embaumé au « cuir de Russie » qui exhumaient des oubliettes la mode des gants parfumés mise au goût du jour par Catherine de Médicis au XVIe siècle. Dès lors, une étrange fragrance flotta dans le magasin et dans la salle de coupe puis dans les étages, indéfinissable parce qu'elle mêlait l'odeur du cuir à des senteurs se rapprochant de l'essence de fougère. Alice qui se rendait peu rue du Petit-Montmartre, le remarqua un jour où elle vint consulter les cartes de coloris et d'anciens catalogues de la Fédération, rangés au troisième dans les tiroirs d'Irène. Intriguée car nul n'avait pu percer le mystère, elle emporta dans son bureau de la *retaille* de pécari qui conserva son arôme jusqu'au voyage à Nice, deux mois plus tard.

Sa visite au fournisseur du mégissier corsa l'énigme. C'était en janvier, le parfum des mimosas en fleur se répandait dans les rues de Grasse presque désertes malgré le soleil. Le vieux monsieur, qui dirigeait depuis un demi-siècle une modeste affaire à deux pas de la cathédrale Notre-Dame, refusa de dévoiler ses secrets.

– Ah ! le cuir de Russie ! s'exclama-t-il, clignant des yeux. C'est une fameuse invention ! Vous ne le trouverez pas en flacon...

Alice insista longuement :

– Dites-moi comment vous le fabriquez ! Je vous promets que je n'en parlerai à personne.

À voix basse, il glissa avec une pointe de malice :

– Vous avez bon nez ! Ça ressemble à de l'essence de fougère mais c'est moins volatile... Nous l'importons de Russie...

Elle ne lui arracha pas un mot de plus.

Longtemps après, « le cuir de Russie » hanta les rêves d'Alice. C'était un parfum d'aventure.

L'euphorie dura trop peu, quelques saisons seulement. Bientôt, la concurrence étrangère menaça le gant français ; elle n'épargna pas Millau qui se trouva attaquée de toutes parts. Les Espagnols vendaient désormais les peaux vingt pour cent à vingt-cinq pour cent moins cher, grâce à des primes à l'exportation ; les Italiens baissaient les prix en ayant recours au travail au noir tandis que les Algériens n'expédiaient plus de dépouilles brutes aux mégissiers, apprenaient à les transformer et désorganisaient leur approvisionnement. Plus grave encore, la France se livrait à du troc avec les pays de l'Est. Pour écouler les camions fabriqués par Renault, elle laissait les gants roumains et hongrois envahir le marché intérieur ; ils débarquaient au port de Marseille à des prix ridiculement bas. Aussi les gantiers millavois se sentaient-ils abandonnés par l'État, condamnés à lutter à armes inégales, sacrifiés au nom des lois économiques.

L'inquiétude grandit tant chez les patrons que chez les ouvriers. Comment résister, sauver les entreprises ?

Pour réduire les coûts, la tentation était grande de mécaniser et de produire des modèles de moins bonne qualité. Alphonse s'y refusait malgré les difficultés qu'il éprouvait à se maintenir face aux Japonais en Belgique et en Hollande, aux Chinois, aux Hongrois et aux Israéliens en Suisse ; il voulait défendre une réputation chèrement acquise. Cherchant à se démarquer des usines qui remplaçaient la presse à bras par le « bloc » – presse mécanique ou hydraulique – pour supprimer des gestes au moment de la fente du gant, il imprimait à chaud sur ses modèles la mention « Coupe traditionnelle à la table ».

– Ne t'amuse pas à tromper les clients ! répétait Alice. Sinon tu ne retrouveras jamais leur confiance...

Un profond malaise s'instaura en ville. Dans les réceptions et les dîners, les patrons ne cachaient pas leurs préoccupations.

– Ça finira comme en 34 ! lâcha Gustave Paulhe chez les Forestier un soir de janvier 1968. On n'a même pas trois semaines de travail d'avance...

Le mégissier des Forestier débauchait en ce début d'année.

– On ne peut plus lutter, se plaignit-il. Si les Anglais forcent les portes du Marché commun, nous mettrons la clé sous la porte d'ici six mois : ils trichent en pillant leurs colonies !

– Nous nous battrons sur la qualité ! lança Alphonse d'un air convaincu. Heureusement, il y a encore des clients qui l'exigent !

– Vous croyez que ça vous sauvera ? reprit, sceptique, le vis-à-vis de Valentin, qui dirigeait une usine où les coupeurs utilisaient le bloc. Pas pour longtemps ! Le prestige ne paie plus. Nous coulerons à cause des charges, surtout des salaires. Les piqueuses gagnent presque autant que les coupeurs. On leur donnait moitié moins en 34. Vous pensez que ça peut aller loin ?

Il jeta un froid parmi les convives. La Chambre syndicale devait se réunir le lendemain matin : la séance promettait d'être animée.

À l'autre extrémité de la table, tapotant ses doigts nerveux sur la nappe, Estelle bouillait de rage. C'était son premier dîner en ville. Elle préparait le bac et fêterait ses dix-huit ans au mois de mai. Sa réaction fusa sans tenir compte du regard insistant de sa mère qui la priait de se taire.

– Ça vous gêne beaucoup que les femmes touchent autant que les hommes ? ironisa-t-elle.

Le patron gantier fronça les sourcils, se fit violence pour ne pas répondre ; il ne supportait pas la contestation ni l'insolence.

Alphonse détourna aussitôt l'attention en décriant les humeurs fantasques des couturiers et des stylistes qui habillaient désormais les femmes avec des pantalons de velours, des robes en papier et des fuseaux de ski.

– La mode girouette n'arrange pas nos affaires : nous sommes toujours en retard d'une collection. Mais il y a pire maintenant ! On jette les gants aux orties !

– Pompidou prétend en posséder dix paires, enchaîna Alice, et il n'en porte jamais aucune. Il est tout de même Premier ministre ; il pourrait nous aider s'il voulait...

Élise ricana. Elle brocardait souvent les hommes politiques :

– Ne comptez pas sur lui pour nous défendre ! Il est prêt à tout pour vendre ses camions et ses voitures...

Agacée, Estelle suggéra d'un ton sérieux :

– Vous devriez fabriquer des vêtements de peau.

Au retour du lycée et le samedi, elle filait à l'usine, se plongeait dans les magazines de mode, crayonnait parfois des ébauches, se livrait à des discussions passionnées avec Irène.

– Les combinaisons de cuir noir s'arrachent dans les boutiques de Londres ! ajouta-t-elle.

Elle s'attira quelques plaisanteries car les hommes manquaient rarement, le dimanche, la série anglaise *Chapeau melon et bottes de cuir* dans laquelle Diana Rigg portait une combinaison de cuir noir, très moulante.

– Vous vous moquez ! reprit-elle en riant. Un jour, si personne ne veut de vos gants, vous serez contents de couper des robes et des tailleurs de peau...

Elle s'était trop avancée. Alice qui suivait toujours ses intuitions, la soupçonna de préparer une collection de vêtements en catimini, avec la complicité d'Irène.

Un jour, peut-être, si le gant perdait son prestige...

Alice préférait ne pas y songer encore.

20

Au lendemain de la proclamation des résultats du bac, Estelle supplia son père de l'engager à l'atelier du *brosser* comme simple ouvrière. Depuis ses quatorze ans, elle passait une partie de ses vacances dans les salles de couture pour apprendre le métier pendant que les copines traînaillaient au café. Alphonse s'y opposa :

– Tu ferais mieux de continuer tes études comme tes frères...

Elle sourit. Les garçons s'apprêtaient à redoubler leur troisième année d'école de commerce à Montpellier où ils menaient la belle vie ; seul leur père semblait l'ignorer. Elle les voyait peu car ils ne montaient à Millau qu'une fois par trimestre, recevant chaque mois la visite de leur mère.

Elle persistait à garder ses distances.

Estelle haussa les épaules :

– Pour être dactylo ? secrétaire ? infirmière ? M'ennuyer devant des élèves ou dans un bureau ?

– Tu aurais une autre situation, poursuivit-il. Tu sais bien que le gant n'a pas d'avenir...

Les coupeurs et les piqueuses à domicile avaient chômé quatre mois depuis le 1er janvier, les grèves de mai-juin avaient fragilisé le marché tandis que les augmentations de salaire, imposées par les accords de Grenelle, réduisaient d'autant les marges. L'automne s'annonçait difficile.

– Le vent peut tourner, répondit-elle. La mode passe, revient... De toute façon, je me débrouillerai... S'il le fallait, tante Julie me trouverait quelque chose dans son atelier...

Estelle brûlait de passion pour ce métier, ce que ne tolérait pas sa mère. Depuis son plus jeune âge, Élise avait tracé le destin de sa fille, l'imaginant professeur d'anglais dans un lycée de Paris ou infirmière-chef à La Salpêtrière. Aussi s'acharna-t-elle à la dissuader de choisir le monde du gant, au risque de se fâcher pour de bon avec elle. Rien n'y fit. Estelle s'obstina jusqu'à ce que ses parents fléchissent. À contrecœur, ils capitulèrent.

– Tu es comme ta tante Julie! grommela Élise. Insupportable! Quand vous avez une idée en tête...

– Si je rentre à l'usine, c'est pour savoir tout faire, répéta-t-elle à son père. Piquer, coudre à l'aiguille, broder et dresser les gants, dessiner les «protos». Vraiment tout!

Alice applaudit des deux mains:

– Au moins quelqu'un me ressemble!

Sa grand-mère évitait ce sujet de conversation en présence de ses parents mais l'encourageait:

– Tu as raison de tenter ta chance... On s'en sort toujours si on y croit... La ganterie en a vu d'autres et Millau travaille encore les peaux! J'aimerais tant que la maison continue quand je ne serai plus là...

Estelle portait désormais tous ses espoirs.

L'année se termina mal: l'usine subit des pertes. Les premières depuis la guerre. Alphonse ne l'annonça à sa mère que vers la fin du mois de janvier, une fois en possession des premiers résultats. Le visage renfrogné, il affichait l'air sombre des mauvais jours.

– Je m'en doutais, glissa Alice à qui rien n'échappait. Tu n'étais plus le même depuis les fêtes...

Valentin servit le café.

Alphonse le but lentement, sans détacher ses yeux du fond de la tasse. Il cherchait ses mots.

– Les grands magasins préfèrent le skaï à la peau d'agneau, avoua-t-il. On se fera bouffer cru par les Chinois : ils cassent le marché !

– Les grands magasins veulent nous lâcher ? s'offusqua Alice.

Il émietta une madeleine dans la tasse puis jeta, amer :

– Ils prennent encore nos gants mais à des prix de plus en plus bas. On les leur cède presque à perte…

– Heureusement que tu es bien avec ton banquier, crut bon de dire Valentin.

Alphonse eut un geste d'impuissance.

– J'ai vu François, hier soir… Il a la direction de l'agence depuis le 1er janvier. C'est une chance ; je serai plus à l'aise pour discuter. Il me recommande de ne pas jouer le jeu des grands magasins, de rompre les contrats s'il le faut. C'était mon intention. Tant pis si on fabrique moins et si on vend moins…

– Tu seras obligé de licencier ? s'écria Valentin.

– J'en bien ai peur…

Il devint blanc comme neige.

– Ce sera terrible pour les familles, lâcha Valentin.

– Je ne peux pas garder tout le monde ! Mais rien n'est perdu. On s'en sortira même s'il faut emprunter pour boucher les trous…

À ces mots, Alice reprit confiance :

– Estelle t'aidera… Irène aussi. Elles ont des idées…

– Elles veulent essayer le gant-auto et le gant de sport…

Il croisa les doigts pour conjurer le sort :

– Tant que les Américains nous seront fidèles…

Ce jour-là, Estelle ne rentra pas déjeuner ; il lui arrivait souvent de partager le repas d'Irène. Aussi, au début de l'après-midi, Alice monta-t-elle à l'usine.

Elle s'y rendit à pied pour profiter du soleil ; elle marchait d'un pas alerte, sans canne.

Estelle travaillait dans le bureau d'Irène, toutes deux penchées sur les « protos ».

– Déjà ! s'exclama Alice.

– On y réfléchit depuis quelque temps, avoua Estelle sur un ton décidé. Le gant-auto marche bien. Il faut en profiter... Si papa nous avait écoutées, on aurait pu vendre la collection avant l'été...

– N'accable pas ton père ! coupa Alice. Il a assez de soucis.

Une carte de coloris traînait sur la table près d'une douzaine d'échantillons de peau cyclamen, bouton-d'or, jaune safran, blanc, mimosa, bleu, mouette.

– Autant de couleurs ? s'étonna-t-elle.

– Bien sûr ! répondit Irène. C'est la mode !

– Et des jolis modèles ornés de fantaisies, ajouta Estelle. Il y a de plus en plus de femmes qui ont leur voiture...

– Tout a bien changé, murmura Alice.

En fin d'après-midi, dans les couloirs, avant de partir, elle croisa la fille de Lætitia, maîtresse-ouvrière à l'atelier du *brosser*, qu'elle avait engagée comme coursière trente-cinq ans plus tôt à la fin de la grève. Amélie, aussi fidèle et franche que sa mère, s'accrocha à son bras :

– C'est vrai que vous allez renvoyer des ouvrières ?

L'angoisse la tenaillait ; une larme coulait sur le maquillage de sa joue. Elle balbutia d'un air épouvanté :

– On le raconte en ville... Les gens sont inquiets... J'ai cinquante ans, je suis loin de la retraite... Et les jeunes ? Vous y avez pensé ?

Alice ne se déroba pas, affronta son regard où brillait une lueur de colère, s'expliqua sans pour autant dissiper ses craintes.

– Qu'est-ce qu'on deviendra ? dit-elle, martelant ses mots. Vous voulez tous débaucher. Même Jonquet...

Ce sera une catastrophe, il n'y a rien d'autre à Millau. On sera obligés de partir, de vendre la maison, de trouver un autre métier... On se demande si à Paris, ils ne veulent pas la mort de la ganterie...

Alice ne sut que répondre. Désarmée.

Alors, Amélie s'éloigna à pas lents en direction du vestiaire puis se retourna, la main agrippée à la poignée de la porte :

– Vous pouvez compter sur nous s'il faut un bon coup de collier pour sauver la maison !

Le sourire revint sur les lèvres d'Alice.

L'inévitable se produisit au printemps lorsque les représentants proposèrent les collections du prochain automne-hiver : les grands magasins renoncèrent aux gants de ville en peau d'agneau. Leurs commandes fournissaient d'ordinaire un tiers du travail de l'usine.

– J'aurais dû suivre les conseils d'Irène, soupira Alphonse. Elle avait raison pour les gants de sport : il fallait se lancer à l'automne.

Il se mordait les doigts de ne pas avoir réagi plus tôt.

– Je croyais que ça tiendrait l'année, reconnut-il. Maintenant, je n'ai pas le choix...

Avant l'été, il aurait à prendre une pénible décision : congédier une trentaine d'ouvriers. Souvent, la nuit, il songeait au désarroi qui les guettait. Parfois, ressassant les récits de sa mère sur la grève des cabanières, revoyant les files d'attente devant la Maison du peuple lors des soupes populaires de 35, il en pleurait.

– C'est de ma faute ! gémissait-il.

Certains jours, Élise ne savait plus comment alléger le fardeau et s'en remettait à Alice qui s'efforçait de le ramener à la raison, de le stimuler pour redresser la barre.

– Accroche-toi, disait-elle. À l'usine, ils ont besoin de toi... Tu ne peux pas les décevoir...

Tant dans la famille qu'autour d'eux, chacun se sentit concerné par ce drame. Alice reçut de nombreux témoignages de soutien de ses anciennes couturières pour qui elle demeurait La Patronne, La Gantière. Amélie frappait souvent à sa porte, à la fin de la journée. Elle avait conservé sa place et entendait la mériter :

– J'ai promis d'augmenter les cadences à l'atelier pour que vos gants soient moins chers... Les filles sont capables de piquer deux paires de plus par jour. Ce sera autant de gagné !

Amélie était d'une bonne volonté touchante.

– Elles ont un exemple à l'usine, disait-elle. Estelle est partout, elle s'en va la dernière. Croyez que ça les impressionne... On ne l'aurait pas pensé d'une fille de patron... Elle n'est pas fière...

Alice s'en réjouissait.

– Ah ! si j'étais plus jeune, glissait-elle à regret, je donnerais un coup de main pour les « protos ». Mais je suis un peu dépassée et je n'y vois plus comme à vingt ans !

Estelle avait hérité de son tempérament batailleur, assurant les tâches ingrates de l'atelier, acceptant d'être mal payée pour que la reconversion réussisse, préparant les prochains salons des Sports d'hiver à Grenoble et de l'Automobile à Paris, ébauchant une foule de projets. Cette vie convenait à son caractère qui s'accommodait mal de rester longtemps à la même place et d'effectuer les mêmes gestes ; elle avait besoin de bouger. Chaque soir, elle rentrait tard, mangeait sur le pouce et trouvait le courage de bavarder une heure avec sa grand-mère qui veillait en l'attendant.

La semaine du 15 août, l'arrivée de la petite-fille d'Antoine et de Clarisse leur permit d'oublier les tracas pendant quelques jours. En voyage de noces à travers l'Europe, Pamela et son mari Peter voulaient enfin connaître les cousins français dont ils avaient tant entendu parler. Estelle emmena sa grand-mère les accueillir à l'aéroport de Montpellier. Du plus loin qu'elle aperçut Alice, mêlée à la cohue grouillante des parents et des enfants qui piétinaient dans le hall, Pamela brandit des gants roses au-dessus de sa chevelure rousse. Tombant dans ses bras, elle s'exclama :

– Nous nous sommes mariés avec des gants Forestier !

C'était le cri du cœur.

Chez *Lord and Taylors*, Pamela avait choisi un *doeskin* brodé.

Peter, un beau jeune homme de vingt-cinq ans aux cheveux mi-longs, était aussi enthousiaste.

– C'est un honneur de vous rencontrer ! glissa-t-il en s'inclinant devant Alice ce qui amusa beaucoup Estelle.

Ils visitèrent le pays au pas de charge mais prirent le temps de musarder sur les berges de la Sorgues et de découvrir la ferme de leurs ancêtres, au Pas, pour le plus grand plaisir de Léon qui les pria d'emporter une lauze du four à pain, rongée de mousse...

À l'heure du départ, Pamela invita Estelle à New York.

– Comme ça tu auras l'occasion de faire une visite de courtoisie chez *Lord and Taylors*, prétexta-t-elle en souriant.

Alphonse proposa d'offrir le voyage à sa fille :

– Ce sera pour l'été prochain. Si nous avons bien travaillé...

Estelle était aux anges. Elle épaterait ses frères qui jouaient les globe-trotters chaque été avec leur Deux-chevaux.

– Je te donnerai des adresses, chuchota Alice, l'œil pétillant. Tu iras voir les gants, les chapeaux de *Worth & Worth*, les chaussures de Ferragamo... Tu te régaleras !

Pendant des mois, Estelle se démena pour ravir des marchés à la concurrence, imagina des gants en peau de vache pour attraper les singes au zoo de Vincennes, accompagna son père dans les salons, notamment à Grenoble et Paris où elle se révéla excellente vendeuse. Elle réussit même à placer des gants cyclamen auprès d'un directeur commercial de chez Austin pour la présentation du nouveau modèle de la Mini.

Elle touchait au but lorsque son rêve s'écroula un matin de mai, le jour de la traditionnelle foire de printemps. L'usine était déserte. Son père rangeait des papiers dans son bureau, elle téléphonait à sa tante Julie pour un conseil de mode. Soudain, Alphonse la héla dans les couloirs :

– Estelle ! Estelle ! La commande des Américains !

Ils attendaient le télex depuis deux semaines.

Aussi écourta-t-elle la conversation pour le rejoindre, un étage plus bas.

Assis dans son fauteuil, Alphonse relisait la dépêche expédiée par *Lord and Taylors*. Hébété.

– Je ne comprends pas, répétait-il. Ils ont dû se tromper.

Il tendit la feuille à sa fille.

– Cinq paires de *doeskin* ? s'écria-t-elle. Ce n'est pas possible ! Ils ont cafouillé dans les transmissions...

D'ordinaire, les commandes représentaient six à huit semaines de travail.

Estelle télégraphia ; le directeur valida l'ordre du chef de rayon au cours de l'heure qui suivit.

– Ils se moquent de nous ! tempêta Alphonse.

– C'est curieux que notre agent n'ait pas été averti, releva-t-elle. Grand-mère connaît les Américains mieux que nous. Elle aura une explication...

La DS se fraya à grand-peine un chemin entre les voitures mal garées et les étals des forains qui encombraient l'avenue.

Alice lisait le journal à la salle à manger ; elle tomba des nues.

– Mais quelle mouche les a piqués ? gronda-t-elle. Le directeur m'a encore envoyé ses vœux au début de l'année… Vous avez appelé le fils Cornill ? Il nous doit des éclaircissements… On fournit *Lord and Taylors* depuis vingt ans ! C'est grotesque !

L'agent confirma ce que la Fédération de la ganterie française redoutait depuis un an mais que les Millavois n'osaient croire : les Américains, refusant d'acheter les modèles français à leur juste prix, expédiaient désormais des gants à coudre dans les pays à la main-d'œuvre bon marché, à Porto Rico et en Asie.

– Ils feront marche arrière ! prédit Estelle. Les Américaines sont habituées au luxe : elles ne supporteront pas les boutonnières, le fil ajouté, les coutures qui crachent… Dans quelques mois, quand il y aura assez de mécontents, les grands magasins reviendront vers nous. Tout repartira comme avant…

Alice ne partageait guère son optimisme pour avoir longuement parlé avec le mari de Pamela :

– Nos gants sont sûrement les plus beaux du monde mais c'est le profit qui dicte la loi en Amérique… Tu as entendu Peter ? Il n'a qu'un mot à la bouche : l'argent… Nous sommes trop chers. Même s'ils vont regretter nos finitions, ils ne reviendront pas…

Lucide, Alphonse pressentit une débandade :

– Les Anglais vont suivre ; ils viennent d'augmenter les tarifs de douane. Puis ce sera le tour des Canadiens, des Hollandais et des Suisses… Tout s'écroulera…

– Non ! Non ! s'emporta Estelle en tapant du pied. On se battra.

Elle ne rêvait plus de New York mais de revanche. Aussitôt, elle rappela sa tante à Nice puis Irène qui se reposait à Valras.

Au moment du déjeuner, rentrant de son tour de foire, Élise les surprit en pleine discussion. Estelle se précipita vers sa mère :

– C'est fini avec les Américains…

Élise s'effondra dans l'un des fauteuils de cuir.

– Quel métier de fous ! hurla-t-elle, serrant les poings. Quand ils l'apprendront à l'usine...

Puis elle l'écouta sans l'interrompre avant de s'adresser à Alphonse :

– Tu es d'accord pour les vêtements ?

Il marchait dans la pièce à pas mesurés, mordillait un bâton de réglisse pour s'éviter de fumer.

– On va y réfléchir, répondit-il avec prudence. De toute façon, si personne n'achète nos gants de ville...

– Certaines maisons de Millau vendent à Paris, en Allemagne, en Suisse, en Amérique, insista Alice qui épluchait chaque mois le compte rendu des débats de la Chambre syndicale et continuait à lire les revues professionnelles. Il faut essayer. Julie a ses entrées dans la mode... Mais tu auras encore besoin de ton ami François pour changer les machines, réaménager l'usine...

– Oui ! je sais ! explosa Alphonse. Même si on se connaît, c'est loin d'être gagné... Ça prendra du temps de former les ouvriers, de monter une chaîne de fabrication. Les banquiers n'aiment pas que les choses traînent trop...

– S'il le faut, nous vendrons tout pour continuer, proposa Alice d'un ton grave.

– Non ! coupa-t-il. Je ne veux pas vous laisser sans rien...

Alice devait se rendre à Nice à la mi-mai pour les essayages de sa garde-robe d'été. Elle avança le voyage au lendemain, pressée par sa petite-fille qui voulait l'accompagner et montrer des croquis à sa tante.

– Irène nous attendra à la gare de Béziers, décréta-t-elle. Avec sa voiture, elle nous emmènera jusqu'à Nice...

À peine installée dans le train, Estelle étala ses ébauches sur la tablette. Ses carnets renfermaient des dizaines de modèles : minijupes, tailleurs, manteaux, pantalons, chemisiers, robes.

– Tout ça ? s'exclama sa grand-mère.
– Trois ans de travail !
– Tu n'as pas choisi la facilité, souligna-t-elle. Tu n'auras jamais deux peaux de la même couleur à la sortie du tonneau, tu devras calculer chaque découpe pour gâcher le moins possible, imaginer comment la peau va réagir aux mouvements des épaules ou des jambes. C'est tellement différent du tissu. Ta tante te le dira...
Estelle était consciente des difficultés :
– Irène m'a déjà prévenue. Nous ferons des essais au retour de Nice, lundi... Si tout le monde retrousse les manches, on y arrivera. Ce sera la dernière chance pour les ouvriers.
– Pour nous aussi, compléta Alice.
Estelle posa sa main sur celle de sa grand-mère. Elle l'admirait, elle l'aimait, elle défendrait l'honneur de la famille.

L'usine livra les premières collections à Toussaint. Irène et Julie activèrent leurs relations pour imposer la marque, relayées à Paris par un jeune représentant né dans une famille de gantiers niortais, qui s'enthousiasmait pour les vêtements de peau. Les ventes de la fin d'année dépassèrent les espérances à tel point qu'Alphonse organisa une petite fête à l'usine. Au soir du 24 décembre, il réunit les ouvriers autour d'une fouace et d'un verre de rosé de la vallée du Tarn.
Tous l'avaient mérité, aidant au réaménagement pendant leurs congés d'été, s'adaptant en un temps record aux contraintes d'un métier industriel qui rompait avec leurs habitudes.
En cette veille de Noël, l'espoir éclairait les visages et semblait avoir chassé l'abattement qui avait gagné l'usine au lendemain de l'arrivée du télex américain. Sous l'effet du rosé, les conversations s'animaient :

les hommes parlaient de chasse, les femmes de leur menu de réveillon. Amélie bavardait avec Alice :

– C'est presque un miracle. J'y croyais mais pas à ce point... Je me disais que ça pourrait occuper un ou deux coupeurs, quelques ouvrières. Nous sommes une quinzaine à l'étage ! Nous aurions été une quinzaine de trop s'il n'y avait eu que des gants à coudre...

– C'est un peu grâce à toi ! insista Alice qui avait suivi jour après jour la mise en œuvre du projet d'Estelle.

Amélie avait accepté de partir pendant deux mois à Graulhet où elle avait appris à assembler et piquer des vêtements. Depuis, elle dirigeait le nouvel atelier.

– Les filles ont fait des efforts, reconnut-elle, modeste. Elles sont restées après la sirène pour s'y mettre plus vite... Elles ont compris qu'il fallait se battre pour garder sa place...

Sur ces entrefaites, les mains encombrées d'un plateau chargé de verres, Estelle les rejoignit. Le visage rayonnant de satisfaction, elle portait une courte jupe de peau, grise, et un chemisier assorti.

Alice la félicita :

– Tu es ravissante ! Cette jupe est taillée pour toi.

Elle caressa la peau du chemisier, ferma les paupières à demi.

– C'est fin, soyeux, souple, murmura-t-elle. Il n'y a vraiment que le *plongé* qui ait de la tenue. Avec le *voilé*, tu entendrais crisser ta jupe en marchant...

– J'espère que nos collections continueront à plaire, dit Estelle. Le chiffre d'affaires de l'usine pourrait doubler et même tripler !

Dix ouvrières d'un atelier de vêtements de peau produisaient autant que soixante-dix gantières. Alice ne l'ignorait pas, qui se tenait au courant de tout depuis quelque temps. L'ambition de sa petite-fille l'inquiétait ; elle la modérait parfois.

– Ne t'emballe pas si vite ! répéta-t-elle. Commençons à passer deux saisons. Après, nous y verrons plus clair…

Le succès n'échappa pas à Frédéric qui travaillait dans l'import-export à Montpellier.

Ce soir-là, il débarqua du train de dix heures alors que personne ne l'attendait : il avait annoncé qu'il partait huit jours en Autriche ; il prétexta qu'il avait manqué l'avion à Paris. Le réveillon était avancé : Élise servait la dinde. Il se montra royal en offrant un cadeau à chacun.

Dès le lendemain matin, au petit déjeuner, il entreprit son père sur l'exportation des vêtements de peau.

– J'ai des relations, prévint-il. Je pourrais trouver des grossistes italiens ou allemands pour ton prêt-à-porter… Tu me donnerais une commission, ton usine tournerait, tu abandonnerais les gants et tu gagnerais enfin de l'argent !

Estelle but son café, dévora trois madeleines, observa son père qui beurrait du pain avec application.

Elle brûlait de répondre.

– Ça ne t'intéresse pas ? s'étonna Frédéric.

– On en parlera un autre jour, répondit-il, agacé par ses manies de se mêler de tout. Pour le moment, on se débrouille seuls… Plus tard, on avisera…

– Tu as tort. Les affaires ne se mènent plus comme autrefois…

Sur ces mots, il disparut à bord de la DS de son père et on ne le revit qu'à l'heure du déjeuner.

L'après-midi, au cours d'une longue promenade en ville, Estelle ne cacha pas ses craintes à sa grand-mère :

– Tu crois qu'on peut avoir confiance ? Tu as vu son costume ? Les cadeaux qu'il nous a amenés ? Et le caviar pour midi ? Cette boîte vient de chez Pétrossian à Paris ; ça vaut une fortune ! Je me demande où il trouve l'argent…

Alice qui l'écoutait en marchant, s'arrêta sur le Mandarous pour souffler un peu.

Elle sentait poindre méfiance et jalousie.

– Tu lui en veux encore ?

– Non. Enfin... Je ne sais pas... Je le déteste quand il prend ses grands airs. Je préfère Pierre.

– Pourtant, Frédéric est aussi ton frère.

– Oui. Mais je ne le changerai pas !

Estelle éclata de rire.

– Heureusement qu'il est assez loin et qu'il voyage ! Sinon on se disputerait tous les matins.

Puis, d'un ton réfléchi, elle demanda à sa grand-mère :

– Tu m'aideras s'il met le nez dans nos affaires ?

– C'est ton père qui est le patron, voulut dire Alice.

– Peut-être. Mais toi, tout le monde te respecte.

Cet hiver-là ressembla comme un frère à l'hiver 1934-1935, bloquant la ville au premier jour du mois de février par une couche de cinquante centimètres de neige, semant la détresse en mars, à l'annonce de la fermeture de l'usine Jonquet qui privait de travail un millier d'hommes et de femmes. Le fleuron de la ganterie millavoise succombait à son tour alors qu'on le croyait invincible tant il symbolisait la prospérité et le prestige.

Alice apprit la nouvelle par la bonne, un matin de marché.

– C'est une catastrophe ! s'écria-t-elle en déposant ses paniers à la cuisine. Tous ces gens à la rue !... Cette fois-ci, Millau est fichu. On ne s'en relèvera pas...

Pendant qu'elle rangeait ses provisions, Alice glissa à Valentin d'un air songeur :

– Le Prince n'aurait pas supporté cette déconfiture... Quand on a bâti un empire comme le sien, c'est dur de le voir s'écrouler...

Jusqu'à l'heure du déjeuner, saisie par une soudaine nostalgie, elle ressassa les souvenirs de sa première rencontre avec Albert Jonquet, des séances de la Chambre syndicale, de la grève et des mots durs qu'il avait eus parfois à son égard, de l'attention délicate qu'il avait manifestée à l'occasion de la mort d'Octave...

Aussitôt Millau s'enflamma. En huit ans, la ganterie avait perdu la moitié de ses sept mille emplois. Jusqu'où irait la dégringolade qui menaçait d'asphyxier la ville ? Rien ne semblait l'arrêter ; on eût dit le Tarn en crue roulant des eaux destructrices. Une fois encore, il y eut des grèves, des manifestations, des pétitions, des protestations des élus auprès des ministères pour une piètre récolte de bonnes paroles et beaucoup de désillusions. L'usine Jonquet ferma...

Des jours durant, à toute heure, le téléphona sonna à l'usine et chez Alice. Par dizaines, coupeurs, piqueuses, brodeuses, petites mains supplièrent les Forestier de les engager. Alice reçut les filles de Capucin, un soir pluvieux. Elles avaient l'âge des jumeaux et le désespoir sourdait en elles.

– On fera n'importe quoi ! dirent-elles à Alice. Même balayer les salles pour gagner un peu d'argent... On sait que vous êtes juste... Notre père nous le répète assez... Nos maris ne trouvent rien... Il y a les enfants, le loyer, les notes chez les commerçants, les traites à la fin du mois... On a emprunté pour se marier...

Cette misère la touchait profondément. Comment leur expliquer que son fils n'embauchait pas ? Elle s'y appliqua d'une voix calme et douce, choisissant les mots, refusant de promettre ce qu'elle ne pourrait tenir.

Les filles de Capucin repartirent déçues sans la remercier.

– Elles s'imaginent sûrement qu'on ne veut pas les embaucher à cause de leur père, soupira Alice. Pourtant, si elles savaient...

Le marché du gant continuait à chuter. Quelques

jours plus tôt, sur la carte de son bureau, elle avait enlevé la dernière punaise à tête bleue : Montréal. Les Forestier ne parvenaient plus à exporter leurs modèles, ou si peu : trois paires à Londres, six à Zurich, deux à Amsterdam. Seules les boutiques de Paris et du Midi restaient fidèles aux gants de luxe. Parfois, installée à sa table de travail où trônait la photo du chargement en gare de Millau d'une caisse de soixante douzaines pour New York, Alice se demandait si elle ne sombrait pas dans un cauchemar.

Au retour des fêtes de Pâques, les brodeuses de l'avenue de la République rejoignirent l'usine Montmartre ; elles n'étaient plus que cinq. La porte de l'ancien atelier du piqué anglais demeura close.

Ce fut un déchirement pour Alice.

Des matinées entières, elle traînait dans les pièces désertes où les housses recouvraient désormais les machines, passait un doigt sur les tables poussiéreuses, classait des liasses de *doeskin* que le vinyle détrônait partout à travers le monde, contrôlait à l'aide de son *fuseau* les dizaines de paires de gants dont les tiroirs regorgeaient et dont personne ne voulait.

– Quel gâchis ! geignait-elle. Il y a dix ans, on se les arrachait... On les aurait vendus aux enchères !

Estelle essayait de la consoler :

– On se lassera vite du vinyle, des coutures automatiques, de la coupe au laser... On reviendra au bloc, à nos vieilles machines...

– Tu le dis pour me faire plaisir, glissait Alice d'un sourire forcé.

– Non. J'y crois. Il ne faut jurer de rien avec la mode...

Elle le constatait chaque jour en créant ses vêtements de peau. Il fallait constamment vivre dans l'air du temps, devancer les goûts des clients. Estelle y réussissait assez bien. L'usine redressait peu à peu ses comptes ; Alphonse retrouvait sa bonne humeur.

– À Noël, j'aurai gagné mon voyage en Amérique ! répétait-elle à sa grand-mère. Tu m'accompagneras ?

– Ce n'est peut-être pas prudent à mon âge, disait Alice du bout des lèvres. Mais après tout, pourquoi pas ! Ce sera certainement la dernière fois...

Elle en rapporta un souvenir inoubliable, le plus beau sûrement de ses séjours en Amérique. Pamela et Peter habitaient le quartier des Théâtres. Au lendemain de leur arrivée, ils les emmenèrent au Metropolitan Opera écouter *La Tosca*. Tandis que la foule réservait une ovation aux artistes, Alice frissonna d'émotion en songeant au triomphe d'Emma Calvé sur cette même scène, quatre-vingts ans plus tôt : la diva lui avait raconté, au cours d'une visite à Cabrières, comment son interprétation de Carmen avait conquis le public de New York en une soirée. Alice ne pensait jamais pouvoir assister à un opéra dans ce célèbre temple lyrique.

Les magasins de la 7e Avenue, les galeries d'art de Chinatown, les restaurants italiens, les musées et les illuminations de Brooklyn effacèrent ses soucis. Sur les quais de l'Hudson où elle s'aventura malgré le vent, elle rêva que les dockers déchargeaient à nouveau des caisses de gants Forestier pour les boutiques de New York.

21

Un matin de janvier, lorsqu'elle établit le planning de production des commandes de printemps, Estelle s'inquiéta en découvrant l'ordre d'achat d'une société italienne. Elle dévala les escaliers et pénétra en trombe dans le bureau de son père.

Alphonse téléphonait au mégissier.

– Tu aurais pu me dire que tu avais signé avec un Italien ! jeta-t-elle d'un ton cassant.

Il raccrocha. Embarrassé.

– Frédéric me l'a présenté pendant que tu étais en Amérique. Il m'a l'air bien... Il aime nos vêtements. Paneti ne pouvait pas mieux tomber : un grossiste de Paris nous lâche...

Estelle parcourut la lettre reçue au courrier du jour.

– Ça ne m'étonne pas ! répondit-elle sèchement. Il traînait des pieds pour payer ces temps-ci... Il nous doit encore de l'argent... Tu as confiance dans Paneti ?

– J'ai pris mes renseignements à Paris et à Milan. Ça me paraît sérieux. C'est important pour nous : il dirige une grosse maison...

– Tu aurais pu m'appeler chez Pamela, insista-t-elle, vexée. Ou attendre que je revienne...

– Les affaires n'attendent pas ! répliqua-t-il sur le même ton. Je suis encore capable de prendre des décisions...

Froissée, elle bougonna contre Frédéric. Il la rembarra :

– À vingt-deux ans, tu te conduis comme une gamine. Mais pourquoi le critiques-tu sans arrêt ? C'est ridicule ! Tu devrais au contraire le remercier de nous avoir amené un client...

Elle quitta le bureau sans un mot. Remâchant sa colère.

Estelle bouda pendant deux ou trois jours, et refusa d'en parler à sa grand-mère qui attribua sa mauvaise humeur à une déception amoureuse. Alice avait remarqué ses airs languissants la veille de leur retour à Millau, au moment des adieux avec un ami de Peter.

– C'est un bel homme ! dit-elle à Valentin. Poli, gentil. Il doit lui manquer... Il ne l'a pas quittée de la semaine... Je crois bien qu'il a promis de venir cet été...

Estelle finit par oublier que son père l'avait mouchée car Paneti honora ses traites jusqu'à la mi-juin. Rassurée, elle regretta d'avoir égratigné une nouvelle fois Frédéric et douté de son intégrité ; elle envisagea même une réconciliation avec son frère au cours de la réunion de famille que sa grand-mère organisait l'été à Compeyre. Puis, brusquement, le comportement de l'industriel italien chassa ses bonnes résolutions. Depuis le début de l'année, Paneti n'avait cessé, au fil des semaines, de grossir ses commandes : il était ainsi devenu leur plus important client de vêtements de peau. Comme il s'acquittait de ses ordres sans retard, nul ne s'était alarmé.

– C'est sérieux, répétait Alphonse au comptable.

Au début juillet, il déchanta quand le banquier l'informa que les dernières traites ne seraient pas réglées. Elles représentaient trois mois de salaire de l'usine.

Aussitôt, il téléphona au siège de la société près de Milan : les secrétaires le baladèrent d'un bureau à l'autre, mais Giorgio Paneti demeura introuvable. Seul Frédéric pouvait le tirer de ce mauvais pas. Il ne put le joindre : son fils était en voyage d'affaires en Asie. Furieux, Alphonse alerta le ministère de l'Industrie et la Fédération des industriels de la Peau, se retourna contre le consulat d'Italie à Marseille où il se rendit par un après-midi torride.

Là, il crut défaillir en apprenant que la société était en cessation de paiement et que Giorgio Paneti avait été arrêté pour trafic de voitures volées.

– Vous n'êtes pas seul à avoir été abusé, rétorqua le consul en s'épongeant le front. J'ai eu ce matin un patron de Graulhet qui...

– Je me fiche des autres ! coupa Alphonse, déchaîné. Ils ne me sortiront pas de la panade !

– Prenez un avocat, conseilla-t-il d'un air navré.

– C'est déjà fait !

Remontant de Marseille, Alphonse fit étape à

Montpellier, força Frédéric à s'expliquer. Son fils était rentré d'Asie le matin même.

– Tu te rends compte de ce qui nous attend ? hurla-t-il. On fermera alors qu'on avait presque réussi à maintenir l'usine, on mettra à la porte quarante ouvriers comme s'il n'y avait pas assez de chômeurs à Millau...

Tassé dans son fauteuil, Frédéric encaissa. Penaud.

– Je pensais te rendre service en te le présentant, se risqua-t-il à dire. Tu te plaignais tellement des gants...

Épuisé, Alphonse s'assit, but un verre d'eau.

– Nous avons perdu un marché de moufles ce mois-ci, avoua-t-il d'une voix lasse. Elles sont trop chères. Pourtant, on les fabrique avec les « tombées » de peau des vêtements. C'est ce qu'il y a de meilleur marché. S'il n'y avait pas ces saloperies venues de Chine et d'ailleurs... Ça nous bousille chaque jour...

Dans le bureau, les regards se posèrent sur Alphonse qui sentit l'hostilité monter parmi les collègues de Frédéric. Il préféra partir.

La DS le déposa à Millau vers dix heures du soir. Élise, Estelle, Alice et Valentin guettaient son arrivée depuis la salle à manger du rez-de-chaussée où la bonne avait mis le couvert pour le dîner. Il était fourbu, vidé, amer.

L'estomac noué, ils goûtèrent du bout des lèvres au gaspacho, à la salade et au rôti froid. De temps à autre, Alphonse donnait des détails sur ses démarches ou sa journée.

Estelle n'enfonça pas davantage Frédéric mais laissa éclater sa rage : elle venait d'amorcer des contacts prometteurs avec une jeune styliste parisienne, Anne-Marie Beretta.

– D'ici quelque temps, on aurait peut-être travaillé pour la haute couture... C'est trop bête...

Ils se couchèrent vers minuit sauf Alice qui veilla seule dans un silence pesant. Au lieu de rejoindre

Valentin elle prit dans l'un des tiroirs du secrétaire l'album du cinquantenaire de la maison. L'une des photos rassemblait la famille et les ouvriers devant l'entrée de l'usine, autour du gant géant ; elle en occupait le premier rang aux côtés de Valentin et d'Alphonse, un bouquet de roses serré contre son cœur. Tous souriaient...

Les yeux brouillés de larmes, Alice la conserva longtemps entre ses mains puis sanglota.

Un moment plus tard, Valentin la découvrit en pleurs, agitée de tremblements. Elle marmonnait :

– Nous serons ruinés...

Il posa une main sur son épaule et chuchota :

– Viens te coucher... Il est tard...

Il voulut refermer l'album, le ranger. Elle le repoussa d'un geste brusque, regarda les photos une dernière fois.

– Nous allons tout perdre, dit-elle en feuilletant les pages. Notre argent, notre honneur... Tant pis pour l'argent mais l'honneur... Ça n'a pas de prix, ça ne se remplace pas...

Elle vivait ces événements comme un désastre personnel.

– Tout est à refaire...

D'un pas lourd, elle se dirigea vers la fenêtre qui donnait sur le verger, l'ouvrit en grand, respira les odeurs fraîches du soir, écouta les bruits de la nuit. Valentin éteignit la lumière qui attirait mouches et moustiques, puis l'enlaça.

Alors, elle murmura :

– Pourvu qu'on puisse garder la maison... On y est si bien...

Ils unirent leurs efforts pour sauver ce qui pouvait l'être. Chacun proposa de renflouer les fonds de l'usine mais le banquier les en dissuada : les pertes étaient trop lourdes. Il préféra aider Alphonse à trouver un repreneur. Un seul se montra intéressé par le stylisme des collections. Comme il voulait fabriquer ailleurs et licencier tous les ouvriers, Alphonse refusa de signer.

– On ne bradera pas tes idées, jura-t-il à sa fille. Ni les tiennes ni celles d'Irène.

Estelle en éprouva un vif soulagement. Elle redoutait tant d'être pillée qu'elle s'était empressée de déposer ses modèles.

Le sort de l'usine se régla à la mi-août, au cours d'une matinée lourde et chaude, tandis que l'orage grondait. Dans son bureau du Mandarous, François reçut Alphonse une dernière fois.

– On aura tout essayé, dit-il, aussi désappointé que son ami.

Les Forestier n'avaient rien à lui reprocher : il n'avait ménagé ni son temps ni sa peine.

– Il n'y a pas d'autre solution que de fermer et de vendre...

Un instant, on n'entendit dans la pièce que le bruit des pales du ventilateur.

Alphonse poussa un long soupir :

– Je me doutais bien qu'on en arriverait là...

La banque avait comblé une partie du trou, honorant les traites du mégissier, avançant les salaires. Elle avait enregistré, quelques jours plus tôt, un nouvel impayé : l'ordre d'une société de la rue du Sentier à Paris. Elle craignait que d'autres les suivent.

– Ma direction ne peut pas aller au-delà, expliqua François. Il y aurait trop de risques. Elle souhaite récupérer son argent...

– Je comprends...

Il pâlit. Ses épaules s'affaissèrent.

Même s'il s'y attendait, Alphonse accusa le coup.

– Ça ne changera rien entre nous, assura François avant de le raccompagner. Si tu as un service à me demander...

À la sortie de la banque, il fonça à la maison et

emmena Élise à Compeyre. Un quart d'heure plus tard, il s'effondrait dans les bras de sa mère.

– C'est fini, dit-il en pleurant comme un enfant.

Ils s'installèrent autour de la table.

Alphonse but du café froid, fuma, raconta l'entrevue tandis que sa femme trompait l'angoisse en allumant deux ou trois cigarettes, elle qui n'en grillait jamais une.

– Tu n'es pas le premier à liquider, le consola Alice. Les grands ont commencé avant toi...

– J'aurais pu garder quelques ouvriers, reprit Alphonse. Mais ils n'ont pas voulu. Dommage... Bien joli si on couvre les pertes...

– S'il en manque trop, on se séparera de cette maison, décréta-t-elle. Ou des vignes. Ton père nous le pardonnera...

– Pas la maison de Julien ni les vignes, protesta Alphonse qui y était attaché. Enfin... Tout dépendra des enchères...

Au-dehors, la pluie avait cessé. L'arc-en-ciel irisait des nuages encore menaçants.

Alice sortit sur le seuil, remplit ses poumons de l'air frais que ramenait le vent.

Le déjeuner fut aussi sombre que le ciel. Personne n'avait le cœur à bavarder.

La bonne débarrassait la table avant de servir le café lorsqu'un bruit de moteur troubla le calme. Une voiture bleue se garait dans la cour, sous les tilleuls. À travers les rideaux ajourés de la fenêtre, Alice reconnut la 4 L d'Estelle.

La jeune femme entra à la cuisine d'un pas pressé. Elle but son café à petites gorgées et s'apitoya sur le sort des arbres du verger aux feuilles hachées menu par la grêle.

– Il y avait de si belles poires cette année! s'écria Élise.

À nouveau, le silence retomba.

Estelle hésita à le rompre. Puis elle se décida lorsque la bonne se retira à la souillarde pour laver la vaisselle.

– J'ai réussi à joindre Irène sur la côte. On va s'associer...

– C'est une folie! s'exclama aussitôt Alphonse en se frappant le front du bout des doigts. Il faut beaucoup d'argent pour solder les dettes et reprendre l'usine! Vous n'avez pas un sou...

– Laisse-moi terminer, dit-elle d'une voix douce. On s'installera à l'ancien atelier du piqué anglais, on ne fabriquera que des gants de luxe... Avec deux ou trois ouvrières dès que nous aurons assez de commandes...

Le rire de son père résonna dans la cuisine. Sarcastique.

– Mais vous rêvez! Aucune banque ne vous prêtera. Comment tu as pu embobiner Irène? Tu me surprends... Je croyais qu'elle avait du plomb dans la cervelle...

– Elle aime trop le métier. C'est sa vie. Tu le sais... Elle ne veut pas que ça s'arrête. Elle a des économies... J'en ai aussi...

– Il faut des millions! tempêta-t-il.

Malgré sa farouche opposition, elle demeurait imperturbable.

– Je t'avancerai de l'argent, promit Alice, soudain ragaillardie.

Alphonse s'agita sur sa chaise. Furibond.

– Tu pourras compter sur nous, ajouta Valentin. À notre âge, on n'a plus besoin de grand-chose.

– Vous êtes tous fous! hurla-t-il. Vous pensez qu'il n'y en a pas assez avec une faillite?

– Pourquoi t'emballes-tu? répéta Alice d'une voix posée. Tu devrais aider ta fille, être fier d'elle: Estelle veut sauver l'honneur de la famille...

– Elle ferait mieux de chercher une place ailleurs! maugréa-t-il. Le gant, c'est fichu! Si elle m'avait écouté...

Estelle s'obstina :

– Je suis sûre que certaines maisons nous seront fidèles : elles ont plaisir à vendre nos modèles. J'irai les voir...

– Des caprices de gosse ! gronda Élise.

– La haute couture recherche des modèles pour la présentation des collections, ajouta-t-elle. Irène connaît des stylistes à Paris...

– Ce que tu peux être têtue ! ronchonna Alphonse qui, déjà, ne l'écoutait plus.

Alice tenta d'apaiser les esprits :

– Ne vous fâchez pas ! Ce serait stupide. On en reparlera...

Les projets d'Estelle semèrent la zizanie au sein de la famille : Julie se rangea aux côtés de sa nièce ; Alphonse et Élise rallièrent les jumeaux à leur camp. Lasse d'être incomprise par ses parents, de n'entendre que des jérémiades, Estelle perdit patience, claqua la porte et se réfugia chez sa grand-mère.

Le lendemain, John – l'ami de Peter – annonça son arrivée.

– Ça lui changera les idées ! se réjouit Alice qui le jugeait sympathique. Elle en a besoin avec cette pagaille...

Elle faillit ne pas le reconnaître. Ses cheveux blonds tombaient presque sur les épaules ; il portait des jeans rapiécés et traînait un sac de voyage très sale.

– Il m'avait fait une autre impression à Noël dernier, avoua Alice à Valentin. Il était propre, bien habillé. Si Élise le voyait dans cette tenue... Il vaut mieux qu'elle ne vienne pas...

John ne passa que trois jours à Compeyre au cours desquels il fila le parfait amour avec Estelle, rieuse et espiègle comme avant. Après le dîner, dans la cour, sous les tilleuls, il grattait sa guitare et fredonnait des morceaux de country dont elle reprenait le refrain. Cette musique plaisait à Alice qui applaudissait, moins à Valentin qui somnolait dans son fauteuil d'osier.

Un soir, Estelle le ramena à la gare de Millau.

On ne le revit jamais.

Loin de dissiper les animosités, la réunion de famille du dernier dimanche d'août les aviva. Alice s'était risquée à la maintenir dans l'espoir de resserrer les rangs après la tempête qui avait secoué la maison. Julie monta la veille de Nice ; les jumeaux le matin même du Midi, fraîchement accueillis par leur mère :

– Vous auriez pu avertir que vous n'étiez pas seuls et que vous ameniez des hippies !

Deux filles les accompagnaient. L'une d'elles portait une tenue en vogue à Montpellier et sur les plages : un minishort en cuir noir coupé haut sur les cuisses.

Les garçons ne répondirent pas, tournèrent des talons. Pour un peu, ils seraient repartis.

À l'image du temps, couvert, la journée était gâchée.

Élise expédia le repas en moins d'une heure puis claironna sur un ton sec, après le café :

– Nous avons des affaires à régler !

Les deux filles comprirent qu'elles devaient sortir.

Se retournant, la blonde au minishort lança à Pierre :

– Faites vite ! On nous attend à huit heures à Palavas…

Élise ferma les fenêtres puis la porte de la salle à manger :

– Maintenant, nous sommes en famille…

Elle pria son mari de se dépêcher :

– La comédie a assez duré.

Jamais, Alice ne l'avait vue dans un tel état d'excitation.

Assis en bout de table, Alphonse exposa la situation de l'usine. Personne ne l'interrompit tant qu'il égrena la litanie des comptes.

– Nous fermons l'usine le 31, précisa-t-il en terminant. Tout sera vendu aux enchères le troisième samedi de septembre...

Lorsqu'il évoqua les projets d'Estelle, la discussion menaça de tourner au pugilat. Exaspérée, Alice s'acharna sur la table avec le pommeau de sa canne pour obtenir le silence :

– Assez ! Vous n'avez pas honte, tous, de vous disputer comme des chiffonniers ?

La tension retomba.

On étouffait ; Valentin ouvrit les fenêtres. Les filles riaient sous les tilleuls, vautrées sur la balancelle.

Les jumeaux, pressés d'en finir, jetèrent l'éponge les premiers.

– On ne va pas se cracher à la figure jusqu'à la nuit, dit Pierre. Si ça l'amuse, Estelle peut bien fabriquer des gants ! Elle ne nous demande rien, elle se débrouillera seule s'il y a un pépin. L'ancien atelier et les machines ne servent à personne...

Ce revirement assomma Alphonse, incapable de réagir malgré les injonctions de sa femme qui le tirait par la manche :

– On ne peut pas laisser faire cette bêtise ! On le payera cher...

Estelle jubilait. Elle se précipita vers ses frères.

Un sourire moqueur flottait sur les lèvres de Frédéric :

– Tu es mal partie, petite sœur ! Tu boufferas ta cagnotte. Pour gagner de l'argent avec les gants, il n'y a qu'une recette : monter une usine en Asie, faire marner les ouvriers pour rien, expédier en France des milliers de caisses et vendre les modèles dix fois moins cher que les tiens...

– Tu es ignoble, tu raisonnes comme les Américains ! répondit-elle avec dédain.

– Et ça marche ! triompha-t-il en serrant le poing. Dans un mois, je m'installe à Taïwan... C'est facile quand on a des relations dans l'import-export...

– Salaud ! siffla Estelle.

Les apartés cessèrent : les yeux d'Estelle lançaient des éclairs.

Debout près de la fenêtre largement ouverte sur la cour, ils se querellèrent sans prêter attention aux deux filles qui, hilares sur la balancelle, n'en perdaient pas une miette.

– Je déballerai mes gants sur le Mandarous ! poursuivit-il avec un brin de cynisme. J'ai loué une boutique en ville, un entrepôt à la zone industrielle... Puisque tu as eu ce que tu voulais, tu ne pourras pas m'empêcher d'utiliser la marque de la maison...

– Tu es vraiment un salaud ! cria-t-elle. Tu nous as refilé un client qui a coulé l'usine, et maintenant tu veux achever la ganterie de Millau en inondant la ville de pacotille... Quelle honte !

Ivre de colère, elle le gifla. Il plissa le front, porta une main à sa joue. Sous la violence du geste, les doigts s'étaient imprimés sur la peau, tel le fer apposé à chaud sur le gant.

– Cette marque-là est gratuite ! ricana-t-elle.

Frédéric encaissa mais à l'instant du départ, sur le seuil, il toisa sa sœur avec mépris :

– Tu ne comprendras jamais rien aux affaires !

Le visage caché dans ses mains, Alice pleurait.

À l'approche des enchères, Alice s'efforça de réconcilier Estelle et ses parents.

– Fais-le pour moi, dit-elle à Alphonse. Au moins ce jour-là...

Face au commissaire-priseur, aux acheteurs, au personnel, aux curieux, elle voulait donner de la famille une image unie et digne.

Depuis ce dimanche maussade d'août, chacun campait sur ses positions. Alphonse et Élise évitaient de venir à Compeyre ; ils se contentaient de téléphoner à un moment où ils étaient sûrs de ne pas tomber sur leur fille. Estelle les fuyait lorsqu'elle se rendait à l'usine ou à l'ancien atelier, passait en coup de vent à la maison et vidait les armoires de sa chambre.

Après maintes palabres, Alphonse accepta que sa fille s'installe près d'eux, au premier rang, dans la grande salle de couture où se déroulerait la vente.

Alice triompha, fière d'avoir assoupli son intransigeance.

– Ton père n'est pas aussi rancunier que tu l'imagines, glissa-t-elle à sa petite-fille.

– S'il avait essayé de me comprendre, on ne serait pas fâchés, répondit Estelle.

– Il est surtout malheureux, reprit Alice avec insistance. C'est un crève-cœur pour lui de liquider l'usine, d'abandonner le métier sur un échec... Ton père a toujours vécu dans la peau : il a commencé à marcher en se tenant aux pieds de la table de coupe à l'atelier, il a joué avec de la *retaille*... Votre brouille est absurde : tu as besoin de ses conseils, il a besoin de toi...

Elle se radoucit :

– Tu crois que je peux l'aider ?

– Bien sûr tu peux l'aider !

Le samedi des enchères, du plus loin qu'elle l'aperçut dans les couloirs, Estelle courut vers son père, l'embrassa, ne le lâcha pas.

Ce fut un après-midi éprouvant pour tous. La foule avait peine à contenir dans la vaste pièce du second étage de l'usine qui abritait un mois plus tôt la chaîne de fabrication des vêtements. Avant que le commissaire-priseur ne mette en vente les premiers lots, les ouvriers saluèrent leurs anciens patrons. C'était touchant. Les plus anciens coupeurs enlevaient le chapeau et pleuraient ; des couturières étouffaient leurs larmes dans les plis d'un mouchoir. Amélie se jeta dans les bras d'Alice puis chuchota à son oreille, la voix brisée par l'émotion :

– Vous ne méritiez pas ça.

Le marteau du commissaire-priseur rythma pendant six heures d'affilée le dépeçage de l'usine. Dans une ambiance de champ de foire, Grenoblois et Italiens se disputèrent les liasses de peaux, les machines, les tables de coupe et de couture, les presses à bras et même les pieds de Charlemagne. Agacée par leur frénésie, Alice se retourna un instant pour les observer : ils s'agitaient comme des girouettes, debout, les joues rouges, la main prompte à se lever, le sourire carnassier.

Bientôt, elle ne les écouta plus.

Un industriel de l'habillement acheta l'usine. Du fond de la salle au premier rang, le bruit circula qu'il voulait y fabriquer des pulls.

– Ce serait rudement bien s'il pouvait reprendre une partie des ouvriers, murmura Alice.

Une fois dispersé le dernier lot, lorsque la salle se vida, Estelle entraîna ses parents, sa grand-mère et Valentin vers la maison.

– Ne restons pas là, ils rangeront sans nous...

Alphonse sortit le dernier après avoir serré des mains, rendu le double des clés.

– C'est comme si je n'existais plus, lâcha-t-il d'une voix sombre, en rattrapant sa mère qui marchait lentement.

– Pense à ta fille ! rétorqua Alice. Elle attend beaucoup de toi...

Songeur, il hocha la tête.

Le mardi suivant, à l'ouverture des bureaux, Alphonse obtint de François l'aide de la banque pour l'atelier de sa fille. Estelle sauta à son cou avec autant de tendresse qu'enfant, les matins de Noël, après avoir ouvert son cadeau. Elle le taquina :

– Tu as mis du temps à te décider !

– Sans ta grand-mère, j'en aurais mis bien plus ! avoua-t-il. Elle a toujours su s'y prendre avec les hommes...

L'ouverture de l'atelier fournit à Alice et Valentin de nouvelles raisons de vivre, d'oublier la vieillesse et son cortège de misères. Alice se montra généreuse d'encouragements et de conseils. Elle passait le plus clair de son temps dans la pièce où cliquetaient les machines, près d'une fenêtre ou du poêle, assise dans un fauteuil de rotin garni de coussins. Des journées entières, elle lisait revues et romans, somnolait ou rêvassait en remontant le cours de sa vie. Estelle, Irène et les trois couturières rapidement engagées grâce à la reprise des commandes et à la *presse* des fêtes de Noël, la dérangeaient souvent pour solliciter son avis sur une nuance de couleur, une fantaisie, une broderie, un dessin. Quant à Valentin, il la rejoignait en fin de matinée après une promenade sur l'avenue, au moment où les coupeurs remettaient les *passes*. Discret, il bavardait à mi-voix avec Alice, observait la manière dont Estelle se débrouillait. Au moindre embarras, il volait à son secours.

Estelle était heureuse de les avoir à ses côtés tout comme son père qui devenait trop rare à son goût.

– Ne m'en veux pas! disait-il d'un air suppliant. C'est la saison de la chasse. Ce sera la première fois que j'en profiterai vraiment... Les grives passeront bientôt: il y en a tellement peu que ce serait dommage de les manquer...

Il tenait cette passion de Valentin qui ne pouvait plus le suivre à son âge et le regrettait.

– C'est le meilleur remède quand tout va mal, soufflait-il à Alice.

Pendant des jours, parfois une semaine, Alphonse disparaissait ainsi sur le causse Noir avec son chien pour compagnon, s'abritant dans une vieille ferme de Veyreau qu'il avait louée à un avocat de Montpellier. Il ne fréquentait plus les patrons, et ne souhaitait pas paraître en ville au grand dam d'Élise qui se sentait abandonnée, gagnée par l'ennui.

Des jumeaux, seul Pierre donnait régulièrement des nouvelles; il vendait des appartements dans les villes de la Côte. Il téléphonait une fois par mois mais restait étrangement muet sur les affaires de Frédéric, prétendant tout ignorer de ses activités à Taïwan. Comme la boutique du Mandarous demeurait vide et la vitrine barbouillée de blanc, Alice se demanda quel moment il choisirait pour mettre ses menaces à exécution car elle ne doutait pas une seconde qu'il tiendrait ses promesses.

Frédéric attendit le printemps et la foire du 6 mai qui tombait un lundi cette année-là. Les préparatifs qui précédèrent l'ouverture du magasin, n'échappèrent pas à la bonne.

– Ils nettoient les vitres et placent une enseigne ! raconta-t-elle dès le vendredi, à son retour du marché de la place Foch.

– Quelle enseigne ? demanda aussitôt Alice.

Elle ne se souvenait plus.

– C'est embêtant, Agathe. J'aimerais savoir...

Agathe, jeune femme d'une trentaine d'années, avait remplacé Honorine au mois de janvier. Elle était souvent tête de linotte.

– Peut-être *Les Gants Forestier*, se hasarda-t-elle à dire.

– Vous en êtes sûre ?

Agathe redescendit au Mandarous. Un quart d'heure plus tard, essoufflée pour avoir marché vite, elle confirma.

– Il a osé ! gronda Alice. Quel mufle ! Il ne respecte rien...

La nouvelle les accabla.

– C'est répugnant ! cracha Estelle.

– Il nous déshonore, murmura Alphonse devant Irène.

Le matin de la foire, Agathe partit de bonne heure acheter deux paires de gants à la boutique de Frédéric qui avait envahi la place avec une dizaine de bacs regorgeant de modèles à bas prix ; Alice voulait juger. Elle ramena des gants de dame en vinyle, bleu roi, et des gantelets d'homme en peau, noirs.

– C'est du toc ! s'exclama Estelle. Personne à Millau n'a encore vendu une aussi mauvaise qualité...

Les coutures ne résistèrent pas à l'épreuve de la baguette.

– De la pacotille de foire ! compléta Alice en rangeant le *fuseau*. C'est bon pour les camelots...

– Même pas du *raton* ! s'écria Valentin à propos de la peau.

Alphonse regarda surtout l'étiquette et la marque :

– Les gens ne verront que la mention Gants de Millau... Tous ne liront pas « Made in Taïwan ». Ça déconsidère la ville, les gantiers, l'atelier d'Estelle... C'est scandaleux...

Dès le milieu de la matinée, la sonnerie du téléphone retentit à la maison et à l'atelier. Elle importuna Alphonse jusqu'à midi. Puis, agacé d'entendre des réflexions désobligeantes, il arracha la prise.

– Ça me dégoûte ! tonna-t-il. On nous prend pour des escrocs, des profiteurs... On nous insulte !

Les nerfs à vif, il menaça de saccager la boutique, de brûler les gants sur la place et d'étrangler Frédéric.

Il pleurait, hurlait, cassait les bibelots de la salle à manger.

Affolée, Élise appela le médecin à l'heure du déjeuner.

Assommé de calmants, Alphonse tomba dans un profond trou noir.

Il ne commença à sortir du long tunnel que trois mois plus tard, un matin de septembre. Il errait à travers le causse Noir, avec son chien, sur un vieux chemin muletier lorsqu'il croisa un randonneur, bâton en main, sac au dos. C'était un homme trapu, affublé d'une barbe fournie, poivre et sel, coiffé d'un feutre. Il inventoriait les croix, les cabanes de berger, les fours à pain, les puits, les toits-citernes. En plein soleil, ils bavardèrent une heure puis marchèrent jusqu'à une *cazelle*[1] à demi ruinée où ils partagèrent son casse-croûte : du pain cuit par le boulanger de Veyreau, un *pérail* de brebis, des rondelles de saucisse taillées au laguiole, du gamay des côtes du Tarn bu à la régalade.

Jusqu'au soir, insensible à la chaleur, Alphonse l'aida à relever les pierres qui avaient dégringolé au fil des ans après le départ du dernier berger. Adroit, astucieux, l'homme connaissait la technique quasi millénaire des bâtisseurs du causse ; il joignait la parole au geste, expliquait tout par le menu détail comme un maître-ouvrier à un apprenti. Ils se séparèrent à la nuit. Alphonse, fourbu, avait la paume des mains crevassée, gonflée, constellée d'ampoules et en sang, mais il était heureux.

Il retourna au chantier le lendemain et les jours suivants avec le même entrain. Jusqu'aux premiers froids, il restaura l'abri de pierre.

Lorsque le mauvais temps le força à déserter les hauts plateaux et à rejoindre la ville, Alphonse prit la tête d'une croisade en faveur du sauvetage des *cazelles* du Causse.

Sa vie avait à nouveau un sens.

Estelle batailla pour retrouver l'honneur perdu des Forestier, se dépensa sans compter pour bâtir sa réputation. Elle sacrifia tout à son métier : ses dimanches, ses nuits, ses vacances, ses premiers bénéfices, ses amours. Elle ne manquait aucun salon, visitait elle-même les boutiques qui vendaient ses gants, s'épuisait à sillonner les routes du Sud de la France et les quartiers de Paris, choisissait ses peaux chez le mégissier, pensait à mille choses à l'atelier.

– Mais comment tu tiens ? s'inquiétait souvent Alice.

1. *Cazelle* : cabane de berger sur le causse.

– Je tiens ! répondait-elle d'un ton gai. Comme pour toi, ça finira par payer.

Elle voulait réussir à n'importe quel prix, avide de revanche sur Frédéric.

Dans une ville où on affublait les gens de sobriquets, beaucoup l'appelaient affectueusement par son prénom ou lui donnaient le titre de gloire de sa grand-mère : La Gantière. À l'inverse, ils ne désignaient son frère que sous le surnom du Chinois. Frédéric n'avait pas reparu à la maison malgré la rumeur qui avait colporté sous les platanes du Mandarous la maladie de son père ; il partageait son temps entre Taïwan, Millau et Montpellier, sa vie avec une jeune Chinoise et un bébé de quelques mois. Refoulant les rancœurs, Alice regrettait de ne pouvoir bercer son arrière-petit-fils...

Estelle récolta le fruit de ses efforts un jeudi de février, triste et neigeux. Elle préparait les expéditions de fin de semaine quand la sonnerie du téléphone l'obligea à abandonner boîtes et feuilles de papier de soie, à courir à l'autre bout de l'atelier dans son bureau. Il était huit heures. La poitrine haletante, elle décrocha. Éberluée.

– Une styliste de Chanel ? répéta-t-elle, en s'affalant dans son fauteuil. Ce n'est pas possible : je ne connais personne dans votre maison ! Je ne suis pas cliente, je n'ai jamais pu avoir d'invitation à vos défilés...

Elle crut à une plaisanterie mais se prêta au jeu, prit note de la commande au dos d'une enveloppe usagée, promit la livraison du « proto » pour mardi matin.

Accaparée par les envois et mille détails à régler, Estelle oublia cette conversation jusqu'à la visite d'un coursier de Montpellier, le vendredi après-midi vers cinq heures. Lorsqu'elle signa le carnet à souches et décacheta la grande enveloppe cartonnée à en-tête de Chanel, elle réalisa ce qui lui arrivait. Ses doigts fébriles étalèrent sur son bureau les croquis du « proto », les dessins du tailleur que le mannequin porterait avec les gants.

La veste croisée, cintrée et mi-longue, ainsi que la jupe courte étaient en soie bleue, ornée de bandes en soie blanche.

– Rien que de la soie ! murmura-t-elle. C'est superbe !

Habituée des présentations de mode, Irène reconnut la patte de Karl Lagerfeld qui avait pris deux ans plus tôt la direction artistique de Chanel.

– Vite ! Au travail ! dit-elle en brisant le charme. Il ne nous reste que deux jours et demi…

Elles s'y attelèrent le soir même, y mirent beaucoup d'ardeur et de passion, passèrent des heures à assortir le bleu de la peau à celui du tailleur. Pendant trois jours, Alice veilla tard, leur prépara des provisions de café en dépit des remontrances de sa belle-fille. Elle aimait trop cette ambiance qui lui rappelait la fièvre du cocktail de la Ganterie…

Le lundi, Estelle sauta le repas de midi pour avoir le temps de broder au fil d'or la marque Chanel sur les gants en agneau glacé, doublés de soie. Après le passage du coursier, elle quitta l'atelier, fila à la cuisine d'Agathe, dévora une large tranche de pain et du jambon, puis s'endormit tout habillée sur son lit.

Deux jours durant, Irène et Estelle se relayèrent pour décrocher le téléphone à la première sonnerie, déçues de ne pas entendre la voix de la standardiste de Chanel.

La bonne nouvelle tomba le mercredi matin, un peu avant midi. Estelle sortit en trombe de son bureau :

– On a gagné ! Ils ont choisi notre « proto » !

Les dix couturières cessèrent le travail, l'entourèrent aussitôt, la bombardèrent de questions.

Irène en profita pour s'éclipser et rapporter du champagne.

– J'y croyais, avoua-t-elle. Les bouteilles étaient au frais...

Alice et Valentin trinquèrent avec l'atelier.

– Vous viendrez au défilé, décréta Estelle.

– On n'est bien que chez nous, soupira Valentin. À nos âges...

– Vous n'allez pas manquer ça ! protesta-t-elle avec vigueur. Je sais que grand-mère dira oui...

– Je suis déjà prête ! répondit Alice.

Dans l'euphorie, Estelle courut au troisième chez ses parents qui prenaient le café. L'effet de surprise fut tel que son père renversa sa tasse.

Les joues cramoisies, suffoquant après avoir grimpé les escaliers quatre à quatre, elle débordait de joie :

– C'est le plus beau jour de ma vie !

Déjà, sa mère se levait, l'invitait à s'asseoir autour de la table.

Estelle raconta.

Alphonse la serra dans ses bras avec une vigueur retrouvée. Il pensait à son père et au bonheur d'Alice.

Épilogue

Un dimanche de l'été 1990, Alice souffla cent bougies à l'ombre des tilleuls de Compeyre.

– Pas de cérémonie ! avait-elle prévenu trois mois plus tôt.

Pourtant, Estelle avait jugé utile de glisser :

– Le maire et le député aimeraient te recevoir...

– Pas de cérémonie ! avait-elle répété. Je préfère une belle fête à la maison de Julien comme le jour de mes soixante ans et de ton baptême... Un repas d'autrefois sous les arbres... Mais que tout le monde soit là...

– Même Le Chinois ?

– Même ton frère. Je veux vous voir tous avant de partir...

La veille, Alice la supplia de l'emmener au Pas, en haut du Col, sur les bords de la Sorgues et les chemins de l'enfance.

– Ce sera la dernière fois...

Pendant que sa grand-mère renouait les fils du temps, Estelle cueillit des fleurs sauvages par brassées, qui décorèrent les tables le lendemain.

Nul n'osa refuser l'invitation, pas même Frédéric qui n'était pas revenu à Compeyre depuis la fin de l'été 1972. Alice croula sous une montagne de bouquets et de cadeaux. Estelle ne remit le sien qu'à l'heure du champagne : des gants en agneau du Causse, brodés à ses initiales, d'un blanc éclatant. Un vrai *plongé* de Millau.

Avant de les essayer, Alice caressa délicatement la peau.

Puis, elle rapprocha de ses yeux fatigués le motif des fantaisies qui ornaient le dessus de la main.

– Une couronne à sept branches ! s'écria-t-elle sans hésiter.

– La couronne de la statue de la Liberté...

– C'est un gant pour l'Amérique ! s'enflamma Alice.

– Une boutique de New York le vendra dans six mois.

– Tu lui as trouvé un nom ?

– Vénus ! Comme ton premier *doeskin*...

Ce soir-là, Alice fit jurer à sa petite-fille de songer au mariage.

– Maintenant que tu as réussi, prends le temps de te trouver un mari... Sinon tu seras la dernière gantière de la famille...

Estelle rougit de confusion, baissa les yeux.

– Promets-moi, insista-t-elle. Après, je partirai tranquille...

Elle promit.

Une semaine plus tard, par une douce nuit d'été, Alice s'éteignit sans une plainte ni un cri. Valentin se laissa mourir peu après...

L'hiver qui suivit, pendant les défilés de mode, Estelle rencontra à Paris un gantier de Broadway. Bel homme de trente-cinq ans, élégant et raffiné, Oscar Barney se moqua de son accent le premier jour mais l'invita à dîner le lendemain comme pour se faire pardonner. Ils ne se quittèrent pas de la semaine, s'écrivirent et se téléphonèrent des mois durant avant de se revoir à Paris en octobre au moment de la présentation des nouvelles collections.

Un samedi brumeux de mars, à peine terminées les réceptions des maisons de haute couture, Estelle l'entraîna à la gare de Lyon où le train de Millau s'apprêtait à partir. Sur la couchette secouée par le roulis du convoi, elle lui soutira trois promesses : l'épouser à Pâques en l'église de Compeyre, accepter de partager son temps entre New York et la France, lui donner un enfant.

La veille de Noël, à la clinique de Millau, Estelle accoucha d'un garçon qu'ils appelèrent Octave en souvenir de son arrière-grand-père. À cet enfant gantier, l'Amérique tendait déjà les bras : Vénus y triomphait...

Du même auteur

AUX ÉDITIONS DU ROUERGUE :

La Bête noire. L'aventure du rail en Aveyron depuis 1858, 1986.

Douze Métiers, treize coutumes, 1987.

Les Feux de la liberté (1789-1793), roman, 1988.

La Cloche volée (1793), roman, 1989.

De Corne et d'Acier. L'épopée du couteau de Laguiole, 1990.

Les Neiges rouges de l'an II (1793-1794), roman, 1991.

Raymond Lacombe. Un combat pour la terre, 1992.

Les Aveyronnais. L'esprit des conquérants (avec Danielle Magne), 1993.

Le Pain blanc, roman, 1994. Prix Mémoire d'Oc en 1994.

Daniel Crozes vous guide en Aveyron, 1994.

Le Café de Camille (avec Danielle Magne), roman, 1995.

Métiers de tradition, coutumes en fête, 1995.

L'Année des Treize lunes, almanach perpétuel, 1996.

Le Laguiole. Une lame de légende, 1996.

La Fille de la Ramière, roman, 1998.

Ces objets qui nous habitent, 1999.

AUX ÉDITIONS POUR LE PAYS D'OC :

La Révolution en Ségala. Un district de l'Aveyron de 1789 à 1799, 1986 et 1987.

La Gantière, publiée aux Éditions du Rouergue en avril 1997, a reçu le prix Lucien-Gachon en 1998 et le prix des Inter-CE (comités d'entreprises) des Pays de la Loire en 1998.

Composition réalisée par INTERLIGNE

IMPRIMÉ EN FRANCE PAR BRODARD ET TAUPIN
La Flèche (Sarthe).
N° d'imprimeur : 12647– Dépôt légal Édit. 22509-06/2002
LIBRAIRIE GÉNÉRALE FRANÇAISE - 43, quai de Grenelle - 75015 Paris.

ISBN : 2 - 253 - 14717 - 6 31/4717/0